逸脱の唱声

歌《う》謡《た》の精神史

永池健二

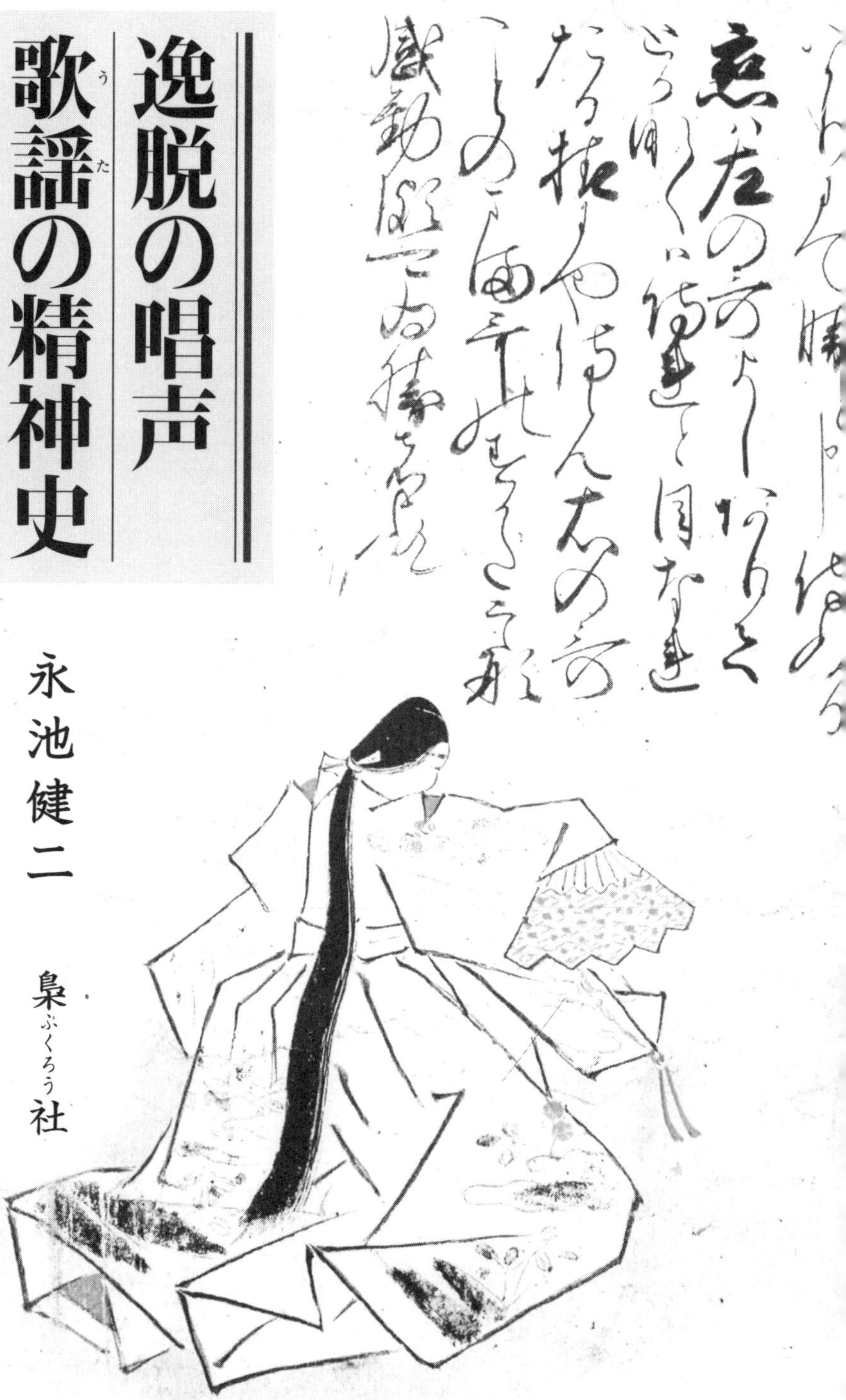

梟《ふくろう》社

逸脱の唱声　歌謡《うた》の精神史・目次

逸脱の唱声　歌謡《うた》の精神史

序章　「うた」のある風景

Karaokeが世界を席捲しているという。ジョウ・シュンほか著『カラオケ化する世界』によれば、一九七〇年代に日本で発明されたというカラオケは、またたく間に世界各地に広がり、それぞれの土地の生活文化と深く結合して、熱狂的とでもいうべき独自のカラオケ文化を作りあげているそうである。[1] カラオケに熱中する世界の人びとは、しばしば、それを自国の歌謡文化が生み出した独自のものと信じており、それが日本から移入された外来のものだということを容易に認めようとしないのだという。ノレパン（歌房）、Kボックス、KTVなど国によってその呼称は様々で、その娯しみ方も国柄によって異なっているが、閉じられた空間に身を置いて好みの歌をうたい娯しむという、その受容の基本的なかたちは変わらない。こうしたカラオケが、現代という同時代を生きる私たちが共有するウタの文化の、典型的な一つのかたちであることは疑う余地があるまい。

こうしたカラオケの隆盛の背後にあるのは、私たちの時代におけるウタの文化の大きな変質の過程であろう。かつて、人びとの生活の中で、生活と共にあった共同の歌声は、いつの間にかすっかり姿を消し、代わりに私たちの前に広がっているのは、人がひとりでいる時、自分だけのためにうたう「鼻歌の風景」ばかりである。

カラオケとハナウタ。現代日本を特徴付けるこの二つの奇妙な歌の風景は、いうまでもなく同根のものである。両者は、現代における私たちの生活世界の変貌に応じて、一つ土壌の中から共に生い出でたものであり、それはまた、地球を覆って展開する現代世界の社会構造の大きな変質の過程と対応するものであるにちがいない。ウタとは何か。人はなぜウタをうたうのか。それは、カタル、ハナス、トナエル、ヨムといった他の言語表現の様々な形式と、どう異なるのか。こうしたウタの初源に関わる問いも、現代の私たちを捉えているウタの風景の特殊なあり方をも包み込むものであらねばなるまい。

本書は、こうした問題意識の下に、「歌謡《うた》」という言語表現の一形式の特質についてさまざまなアプローチを積み重ねてきた研究の成果である。企図するのは、歌謡についての抽象的な概念規定や定義ではない。執するのは、あくまで、人と共にあり場と共にあるウタの具体的な姿である。そこで発唱されるウタの響きの担う言語表現の具体的なかたちである。あくまでウタという言語表現の実際を伝える具体的事例の積み重ねとその比較の上に立って、歌謡表現の特質を追い求める。そうした困難な試みの果てにこそ、ウタは私たちの前にその十全な姿を現してくれるにちがいない。その作業は、表現形式としての歌謡の特質を浮き彫りにするだけでなく、一首一首のウタを支えてきた時代時代の人びとの心の奥の精神の風景を照らし出し、ひいては、日本の歌謡の歴史の背後に貫かれている時代の精神の大きな変遷の過程をもおのずから映し出してくれるはずである。

1　消えた歌ごえ

歌のある風景、というものを考えてみる。こんな場にはきまって歌がある。歌なしにはその様子を思い浮かべることができない――そんな風景だ。

かつては、人が集まって共に何かをするような場には歌が溢れていた。田植えや苗取、草取りのような田畑での農作業。地搗き、木遣りのような力仕事。馬を催して峠を行く馬方や艪を漕ぐ船頭たちの口にも歌があった。子供たちの遊びの世界にも、古くは男女の出逢いの場にも、歌が不可欠であった。今日、そうした歌声は、私たちの生活の中から、ほとんど姿を消した。かわりに、いま、私たちの前には、どんな「歌の風景」が広がっているか。

若者たちに、あなたは歌が好きかと尋ねると、男女とも例外なく、「好きだ」という答が返ってくる。そこで、さらに尋ねてみる。どんな時によくうたうか。すると返ってくるのは、こんな答である。

○お風呂で湯槽につかりながら
○台所で家事をしながら
○夜道を歩いている時
○一人でくつろいでいる時
○よい事があって気分がよい時

おわかりだろうか。若者たちがあげてくれた歌の風景のほとんどが、彼らがひとりでいる時、ひとりになることを望んでいる時に思わず口にする、いわゆる鼻歌にほかならないのである。自分では少しも自覚していないけれども、彼らにとって、歌とは、すなわち鼻歌以外の何物でもないのである。

考えてみれば、このことは、少しも驚くにはあたらない。もうずっと以前から、私たちの誰もが、鼻歌以外に人と共にある時に自らうたうということは、絶えてなくなっているからである。結婚式の祝い歌や、入学式卒業式などの校歌や「蛍の光」の斉唱のような、固定的な儀礼の枠組みにはめ込まれた歌以外に、私たちが人と共に口を揃えて歌を唱和することも、楽しむことも、今はない。歌や音楽は、四六時中街に溢れ、タッチひとつで好きな歌が飛び出してくる。そんな見せかけの歌の隆盛に心奪われている間に、私たちの時代の歌の風景は、すっかりその姿を変えてしまっていたのである。

日本全国至る所にカラオケボックスと称する奇妙な閉鎖空間が林立し盛況を極めているという現代特有の奇妙

な風景は、おそらく、こうした歌の姿の変化の必然的にたどりつくべき一つのかたちであったにちがいない。改めて観察するまでもなく、多くの人びとにとって、カラオケとは、他人の眼を気にせずに、自分だけのために思う存分歌をうたえる場所だ。そこでは、人びとは、同じ一つの場を共有しながら、それぞれ自分だけの歌の世界に入っていく。結局の所、カラオケとは、鼻歌という、歌のある特殊なかたちの、きわめて現代的な表出にほかなるまい。

ある著名な作詞家たちは、こうした現代の歌の特殊な状況を、危機意識を込めて「歌謡の密室化」と呼んでいる。(2) 歌は現代にあっては、人と共にあるもの、人と共に楽しむものではなく、自分ひとりだけの世界に入っていくためのものと化した。それが、今日では歌の歌詞の表現や曲調にまで及んで、歌というもののあり方を根底から変えてきているのではないかというのである。

しかし、こうした事態を、何か近年の特殊な変化であるとばかり見てはなるまい。すでに早く昭和初年に、柳田国男はこう指摘している。

手短に言ふと、歌は多くなつて民謡は消えた。歌ふ場合は益々増加して、歌ふ人は乃ち減少したのである。(3)

七十余年前の柳田のこの言葉を正確に理解するためには、多少の予備知識が必要である。柳田は、「民謡」と「流行唄」とを「歌謡の二大類別」と考えた。民謡とは、土地に根を差して生活の中で生きている歌、流行唄とはそうした土地や生活での紐帯から切り離された歌である。柳田は、流行唄を「民謡の敵」と呼び、その隆盛の向こうに「民謡の末期」を視た。「民謡」の消滅は、そのまま人と共にある歌、生活の中の歌の消滅であった。だから彼は、流行唄の隆盛を座視し得ず、「終には又人を歌はぬ生類と変化せしめんとして居る」とまで極言し

たのである。(4)

優れた文明批評家でもあった柳田国男の眼差しが当時の歌の現実の中に見据えているのは、それまで人びとの生活を支えてきた共同的な生の繫りを否応なく解体することによって近代へと突き進んできた、日本社会の構造変化の不可避の過程とでもいうべきものである。そして、そうして柳田が見通した歌の現実のはるか延長上に、「歌謡の密室化」という現代の私たちの歌の現実は、ある。ただ皮肉なことに、現代の私たちは、「歌はぬ生類」と化すどころか、四六時中鼻歌を口ずさみ、カラオケに入り浸っているという、柳田の予想だにしなかった現実の中に生きているのである。

2　ハナウタ——新しい歌のかたち

満員電車にゆられながら、ふと気が付くと、隣のおじさんが耳もとで鼻歌をうなっている。めったにありそうにない頓狂な体験のようでいて、実は、誰にでも身に覚えのあるありふれた現代日本の歌の風景である。鼻歌とは、人と共に享受するような共同の場を持たない歌である。しかし、どんなに自由なように見えても、鼻歌は鼻歌なりの自分にふさわしい場を持っている。

右の例にかぎらず、現代の私たちは、ある地点からある地点へと身を移している時、よく鼻歌を口ずさむ。夜道を歩いている時、朝の出がけや散歩。自転車に乗って歌をうたっている人もよく見かけるが、現代の若者の多くは、疾駆するバイクの上でも、歌をうたっているらしい。

これらの行為は、おおむね無意識のものだ。無意識であるだけに、かえってそこには人と歌との繫りが純粋なかたちで映し出されているのではないか。歩く時の歩行のリズムが、何か歌を誘発する働きをしていることも、十分に考えられる。しかし、乗り物の上でもうたっているのだから、それだけではないだろう。道を行くとき、身を移している時、いったい何が私たちを歌へと駆り立てているのだろうか。

そこで、歴史を少し遡ってみる。昔の人たちは、どんな時に鼻歌を口ずさんでいたか。狂言の「花子」が、実に興味深い例を提供してくれる。酌女の花子との逢瀬を重ねたいばかりに、悋気激しい女房殿を、まんまとたぶらかして家を抜け出したあるじ殿が、花子との逢瀬を果たして上々のほろ酔い気分で帰ってくる。そんな場面を『大蔵虎明本』で見てみよう。

ふけゆくわかれの鳥も、独りぬる夜は、さはらぬ物を、あゝさて
やなぎの糸のみだれ心いつ、いつわすれうぞ、ねみたれがみ、の面かげ
あゝかやうには申せども
ゐしやちやうりぞと、聞時は、あふをわかれとはたれかおしやりそめつらふ、あら、しやうだひなしと、まよひほれたや
さてもかやうに思ふ事は、何のいんぐわぞ、いんぐわとゐんとは、くるまの両輪のことく、たゞかりそめに
いつの春か思ひそめてわすられぬ、はなのえんや、花のえんてら〳〵のかねつくやつめはにくやな、こひ〳〵て、まれにあふよは、日のづるまでも、によどすれは、まだ夜もふかきにがう〳〵、がう、〳〵、とつくにまたねられぬ
いやひとり事を申たる内に、かへりつひた、太郎くわんじやめがまちかねてこそいるらふ、やいはやかへつた(5)

これは、小歌ばかりを連ねた小歌尽しである。首尾よく花子との逢瀬を果たしたあるじ殿は、その逢瀬の余韻を楽しむかのように、思わず知らず小歌を口ずさみながら夜道を帰ってくる。「ひとり事を申たる内に」とあるから、むろん、これはみんな鼻歌である。花子当人は登場させず、夜道の鼻歌尽しによって二人の逢瀬の気分を彷彿させるという、心憎いばかりの演出だが、こんな趣向がリアリティをもって成立するのは、観衆の誰にとっても、そんな夜道の鼻歌の風景が、すでにおなじみのものになっていたからにちがいない。

さて、鼻歌の歴史を尋ねる私たちにとって、「花子」の事例が興味深いのは、ちょうどこの時期に、わが国の歌の歴史の中に初めて「はなうた」という言葉が登場してくるからである。これまでに確認された「鼻歌」の用例の最も古いものは、室町末期から江戸初期に成立したと推定される室町時代物語の「さくらゐ物語」に見える。主人公が一夜の宿を乞うた山里で里人たちの思いがけない手厚い款待を受ける。そのもてなしの宴の果ての場面である。

とり〳〵みはに、うちゑひて、おもひ〳〵の、はなうた、うたふて、かへりける(6)

これも歩きながらの歌の例である。鼻歌の語の最も古い用例も、ほぼ同じ時代の「花子」の鼻歌の例も、共に歩きながらのものであるのは、偶然とは思えない。どうやら鼻歌は、私たちの歴史に登場してきたそもそもの始めから、道を歩いている時に出やすいという属性を持っていたらしいのである。

文献資料に見る限りでは、鼻歌の語は中世後期を遡ることができない。だから、厳密にいえば、「鼻歌」という言葉で捉えることのできる事象は、それ以前には存在しなかったことになる。しかし、むろん、誰も聞く人がいないのにひとり歌を口ずさむということは、それ以前にもあった。第四章において詳述するように、私は、そうした歌を、土橋寛の用語を借りて、「独り歌」と名付けた。(7) ここでは、独り歌とは、共にうたいはやす者も、聞く者もなく、ただ独りうたう歌の謂である。

それでは、鼻歌以前の独り歌を古人は何と呼んでいたか。どうやら「うそぶく（嘯く）」という語がそれに当たるようである。花に嘯く、月に嘯く、という、あのウソブクである。この用法のウソブクは、「詩歌などを低く吟ずる意」などと解されることが多いが、それでは、独りだけの行為であるということの語の最も大切な契機が見落とされてしまう。「只ひとり月に嘯ておはしける処に」(8)（『平家物語』巻第二）といった用例が示すように、ウソブクとは、本質的に他者の介在を排除したひとりだけの行為で、歌をウソブクとは、すなわち独り歌をうたうことであった。

このウソブクと呼ばれた鼻歌以前の独り歌も、やはり、しばしば歩きながらうたわれた。

目覚めぬれば幾夜も寝ねず、心澄ましてうそぶきありきなど、尋常ならぬさまなれども、人に厭はれず、万許されけり。(9)　（『徒然草』六十段）

西の渡殿の前なる紅梅の木のもとに、「梅が枝」をうそぶきて、たち寄るけはひの、花よりもしるく、さと、うち匂へれば、(10)　（『源氏物語』竹河）

これはどちらも歩きながらウソブク例である。『撰集抄』巻五第十三には、西行が摂津の昆陽野で出会ったという乞食僧が、ひたすら仏に心をかけて、ひとりささらをすり歌をウゾブイてめぐり歩く様が描き出されている。はるかウソブクの時代から、やはり独り歌は、道を行く行為と繋りが深かったのである。

『万葉集』巻九・一七五三番の長歌には、またこんな例も見える。

衣手　常陸の国　二並ぶ　筑波の山を見まく欲り　君来ませりと　熱けくに　汗かきなげ　木の根取り
嘯き登り　峯の上を　君に見すれば(11)……

険しい筑波山を木の根にすがりながら「嘯き登る」。ウソブクはきわめて多義的な語だから、その中のどの意をとるか、見解の分かれるところであるが、前掲の用例からも、ここはやはり独り歌をウソブイているものととりたい。古来、険しい山道や急坂を登るに歌をうたうのは、よく見なれた歌の風景だからである。

箱根八里は歌でもこすが　越すにこされぬおもひ川(12)

「箱根八里は馬でも越すが」の文句で名高い箱根道中歌の替句である。険しい山坂を歌をうたって越えていく。そんな体験の集積が、今日各地になお広く伝承されている多くの馬子歌や追分、道中歌を生んだ。山坂で馬を催しながらうたう、そんな馬子歌の古い例は、すでに『万葉集』の中に見える。

いで吾駒早くゆきこそ亦《ま》土《つち》山待つらむ妹をゆきてはや見む(13)　（巻十二・三一五四）

この歌は、のちに宮廷に取り入れられ、雅楽化して、王朝貴族の御遊の場の謡いものとなった。しかし、むろん、このもとの歌は、紀の国と大和の国との境の真土山を馬を駆りながらくりかえし越えて旅をした人たちのものである。

一方、船上で船子たちが歌う船歌の実際例は、すでに『土佐日記』の中に見えている。さらに古く、『万葉集』巻十九・四一五〇番の家持歌は、船人が船を漕ぎながら歌をうたうことがあったことを教えている。

おそらく、旅の歌の歴史は、旅の歴史とともに古い。人は太古の昔から、旅にある時、道行の行為に身を置いている時、何か眼に見えない力で、無意識の中に歌へと駆り立てられてきたのである。それが、日本の歌謡の歴史の中にかくも多くの旅の歌を生み出してきた力であった。そしていま、おそらくは、同じ力が、今日の私たちにも働いて、夜道を急ぐ娘たちやバイクを駆る若者たちに鼻歌を口ずさませているのではないか。

真鍋昌弘がはじめて歌謡資料として見出し紹介した中里介山の長編時代小説『大菩薩峠』白根山の巻には、こうした峠の歌の生態を伝える興味深い例が見える。主人公机龍之助の危難を救った「山の娘」と呼ばれる「女子連」の一行が、傷付いた龍之助を山駕籠に乗せ、山越えの道中歌をうたいながら人家のない峠道を下っていく。後に、龍之助から駕籠の中で夢うつつに聞いたあの歌をもう一度聞かしてほしいと求められた「山の娘」の頭、お徳は、思わずこう答える。

「まあ、お恥かしいこと、あんなのは歌でも何でもありやしません、魔除けにああして声を出して歩くだけのことで(14)」

著者の中里介山はまた右の歌について、「旅をして歩く時に興に乗じて歌う歌、危険な山坂を越ゆる時、魔除けを兼ねて歌いつけの歌(15)」とも記している。

介山は考証家としても知られる。創作の筆のすさびではあるまい。この「魔除け」という言葉は、実際に危難多い山坂をくりかえし越えて生活してきた人びとの体験によって裏付けられている。そして、その向こうには、山道を越え行く時の心のおののきが無意識の中に人を歌へと駆り立てていく、そうした歌の生成の素朴なかたちが透けて見えてくるのである。

おそらく、馬を催して真土山を越えた古代の旅人にも、筑波山を嘯き登った万葉人にもこの同じ力が働いていたにちがいない。青森県今別町で旧暦九月一日に行われる岩木山の「お山参詣」では、今でも「さいぎさいぎどっこいさいぎ」[16]で始まる登山囃子ではやしながら登る。奄美の子どもたちは、また、島内に数多い坂道を登る時に、きまってこんな「坂道歩きのユングトゥ」をうたったという。

あきんそれ　ぱっくゎんじょー　（歩きなされパックヮの父）
みんぬくゎぬ　ささてー　（耳の子がささるでないか）[17]

耳の子がささる、とは、おしゃべりばかりしてうるさいの意。これはユングトゥでも、単なる唱え言より歌に近い。単におしゃべりを制するだけなら、日常の言葉でこと足りよう。子供たちの坂道歩きにとって、おしゃべりは禁物だが、それに替わってこんな歌を促すような何かの力が、やはり、そこには働いていたのである。

3　独歌《ひとりうた》の源流

思わず知らずのうちにふと歌を口ずさむ。そんな鼻歌の、無意識に近いうたい方を突きつめていくと、どんな歌の姿が見えてくるか。

神がかりした巫女のうたう歌が、その極限のかたちを見せてくれる。山下欣一の精査に基づいた報告によると、奄美のユタの場合、神がかりのトランス状態の中で、ユタの言葉が、ほとんど無意識の中に歌となってほとばしりでることがあるという(18)。

たとえば、成巫式を済ませてまもないあるユタの例では、親ユタがうたう呪詞と太鼓の音に導かれて軽いトランス状態に入った新ユタは、自己抑制のきかない状態でクチと呼ばれる呪詞の低唱をくりかえしていたが、やがて突然体を大きく動かしながら、奄美の子守唄のような調子で歌をうたい出したという。軽いトランス状態で唱えるクチもすでに無意識に近いものだが、さらに高潮して神がかりに入った時、その言葉は歌となってほとばしり出たのである。

青森県上北郡百石町の法運寺で行われるイタコ祭りの口寄せを調査した小田和弘によると、口寄せは、家の神であるウチガミサマおろし、御先祖や祖父母などの霊をおろすホトケサンおろしを経て肝心の死者の霊をおろすが、そのいずれの口寄せの場合も最後の別れの挨拶の部分になって、それまで単調だった韻律に突然フシがつき歌になるという(19)。同じように、長い祈禱の唱え言の中で、ある部分で突然うたうとなる例は、高知県物部村に伝承されているイザナギ流祭文神楽の祈禱にも見られる。いずれも今は、一つの形式として伝承踏襲されている性格が濃いが、本来は、奄美の新ユタの場合と同じように、神がかりの中で発する言葉が歌となることを伝えているものであろう。

右のような神がかりの歌は、無意識に近いものであるから、もちろん聞き手は予想されていないし、その内容も明確には自覚されていない。また、その性格上、声高に朗唱されることもない。つまり巫女が神がかりの内にうたう歌のかたちは、現代の私たちの鼻歌のそれと奇妙によく似ているのである。

古人は、こうした外に向かって表出された歌のかたちの相似にきわめて敏感であったようである。能の狂女物などにおいて、笹竹を手にして登場した女性が歌をうたい舞を舞えば、それはその女性が物狂いの状態にあることを表すという舞台上の約束事がある。演者にとっても、観客にとっても、ひとり歌をうたい舞うことは、手に笹竹を持つ行為と同じく、モノが憑依した状態を表すしるしだったのである。

『崇神記』にはまた、こんな興味深い例がある。大王の命を受けて越へと下る大毘古命が、山代の幣羅坂で少女のうたう歌を聞いて建波邇安王の謀反を知るという有名な条である。

故、大毘古命、高志国に罷り往きし時、腰裳服たる少女、山代の幣羅坂に立ちて歌曰ひけらく、

御真木入日子はや　御真木入日子はや　己が緒を　盗み殺せむと　後つ戸よ　い行き違ひ　前つ戸よ
い行き違ひ　窺はく　知らにと　御真木入日子はや

とうたひき。是に大毘古命、怪しと思ひて馬を返して、其の少女に問いて曰ひしく、「汝が謂ひし言は何の言ぞ。」といひき。爾に少女答へて曰ひしく、「吾は言はず。唯歌を詠みつるにこそ。」といひて、即ち其の所如も見えず忽ち失せにき。(20)

坂の上に立って、少女が歌をうたっている。少女は、その歌の内容も、それを誰かに聞かせることも自覚していない。そんなこの歌の風景を、記紀の文脈から切り離してみると、そこに見える歌のかたちは、今日の私たちの鼻歌のそれと少しも違わない。つまり、当時の言葉に従えば、少女はひとり歌をウソブイたのである。其の少女のウソブキが、記紀の文脈の中に置かれた時、建波邇安王の謀反を知らせる予兆のワザウタとなる。これが、今日の私たちの鼻歌と『古事記』の独り歌との間にある距離である。

前代の日本人たちは、誰も聞く者とてないのに言葉や歌が外に向かって発せられる、そうした特殊な表出のかたちに、眼に見えない特別な力の顕現を感じていたらしい。奄美大島に近い喜界島には、独り歌ならぬ独り言の

霊力を示すこんな昔話が伝承されている。

つまり（きわめて）美しい女の子が川で着物を洗っていると、弘法様がその前を通って、「年見れば十四、五だが、この子の命は十八までじゃ。」とひとりごとを言った。女の子はそれを聞いて、着物も洗わず家へ走り帰った。そして親にその話をすると、「それは大変じゃ。早くその人を追っかけて命を延ばしてもらえ。」と言うので、娘は弘法様を追いかけた。[21]（下略、傍点引用者）

弘法大師が思わずもらした独り言が、そのまま娘の運命を告げ知らせる神の啓示となる。大和の古語でいえば、弘法大師は思わずウソブイたのであるが、土地の言葉では彼はユングトゥしたのである。田畑千秋によれば、奄美地方においてユングトゥと呼ばれる言葉は、子どもの発するあらゆるかたちの童謡童詞、鳥獣の鳴き声の聞きなしやことわざなどから、神口のごとき呪言や唱え言まできわめて幅広い拡がりを持つが、その中の重要な用法の一つに、右のような「独り言」をいう意があるという。[22]右の弘法大師の話は、そうした独り言のユングトゥが、その常とは異なるかたちの故に、同時に呪力を持った神口のユングトゥでもあり得たことを伝えている。

この弘法大師の独り言のユングトゥは、私たちに、『更級日記』の冒頭に書き留められた、竹芝寺にまつわる伝説を想起させる。むかし、朝廷の火たき屋の衛士に召し出された武蔵の国の男が、内裏の御前の庭を掃きながら、ひとりつぶやきもらした郷里の歌が、帝の姫宮の耳に留まり、それが機縁となって男は姫宮の聟となり武蔵の国を得るという出世譚である。「ひとりごち、つぶやきけるを[23]」。この男の歌を口ずさむ有様を作者の孝標の女はこう記している。文字通り、つぶやくように独り歌をうたったのであり、その歌の力が働いて、男に、思いがけない神の恩寵のごとき福運をもたらしたのである。

右の例にもあるように、思わず口から洩れる独り言や独り歌は、きまって低く、つぶやくように発せられるものである。だから、奄美では、「つぶやき」とか「ささやき」といった意味にもユングトゥを使うという。(24)そして、このささやき声は、そのまま神に向かって発せられる呪言のかたちでもあった。

十世紀の半ば頃、村上天皇の外戚として権勢をふるった九条師輔の「九条殿御遺誡」には、その冒頭に朝起きの作法をあげて、「先づ起きて属星の名言を称すること七遍」と記し、その割注に「微音」と付記している。(25)文字通りささやくような小声で唱えるのであろう。八重山石垣島のツカサと呼ばれる神祭を司祭する神女は、神に祈願詞を捧げる時、今でも周囲の誰にも聞き取ることができないような小声でささやくようにそれを語る。神のみに聞き届けられるべき言葉であるから、あえて声高に発するのを忌むのである。そうした「ささやき声」の呪性は、今日なお各地に残っている「細語橋《ささやき》」の伝説にも生きている。

独り言やささやき声は、いわば神の言葉、神に向かって発せられる言葉の一つのかたちであった。そうした独り言のもつ呪性を、独り歌もまたかつては強く担っていたのである。

4　掛け合いという歌のかたち

歌は、誰に向かって発せられるものか。現代の鼻歌から始めて、古代のウソブクやワザウタにまで遡って独り歌の歴史をたどって行くと、改めてこんな素朴な疑問に駆られる。独り歌とは、向けられるべき対象を持たない歌、あるいはその姿が露わには見えない歌であり、また、そこにこそ独り歌の存在意義があったことが、その具体的な姿から見えてくるからである。

人だけを聴き手にしたのが民謡、主たる聴き手を仲間以外の者に、予期したのが唱へごと(26)

かつて柳田国男は、口承文芸における民謡と唱え言との分界を、このように明快に規定してみせた。この場合、「仲間以外の者」とは、柳田によれば、「鳥虫草木神霊妖魔敵人」、すなわち人でないもののすべて、さらには、人であっても戦陣にて敵対しあうような存在までをも含んでいる。言葉が外に向かって表出される、その表出の具体的なかたちにおいて、言語表現の質に境を立てようとした、いかにも柳田らしい秀抜な定義である。しかし、これらの規定は、いま改めて根底から見直されるべきではないか。

柳田の「民謡」の規定からは、流行唄も、神事の場の神歌も最初から排除されている。眼に見えないものに向かうという性格を露わに持つ独り歌などは、柳田のいう「民謡」の埒外のものであり、むしろ唱え言にこそ限りなく近い。

掛け合いという歌のかたちがある。今日では奄美の島歌や秋田仙北地方の掛唄、中国地方に残る儀礼田植のサゲと早乙女の掛け合いなど、ごく限られた場でしか見ることができないが、かつては生活の中の様々な場面にこの掛け合いの歌があった。

人と人とが向かい合い、互いに歌を投げ掛け合う。これこそ、人に向かい、人だけを聞き手にした歌のごとくに見える。

中華人民共和国広西壮族自治区の武鳴県東部に居住する壮族の人びとの間に今日もなお伝えられている歌掛けの習俗は、この掛け合いという特殊な歌のかたちの基本的な性格だけでなく、「うたう」という行為の本質を考察する上でも、実に示唆に富む資料を提供してくれる。

長年同地区で調査を重ねてきた手塚恵子の報告によると[27]、壮族の歌掛けは、「歌墟」と呼ばれる歌掛けの祭りと婚姻と葬送という人生の二つの大きな節目の儀礼において行われる。歌墟における歌掛けは、他村の男女も参加し、男女ともそれぞれ二人以上のグループを作り、この男女のグループの間で行われる。一方、婚姻の歌掛けは、花嫁に従ってきた同じ村出身の「陪娘」と呼ばれる娘たちと、それを迎える新郎の村の男たちとの間で交わされ、葬送の歌掛けは、死者が一定の条件を満たした「よい死」の場合にのみ、実施される。

手塚によれば、これらのいずれの場合においても、歌掛けが成立するか否かについて、個人の好みを超えた次のような規範が貫かれているという。

⑴外婚単位である父系リニージの内部では、その成員間での歌の掛け合いはしない。

⑵村の成員間では、歌の掛け合いはしない。

壮族では、父系の親族集団である宗族を同じくする男女が婚姻することはない。だから婚姻の歌掛けは、同じ宗族の男女ではけっして行われない。また、壮族の村には、宗族を同じくする単一の姓の家だけで構成されている単姓村と、複数の異なった宗族が混在する雑姓村とがあるが、単姓村の場合には、婚姻は村外の者とのみ成立するから、きまって、歌掛けが行われる。ところが、雑姓村において、村内の宗族を異にする男女が結婚をする場合には、歌掛けが行われることはないのだという。

葬送の歌掛けも、死者の婚姻関係を基準にして行われるから、この規範は、そのまま貫かれている。そして、さらに、より広い自由なかたちで、村外の知人たちも多数参加して催される歌墟においても、歌を掛け合う男女のグループ双方の中に、同じ村の者がともに加わっていることはけっしてないのだという。

同じ宗族の内部では歌掛けをしないという⑴の規範が、血縁に根ざした共同体的紐帯に関わるものとすれば、村の成員同士では歌掛けをしないという⑵の規範は、地縁による共同体的紐帯に関わるものである。いわば、壮族の人びとは、血縁と地縁によって形成されてきた「親密な共同体意識を共有する者の間」では、歌掛けを行うことは、けっしてないのである。

さらに興味深いことに、個人の死に関わる葬送の歌掛けに際しては、その葬儀の行われる村の者、死者と親戚関係にある者、死者の知己である者は歌掛けに参加できない、という規範も働いているという。ここでは、歌掛けに参加する資格は、共同体を超えて、死者の個人的な繋りにまで及んでいる。壮族の人びとは、強い繋りの意識を共有している者の間、言葉を換えていえば、うちわの「仲間同士」では、歌を掛け合うものではないと考えているのである。

壮族の人びとは、歌掛けの場で歌をうたう行為を「エウ（うたう）」と呼んでいる。この「エウ（うたう）」とは、「親密なる共同体意識」を共有することのない「仲間」以外の者、自分たちとは異なるへだてある存在に向かって投げ掛けられる行為であるといえよう。

人を眼に見えない力で歌へと駆り立てていく磁力のごとき力の働く場。歌のある風景をつきつめていくと、そんな「歌の磁場」とでも呼ぶべき特殊な場の姿が見えてくる。旅や道行がそうであったように、互いに「つま」を求めて男女が向かい合う場も、そんな磁力を持った「歌の磁場」だったのではないか。

手塚の報告にも明らかなように、壮族の歌掛けには、男と女を二元的に対置する対立の原理が、そのすべてに貫かれている。「親密な共同体意識」を共有している者の間では、歌掛けは行われない、という壮族の規範に従えば、これは、壮族の社会において、男と女とが、異質なへだてある存在と認められていることを示していよう。同じことが、古代の日本の若者たちの歌掛けにも言えるのではないか。

名取川　幾瀬か渡る　や　七瀬とも　八瀬とも　知らずや　夜し来しかば　あの(28)

風俗歌にもこう歌っているように、あるいは「川瀬を渡る」とうたい、あるいは「山を越え」「御坂を越えて」

とうたうのが、古代以来の恋の歌の常套表現である。この場合、越え渡るべき川の瀬や坂や峠は、男にとって二人の間を境いへだてる障壁の象徴である。男と女とは、そうした障壁や深淵を乗り越えてはじめて結びつくことができるのである。

かつて、古代の若者たちは、春秋の花の時、山や磯浜に出かけ、花の下、水際の渚に立って妻覓《ま》ぎをした。「歌垣のにはに立つ」というように、文字通り、立って互いに向かい合うのが、恋する者たちの、恋のしぐさであった。

向つ峰に　立てる夫らが
柔手こそ　我が手を取らめ
誰が裂手　裂手そもや
我が手取らすもや(29)
（『日本書紀』一〇八）

恋する男は、向かいの峰の尾上に立っている。そううたう娘は、むろん、こちら側の峰の尾に立っている。両者の間には、越えがたい深い谷が横たわっており、恋の歌声は、その谷を越えて投げかけられるのである。

そんな古代の歌垣の姿を彷彿とさせるような風景が、今も、奄美大島に生きている。島の北部に位置する龍郷町秋名に伝えられている「平瀬マンカイ」と呼ばれる神迎えの神事である。(30)平瀬マンカイは、アラセツ（新節）と呼ばれる、旧暦八月の最初の丙（ヒノエ）の日の夕暮れ、秋名の海浜で催される。「平瀬」とは、海辺の水上に露出した平たい岩場のことで、神事は、「神（カミ）平瀬」と「女童（メラベ）平瀬」と呼ばれる、およそ十五メートルほど海をへだてて向かい合う二つの岩場の上で行われる。

大きな注連縄が張られた神平瀬の上には、白い神衣（カミギン）をまとった五人のノロ役の女性が、女童平瀬には、グジ（宮司）と呼ばれる三人の男の神役と補佐役の四人の女性が上る。歌掛けは、巌上に立って向きあった神平瀬の五人のノロと女童平瀬の三人の男の神役との間で行われる。

まず、神平瀬のノロがマンカイの最初の曲をうたい出すと、それに合わせて女童側の女性がツヅン（鼓）を打ち、男たちは、歌とツヅンに合わせて両掌を水平に上げ、右から左へ、左から右へ流すように振るしぐさを繰り返す。これがマンカイである。二曲目は男たちが歌をうたい、ノロがマンカイで応え、こうして計五曲の歌とマンカイが交互に繰り返される。

神平瀬の名が伝えているように、この巌上は、神の顕われたもうべき聖なる場である。その上の神女たちは、神を迎えて祀るべき司祭であると同時に、神の化身、すなわち神そのものでもある。いわば、ここでは、恋する男女ならぬ神と人とが、巌頭に立って向かい合い、互いに歌を掛け合うのである。幽明境を異にする神と人。その両者が向かい立つ二つの巌頭の間に広がる十五メートルほどの渚は、いわば二つの異世界の乗り超え難い「へだて」の、空間的、視覚的表現にほかならない。その境を中にして神と人とは、手を振り、マンカイを繰り返す。手を振るのは、いうまでもなく魂ふり、魂招ぎの行為であり、その魂ふりに際して、歌を掛け合うのである。歌垣の場の歌掛けとの構造的類似は明らかであろう。

ここでは、神もうたい、人もうたう。界をへだてその彼方に向かって発せられる時、神の言葉も、人の言葉も、うたとなって響き渡るのである。

これとほぼ同様の構造は、たとえば、八重山諸島西表島の南の沖に位置する離島、新城島上地島に伝えられるアカマタクロマタの祭りにおいても見ることができる。秘儀として知られるこの祭りにおいては、神に直接奉仕し、神事を遂行するのは、成年男子のみによって結成された結社のメンバーに限られている。だから、ここでは、神の側に立ってうたうのは、男たち、人の側に立ってこれを迎えうたうのは、神事に参加できない島の女たちである。

王朝時代以来の宮廷の神楽歌が、本方と末方の二手に分かれ、交互に歌を掛け合うような対立的形式を伝えているのは、こうした神事の場における神と人との歌掛けの形式に由来するものであるのは、改めて指摘するまでもあるまい。

神と人とが境をへだてて向かい合う時、そこに、歌掛けという歌のかたちが生まれる。男と女が、互いにつまを求めて向かい合う時、そこにも歌が生まれる。しかし、そこから、神と人との掛け合いの形式が、後に人と人との間の掛け合いに転化したものと見るべきではあるまい。問題なのは、神と人と、男と女と、共に境をへだてて異質なもの、異なる世界と向かい合うその対峙の構造の共通性である。

掛け合いという歌の形式は、その内部に本質的に対立の構造を含んでいる。しかし、掛け合いという形をとるから、そこに対立が生まれるのではない。へだてのある両者が、その境を越えるべく向きあう時、そこに歌が生まれ、歌掛けという形式が生み出されたのである。

後章で改めて指摘するように、同質の構造は、子どもたちの遊びの中の歌の掛け合いにも同じように見ることができる。たとえば、子どもたちが二組に分かれ互いに手をつないで向かい立ち歌を掛け合って人を競い取る「花いちもんめ」の遊びが、男と女が向かい立って歌掛けをした古代の歌垣の模擬的な追体験だとすれば、神域の結界において、そこを守る者と参入しようとする者が歌によって問答を繰り返す「通りゃんせ」は、神と人との歌掛けの、ほとんど無意識の追体験の遊びである。そこでは、意識的模擬的に境をへだてた対立の構造が設定され、子どもたちの歌声は、つねにその境を越えて響き渡るのである。

5　人を歌へと駆り立てる歌の磁場

「うたう」という行為の初源の姿を追い求めようとする時、きまって想起する二つの場面がある。一つは伊邪那岐、伊邪那美二神の国生みの神婚説話であり、もう一つは、倭建命の東征にまつわる東の国の地名起源説話である。どちらも今日の歌謡の研究対象から見落とされて久しいが、そこには、人を歌へと駆り立てていく場のかたちが、素朴な姿で描き出されているからである。

二神が天の御柱を中に左右に廻り、向かい立って「あなにやしえをとめを」「あなにやしえをとこを」と互いに言立てをして御合したという神婚説話は、へだてある男女が結び付くためには、日常の物言いとは異なる言語表現の媒介が必要であることを二神の唱和のかたちで明確に伝えている。一方、東国との境である足柄の坂の頂に立った倭建命が思わずもらした「あづまはや」という嘆声から、「東《あづま》」という地名が起こったとする地名説話は、そうした境界の地において、土地の名を言い立て、そこにこもる精霊の力に触れることが、旅する者の避けることのできない作法であったことを示している。両例とも、発せられた言葉は、今日の私たちがいう「うた」のかたちをとってはいない。しかし、人を「うた」という特殊な言語表現へと駆り立てる場の持つ不思議な力が、そこにも明確に働いていよう。前者が妻問いの場における歌掛けの習俗の始源を物語る起源説話であるとすれば、後者は、旅する者が境界の地に立ってうたう独り歌のはるか御祖の姿であろう。

眼に見えるかたちでうたいかける対象をもたない独り歌と、異質なものが境をへだてて歌を投げ掛け合う、掛け合いという歌のかたちとを重ね合わせてみると、そこには人を歌へと駆り立てる磁場の姿が、具体的に見えてくる。両者に共通しているのは、歌が常に異質なもの、仲間でないものに向かって発せられるという事実である。うたう者とうたいかけられる者との間には、常に両者をへだてる境界があり、歌はその境界を越えてその彼方に向かって発せられるのである。人を歌へと駆り催す「歌の磁場」とは、人をそうした異界へと向き合わせるような境界的な場にほかならない。

古来、旅にある者、道を行く者にとって、歌がなくてはならなかったのは、旅や道行という行為そのものが、そうした境界的性格を担っていたからであろう。陸の道も、海の道も、道とは本質的に二つの異世界をつなぐものである。道を行くという行為は、住みなれ親しんだ日常の空間を離れて、異質な世界へとつながる境界の空間を歩み続けることを意味する。そうした境界に向かう者の心のおののきが、最も高まるのが、山の坂の登り口や峠といった境界的空間であった。古代の旅人たちは、そういう場に足を踏み入れるたびに土地の名を詠み込んだ歌をうたい、その土地の神霊たちと心を通わし合わねばならなかったのである(31)。

かつて人が人と共にあり、共に同じ作業に従事するような場所には、きまって歌があった。そこでは、歌は、あたかも、人と共にあり、人と人とを結びつけるものであるかのように見える。しかし、神と人とが酒食を共にして共に異世界へと心を遊ばせる宴や、田の神の威力によって早苗の生育を願う田植作業の場を思い起こすまでもなく、そうした共同の歌の場は、同時に、眼に見えない超越的な力の顕現する場であり、顕現が期待される場であった。歌とは、本来、そうした顕現すべき眼に見えない存在に向かって発せられたものではなかったか。

ちからをもいれずして、あめつちをうごかし、めに見えぬ鬼神をも、あはれとおもはせ、をとこ女のなかをもやはらげ、たけきもののふのこゝろをも、なぐさむるは哥なり(32)。

『古今和歌集』仮名序のこの言葉は、詠む和歌よりは、うたう歌にこそふさわしい。

わらべ歌が教えてくれているように、花も木も草も、虫や獣も月や風までもが歌の対象となり得たし、へだてが意識される時には、人もまたうたい掛けの対象となった。しかしそんな場でも、歌がうたい掛けるのは、かたちあるその存在そのものでなく、その存在をかくあらしめている眼に見えない隠れた力であった。無情の石や草や虫までもが歌によって心を動かされることがあると感じたのは、石や草の中にも、歌によって動かされるべき眼に見えない何かが働いていると考えていたからにほかならない。

歌とは、その眼に見えない何かに向かって発せられた表現なのである。古代の日本人たちは、その諸々のかたちあるもの、かたちなきものに籠っている眼に見えない隠れた力を何と呼んでいたか。私たちの知りうる限りでは、おそらくそれは、「たま」という言葉ではなかったかと思う。

よく知られているように、古代の歌曲名は、しばしばその歌い出しの一句を取って、夷曲《ひなぶり》、近江曲、水茎曲などのように、「何々ぶり」と呼ばれた。この場合、「ふり」とは「曲」という文字が当てられているが、けっして今日の単なる曲節、フシの謂ではなく、歌の詞と曲とが一体となって、眼に見えぬ「たま」に働きかけ、「たま」を揺り動かし、ひとしなみに同調同化を促すような、そんなうたうという行為の持つ、音声的、言語的、身体的表現力の総体を包み込む言葉であったろう。歌をうたうという表現のかたちが、古代人にとっては、その本質において、「たまふり（魂振り）」の行為にほかならなかったことを、この古代の歌曲名は、はからずも伝えてくれているのである。

かつて、人が集まり共に作業に従事する場は、そうした眼に見えない「たま」の力の発動が期待された場であった。だから、私たちが周囲の諸々の存在の中にそうした「たま」の力を感じ取ることができなくなった時、共同の生活の場から歌の声も消えていったのではないか。

いま、私たちは、ひとりでいる時、ひとりになりたい時、歌をうたう。ウソブクと呼ばれた古代の独り歌がそうであったように、私たちの独り歌も、眼に見えぬものに働きかける歌の力をなお完全に失ってはいない。しかし、自分の外のあらゆる存在に、自分の魂と響き合うような生命の躍動を感じ取ることができなくなった私たちの歌声は、むなしく自分だけのところに還ってくるほかないのである。電車の中で音楽に耳を傾け歌をうたって自分だけの世界に没入している若者の姿に象徴される鼻歌の風景は、よくもあしくも、たえず自分とは異質なよそよそしい外界に囲まれて心おののかせている、現代の私たちの心象風景が生み出した、この私たちの時代の、歌の姿なのである。

注（1）ジョウ・シュン、フランチェスカ・タロッコ著、松田和也訳『カラオケ化する世界』平成二十年、青土社。
（2）平成十一年一月二十四日、ある民放のテレビの番組における作詞家阿久悠氏を中心とした出席者の話による。
（3）柳田国男『民謡の今と昔』『定本柳田国男集』第十七巻、昭和四十四年、筑摩書房。以下柳田論文の引用は同『定本』による。
（4）永池「民謡と流行謡と─柳田国男の民謡論覚書」『寺小屋雑誌』第八号、昭和五十三年八月。
（5）池田廣司、北原保雄『大蔵虎明本狂言集の研究本文篇中』昭和四十八年、表現社。
（6）横山重、松本隆信編『室町時代物語大成』五、昭和五十二年、角川書店。
（7）土橋寛『古代歌謡をひらく』昭和六十一年、大阪書籍。土橋氏の「独り歌」は、個人が他と共有することのない自分だけの歌を持っているという歌のあり方を指すもので、単なるひとりでうたう歌とは異なる。詳しくは本書第四章一「独歌《ひとりうた》─ウソとハナウタの初源をめぐる考察」参照。
（8）日本古典文学大系『平家物語』上、昭和三十四年、岩波書店。
（9）日本古典文学大系『徒然草』昭和三十三年、岩波書店。
（10）日本古典文学大系『源氏物語』四、昭和三十七年、岩波書店。

(11)日本古典文学大系『万葉集』二、昭和四十五年、岩波書店。
(12)菅江真澄『鄙廼一曲』、新日本古典文学大系『田植草紙山家鳥虫歌鄙廼一曲琉歌百控』平成九年、岩波書店。
(13)日本古典文学大系『万葉集』三、昭和三十五年、岩波書店。
(14)中里介山『大菩薩峠』二、昭和五十六年、富士見書房。ここに掲出された道中歌の性格や位置付けについては、真鍋昌弘「ウタの伝承性─民謡において」(『講座日本の伝承文学2韻文文学〈歌〉の世界』平成七年、三弥井書房)に詳しい。杉本仁氏の教示によれば、「山の娘」がうたった道中歌の一、「甲州出がけの吸付煙草　涙じめりで火が付かぬ」は、大正の終わり頃、韮崎の登山愛好者の人びとがうたい出したという「縁故節」の中にも伝承されている(『武川村誌』下巻、昭和六十一年、武川村、参照)。
(15)同前。
(16)『青森県の民謡─民謡緊急調査報告書』昭和六十三年、青森県教育委員会。
(17)『日本庶民生活史料集成第十九巻南島古謡』昭和四十六年、三一書房。
(18)山下欣一「奄美のユタのクチ(呪詞)─「ことば」と「うた」との関連を中心に」川田順造他編『口頭伝承の比較研究3』昭和六十一年、弘文堂。
(19)小田和弘氏の直接の教示による。
(20)日本古典文学大系『古事記祝詞』昭和三十三年、岩波書店。
(21)柳田国男編・岩倉市郎採録『日本昔話記録12・鹿児島県喜界島昔話集』昭和四十九年、三省堂。
(22)田畑千秋「奄美のユングトゥの呪禱性─『ヨム』という行為と『ヨミゴト』」『文学』平成元年十一月。
(23)日本古典文学大系『土佐日記かげろふ日記和泉式部日記更級日記』昭和三十二年、岩波書店。
(24)前掲田畑論文参照。

(25) 日本思想大系『古代政治社会思想』昭和五四年、岩波書店。
(26) 柳田国男『民謡覚書』前掲『定本』第十七巻。
(27) 以下の壮族の歌掛けに関する記述は、手塚恵子氏の次の論考から教示を得た。「うたい掛ける者とうたい掛けられる者―壮族の人生儀礼におけるうたの掛け合いとその規範」『待兼山論叢日本学編』第二十四号、平成二年。「『歌墟』考―壮族のうた掛け祭に見られる諸規範について」『日本歌謡研究』第三十一号、平成三年十二月。『中国広西壮族歌垣調査記録』平成十四年、大修館書店。
(28) 日本古典文学大系『古代歌謡集』昭和三十二年、岩波書店。
(29) 同前。
(30) 平瀬マンカイの神事については、平成七年九月二日に行われた同神事を採訪した著者自身の実見による。
(31) 本書第一章三「地名をうたう―境界に響く歌ごえ」参照。
(32) 日本古典文学大系『古今和歌集』昭和三十三年、岩波書店。

第一章　彼岸への逸出——結界と道行㈠

一　〈王城〉の内と外——今様・霊験所歌に見る空間意識

1　社寺参詣の道行歌謡

『蜻蛉日記』や『更級日記』には、著者が女の身を押して石山や初瀬の観音へと足を運び、お籠りする場面が、しばしば登場する。特定の社寺に詣でて諸々の利益を祈願する参詣、参籠といった信仰習俗は、平安中期以降、都人の間に急速に浸透し、その信仰生活の中に定着していったものと思われる。『梁塵秘抄』巻第二・四句神歌所載の霊験所歌その他の社寺参詣をうたった歌謡群は、そうした信仰習俗の隆盛を背景として成立したものである。

(1)いつれか貴船へ参る道、賀茂川箕里御菩薩池、御菩薩坂、はたいたしのさかや一二の橋、山川さらさら岩枕[1]　（神分二五一歌）

(2)根本中堂へ参る道、賀茂河は河ひ《(ろ)》みつし、観音院の下り松、ならぬ柿の木人やとり禅師坂、すへりし水飲四郎坂雲母谷、大獄蛇の池、あこやの聖が立てたりし千本の卒塔婆。　（霊験所歌三一二歌）

(3)いつれか法輪へ参る道、内野通りの西の京、それすぎて、や、常盤林のあなたなる、あい〳〵行流れくる大堰川。　（霊験所歌三〇七歌）

(4)いつれか清水へ参る道、京□《極く》たりに五条まて、石橋よ、東の橋詰四棟六波羅堂、愛宕寺大仏深井とか、それをうちすきて、八坂寺、一段上りて見下ろせは、主典大夫が仁王堂、塔の下天降りすへ社、南をうち見れは手水棚手水とか、おまへに参りて苦行礼拝して見下ろせは、この瀧は様かる瀧の、興かる瀧の水。
(霊験所歌三一四歌)

(5)いつれか葛川へ参る道、せんとう七曲崩坂、おほいし《そ》あつかすきのはら、さうちうのおまつ《へ》をゆく《は》をたま《き》かはの水。
(雑四一九歌)

「○○へ参る道」とうたい出すこれら五首の歌謡は、いずれも、参詣途次の地名や寺社の名を順に一つひとつうたい込む典型的な道行の歌謡となっている。こうした道行の表現は、歌謡の表現としては、単に路次の地名を列挙しただけの、変化に乏しいたいくつなもののように見える。しかし、けっしてこれを単なる地名の列挙だとか、人びとを参詣へと誘う道案内の歌謡だとかというように安易に片付けてはなるまい。

古への旅人にとって、路次の地名は、けっして単なる符号でも、目印でもなかった。古地図を広げ、地誌を繙きながら、一つ一つの地名の空間的な位置やその担っている歴史性をたどっていくと、そこには、当時の都人たちを捉えていた固有の空間意識や社寺参詣という行為の持つ特殊な意味が、思いがけないほど鮮明に浮かびあがってくるのである。

たとえば、「根本中堂へ参る道」と「貴船へ参る道」とがまず鴨川から、「清水へ参る道」が同じく鴨川にかかる五条の石橋からうたい出しているのは、おそらくそこが当時の京のはずれ、〈王城〉の内と外を分かつ境界の地であったからであろう。[2]「葛川」の歌の「せんとう」の地も、諸注指摘するように「仙洞御所」を指すものとすれば、これも鴨川を越えた向こう岸であった。一方、東の鴨川に対して、京の西のはずれは、京の発展から早く取り残され、人家もまばらな荒蕪地と化していた西の京であった。「法輪へ参る道」は、その西のはずれの「内野通りの西の京」からうたい出している。

これらの事実は、当時の都人たちが、京の内側と外側とを如何に強く意識していたかを示していよう。王城の内側が人びとの住みなれた日常生活の場であったとすれば、その外側の世界は、人びとの意識の深層において、よそよそしい非日常の空間であり、異形な力の支配する異世界であった。清水、鞍馬、祇園、賀茂上下社、比叡山、高雄、平野、北野、松尾、大原野、城南宮などの王城鎮護の霊山霊社は、まさにこの境界の外側に、あたかも王城を取り巻き守護するかのように建てられていたのである。(3) これらの霊山霊社に足を運ぶ都人たちにとって、参詣という行為は、住みなれた都の内を出て、その外側の見知らぬ世界へと足を踏み入れる行為でもあったのである。

参詣や巡礼という行為は、諸仏諸菩薩に利益を祈願するといった信仰心の発露であると同時に、住みなれた日常の生活の場を離れて、非日常的、非現実的な聖なる空間へと身を委ねるという、きわめて象徴的、かつ空間的な宗教行為としての一面を持っていたように思われる。宗教行為としての社寺参詣の歌が、多く社寺参詣の道行の歌として表れるのも、そうした参詣行為の空間的特質と不可分に関わっているはずである。

2　境界としての鴨川と五条の橋

「清水へ参る道」（『梁塵秘抄』三一四歌）は、鴨川沿いに京極大路を南下し、五条の橋を渡ったところからうたい出している。「五条まで、石橋よ」とあるから、当時、鴨川に架かる五条の末の橋は石橋だったのであろう。(4) 現在の五条の大橋は、旧六条坊門通りに架かっているが、これは豊臣秀吉が伏見と京の往還の便宜のために南に移しかえて以来のことで、それ以前は、文字通り五条大路（現在の松原通りの位置）の末に位置しており、京から清水へと向かう参詣者達は、まずこの橋を渡らなければならなかった。

川原表を過ぎ行けば、急ぐ心の程もなく、車大路や六波羅の地蔵堂よと伏し拝む、[5]……　（「熊野」）

時代は降るが、謡曲「熊野」も、やはり清水参詣の道行を五条の河原おもてを過ぎたところから始めている。説経「かるかや」において、筑紫からはじめて京に上った苅萱道心がまず清水に向かって「しどろしどろと」打ち渡ったのも五条の橋であった。五条の橋は、東国や伏見街道へと抜ける交通の要衝であったが、清水詣での人びとにとっては、それはまず参詣路の出発点に当たっており、そこからうたい出し、語り出すのが、道行の一つの型であったといってよいだろう。ここで考えてみたいのは、そうした清水参詣の出発点としての五条橋や、その下の五条河原の持つ象徴的位置についてである。

五条橋の創建は明らかでない。一説に、嵯峨天皇の勅願によって創建されたと伝えるが、記録に見える初見は、『水左記』承暦四年（一〇八〇）十月八日の条の次の記事である。

八日丙寅　晴、今日於清水寺橋河原、有迎講事、住醍醐山聖人行之云々、予為結縁参向、即帰了、[6]

五条橋は、損壊腐朽のたびに清水寺の僧の勧進によって再建されたために、古くは「清水寺橋」、あるいは「勧進橋」と呼ばれた。四条橋が八坂祇園社との関係から祇園橋と称されたのと同様である。

さて、『水左記』の記述は、醍醐山の上人が橋下の鴨河原で迎講を修したと伝える。迎講は、迎接講とも呼ばれ、源信僧都の創始と伝えられる臨終迎接の様を映し出した盛儀である。『今昔物語集』巻十五「始丹後国迎講聖人往生語第二十三」や、『拾遺往生伝』巻下の永観伝等が伝えるように、しばしば、生身の観音を思わせるような壮麗な扮装や仕掛けを伴い、舞人楽人を催し、劇的な所作をもって演じられた。おそらくこの五条橋下の迎講も、鴨河原という地を最大限に活用して、聖衆来迎して浄土へと導く荘厳の様を所作や音楽を伴い、劇的に演じたものであったろう。

この五条の鴨河原は、市の聖空也が六派羅蜜寺（西光寺）の創建に先立って卜した土地であった。慶滋保胤の「空也誄」等によれば、天暦四年（一説に五年）、疾病の流行で諸国に満ち満ちていた屍・亡魂を慰めるため大般若経六百巻の写経を発願した空也は、十余年を経た応和三年（九六三）に至って大願成就し、その供養を王城東の鴨河原の荒地を卜して行ったのである。空也のために三善道統が作成した「為空也上人供養金字大般若経願文」はその行儀の次第を次のように伝えている。

仍為広集会広随喜。殊於王舎城之東河。仮立仏世尊之月殿。忝嘱六百高僧之龍象。将帰十六大禽之煙霞。白足青眼之輩。鍱腹乗坏之人。或降自雪嶺香山。或至自菴園奈苑。甚深之義。海象吐明月之珠。精欵之誠。天人湛梅檀之水。白浪咽石之岸。相同鷺池。青草敷煙之堤。宛如鷲嶺。方今聊設伎楽。供以音声。洞簫羌笛之管。曲沸晴天。龍頭鷁首之舟。棹穿秋水。況亦説法之後。更臨夜漏。設万燈会。修菩薩戒。専念弥陀。永帰極楽。(7)

願文の伝えるところによると、空也は経供養の行儀を修するに際して、鴨河原——おそらくは東岸であろう——に仏世尊の月殿を建て、白波の打ち寄せる河岸を王舎城の白鷺池に、青草の繁る河堤を霊鷲山の峰に見立て、伎楽を奏し、川面には龍頭鷁首の舟を浮かべて、浄土荘厳の様を映し出したのである。演劇的所作こそ伴っていなかったと思われるが、これはまさしく迎講の先蹤をなすものであろう。
空也が経供養に際してあえて河東の六波羅の河原を卜し、その同じ地に、醍醐寺の上人が迎講を行じたのは、往古の都人たちにとって、この地がそうした行儀にふさわしい、特殊な宗教的空間を形成していたからであろう。鴨河を此岸と彼岸を隔てる境と見なし、その河岸を浄土の岸と見立てたのは、けっして空也や醍醐寺上人だけの思い付きではなかった。

後世、五条橋とその下の河原は、しばしば、飢饉や疫病、戦乱による無縁仏の亡魂を慰撫し、供養する場となった。『碧山日録』寛正二年（一四六一）三月三日の条は、清水寺の浄僧、五条橋下において屍を集めて塚を築く、その数一千二百余人と伝え(8)、また、田中教忠の『五條橋考』によると、永万二年（一五〇八）には、建仁寺住持が、戦死者餓死者の亡魂を慰めるため五条橋橋上において賑済普施（田中教忠は水施餓鬼のごときものであろうと注している）を修したという(9)。そして、五条橋の下の河原には、当時イタカと呼ばれる覆面、被蓋の異装の一群がたむろし、清水の千日詣りや六派羅蜜寺の万灯会、六道詣りなどから下向する人々の群れに、「ながれくわんちやうながさせたまへ」と呼びかけたのである。

文字はよしみえもみえずもよるめぐる
　いたかの経の月のそら読
いかにせむ五条の橋の下むせび
　はては涙の流くわん頂(10)

『七十一番職人歌合』は、右のエタに対し左にイタカを配し、右のごとき二首の歌を掲げている。流れ灌頂とは、水辺にあつらえた灌頂幡に水を注ぐなどして水子や無縁仏の霊を慰め、自らの罪障の消滅を願った施餓鬼供養の一種であるが、ここでは、職人歌合の絵に見られるように、幾ばくかの布施を出してイタカから小さな木の卒塔婆を求め、それに戒名を記すなどして、鴨河の水に流したものであろう。

鳥部野の無常所へ赴く人びとも、清水参詣の善男善女も、同じく五条橋を渡り、六波羅蜜寺を右手に見て坂を登る。近世、その登り口、車大路と大和大路との交わる左に、奪衣婆の姥堂、さらに少し登った左側に地獄の閻魔堂があった。その向かいが、九想図の絵解きで名高い西福寺であり、そこが六波羅の地蔵堂の跡だといわれている。さらにその門前を百メートルほど登った左手が、「愛宕寺珍皇寺《おたぎでら》」である。その中庭の古井は、六道の辻と称され、昼は王府に夜は冥府の閻魔に仕えたという小野篁が地獄へ往還した通路と伝えられてきた。

この辺りは、今日、轆轤町と呼ばれているが、寛永年中初司代板倉宗重が改名するまでは、俗に、髑髏《ドクロ》町と称されていたという（『坊目誌』）。往古、この地は、鳥部野の荼毘所へと続く墳葬地であり、人骨多く露出していたからである。五来重は、六波羅の地名ももとは、「髑髏原《ドクロハラ》」に由来し、「ロクドハラ」から「ロクハラ」へと転化してきたのではないかと指摘する。(11) おそらく古へ鳥部野の無常所は、今日の我々が想像する以上に北に伸び、ほとんど清水の参詣道を包み込むような形で東山山麓一帯に広がっていたにちがいない。

愛宕念仏寺の旧趾の中を南へ流れ、清水参詣路の姥堂と閻魔堂の辺りを横切って鴨川に注いでいた小川は、三世川《みせがわ》と呼ばれていた。これも五来重によると、三世川とは、三瀬川即ち三途川の意で、もとは死穢の充満する他界たる鳥部野の葬場と現世とを隔てる精進川であったろうという。(12) 野辺送りの人びとは、帰りにこの小川で手を洗ったり、足を濯いだりして穢れを清めたのである。

しかし、古くは、鴨川こそ鳥部野の無常所と現世とを隔てる精進川であったのではないだろうか。暗い五条橋下の河原へ下りて卒塔婆を川へと流す流れ灌頂の行為には、そうした境界としての精進川のイメージが色濃く映し出されている。

さらに、そうした異界と現世との境界としての鴨川の姿を象徴的に描き出しているのは、『源氏物語』夕顔の巻の一節である。

中秋の名月の明け方、源氏に伴われ五条近くの某院に赴いた夕顔は、臥所の中でもののけにおびえて息絶える。亡骸は東山の僧房に移されるが、翌宵源氏はせめてもうひと目対面せずにはと思い、乳母子の惟光と共に東山を訪ねて、夕顔と最後の別れをする。明け方近く、憔悴した源氏は、惟光に助けられて僧房を後にした。

御馬にもはかばかしく乗りたまふまじき御さまなれば、また惟光添ひ助けて、おはしまさするに、堤のほどにて御馬よりすべりおりて、いみじく御心地まどひければ、「かかる道の空にてはふれぬべきにやあらん、さらにえ行き着くまじき心地なんする」とのたまふに、惟光心地まどひて、わがはかばかしくは、さのたまふとも、かかる道に率て出でたてまつるべきかは、と思ふに、いと心あわたたしければ、川の水に手を洗ひ、清水の観音を念じたてまつりても、すべなく思ひまどふ。君もしひて御心を起こして、心の中に仏を念じたまひて、またとかく助けられたまひてなん、二条院へ帰りたまひける。(13)（傍点引用者、以下同じ）

鴨川の堤まできて源氏が力尽きたのは、そこが鳥部山の無常所のはずれであり、境界に近づくにつれて源氏の心的緊張が極限に達したからであろう。「かかる道の空にてはふれぬべきにやあらん」という言葉は、なお鳥部山の無常所の内に身を置く源氏と、鴨川を隔てた向こう側の京の都との、心理的な距離の遠さを示している。供の惟光は、鴨川の水で手を洗い、清水の観音に祈念する。手を洗ったのは、おそらく無常所の死穢を清めるためであろう。あるいは観音に祈願するという行為も、源氏の身を気遣うという以前に、無常所を出る人びとが一般に行うべき脱穢、潔斎の手続きのごときものであったのかもしれない。

隆寛作と伝える『法然上人秘伝』巻中所載、遠江国蓮華寺の僧禅勝の発心譚において、身に道心の付かぬのを嘆いて観音に祈願した禅勝に対して、清水の観音は、道心ならぬ妻たるべき妙齢の美女との出会いを夢告する。その女性と禅勝とが出会ったのが、ほかならぬ、五条の「石橋の詰め」であった(14)。中世の説話物語類において、仏神に祈願をした参詣者は下向の途次のある定められた地点で人とめぐりあう。清水の場合、それは、しばしば愛宕寺の大門の傍らであった(15)。禅勝のこの発心譚は、のちに六道の辻と称するようになる愛宕寺の門前と共に、五条の石橋の詰めもまた、清水参詣者にとって特別の意味をもった境界的空間であったことを示している。

狂言「吹取」で、清水観音に籠り申し妻をした男は、名月の夜に五条橋の上で笛を吹き、音につれて出た女を妻と定めるべく夢告を得る。御伽草子「梵天国」において、清水観音の申し子五条の中納言と妻の梵天国王の姫君が羅刹国から逃がれ、空飛ぶ車に乗って戻り付いたのも、五条の橋上である。御伽草子「猿源氏草紙」で阿漕が浦の鰯売り猿源氏が輿の内の上臈を見染めたのも、同じく「和泉式部」において式部がわが子を捨てたのも、やはり五条橋の上であった。

桃山期成立とされる「清水寺参詣曼荼羅」（中島正名氏蔵）は、東山の山なみと日輪月輪を背景に、上部中央に大きく清水観音を描き、最下段左端に弁慶と牛若の姿を点描した五条橋を配す(16)。そこが清水参詣路の起点である。また、室町期成立の「八坂法観寺塔曼荼羅」（法観寺蔵）は、ほぼ同様の構図で中央に法観寺の五重塔を配し、最下段左右に鴨川に架かる四条・五条の橋を描いている(17)。鴨川によって仕切られ、内に多くの霊山霊社と鳥部野の無常所を擁した東山山麓一帯は、まさにそのことによって、日常的現実の世界とは異質な、濃密なる宗教的結界を形づくっていたのである(18)。音羽の滝に象徴される清水観音は、その聖なる中心であり、五条橋は、その結界の内側へと続く参詣路の起点、この世とあの世という二つの異世界を繋ぐ境の橋にほかならなかった。

平安朝当時、社寺参詣や参籠といった行為は、しばしば夜のものであった。清水詣での善男善女たちも、多くは夜の闇の中を五条橋を渡ったのである。漆黒の闇の中で足元に聞く鴨川のせせらぎの音は、どのような人びとの胸の中にも、少なからぬ心のおののきを惹き起こさずにはいなかったにちがいない。「清水へ参る道」の歌声には、まぎれもなく、そうした参詣人たちの無意識の心のおののきが映し出されていたはずである。

3　叡山聖域の結界と道行表現

「清水へ参る道」の歌は、五条の石橋を越えたあと、右手に四ツ棟の六波羅堂を眺め、さらに小野篁ゆかりの愛宕寺（珍皇寺）、雲居寺の大仏と、順に参詣路の社寺名所をうたいあげていく。そこで次に考えてみなければならないのは、こうした社寺参詣をうたう歌謡が、何故に路次の名所を一つ一つ読み列ねていくような「道行」の歌謡として成立するか、という問題である。ここでは「根本中堂へ参る道」の歌[19]（三一二番）を例に採り、研究の方向性を示しておこう。

ここでも問題なのは、個々の地名が担っている象徴的意義である。まず次の二つの資料を見てほしい。

> 今昔、法性寺ノ尊勝院ノ供僧ニテ道乗ト云フ僧有ケリ。比叡ノ山ノ西塔ノ正算僧都ノ法弟トシテ初ハ比叡ノ山ニ住ケルガ、後ニハ法性寺ニ移テ年来ヲ経タリ。若ヨリ法花経ヲ読誦シテ、老ニ至ルマデ怠タル事无カリケリ。但シ、極テ心僻ミテ、時〻、童子ヲ罵リ罸ツ事ゾ有ケル。
>
> 而ル間、道乗夢ニ「法性寺ヲ出デ、比叡ノ山ニ行クニ、西坂ノ柿ノ木ノ本ニ至テ、遙ニ山ノ上ヲ見上グレバ、坂本ヨリ初メテ大嶽ニ至ルマデ多ノ堂舎・楼閣ヲ造リ重ネタリ、瓦ヲ以テ葺キ金銀ヲ以テ荘レリ。其ノ中ニ、多ノ経巻ヲ安置シ奉レリ。黄ナル紙・朱ノ軸、紺ノ紙・玉ノ軸也、皆金銀ヲ以テ書タリ。道乗、此レ

ヲ見テ、『例ニ非ズ。此ハ何ナル事ゾ』ト思テ、年ノ老タル僧ノ有ルニ向テ、問テ云ク、『此ノ経極テ多クシテ許ヘ不可盡ズ。此レ誰人ノ置ケルゾト。』

老僧荅テ云ク、『此レハ、汝ガ年来読誦セル所ノ法花大乗也。大嶽ヨリ始テ水飲ニ至ルマデ積置ケル経ハ、汝ヂ西塔ニ住セシ時読誦セル所ノ経也。水飲ヨリ始テ柿ノ木ノ本マデ積置ケル経ハ、法性寺ニ住シテ読誦セル所ノ経也。此ノ善根ニ依テ、汝、浄土ニ可生シ』ト。[20]

（『今昔物語集』巻第十三、「法性寺尊勝院僧道乗語第八」）

釈皇慶。姓橘氏。黄門侍郎広相之曾孫。性空法師之姪也。母孕時悪葷腥。或食之。応時嘔。甫七歳。登睿山。近山下有柿樹。絶不結子。俗名其地曰不実柿。児到其処問。此地何号。人荅以其名。時余樹有果。児曰。見今何有実乎。至翠微有館亭。降陟之人憩息焉。故置薬湯而備渇乏。俗呼為水飲。児又問之。荅者曰。水飲也。児曰。何飲湯乎。上嶽頂。小竹叢生。児復問之。荅曰。大嶽也。児曰。何有小竹乎。[21]（嶽竹和語相近。）

（『元亨釈書』第五、「皇慶伝」）

ともに叡山ゆかりの僧にまつわるこの二つの説話には、「根本中堂へ参る道」の道行にうたわれている「（ならぬ）柿の木」、「水飲」、「大嶽」という三つの地点が、共通して登場する。この奇妙な符合が、けっして偶合などでないことは、それぞれの説話の叙述に明らかである。前者において、僧道乗が夢の中でたどりついたのが「西坂ノ柿ノ木ノ本」であり、その「坂本ヨリ初メテ大嶽ニ至ルマデ」堂舎楼門が立ち並び、さらにその中に納められた経巻が、「大嶽ヨリ始テ水飲ニ至ルマデ」と「水飲ヨリ始テ柿ノ木ノ本マデ」に区分されているのは、まぎれもなく、これら三つの地点が叡山参詣路の重要な区切りめ——境界——として意識されていたことを物語っていよう。また、後者で僧皇慶が、三地点を通過するたびごとに、あたかも「言挙げ」でもするかのように名を尋ねているのも、やはりそこが何らかの特別な意識なしには通過することのできない地点であったことを暗示している。

皇慶伝に見えるように、大嶽は、叡岳の最高峰であり、聖域としての比叡山を象徴する霊峰であった。あこやの聖が建てたという「千本の卒都婆」も、この山頂付近にあったらしい。(22)一方、西坂本の「ならぬ柿の木」は、文字通り叡山参詣路の登り口である。『沙石集』巻第四に見える「西坂本の人宿の地蔵堂」(23)というのも、この柿の木の近傍にあり、遠来の参詣者のための宿泊所や休養所の役目をしていたものと思われる。

では、その中間の「水飲」とは、如何なる地点であったろうか。そこには登山者が休憩するための館亭が設けられ、人びとの喝きを癒すために薬湯を給したところから「水飲」と称したという、前掲「皇慶伝」の記述は、やはり注目に値する。四十八巻本『法然上人絵伝』（知恩院蔵）によると、文治四年（一一八八）九月十三日、叡山の首楞厳院に臨幸した後白河院の一行は、途中「水飲」に御所を設けて、中食を摂り行水を使っている。(24)『康富記』嘉吉三年（一四四三）五月二十八日の条にも六月会の勅使の一行が、やはり水飲の地蔵堂において「飫餉（食事）」を摂ったという記事が見える。しかし、「水飲」の地を単なる中継地や休養所とするのは、おそらく事実と違っていよう。慈恵大僧正良源の「二十六箇条起請」は、籠山の僧が出づべからざる内界地際の事を定めて、東の悲田、南の般若寺、北の楞厳院とともに、「西限水飲」と記す。(25)『山門名所旧跡記』等によれば、此処はまた「女人牛馬結界」の地でもあった。(26)その昔、「女人」も「牛馬」も、水飲より内へは入ることを許されず、籠山の僧はその外へと出ることができなかった。この地は、叡山の聖域とその外の俗界とを分かつ区切り目の地、即ち〈結界〉にほかならなかったのである。

後白河院が臨幸に際してこの地で「御行水」を使ったというのも、むろん、そこが〈結界〉であったからであり、その結界を越え神聖なる霊域に踏み入るための脱俗浄穢の手続きの一つと見なすべきものであろう。かつて「水飲」の地には地蔵堂が設けられ、それを「脱俗院」とも「清浄解脱院」とも称したという。[27] これもまた、そこが俗界の汚穢を祓い浄めて霊域へと参入すべき〈結界〉の地であったことを物語っている。

すでに見たように、「清水へ参る道」にうたわれる「五条橋」は、東山の霊域の内と外を区切る聖なる〈結界〉の地であった。五条橋に限らず、社寺参詣歌の共通のうたい出したる「鴨川」そのものが、王城という都人たちの日常の生活空間とその外の非日常の世界を分かつ境界であったといえよう。これらの事実は、『梁塵秘抄』の社寺参詣歌に見える他の多くの地名が、多かれ少なかれ、〈結界性〉ないしは〈境界性〉とでもいうべき特質を担った一種の区切りめの地であったことを推測させる。事実、たとえば「四郎坂」に比定される比叡山の「尸羅谷（四郎谷）」は、大乗の菩薩の保つべき「三聚浄戒の結界」とされる地点であったし、[28]「葛川へ参る道」の「崩坂」も、葛川明王院の霊域の聖なる結界の一つであった。

霊山霊社の聖域は、いくつもの結界によって囲繞された重層的な聖空間を形づくっていたのである。社寺参詣という行為は、それらの結界の一つひとつを身をもって乗り越え、自らを日常的現実の世界から非日常的で非現実的な聖なる空間へと、一歩一歩移し替えていく、きわめて身体的かつ空間的な宗教行為であったといってよいだろう。

『梁塵秘抄』の社寺参詣歌に見える地名の多くは、そうした大小さまざまな結界の地にあたっていた。参詣者たちは、熊野詣での道者たちが王子王子の社の前でそうしたように、あるいは幣を捧げ、あるいは灯明を掲げたりしながら、それらの結界の一つひとつを越えていくたびに、俗界を離れ清浄なる霊域へと身をゆだねていく思いを深めていったにちがいない。社寺参詣歌の持つ道行表現の特異性は、こうした、参詣あるいは巡礼という行為の持つ特殊な身体的体験と切り離しては論じることができない。[29] それは、いくつもの結界を踏み越えて聖域へと身を移していく参詣という行為の無量の繰り返しの中から生み出されてきたものであり、その反芻的体験、言語的追体験の試みにほかならなかったのである。

注(1)以下『梁塵秘抄』の引用にあたっては、志田延義校注日本古典文学大系『和漢朗詠集梁塵秘抄』(昭和四十年、岩波書店)及び小林芳規ほか『梁塵秘抄総索引』(昭和四十七年、武蔵野書院)等を参照し、解読の便宜のため一部を漢字に改めた。底本の誤記脱落と思われる部分については当該箇所の右傍に( )で訂正を示した。

(2)たとえば、『梁塵秘抄』巻二・二六一歌には「八幡へ参らんと思へとも、賀茂川桂川いとはやし」とあり、『閑吟集』二一六歌にも「面白の海道くだりや、何とかたるとつきせじ、鴨川しら川打わたり」とある。都の境である鴨川からうたい出すという道行的表現の類型の存在を指摘できよう。王城の境としての鴨川の重要性については、岡見正雄・内藤昌・秦恒平・佐竹昭広の対談「洛中洛外屏風をめぐって」『文学』昭和五十九年三月、においても繰り返し指摘されている。

(3)京都市編『京都の歴史』第一巻第四章、同第二巻第二章(いずれも高取正男執筆)昭和四十五年、学芸書林、参照。

(4)五条の橋が石橋であったのは、江戸時代のごく一時期のことで、それ以前に石橋であったという明証はないところから、「石橋よ」の一節を後世の注記の混入かとする説もある(荒井源司『梁塵秘抄評釈』)。しかし、後にも述べるように、伝隆寛律師(一一四八～一二二六)作『法然上人秘伝』(『浄土宗全書』第十六巻)巻中所載の僧禅勝の発心譚には、物語の展開の重要な舞台として清水参詣路の「石橋ノツメ」が繰り返し登場する。『秘伝』の作者を法然の直弟子であった隆寛律師とするのは、疑問視されているが、なお有力な傍証の一つであり、いまは本文をも尊重して、石橋が存在したものと解しておきたい。

(5)日本古典文学大系『謡曲集』下、昭和四十八年、岩波書店。
(6)増補史料大成『水左記』昭和四十年、臨川書店。
(7)新訂増補国史大系『本朝文粋』、昭和四十年、国書刊行会。
(8)増補続史料大成『碧山日録』、昭和五十七年、臨川書店。
(9)田中教忠『五條橋考』(明治四十五年三月稿、昭和七年刊行)は、五条橋に関する考証の最も精緻なものであり、本稿を成すにあたっても大きな恩恵を受けた。
(10)岩崎佳枝・長谷川信好・山本唯一編著『職人歌合総合索引』昭和五十七年、赤尾照文堂。
(11)(12)五来重「六波羅と空也」(『空也の寺六波羅蜜寺』)昭和四十四年、淡交社。
(13)日本古典文学全集『源氏物語一』昭和四十五年、小学館。
(14)前掲注(4)等参照。
(15)たとえば『今昔物語集』巻第十六「女人・仕清水寺観音蒙利益語第九」など。
(16)(17)京都国立博物館『古絵図特別展覧会図録』(昭和四十四年)及び神戸市立博物館『桃山時代の祭礼と遊楽』(昭和六十一年、神戸市スポーツ教育公社。)等参照。
(18)六波羅と鳥部野に象徴される清水参詣路のこうした空間的性格については、五来重前掲「六波羅と空也」、関口静雄「絵解きと九想図」(『一冊の講座絵解き』)、岩崎武夫氏「五條天神考―疫神の世界」(『試論　中近世文学』第四号、昭和六十年十一月)等に詳しい。また徳田和夫「北野社頭の芸能―中世後期・近世初期」『芸能文化史』第四号、昭和五十六年十二月、は西の北野社頭に対して東の五条河原周辺を中世後期京都を代表する遊楽芸能空間として描き出している。
(19)『梁塵秘抄』三一二番歌に見える地名の考証については、小西甚一『梁塵秘抄考』、荒井源司『梁塵秘抄評釈』、志田延義「梁塵秘抄」（日本古典文学大系『和漢朗詠集・梁塵秘抄』）、新間進一「梁塵秘抄」（日本古典文学全集『神楽歌・催馬楽・梁塵秘抄・閑吟集』）などの諸注のほか、武石彰夫「『根本中堂へ参る道』考――『梁塵秘抄』難解歌私注」（『仏教歌謡の研究』所収）に詳しい。

(20) 日本古典文学大系『今昔物語集三』昭和三十六年、岩波書店。

(21) 新訂増補国史大系『日本高僧伝要文抄元亨釈書』昭和四十年、吉川弘文館。

(22) 新間進一「唱導と今様」（『青山語文』第七号、昭和五十二年三月）によれば、澄憲の子・海恵の『海草集』巻下所載「叡山千本率都婆供養願文」の一節に、「是ヲ以テ往昔一上人有り、其ノ名ヲ阿古耶ト号ス、古叡嶽ノ大嵩ニ千本ノ五輪ヲ立ツ」とあるという。また、『今昔物語集』巻第二十「震旦天狗智羅永寿、渡此朝語第二」にも「叡山ノ山ノ大嶽ノ石率都婆ノ許ニ飛ビ登テ」と見える。

(23) 「三井ノ大阿闍梨慶祚ハ顕密ノ明匠也。山ノ西坂本ノ人宿ノ地蔵堂ノ柱ニ法蔵比丘ノ昔ノ資地蔵沙門ノ今ノ形蔵ノ字思アハスベシト書リ」（日本古典文学大系『沙石集』）。

(24) 「同十三日御経奉納のために首楞厳院に臨幸あり　長吏円良法印の沙汰として水飲に御所をまうけ　供御ならひに御行水を用意す」（新修日本絵巻物全集第十四巻『法然上人絵伝』昭和五十二年、角川書店）

(25) 「廿六箇條起請慈恵大僧正延暦寺」『平安遺文第二』天禄元年、昭和二十三年、東京堂出版。

(26) 「山門名所旧跡記」『天台宗全書第二十四巻』昭和四十九年、第一書房。

(27)(28) 同前

(29) 古橋信孝は「王朝歌謡の諸相」（秋山虔編『王朝文学史』昭和五十九年、東京大学出版会）所収の中で、物尽くし的表現の持つ日常から非日常への転位の構造を指摘し、「一つひとつの列挙が、道行ならこの世からあの世への距離を意味し、うたい手はその地名の列挙をうたううちにあの世へ転位する。つまり神懸ることになる」と述べている。その指摘の正当性は、歌謡の表現の背後に内在する参詣という現実の〈行為〉に眼を向けることによって、いっそう明らかになろう。

〔付記〕瀬田勝哉「失われた五条橋中島―洛中洛外図を読む」（『月刊百科』三〇四号、昭和六十三年二月）は、初期洛中洛外図等に見える五条橋中の島の存在に着目し、その地が清明の徒と見なされる声聞師たちの活動の拠点であり、鴨川の治水を祈る聖地でもあったことを明らかにしている。その指摘は、中世京都における五条橋という特殊な空間の〈結界性〉をいっそう際立たせるものである。併せて参照されたい。

二　熊野参詣の歌謡——結界と道行

「亡者の熊野参り」という言葉がある。那智の奥、妙法山阿弥陀寺では、「人死する時は幽魂必当山に参詣す」[1]と伝えられる（『紀伊続風土記』）。今日、死者の赴く山としては、亡者の撞く「一つ鐘」の伝説を伝えるこの妙法山が知られているが、五来重によれば、古くは、山岳霊場としての熊野全体が死者の国であったろうという。[2]

　天仁二年（一一〇九）十月、はじめて熊野の地を踏み、積年の大願を果たした中御門宗忠は、その日記に次のように記している。

　抑数日之間、遠出二洛陽一、登二幽嶺一臨二深谷一、踏二巌畔一過二海浜一、難行苦行、若レ存若レ亡、誠是渉二生死之嶮路一、至二菩提之彼岸一者歟、[3]

　死者の赴く山とされていた熊野は、やがて仏教の東漸とともに彼岸の浄土と見なされてくる。宗忠より三百年余ののち、熊野の地に至って「すてに安養の浄土に往詣して、不退の宝土をふめり」[4]と記したのは、住心院僧都実意であった。

　死者の国であれ、安養の浄土であれ、悠久の昔から、熊野は、この世の外の彼岸の地にほかならなかったのである。院政期以降隆盛をきわめた貴顕衆庶の熊野詣は、すなわち、生きながらにしてこの死者の国、この世の外の浄土の地へと足を踏み入れることであった。

宗忠も後白河院も、経房も維盛も定家も、それぞれの所願を胸に熊野へと旅立ったが、個々の現世的な願い以上に彼らを熊野へと駆り立てたものは、生死の険路を越えて菩提の彼岸へ至らんとする一筋の思いであったにちがいない。

近松門左衛門『けいせい反魂香』「三熊野かげろふ姿」における傾城遠山と四郎二郎との道行は、そうした熊野詣に抜きがたく揺曳している彼岸的性格を、いささか屈折した形で象徴的に描き出している。死後幽魂と化して四郎二郎とかりそめの祝言をあげた傾城遠山は、四郎二郎描く襖戸の熊野の山景を背景に連れ立って念願の熊野詣の道行をする。三所権現を伏し拝みふと眼をあげた四郎二郎は、先に立つ遠山の姿を見て愕然とする。

> 地色垂迹和光の方便にや名所々々宮立ちまで。顕はれ動き見えければ元信信心肝にそみ。我が書く筆とも思はれず目をふさぎ。南無日本第一霊験。三所権現と伏しをがみ。頭をあげて目をひらけば南無三宝。さきに立ちたる我が妻はまっさかさまに天を踏み。両手をはこんで歩み行く。はっとおどろき色是なう浅ましの姿やな。誠や人の物語死したる人の熊野詣では。あるひはさかさま後向き生きたる人には変ると聞く。立居に付けて宵より心にかゝること有りしが。扨はそなたは死んだかと。こぼしそめたる涙よりスヱテつきぬ歎きと成りにけり。[5]

現世では添い遂げることのできなかった遠山にとって、四郎二郎とのかりそめの熊野詣は、文字通り、この世の外で結ばれようとする願いを込めた、〈彼岸〉への道行であった。しかし、既にこの世の者ではない亡者の熊野詣は、世の常の姿とは異なり、天と地を逆さに踏んだあさましい姿でなければならなかったのである。

平維盛の悲劇的な熊野行や、餓鬼阿弥と化した小栗の土車の道行をはじめとして、我が国の文芸の歴史の中には、熊野参詣の道行を語る場面が数多く登場する。ここで取りあげる早歌（宴曲）の「熊野参詣」の曲も、京から熊野那智までの参詣の旅を、路次の王子社や名所の名を折り込みながらうたいついでいく、典型的な「道行」の形式を持つ歌謡である。「道行」という、我が国の文芸の歴史において特異な位置を占める表現形式の大きな流れの中でも、「熊野参詣の道行」は、最も大きな水流の一つをなしていたといってよいだろう。

社寺参詣の歌謡とでも称すべき一群の歌謡がある。「熊野参詣」のほか、早歌「善光寺修行」や『梁塵秘抄』巻第二所載の今様霊験所歌などがその代表的なものであるが、興味深いことに、その多くは、やはり参詣の路次の地名をうたいつぐ道行の歌謡であった。「熊野参詣」も含めて、なぜ社寺への参詣をうたう歌が、道行の歌謡として表れるのか。路次の地名を謡いついでいくことには、どのような意味が込められていたのであろうか。

早歌「善光寺修行」は、生身の阿弥陀如来の鎮座する寺として衆庶の信仰を集めた信濃善光寺への参詣の道行をうたったものである。この善光寺も、また、死者の霊魂が枕飯の炊ける間に参ってくるという伝承を持つ、死者の霊の集まる寺であった。(6)早歌における代表的な社寺参詣の道行の歌謡である「熊野参詣」と「善光寺修行」の二曲が、いずれも「死者の赴く山」「死者の参る寺」であったということは、「道行」という表現形式の本質を考えるうえで、見過ごすことのできない事実である。

考えてみれば、近松の心中物の道行を想起するまでもなく、道行という表現形式には、多く〈死〉の影がつきまとっていた。〈彼岸性〉といってもよい。古代における典型的な道行歌謡の一つである影媛の歌（『日本書紀』九四歌）は、死者を送る葬列の歌であったし、『平家物語』における重衡の海道下りも、『太平記』の俊基の海道下りも、その後の悲劇的な死によって彩られていた。『源平盛衰記』などに見える維盛の熊野参詣が、同時に彼岸＝死への道行であったことは改めていうまでもないだろう。

地名などの固有名詞の登場しない昔話にも彼岸への道行はあった。たとえば、「舌切り雀」の試練型と呼ばれる話型では、主人公の爺様の雀の宿訪ねが、牛方や馬方などによって与えられた試練難題を乗り越えていくという道行として、「桃太郎」では、鬼ヶ島への征伐の旅がやはり道行として描かれている。(7) この場合、主人公たちの道行の行きつく先は、雀の国や鬼ヶ島といった、この世の外のもう一つの別世界、すなわち〈他界〉であった。生の国から死の国へ。俗なる世界から聖なる世界へ。此岸から彼岸へ。一つの世界からその外側の別世界へと身を移していく、いわば「彼岸への逸出」とでもいうべき性格こそ、道行という表現にとって欠くことのできない本質的な契機だったのではないか。(8)

ここで、早歌「熊野参詣」の曲を素材に考えてみたいのは、そうした道行表現に内在する「彼岸への逸出の構造」とでもいうべき問題である。

1　早歌「熊野参詣」の五段構成

早歌（宴曲）は、鎌倉時代後期に僧明空によって大成され、主として武家の宴席で享受された長編の歌謡である。「熊野参詣」の曲は、『宴曲抄一』に収められた明空自身の作で、早歌十七帖一七三曲の中でも最も長い詞章を持つ。全編を五段に分け、第一段は京から住吉まで、第二段は池田から藤代まで、第三段は藤代御坂から切目山まで、第四段は切目中山から滝尻まで、第五段は滝尻山口から那智の飛滝権現までの路次をうたい、末尾を祝言の言葉でうたいおさめている。この五段構成については、声明の講式の構成を取り入れたものといわれているが、(9) ここでは、まずその五段構成の区切りとされている土地に着目したい。

堺（住吉）。藤代。切目。滝尻。これら四つの地にはいずれも熊野王子社が祀られていたが、その中でも、藤代王子、切目王子、滝尻王子は、稲羽根王子、発心門王子とともに五体王子社と呼ばれ、古くから信仰を集め、勢威を振るった王子社であった。これらの王子社の地は、院政期における、上皇の御幸に際しては多く止泊地となり、社前にては法楽の馴子舞や白拍子が奉納されるのが慣例であった。「熊野参詣」の曲の第一段から第四段までの末尾に共通して繰り返される「王子々々の馴子舞。法施の声ぞ尊き。」の文句は、これらの王子社においてきまって馴子舞が法納されてきたという歴史的事実を映し出しているのである。

これらの王子社前では、法楽のために、またしばしば和歌会が催された。藤原定家の『熊野行幸日記』（後鳥羽院熊野御幸記）などによれば、建仁元年（一二〇一）十月の後鳥羽院熊野御幸に際しては、住吉社、厩戸王子、藤代王子、切目王子、滝尻王子、近露王子、発心門王子などの王子社において歌会が催されたという。[10]こうした後鳥羽院御幸の際の法楽の和歌を懐紙にしたためて奉納したと思われるものが、いわゆる「熊野懐紙」である。熊野懐紙は正治二年と建仁元年の両年にわたって、藤代、切目、滝尻などにおける和歌懐紙が伝えられている。

また、これら四つの王子社の地は、熊野参詣の途次において、必ず厳重な禊祓が行われるべき土地であった。熊野参詣途次の祓いの場所として、仁和寺蔵『熊野縁起』[11]所載「道中王子次第」は十七ヶ所、『両峯問答秘抄』[12]所載「道中祓ノ次第」は二十一ヶ所を掲げているが、そのいずれにも堺（境）、藤代、切目、滝尻の四つの地点は含まれていた。後鳥羽院に供奉した建仁元年の藤原定家も、修明門院に供奉した承元四年の四辻頼資も、やはりこれらの地点で先例に従い禊祓を行じている。

次に掲げる名古屋市大須観音宝生院蔵「熊野三所権現金峯金剛蔵王降下御事」（南北朝期書写）は、熊野権現の熊野への垂跡の経過を記したものであるが、熊野参詣の道行の問題を考える上でもきわめて興味深い資料である。

孝安天皇御時、紀州三上郡若浦藤代熊野十二所権現乗船艫示現、

（中略）

其之後又十二所権現自船下、現榎枝、七十日御坐、
其之後又切目浦一夜御坐、
其之後又自出立浦捨船、稲持山一夜御坐、
其之後又滝尻一夜御坐、
其之後又発心門一夜御坐、
其之後又蓬逨《(莱)》嶋新地如藤代顕現十二所権現御坐、
其之後又蓬逨《(莱)》嶋油戸五本榎十二所権現降下御坐、(13)

これによれば、熊野十二所権現は孝安天皇の御時、まず紀州若浦藤代の海辺に船の艫に乗って示現、その後、さらに切目浦、稲持山（稲羽根）、滝尻、発心門と順次に示現を繰り返して本宮蓬莱島へと至ったという。ほぼ同様の伝承は『熊野山略記』にも見え、そこでも藤代から切目浦、出立浦、稲羽根、滝尻、発心門と示現を重ねて本宮の地へと至っている。

これら十二所権現示現の地が、五体王子社の地とほぼ一致しているのは、当時の熊野信仰圏の拠点と拡がりとを示すものであろう。戸田芳美は、これらの王子社を拠点として熊野参詣道を管理していたのは、御師先達たちの集団であったろうと推測している(14)。

しかし、ここで私たちにとって興味深いのは、十二所権現の熊野への示現が、藤代→切目→稲羽根→滝尻→発心門→本宮という典型的な道行の形式をもって語られていることである。これはいわば古代的な神々の巡行の形式を襲うものということができる。そして、この権現の示現の道行においても、やはり、藤代、切目、滝尻の地

が道行の重要な区切り目——結節点と見なされているのである。

この熊野権現の示現の道行と早歌の「熊野参詣」の道行における五段構成との間には、明らかにある種の共通性を見てとることができよう。

藤代、切目、滝尻の三地が共通して持つ特殊な性格は、早歌の詞章の表現の中にも興味深い形で表れている。

山は峨々として雲聳け。海は漫々として波を濆す。麓を過ぎてよぢ登る。御坂を越えてやすらへば。手向の王子の御注連縄。猶くり返し顧る。[15]（第三段・藤代）
秋の夜の暁深く立ちこむる。切目の中山なか〱に。月に越ゆればほの〲と。天の戸しらむ方見えて。横雲かかる梢は。そも岩代の松やらん。（第四段・切目）
山下に上を望めば。樹木枝を連ね。松柏緑陰しげく。道は盤折。巌嶺に通じてさか上る。のぼり〱ては。暫くやすむ石龕の辺、ゆき〱ては。猶又幽々たりとかや。（第五段・滝尻）

三つの土地をそれぞれ区切りとする各章段の冒頭の文章である。一読してわかるように、これらの章段は共通して急峻な峠道を一歩一歩よじ登るところからうたい出している。実際、熊野参詣道は藤代王子社前を過ぎるとすぐに熊野道第一の眺望とされる藤代坂にかかるが、そこは定家が「道崔嵬殆有恐」[16]（『熊野行幸日記』）と記した険しい峠道であった。また切目王子社と岩代王子社との間には切目中山峠あるいは榎峠といわれる峠道がそびえ、滝尻王子社の背後の滝上坂は、中御門宗忠が「已如立手、誠身力尽了」[17]（『中右記』）と記した熊野道第一の難所であった。

すなわち、これら三つの区切りめとなった王子社は、いずれも険しい峠道を控えた山の口に位置していたのである。明空の筆はこうした現実の地形を踏まえているにすぎないのだが、問題は、彼によって章段の区切りめの地として選ばれた三つの土地が、ほぼ同様の地形を持っていたという興味深い符合の意味するところである。

ちなみに、早歌における典型的な道行の詞章を持つもう二曲の中、「海道」（全三段）の第三段と、「善光寺修行」（全二段）の第二段の冒頭も、やはり次のようにうたい出されている。

山は青巌の像を。誰かは削り成しけん。工に知られで。幾年月を杉立てる。谷の峨路に。凝敷く岩根の岩根伝ひ。蔦這ひかゝる宇都の山。
（「海道」第三段）

野辺より野辺を顧て。野外の煙片々たり。山より山に移り来て。重山遥かによぢ上る。雲雀は翅を雲に隠し。哀猿は叫んで霧に咽ぶ。苔踏みならす岨伝ひ。向へる尾上の盤折。
（「善光寺修行」第二段）

「海道」第三段は著名な歌枕である宇津の山の峠道を登るところから、「善光寺修行」第二段も、やはり碓氷峠を中心とする上野信濃国境の山々を越えるところからうたい出している。両曲とも「熊野参詣」と同じく明空の手になるものであるが、これらの符合は、作者の恣意や嗜好というだけでは片付けることができない。これら共通の地形を持った土地が、章段の区切りめとしてふさわしいと考えられるべき子細が、確かに存在したはずなのである。

2　滝尻——善生土・熊野御山の結界

熊野参詣道は田辺を過ぎるとまもなく東へ折れ、「中辺路」と呼ばれる山越えの道に入る。滝尻王子社はその中辺路の中程、岩田川（現富田川）と石船川の合流する川合に位置していた。熊野詣の道者たちは、早歌の詞章にもあるように、岩田川の河岸を幾度となく渡河を繰り返し、定められた場所で水垢離を繰り返しながら滝尻王子社へと至った。

天仁二年（一一〇九）十月二十三日、岩田川の渡河を十九度も繰り返し、ようやく滝尻王子社前に至った中御門宗忠は、その日録の行間に、「初入御山内」[18]と記している。「御山の内」とは、むろん熊野三山の神域の謂であろう。宗忠はここまで来てはじめて、熊野の神域へと足を踏み入れたという想いをあらたにしたのである。

滝尻は何。御山の内なり。般若菩薩の咒、馬頭、忿怒月猒菩薩等の咒を三返満てて立つべきなり[19]。

（書陵部蔵「諸山縁起」）

御山の滝尻に付きてその水に洗ふ事、尤も大切なり。右の川は観音を念ずる水、左の川は病を除く薬の水にして、阿閦仏の下より出づる水なり。

（同前）

書陵部蔵『諸山縁起』に見えるこれらの記述は、古来、滝尻が熊野神域の入り口とされ、神域の内と外を分かつ結界の地と意識されていたことを伝えている。この場合、「結界」とは、聖域を画する象徴的装置であり、何らかの脱俗浄穢の手続きなしには通過することのできない地点の謂である。王子社前における石船川、岩田川での禊祓が、観音の水、阿閦仏の水としてとりわけ重視され、般若菩薩の咒や馬頭・忿怒月猒菩薩等の咒を唱えなければならなかったのも、そこが、厳重なる浄穢の手続きなしには越えることのできない結界の地であったからであろう。

『諸山縁起』はまた、次のようにも記している。

滝尻の上の御前は常行の地にして、善生土と云ふなり

熊野参詣道は滝尻王子社の背後からすぐ胸を突くような急峻な登り坂となり、やがて峠へと至る。「滝尻の上の御前」とはこの坂上の峠の地のことであろう。応永三十四年（一四二七）九月二十六日、足利義満の室北野殿と女南御所の熊野詣の先達を務めた住心院僧都実意が、「すてに安養の浄土に往詣して、不退の宝土を踏めり」と記したのも、この滝尻の上の地のことであった。

『源平盛衰記』第四十「維盛入道熊野詣」は、滝尻の地に至った維盛の有様を次のように描き出している。

その日は瀧尻に着き給ふ。王子の御前に通夜し給ひ、後世をぞ祈り申されける。かの王子と申すは、本地は不空羂索、衆生利益の為とて、跡をこの砌に垂れ、当来慈尊の暁を待ち給ふこそ貴けれ。明けぬれば峻しき岩間を攀登り、下品下生の鳥居の銘、御覧ずるこそ嬉しけれ。

十方仏土の中には　　西方を以て望みと為す
九品蓮台の間には　　下品と雖ども足るべし

と注し置きたる諷誦の文、憑しくこそおぼしけれ。高原の峰吹く嵐に身を任せ、三超の巌を越ゆるには、忉利の雲も遠からず。発心門に着き給ひ、上品上生の鳥居の額拝み給ひては、流転生死の家を出でて、即悟無生の室に入るとぞ思し召す[20]。

ここに見える九品の鳥居については、『四十八巻本法然上人絵伝』にもその名が見え、実意もまた、「此所より

九品の鳥井たちはしむ、即下品下生の鳥居あり」と記している。滝尻の峠の上の地に下品下生の鳥居が立ち、その内側が、「安養の浄土」と見なされていた。そしてそこから順次九品の鳥居が立ち並び、発心門王子社の上品上生の鳥居に至っていたのである。

発心門王子の名は、浄土への入り口にあたるという四門（発心門、修行門、等覚門、妙覚門）の一になぞらえたものである。その名の示す通り、この地もまた、熊野の神域の結界をなしていた。

ここで注目しておきたいのは、熊野の神域を画する結界が、一重ではなく、幾重にも重層的に表されているという事実である。発心門の地が内側の主要な結界であったとすれば、滝尻はそのもう一つ外側の主要な結界であったということができよう。そして、その間に立つ九品の鳥居の一つひとつが、道者たちにとっては、聖なる小結界として意識されていたのではないか。

中御門宗忠は、滝尻の坂の上の地で、「見三百町蘇屠婆」とも注している。この「三百町蘇屠婆」とは、本宮までの町数を示す、後世の高野山の町石のごときものであろうか。とすれば、これもまた、滝尻より本宮へと至る道のりの持つ結界的性格を伝えるものであろう。

3　藤代——熊野神域の最初の結界

藤代王子社は、有間皇子処刑の地として名高い藤代坂の山口に位置している。藤代坂は紀伊名草、在田（のち海部）両郡の界である。その峠には藤代塔下（手向）王子社が祀られていた。

藤代のみ坂を越ゆと白栲のわが衣手は濡れにけるかも(21)　（『万葉集』巻九・一六七五）

藤代坂はまた、古来著名な歌枕の地でもあった。和歌の浦を一望に見渡すその景観に加えて、信仰的にも特別の意味を持った土地であったからである。

信濃の神坂峠。甲斐の御坂峠。相模の足柄の御坂。古来、「ミサカ」と呼ばれる峠の多くは、国や郡の境界に位置し、峠神や坂神といった荒ぶる境界神の支配する土地であったといわれている。[22] この藤代の御坂も、早くからそうした峠の神の鎮座する境界の地として、行旅の人びとの信仰と畏怖の対象となっていたのであろう。峠に祀られている藤代塔下王子社がまた「手向王子社」と呼ばれていたのも、その本来の性格が峠の手向神の信仰に根ざしていたことを物語っている。

『梁塵秘抄』巻第二には、この藤代と熊野信仰との関わりを示す歌が二首収められている。

熊野の権現は　名草の浜にこそ下りたまへ　若の浦にしましませば　年はゆけども若王子[23]

（『梁塵秘抄』巻二・二五九）

熊野の権現は　名草の浜にぞ下り給ふ　海人の小舟に乗りたまひ、慈悲の袖をぞ垂れたまふ（同、四一三）

『紀伊続風土記』等によれば、[24] 名草の浜とは、かつて雑賀山から名草山、船尾山にかけて広がっていた若の浦が名草郡の陸岸と接していた海浜を広く総称し、後の毛見の浜や藤代の前の浜もその一部であったと思われる。和歌の浦はさらにそこから南へ広がる湾岸一帯を広く指す呼称で、名草の浜もその一部であったという。とすれば、右の二首の歌は、明らかに「孝安天皇御時、紀州三上郡若浦藤代熊野十二所権現乗船艫示現」という、前掲「熊野三所権現金峯金剛蔵王降下御事」所載の記事や、「十二所権現乗御船、紀伊国藤代着岸」[25] とする『熊野山略記』の伝承を踏まえたものであろう。

『梁塵秘抄口伝集』巻第十には、永暦元年（一一六〇）十月の後白河院初度の熊野詣の際、厩戸王子社で権現の夢告を得、次の長岡王子社で右の二五九歌を自らうたったという記事が見える。長岡王子は、信達王子、信達一の瀬王子とも呼ばれ、和泉・紀伊の境をなす雄ノ山峠の手前に位置していた。後白河院があえてこの地においてこの歌を選んだのは、行先に横たわる権現示現の地、藤代を意識したからにちがいない。

すでに見たように、「熊野三所権現金峯金剛蔵王降下御事」は、熊野十二所権現の熊野の地への垂迹を道行の形式で伝えているが、その道行の出発点が、ほかならぬこの藤代の地であった。この事実は、藤代の地の性格を考える上で見のがすことができない。熊野参詣の道行を描いた様々な文章の中で、藤代はしばしばその道行の語り出しとなっているからである。

これより熊野参詣の志ありとて、修行者の様に出で立ち給ひければ、いかにもなり給はん様を見奉らんとて、時頼入道も御供申して参りけり、紀伊国三藤といふ所へ出で給ひ、藤代王子に参り、暫く法施を奉り給ふ。所願成就と祈誓して、峠に上り給へば、眺望殊に勝れたり。霞籠たる春の空、日数は雲井を隔つれど、妻子の事を思ひ出て、故郷の方を見渡して、涙の垢離をぞかき給ふ。[26]（『源平盛衰記』巻第四十「維盛入道熊野詣」）

『源平盛衰記』は、高野から熊野へと向かう維盛の道行を右のように語り出している。当時、高野山から熊野へは小辺路と呼ばれる山越えの道が通じていたが、『盛衰記』はあえて紀伊路から、中辺路へと進む道をとらせている。そしてその道行の冒頭を藤代王子への参拝から始めているのである。

『太平記』によれば、南都から熊野へと向かった大塔宮護良親王の熊野落ちの道行も、やはり藤代の地から語り出されている。

有馬湯泉神社蔵「熊野曼荼羅図」[27]（室町末期成立）は熊野権現の本地と垂迹の双方を描いた、いわゆる熊野本迹曼荼羅の代表的なものであるが、上段から熊野三所権現、五所王子などを描いたその絵柄の最下段中央に壮大な楼門を、その左に鳥居を描く。『紀伊続風土記』藤白若一王子権現社の条に「熊野の盛なりし時此地に大鳥居を建て熊野一ノ鳥居とし遂に熊野神を遷し祭りしならん」「古境内の入口に楼門あり　勅額の銘に日本第一大霊験根本熊野三山権現とありといふ[28]」とある熊野の一の鳥居と楼門であろう。中世、この藤代の地に、熊野神域の入口であることを示す楼門と一の鳥居とが建てられていたのである。

林屋辰三郎によれば、結界によって分割された内奥の世界が、すなわち曼荼羅なのではなかろうか、という[29]。とすれば、熊野曼荼羅図の最下段に描かれた藤代の楼門と一の鳥居は、その地が、紛れもなく熊野神域の、最も外側の最初の結界であったことを物語っていよう。

バーク・コレクション蔵『熊野縁起[30]』（絵巻、三巻）は、巻末に、蕪坂、切目、発心門などの諸王子社から本宮、新宮、那智に至る熊野三山の山々を畳々たる山並みとして描き出しているが、その冒頭に置かれているのは、やはり藤代の峰と王子社であった。その藤代王子社の手前に大きく描かれた鳥居は、前出の一の鳥居であろう。

林信章『熊野詣紀行』（一七九八年）や伊達千広『龍神出湯日記』（一八六七年）などによれば、近世期、藤代の一の鳥居より以南の地にては、牛を耕作以外の荷役などには使用しないという不文律が存在していたという[31]。牛は熊野権現の使いであり、「熊野の門」とされた藤代より内側の神域では、その使役がタブー視されていたのである。近世期においても、藤代を熊野の神域の入口とする観念が、ある種の現実的な規制力をもった宗教的権威として、なお存在していたのである。

滝尻や発心門の地が熊野の神域を画する内側の結界であったとすれば、この藤代は、早くから熊野神域の入り口、その最も外側の結界として位置づけられていたということができる。権現の示現の道行が藤代から始められているのも、維盛や大塔宮の道行が、やはり藤代から始められているのも、そこが神域の最も外側の結界だとする観念によって裏付けられたものであろう。

4　切目――もう一つの結界

熊野出でて切目の山の椰の葉し
よろづの人の　うはきなりけり
（『梁塵秘抄』巻二・五四七）

椰の葉は熊野の神木である。その神木を、熊野参詣を終えて後の下向時に折りてかざす習俗があった。その最もよく知られた場所が、右の『梁塵秘抄』の今様にもあるように、切目の山である。藤原為房の『大御記』に「此日於切戸山、取奈木葉挿笠(32)」とあるから、この習俗の由来はほとんど熊野参詣の歴史とともに古いといってよいだろう。

『道成寺縁起絵巻(33)』は、安珍の後を追って切目川を渡った清姫の背後に小さな社を描いている。切目五体王子社である。切目の地も五体王子社も、むろん物語の内容とは直接関わりがない。日高川を渡り道成寺へと至る安珍と清姫の逃走と追跡は、いわばやがて浄土に再生すべき彼岸への道行にほかならないが、その道行の点描として切目王子社が描かれているのである。

切目は不思議な場所である。古来、様々な物語や伝承の舞台となってきた。切目という土地の持つ不思議な力が、人や物語をそこに引きつけるのである。その一つひとつについて切目でなければならない必然性を明らかにすることが難しいだけに、かえって、その不思議さが強く印象付けられる。切目の地の持つそうした力は、おそらく、熊野の信仰圏において切目の占めていた特別な位置と関わっているにちがいない。

熊野参詣道は、塩屋の浜で禊ぎの後、上野、津井、イカルガなどの王子社を経て、切目王子へと至る。切目は、切目川の河口にあたり、山が海辺までせまった狭小の地であった。

天仁二年（一一〇九）十月、中御門宗忠は、「切部水辺」（おそらく切目川川口近くの水辺であろう）で祓した後、切目王子社に奉幣、下人小屋に一宿した後、翌朝切目川を渡り切目中山の峠を越えている。（『中右記』）切目川を渡ると道はすぐ峠越えの山道となる。切目中山峠は、中山榎峠とも呼ばれた。今日、切目中山王子社はこの峠の手前に位置しているが、古くは峠を越えた向こう側の谷の奥に祀られていたと推定されている。

黒田日出男は、小夜の中山、吉備の中山など、全国に数多く見られる「中山」という地名が、土地の境をなす山に与えられた境界の地名であったことを明らかにしている(34)。熊野王子社中のもう一つの「中山王子社」は紀泉の境をなす雄ノ山峠に近い山中に位置していた。この切目中山の呼称も、その地の境界的性格を示すものであろう。「榎峠」という地名も、境界に「標の木」として榎などを植えた習俗との関わりを推測させる。切目中山の場合、行政的には、日高郡島田村と同郡岩代村の境であった。しかし、むろん熊野詣の道者たちにとっては、切目の山は単なる村境以上の大きな意味を担っていたはずである。

中世の軍記物語類にはそのような特別な意味を担った切目がしばしば登場する。


去程に彼信西入道と申は、南家の博士、長門守高階経俊が猶子也。大業も遂ず、儒官にもいらず、非重代なりとて弁官にもなされず、日向守通憲とて何となく御前にて召仕れけるが、出家の志ありし事は、御前へまいらんとてびんをかきけるに、びんの水に面像をみれば、寸の頸劔のさきに懸て空なると云めんざうあり。大に驚思ひけるが、宿願あるに依て熊野へ参詣す。きりめの王子の御前にて相人に行逢たり。相して云、

「御辺は諸道の才人也。但寸の頸剱のさきに懸て露命を草上にさらすといふ相あればいかに。」と云。行末はしらず、こしかたをば一事も違はずいひければ、「通憲もさ思ふぞ。」とて身の毛もよだつ。[35]

（『平治物語』上）

由良湊ヲ見渡セバ、澳漕舟ノ梶ヲタへ、浦ノ浜ユフ幾重トモ、シラヌ浪路ニ鳴千鳥、紀伊ノ路ノ遠山眇々ト、藤代ノ松ニ掛レル磯ノ浪、和歌・吹上ヲ外ニ見テ、月ニ瑩ケル玉津島、光モ今ハサラデダニ、長汀曲浦ノ旅ノ路、心ヲ砕ク習ナルニ、雨ヲ含メル孤村ノ樹、夕ヲ送ル遠寺ノ鐘、哀ヲ催ス時シモアレ、切目ノ王子ニ着給フ。其夜ハ叢祠ノ露ニ御袖ヲ片敷テ、通夜祈申サセ給ケルハ、（中略）終夜ノ礼拝ニ御窮屈有ケレバ、御肱ヲ曲テ枕トシテ暫御目睡在ケル御夢ニ、鬟結タル童子一人来テ、「熊野三山ノ間ハ尚モ人ノ心不和ニシテ大儀成難シ。是ヨリ十津川ノ方へ御渡候テ時ノ至ンヲ御待候へカシ。両所権現ヨリ案内者ニ被二付進一テ候ヘバ御道指南可レ仕候。」ト申スト被二御覧一御夢ハ即覚ニケリ。是権現ノ御告也ケリト憑敷被二思召一ケレバ、未明ニ御悦ノ奉幣ヲ捧ゲ、頓テ十津河ヲ尋テゾ分入ラセ給ケル。[36]

（『太平記』巻五）

藤原通憲は切目王子社前にて相人（人相見）に行き逢い不吉の予言を受け、大塔宮は熊野落ちの途次切目王子社に通夜して夢告を得る。相人の占いと権現の夢告とは神意の発現という意味において相似であろう。切目王子社は、そうした神霊の力の発動するのにふさわしい場所と考えられていたのである。事実、承安四年（一一七四）九月二十七日、切目王子社に宿りした吉田経房はその夜夢告を見、「偏是三所権現令示現給歟[37]」と記している。

ところで、大塔宮が切目王子社で得た権現の夢告とは、熊野三山の間は人の心不和にて大儀成難きにより、是より十津川の方へ渡りて時を待つべし、というものであった。この時、大塔宮は、まだ、夢告のいう「熊野三山の間」には足を踏み入れてはいない。熊野の神域に入る手前の地で、夢告を得、道を十津川へと転じたのである。切目の地は、実際に熊野と十津川とを分ける岐れ道にあたっていたが、ここではそれ以上に、熊野の神域の境界の外側の地として意識されていることが注目される。

切目の地をめぐる大塔宮の伝承は、私達に、平治の乱における平清盛熊野詣の逸話を想い起こさせる。清盛一行は参詣の途次源義朝挙兵の知らせを受け、すぐさま反転して京へと向かうが、『平治物語』によれば、その急使の知らせを受けたのが、この切目の地であった。この知らせは清盛とそれに従う平氏一族にとって運命の岐路とでもいうべき大きな意味を持つものであったが、慈円の『愚管抄』によれば、清盛が京からの知らせを受けたのは、切目でなく、その先の田辺の地であったという。田辺は口熊野の中心地、いわば熊野の表玄関である。『平治物語』の作者がそれをあえて切目の地とした背後には、熊野の神域の内側である田辺の地よりも、その手前の境界の外側の地こそふさわしいとする無意識の選択が働いていたのではないか。

『義経記』巻三に見える有名な弁慶誕生説話にも切目王子が登場する。熊野別当弁せうは本宮証誠殿に詣でた二位の大納言の姫に横恋慕し、姫を強奪した為、京方と熊野方との戦さとなる。「新宮熊野の地へ敵に足を踏ませばこそ」(38)といきり立つ別当方に対して、京方が陣を構えたのが切目の王子であった。いわば切目中山をはさんで熊野の内と外で両軍が対峙する形である。結局熊野大衆の激しい抵抗にあった京方は、熊野の地へ足を踏み入れることのできないまま兵を帰すことになるが、ここでもやはり、熊野神域の境界として切目の地の特殊性が強く意識されていよう。

熊野より下向時の習俗として、梛の葉の挿頭のほかに、もう一つ「豆の粉の化粧」というものがあった。これも切目王子にまつわるものである。

切目の王子《五躰王子》の御まゐにて御けしやうの具まいる、まめの、こなり御ひたい、御はなのさき、左右の御ほうさき、御おとかひ等にぬりまして、まさに王子の御まへをとほらせ給時ハ、いなりの氏子こう〳〵とおほせらるへきよし申入、

（実意『熊野詣日記』）

住心院僧都実意によれば、熊野からの下向の折、切目王子社前にて、額、鼻先、左右の頬先、頤などに豆の粉をぬり、王子の前を通るときには、「稲荷の氏子、何某」と唱えなければならなかった。この民俗としても興味深い奇妙な習俗の由来を説いているのが、書陵部蔵「宝蔵絵詞」である。同資料は、上、中巻を欠き下巻のみが伝えられているが、それによれば、切目の王子は、もと熊野権現に奉仕する童子であったが、護法として日夜仕えるように命ぜられた僧の鼻をはじいて殺してしまったため、権現の怒りを買い、右足を切られて切目の山に放逐される。放逐された切目の王子は熊野下向の道者たちをとらえてその福幸を奪い取る荒ぶる神となったため、その対策に困じた権現は、稲荷明神に相談し、明神は切目の王子と親しい「あこまち」というものを召して一計を案じる。あこまちは王子に稲荷明神に詣でた道者達の福幸は奪らないと約束させ、稲荷への帰依者の徴として王子の忌みきらう豆の子の化粧をさせるようにしたというものである。

さて、とうし御山にかへりまいりて申給やう、「つけさせおはしましてさふらひし僧は死さふらひにたれは、かへりまいりてなん候」と申たまひけれは、みな、「さしりたり。ゆゝしきわさしたる物かな」とて、童子とらへて、右の足を切て、きり辺の山にはなたせおはしましぬ。そのゝち、とうし、権現の御勘当すへきやうもなくて、さりとてはいかゝはせんとおほして、熊野へまいりて利生かうふりて下向せんものゝ、ふくさいはゐをはいとりて、世にあらんとおほしとりて、下向するものゝ、福さいはゐをとりたまふ。（中略）いな

りの大明神、あこまちをめして、切部の皇子かたらふへきよしを仰らる。あこまちうけたまはりさふらひぬ。「まかりむかひてかたらひ心みさふらはん」とまうしたまふ。時のまに、王子のもとへゆきていはく、「我身はひとへに王子をたのみまいらせてあるに、わかもとへまうてくる物ともの、くま野にまいりて利生かふりて下向する物のふくさいわいをとらせたまへは、まうてきてなきかなしみ候なり。いか、しさふらふへき」と申給へは、王子、「これこそえしりさふらはさりけれ。いかにしてかあこまちのもとへまいる物とはしりさふらふへき。あこまちのやうにけさうしたらむものをや。まいる物とはしり候へき」とあれは、あこまちのたまはく、「けさうする物は世におほく候。又、おとこはいかにかはけさうはし候へき」とのたまへは、王子のたまはく、「我はゆ、しくまめのこのくさくおほゆるなり。されは、まめのこをけさうにしたらむものを、それへまいるものとはしりて、それか福幸をはとりさふらはし」と、王子のたまふ。あこまち、「神妙に候」とて、悦てかへりたまひて大明神に申たまふ。

大明神このよしを権現に申給。その、ち、この定に御託宣ありてのち、まめのこのけさうはするなり。(39)

切目の王子と「すちなき中」であったという「あこまち」とは、稲荷明神に仕える巫女でもあったのだろうか。ともあれ、この『宝蔵絵詞』は、熊野信仰圏における切目王子の特殊な性格を鮮やかに描き出している。切目王子は、熊野の神域において、権現の意にそむいて暴虐を働いたために放逐される。その放逐された先は、もちろん神域の結界の外側だろう。そこが切目の山であった。そして、放逐された王子は、境界の地で神域より下向する道者達の利生を奪い取る魔障の神となったのである。

『宝蔵絵詞』に描き出されたややユーモラスな切目王子の姿は、峠や山の口にあって往来人の「半ばを生かし、半ばを殺し」たという『古風土記』の荒ぶる神を想起させる。その性格は明らかに、古代以来の境界の障碍神の系譜を引くものであろう。切目王子にまつわる類似の伝承は『諸山縁起』や『両峯問答秘抄』にもみえる。

熊野の御山を下向する人のその験気の利生を奪ひ取る者三所あり。未だ知らざるや。何」と。行者、「知らず」と答ふ。「我に教へ給へ」と。云はく、「熊野の本主は麁乱神なり。人の生気を取り、善道を妨ぐる者なり。常に忿怒の心を発して非常を致すなり。時々山内に走り散りて、人を動かし、必ず下向する人のその利生を妨ぐ。その持する事は、檀香・大豆香の粉なり。面の左右に小し付くれば、必ず件の神遠く去る。その故に、南岳大師の御弟子一深仙人の云はく、「人、もろもろの麁乱神を招き眼を奪ふことあらば、檀香・豆香を入るれば皆悉く去り了んぬ」と。その故に、大豆を粉に作して面に塗れば、必ず障碍する者遠く去るなり。その処は、一に発心門、二に滝本、三に切目なり。山中に何の笠をば尤もにせん。那木の葉は何ぞ。荒れ乱るる山神、近く付かざる料なり。

（『諸山縁起』）

問云。大豆香其謂何事。答云。熊野山地主者ソラム神也。而権現影向之間。山中ヲ追出サルル時。山林ニマシリテ一年ニ一度人ヲオヒヤカシナヤマス事アリ。又権現ヨリ給福分奪取之間。南岳大師ノ御弟子一深仙人此事ヲ聞。南山ニ参テソラン神ヲ集テ。大豆香ヲ目ニ入テ眼ヲクラマス間。其後大豆香ノ香タニモスレハ。遠去テ人ノ福分ヲ取ラサルナリ。仍用之。ソラン神在所者祓殿発心門滝尻切目也。云云

（『両峯問答秘抄』）

ここでは境界を障碍する神としての性格がいっそう際立っていよう。熊野の本主であったとされる麁乱神が道者を障碍する場所が、切目であり滝尻（『諸山縁起』に「滝本」とあるのは、那智の滝の本ではなく滝尻の謂であろう）

であり発心門であり、あるいは熊野本宮に参拝するための禊ぎの場であった祓殿であるのは、やはりそこが、熊野の神域を画する結界の地であったからにちがいない。
『諸山縁起』などにみえる「役の行者の熊野山参詣の日記」は参詣の道行における道々の禊祓の由来を、こうした境界の障碍神との関わりで伝えている。

切目の中山の谷の口に面を荘りて、また女に値ふ。見るに凶形なり。怖畏の心起るべし。「そもそも汝は何人なるぞ」と問ふに、かの女答へて云はく、「我は道人を食となす鬼なり。回法の人貴く御す。我極めて苦しみ重し。助け絵へ。如何」と云ふ。再拝し回音するに、鬼形少く成る。いかに況んや、神咒を聞きて賀ぶをや。「我、礼拝して人を食する心亡び遠去る」と。上に隠れ了んぬ。清浄にして隠れ了んぬ。

（『諸山縁起』）

「切目ノオウジノソハニテ、谷ニ向ヒテ在祓」（『両峯問答秘抄』）という記述からも窺えるように、切目の谷における禊祓も、本来、谷の奥に鎮座する境界の障碍神の祭祀に関わるものであったろう。
これまでに見てきた多くの資料は、切目の地もまた、熊野信仰圏においてその神域を画する重要な結界の一つであったことを物語っている。梛の葉の挿頭と豆の粉の化粧という熊野下向時の特異な二つの習俗が、いずれも切目の地に関わっていたことも暗示的である。あるいは、この二つの習俗は、権現への参詣を無事すませた道者達が、熊野の神域を離れるにあたって成すべき、一種の離脱の手続きのごときものではなかったろうか。
『道成寺縁起絵巻』の作者が、道行する清姫の背後に切目の王子社を描かざるを得なかったのも、その地の結界的な性格を強く意識していたからにちがいない。

5　境王子と境界儀礼

藤代、切目、滝尻の三地は、それぞれ熊野の神域を画する聖なる結界の地であった。では、もう一つの区切めであった境王子とは、どのような場所であったろうか。「熊野参詣」第二段冒頭に「池田と和泉の境の里」とあるように、「堺」は文字通り境界の地であった。摂津・河内・和泉三国が境を接し、三国ヶ丘の名も、堺の名もここに起こるという。旧熊野街道はこの境界を越えて摂津から和泉へと進む。竹山真次の考究によると、古くは大小路と呼ばれる大道が摂泉の界をなし、境王子社は熊野街道とその大小路との交差する辻のあたりに位置していたろうという。(40) 境王子社旧趾の正確な位置はわからないが、その名が摂泉あるいは摂河泉の境に関わるものであったことは間違いない。

この地に王子社が成立したのはいつごろのことであろうか。為房の『大御記』には「和泉堺之小堂」とあるのみであるが、定家の『熊野行幸日記』や頼資の『修明門院熊野御幸記』には、すでに境（堺）王子の名が登場する。

> 次参二境王子一　次第又如レ例、次於境有二御禊一田中也、南向、
>
> （『熊野行幸日記』）
>
> 次参二御堺王子一、次於レ堺有二御禊一、奉レ舁二居御輿西面於路辻一、次御禊儀如レ常、庁官前行、兼立二儲八足一、用意人形毎事如レ例、(41)
>
> （『修明門院熊野御幸記』）

定家も頼資も境王子社へ参拝した後、同じように「堺（境）において御禊あり」と記している。この場合、

「堺」とは一定の広がりを持った地域の呼称ではなく、より狭小な一地点を指したものと見なすべきであろう。摂泉の堺に文字通り「サカヒ」と呼ばれる一地点があり、そこで禊祓をして通過するのが慣例となっていたのである。その禊の地を定家は「田中也」、頼資は「於路辻」と記している。「路辻」とあるのは明らかに二つの道の交差する辻を意味していよう。頼資によれば、そこで大祓の場合などと同様に贖物の人形《ひとがた》を使い、祓いして通過したのである。

竹山真次が指摘したように、この辻が大小路の辻であったとすれば、そこは又、古来、晴明の辻あるいは占の辻と称された伝説の場所でもあった。

占辻（湯屋ノ町・市ノ町との間、大小路の衢をいふ。俗説曰く、摂・河・泉の堺目、南北分地とする所なりとぞ。あるが云ふ、むかし、安倍晴明ここに来たり、諸民辻占のため、陰陽の神符をここに籠め置きしとぞ。今においてこの辻に来たり、吉凶を卜するに正しく違ふ事なしとなり。妄談信ずるに足らず[42]）

（『和泉名所図会』）

笹本正治や宮田登によれば、このように堺の辻を辻占の発祥地とする伝承が生み出されてきたのは、境界としての辻が、神霊の力の発動しやすい場所であったからであるという[43]。この近世の辻占の起源を語る伝承と境王子での禊ぎの儀礼とは、はるかに時代をへだててはいるが、そこには「サカヒ」という境界の地の持つ特殊な性格を共通して見てとることができる。

「両峯問答秘抄」所載「道中祓ノ次第」は熊野道中二十一ヶ所の祓の第一に「第一国堺（堺和泉）」をかかげ、さらに「或記曰」として「向其国神勧之　敕定。云云」と記している。国堺とはいうまでもなく摂泉の界。国神とは、この場合和泉の国魂の神を指していよう。すなわち「堺」の地の禊とは摂津から和泉へと越えるに際して、その境で和泉の国の神に対して行うものというのである。この指摘は重要である。なぜなら、ここには国境における境界儀礼の思いがけない古い層が透けてみえるからである。『常陸国風土記』には、次のような興味深い境界儀礼の事例が載せられている。

榎の浦の津あり。すなはち駅家を置く。東海の大道、常陸路の頭なり。ゆゑに、伝駅使等、初めて国に臨まむとしては、先づ口と手とを洗ひ、東に面きて香島の大神を拝み、然して後に入ることを得るなり。(44)

（『常陸国風土記』）

はじめて常陸の国に入るに際して、口と手とを洗うのは、境界の禊ぎである。しかしてその際香島の大神を拝するのは、小島瓔禮によれば、彼が「常陸国の主神」と考えられていたからだという(45)。とすれば、榎の浦の津における禊ぎと、境王子における禊ぎとは、国界において国魂の神を拝し禊ぎしたのち境を越えて参入するという、境界の参入儀礼として同質のものといってよいだろう。ここでは新たに入国する国の国魂の神を祀るものであることに注意すべきであろう。境界の儀礼には、いわば内と外の別があり、ここでは、それは外から内へと参入する手続きであったのである。

堺の地における祓いの儀礼は、おそらくその地に王子社の成立するはるか以前から、和泉国への入国儀礼として繰り返し行われてきたものであろう。『大御記』にみえる「和泉堺之小堂」というのも、あるいは境王子社成立以前に境界の祓いの地に建てられていた辻堂のごときものではなかったろうか。

国界としての「堺」の地における境界儀礼と、王子社との関わりは、王子社が本来担っていた信仰の古層を伝えて示唆的である。

早歌「熊野参詣」の各章段の冒頭の章句が示していたように、藤代、切目、滝尻の三地は、いずれも背後に急峻の峠道を控え、王子社はその峠道の登り口に祀られていた。この興味深い符合は、これらの主要な宗教的結界が、より古層の自然発生的な地理的境界の信仰に根ざしていたことを示している。急峻なる峠道は、しばしば二つの世界を隔てる境界の地とされ、その頂きや道の登り口には、行旅の安全を祈るべき境界の神が祀られていた。(46) 藤代、切目、滝尻の三王子社も、もとは、そうした山の口に祀られる神々の信仰に根ざしていたにちがいない。

「熊野参詣」と同類の道行表現を持つ早歌二曲の中、「海道」第一段の末尾は次のように結ばれている。

願ひをみつの汐風も。猶吹き送る二村山。打過ぎぬれば是や此。又国越ゆる境川。遠里はるかに立のぼる。
烟の末の一筋に。急ぐは旅のゆふぐれ。

「又国越ゆる」とあるように、境川は三河と遠江の境をなす川であった。ちなみに同曲第二段のうたい出しとなっている「宇津の山」は、駿河国有度郡と益頭郡の境であり、古くから峠神の祀られていた境界の地であったといわれている。(47) 一方、「善光寺修行」の二段を分かつ「碓氷峠」が、上野と信濃の国界であったことはすでに述べた通りである。

道行の表現が、通過すべき土地の境界性に、いかに特別の関心を払っていたかがわかるだろう。「美濃と近江の堺なる　寝物語を打過ぎ」「武蔵下総の境なる角田川　梅若丸の墓印」(48)（『淋敷座之慰』「義氏吾妻下りの道行」）などの用例に見るように、地名の境界性をあえて言挙げするのが道行文にみられる常套的表現の一つでもあった。

熊野参詣道を一瞥すればわかるように、余の王子社が祀られていたのも、多くは、峠や山の口や海辺、川の渡瀬などの境界の地であった。例えば、和泉、紀伊両国界に位置する雄ノ山峠の登り口には馬目王子[49]、峠近くには中山王子が、在田・日高両郡界の鹿ヶ瀬峠の山口にはツノセ王子、沓掛王子が、在田郡糸我荘中番村と湯浅荘吉川村を分かつ糸我峠の山口には糸我王子が祀られていた。これらは、藤代や切目、滝尻と同様に、峠や山の口に祀られる王子社である。

また、川鍋王子、逆川王子などは川の瀬に、千里王子、三鍋王子、田辺の出立王子などは海浜に位置していた。いずれも水辺の境界に位置し、厳重なる禊祓を行ずることなしには通過することのできない地点であった。おそらく道者たちにとっては、こうした王子社や禊祓の地の一つ一つが、聖地へと向かうために越えねばならない結界の地として意識されていたのではないか。『梁塵秘抄』の霊験所歌の道行においても、「根本中堂へ参る道」（三一二歌）の西坂の柿の木、水飲・大嶽、「清水へ参る道」（三一四歌）の五条橋など、やはりそうした結界の地であった[50]。

*

彼岸へと至る門は、一重ではなかったのである。聖地としての寺社の境域は、幾つもの結界によって幾重にも囲繞された、重層的な聖空間を形づくっていた。熊野詣での道者たちのように、生きながら浄土への再生を願う人びとは、そこへと至るために、そうした幾つもの結界の一つひとつを身をもって乗り超えていかねばならなかったのである。

道者たちは、道々の境界に祀られた王子社ごとに、参拝奉幣を繰り返し、馴子舞や里神楽の奉納を重ね、湯浴、水垢離を重ねて進む。これらの行為の一つひとつが、本来は、そうした結界を越えて聖域の内側へと参入するために、欠かすことのできない儀礼的な手続きだったのではないか。そしておそらくは、土地の名や社の名を詠みあげることもまた、結界を乗り超えるための手続きの一つだったはずである。

鹿ヶ谷事件に連座し、俊寛僧都と共に鬼界ケ島に流された平康頼と藤原成経は、島の中に熊野権現を勧請し、熊野詣でのまねごとをする。『平家物語』（覚一本）巻第二、「康頼祝詞」は、その模擬的な熊野参詣の姿を次のように描き出している。

> 二人はおなじ心に、もし熊野に似たる所やあると、嶋のうちを尋まはるに、或林塘の妙なるあり、紅錦繡の粧しな〴〵に。或雲嶺のあやしきあり、碧羅綾の色一にあらず。山のけしき、木のこだちに至るまで、外よりもなを勝たり。南を望めば、海漫々として、雲の波煙の浪ふかく、北をかへりみれば、又山岳の峨々たるより、百尺の滝水漲落たり。滝の音ことにすさまじく、松風神さびたるすまひ、飛滝権現のおはします那智のお山にさにたりけり。さてこそやがてそこをば、那智のお山とは名づけけれ。此峯は本宮、かれは新宮、是はそむぢやう其王子、彼王子なンど、王子々々の名を申て、康頼入道先達にて、丹波少将相ぐしつゝ、日ごとに熊野まうでのまねをして、帰洛の事をぞ祈ける。[51]

康頼と成経にとって、熊野権現を勧請することは、すなわち、路次の主要な王子社をも勧請し、実際に熊野参詣の様を演じることにほかならなかった。そして、その模擬的な参詣において、二人は、「御幣紙」の代わりに花を手折りて献げ、「是はそむぢやう其王子、彼王子なッど、王子々々の名を」声をあげて言挙げしていかねばならなかったのである。

これは、鬼界ヶ島に流された流人たちが、島のなかで、そこの滝を那智の飛滝権現山（ママ）や峯を熊野と見立て九十九ケ所の王子王子の名を唱えることが〈道行〉であったことを描写している。見立のもとの意味がここにある。王子王子の名を数えねばならぬのは、その地のみあれの霊を鎮めてゆく必要があったからである。

郡司正勝は、鬼界ヶ島の流人たちの道行について、こう述べている。[52] 王子王子の名を詠みあげることは、すなわちその地の精霊に触れていくこと、その地の精霊を鎮め、あるいはその力を喚起する行為であった。聖域へと参入すべき結界の地において その地の精霊の名を言挙げすることを繰り返して行くという形の中に、道行という表現形式に内在する本質的な契機を見てとることができよう。

〈道行〉という表現形式が表しているのは、けっしてある地点からある地点までの、単純な空間的移動の経緯ではなかった。そこでうたわれる地名の一つ一つは、本来、その地の持っている結界的性格を具体的に担っていたはずである。それらの名を詠みあげ、うたいあげていくことは、そうした結界の一つひとつを一定の手続きを繰り返しながら乗り超え、より深く聖域へと身を移して行く〈道行〉という現実の行為の、一種模擬的な、言語的表現にほかならなかったといえよう。

中世の早歌享受者たちは、「熊野参詣」の曲を同声にうたうことによって、幾重もの結界を乗り超え、権現の聖地へと分け入って行くという現実の参詣の行為を、まざまざと追体験したにちがいない。だからこそ乾克己も指摘しているように、[53] この曲をうたうことは、すなわち熊野権現へと参詣する功徳に通じるものと信じられてきたのである。

注（1）『紀伊続風土記』第三輯、明治三十四年、和歌山県神職取締所。
（2）五来重『熊野詣――三山信仰と文化』昭和四十二年、淡交社。

（3）『中右記』、『神道大系文学編五参詣記』昭和五十九年、神道大系編纂会、所収。
（4）『熊野詣日記』、同前書所収。以下、『熊野詣日記』の引用は、同書による。
（5）日本古典文学大系『近松浄瑠璃集下』昭和三十四年、岩波書店。
（6）五来重『善光寺まいり』昭和六十三年、平凡社、参照。
（7）昔話「舌切り雀」における主人公の旅が、説話における典型的な道行であることは、本章二「地名をうたう―境界に響く歌ごえ」参照。
（8）この道行に伴う彼岸的性格を鮮やかに摘出して見せたのは、郡司正勝「道行の発想」（『かぶきの美学』昭和三十八年、演劇出版社）である。そこで郡司は次のように述べている。「つまり、すでに、此の世の人ではない心情が要求されたのが、道行の本来であったのは、もと道行は、神がこの世に来臨する道中であったものが、さらに神迎えの巫覡の道行となり、人の世にあっては、この世から幽冥界へ旅立つ様式であり、招魂と遊魂を定着するための過程の行法であったからである。」
（9）乾克己「宴曲抄『熊野参詣』の研究」『房総文化』第三号、昭和三十五年十一月。のち乾『宴曲の研究』（昭和四十七年、桜楓社）に改稿して収録。なお本曲を取り上げたものとしては、ほかに外村南都子「早歌における道行の研究―地名列挙の意味するもの」（『中世文学の研究』昭和四十七年、東京大学出版会、のち外村『早歌の創造と展開』昭和六十二年、明治書院、に再録）があり、両者によって曲中に六十余の王子社名が詠み込まれていることなどが明らかにされている。
（10）木下政雄「熊野懐紙」和歌山県立博物館編『熊野もうで』昭和六十年。
（11）西田長男「熊野九十九王子考」『神道史の研究第二』昭和三十二年、理想社、による。
（12）「修験道章疏四」『増補改訂日本大蔵経九五』昭和五十二年。

(13)『山岳宗教史研究叢書十八・修験道史料集Ⅱ』昭和五十九年、名著出版。
(14)戸田芳美「院政期熊野詣とその周辺」『くちくまの』四十号、昭和五十四年五月。
(15)『日本歌謡集成巻五近古編』昭和三十五年、東京堂出版。以下早歌の詞章の引用はすべて同書による。
(16)前掲『神道大系文学編五参詣記』。
(17)同右
(18)同右
(19)日本思想大系『寺社縁起』昭和五十年、岩波書店。以下、「諸山縁起」の引用はすべて同書による。
(20)水原一考定『新定源平盛衰記』第五巻、平成三年、新人物往来社。
(21)日本古典文学大系『万葉集二』昭和三十四年、岩波書店。
(22)大場磐雄「手向神の祭祀」『まつり』昭和四十二年、学生社。野本寛一「峠の信仰と文学」『地方史静岡』第四号、昭和四十九年八月。
(23)日本古典文学大系『和漢朗詠集梁塵秘抄』昭和四十年、岩波書店。以下、『梁塵秘抄』の引用は、同書による。
(24)『紀伊続風土記第一輯』明治四十三年、和歌山県神職取締所。
(25)地方史研究所編『熊野』昭和三十二年、天理時報社。
(26)前掲『新定源平盛衰記』第五巻
(27)前掲和歌山県立博物館編『熊野もうで』
(28)前掲『紀伊続風土記第一輯』。
(29)林家辰三郎「書評『結界の美』」林家ほか著『新・国学談』昭和四十二年、文藝春秋社。
(30)奈良絵本国際研究会議編『在外奈良絵本』昭和五十六年、角川書店。

(31) 杉中浩一郎「熊野路の牛」『くちくまの』四十一号、昭和五十四年八月、による。
(32) 前掲『神道大系文学編五参詣記』
(33) 『新修日本絵巻物全集第十八巻』昭和五十四年、角川書店。
(34) 黒田日出男「『中山』―中世の交通と境界地名」『月刊百科』二四四号、昭和五十八年、のち、黒田『境界の中世象徴の中世』、昭和六十一年、東京大学出版会、に再録。
(35) 日本古典文学大系『保元物語平治物語』昭和三十六年、岩波書店。
(36) 日本古典文学大系『太平記一』昭和三十五年、岩波書店。
(37) 増補史料大成『吉記一』昭和四十年、臨川書店。
(38) 日本古典文学大系『義経記』昭和三十四年、岩波書店。
(39) 石塚一雄「後崇光院宸筆宝蔵絵詞」『書陵部紀要』二十一号、昭和四十五年。
(40) 竹山真次『難波古道の研究』昭和十年、湯川弘文社。
(41) 前掲『神道大系文学編五参詣記』
(42) 『日本名所風俗図会11』昭和六十年、角川書店。
(43) 笹本正治「辻についての一考察」『信濃』三十四巻九号、宮田登『妖怪の民俗学』昭和六十年、岩波書店。
(44) 角川文庫『風土記』昭和四十五年、角川書店。
(45) 前掲『風土記』脚注。
(46) 註(22)論文参照。
(47) 前掲野本寛一「峠の信仰と文学」
(48) 『日本歌謡集成巻六近世編』昭和三十五年、東京堂出版。

(49) 西律『熊野古道みちしるべ—熊野九十九王子現場踏査録』（昭和六十二年、荒尾成文堂）によれば、馬目王子の旧祉は、近年まで「山中の足神さん」と呼ばれ、「社殿には足の病気平癒祈願の草鞋が数多く吊り下げられていたという。「足神」の信仰は切目中山王子にもあった。これらの事実も、王子社と、道の境にあって行旅の安全を祈る峠神や道の神の信仰との深い繫がりを示すものであろう。

(50) 本章一「〈王城〉の内と外—今様霊験諸歌に見る空間意識」参照。

(51) 日本古典文学大系『平家物語上』昭和三十四年、岩波書店。

(52) 前掲郡司「道行の発想」。

(53) 前掲乾「宴曲抄『熊野参詣』の研究」。

三　地名をうたう——境界に響く歌ごえ

1　はじめに

大和は国のまほろばたたなづく青垣山こもれる大和しうるはし[1]　（『古事記』三〇）

ここは串本　向いは大島　中を取りもつ巡航船[2]　（串本節）

このような周知の例を掲げるまでもないだろう。日本の歌謡は、古来、その歌の中に土地の名を詠み込むことに際立ったこだわりを見せてきた。古代の記紀歌謡や催馬楽・風俗歌などの風俗系歌謡においては、むしろ地名のうたい込まれていないものの方が少数であり、その傾向は、はるか下って中世の小歌から近世近代の民謡の表現にまで続き、現代の歌謡曲に至ってもなお生きている。

日本の歌謡が、土地の名にこだわりを見せるのは、「うたう」という行為にとって、そこに「地名」をうたい込むことが、きわめて本質的な意味で、ある種格別の意義を担っていたからであろう。むろん、現代の私たちが、地名を含む歌をうたうことを特別のこととして意識することがないように、過去の多くの歌い手にとっても、それは、おそらく無意識に近い行為であったにちがいない。しかし、無意識の中に繰り返されてきた行為であるからこそ、かえってその拠ってきたるところは深く、本質的なものであったということができる。「地名をうたう」ということの最も純粋に展開した形は、ある地点からある地点までの路次の地名を順次にうたい次いで行く、「道行」と呼ばれる表現形式の中に見ることができる。

『古事記』の磐媛の道行から近松浄瑠璃劇の心中の道行に至るまで、わが国の歌謡、語り物、演劇、芸能など多様な分野で、大きな位置を占めてきた道行表現の展開発達の歴史やその表現の特質などについては、すでに多くの論者によって、繰り返し論じられてきた。(3) しかし、こうした「道行」という独特な表現の様式が、どうしてこの国にばかり特別な発達をしたのかという問いには、必ずしもまだ明確な答えは与えられていないように思われる。

道行文の発生やその本質については、これまで主として、「物は尽し」の表現と関連付けて語られてきた。(4) 道行表現は、「物は尽し」を母胎として成立し、そこから独自な発達をしたものとするのである。確かに、「物は尽し」と道行文とは、物の名の喚起とその列挙の中に眼に見えぬ呪的な力の発動を促す、というその表現の本質的な部分において、深く通底する要素を共有している。しかし、後に掲げる例からもわかるように、道行文は、けっして、単なる「地名尽し」ではない。いわゆる「地名列挙の物は尽し」としては捉えきれない異質なものを、明らかに道行表現は、その内側に抱え込んでいるのである。

道行表現の研究において、これまで最も看過されてきたのは、古代以来の多様な道行文・道行表現のほとんどすべてが、〈うたう〉〈かたる〉といった実際に喉を震わせて音声を発する身体的な表現行為によって支えられてきたという事実であろう。『古事記』の磐媛の道行の歌も、今様の霊験所歌も早歌の熊野参詣の曲も、声をあげてうたわれたものであり、『平家物語』の「重衡海道下り」も、謡曲の「道行」も、近松浄瑠璃劇の心中の道行も、それぞれに音曲にのせて語られたものであった。地名列挙の道行表現は、まず〈うたう〉〈かたる〉といった具体的な表現行為によって支えられていたのである。従って、「地名をうたう」という観点から日本歌謡の特質の一端を明らかにしようという本章の試みは、そのまま、わが国における道行表現成立史研究のための予備的な基礎作業ともなるはずである。

2　道尋ねと地名

中世室町の小歌集『閑吟集』の中に、こんな歌がある。

爰はどこ　石原嵩の坂の下　足痛やなふ　駄賃馬に乗りたやなう　殿なふ(5)　　（『閑吟集』二九九歌）

歩き疲れた旅の女でもあろうか。峠道にかかる坂の下で連れの男に駄賃馬をせがんでいる。駄賃馬とは銭〈駄賃〉を取って人や荷駄を馬で運ぶもの。小歌に映し出された、ほほえましい中世庶民の旅習俗の一点景である。ところで、この歌は、長旅に疲れた旅の女が思わず口ずさんだ歌であるかのように描き出されている。しかし、実際には、だれが、どんな場で、うたい享受したものであろうか。歌謡は、時を移し場を変えてうたい継がれて行くものであるから、その歌にうたい込まれた歌の〈場面〉が、そのままそれがうたわれた〈場〉の状況を映し出しているとはかぎらない。この歌の場合も、男連れの旅の女が口ずさんだ歌だとそのまま解するとすれば、それは、歌の実際の享受の姿もそれを生み出した歴史的背景をも、同時に見失うことになるだろう。

ここには、「石原峠」という具体的な土地の名がうたい込まれている。この歌も「地名をうたう歌」の一首なのである。この事実に着目すると、この歌の姿は、また異なった様相を帯びて表れてくる。

そこでまず想起されるのは、こんな歌である。

もし〳〵小供しさん、此所はなんといふ所、此所は信濃の善光寺、善光寺様へ願掛けて、梅と桜をあげまして梅はすいとて戻された(6)…

昔なつかしい手毬歌の一節である。この近代の遊戯歌と中世の『閑吟集』の小歌との間には、一見、「此所はなんといふ所」という歌い出しの一句の類似以外、何の関わりもないように見える。しかし、歌謡研究の立場からいえば、こうしたへんてつのない一句の類似の中にこそ、しばしばその歌の本来の姿にせまる大きな手掛りが秘められているのである。そこで今度は、次のような一群の歌謡を見てほしい。

(1)爰は何処ぞと船頭衆に問へば　是は三国の川裾よ(7)　（『延享五年小歌しやうが集』）
(2)爰は何処ぞと船頭衆に問へば　爰は梅若隅田川(8)　（『山家島虫歌』）
(3)ここはどこぢやと馬子しうにきけば、ここは信濃の中仙道(9)　（『俚謡集拾遺』東京　木遣唄）
(4)此所は何処やとまごさに聞けば　此処ははい原はせ街道(10)　（『和歌山県俚謡集』）
(5)此所は何処じやと馬子衆に聞けば、此処は関目の一里松(11)　（『大阪俚謡集』伊勢参りの歌）
(6)爰はナア何所じやと駕の衆にとへば　爰は住吉殿下茶屋(12)　（『浮れ草』勢州川崎節崩し）

「ここは何処」とまず土地の名を尋ね、下に「ここは〜」として地名を称揚する表現が、歌謡表現の一つの類型として広く流布していたことがわかる。善光寺の手毬歌も『閑吟集』二九九歌の表現も、明らかに右の歌群の表現の流れを汲んでいるのである。

　これらの歌は、いずれも、見知らぬ土地を行く旅の客が、土地の名を馬子や船頭衆や駕籠の衆に尋ねるという形を取っている。しかし、『閑吟集』歌と同様、実際にこの歌をうたうのは旅人などではありえない。見知らぬ土地で道を尋ねるとき、歌をうたって尋ねたりするものかどうか、自らの体験に即して考えてみればよい。歌は、私たちのおしゃべりのような、日常の言語表現ではないのである。旅の客でなければ、誰がうたうのか。むろんそれは、「船頭衆に問へば」「馬子さに問へば」とうたわれている、その当の船頭衆や馬子、駕籠の衆自身である。小諸馬子歌や大阪淀川の三十石船舟歌などに同類の歌があることからもわかるように、右の類型を持つ歌謡群の多くは、船頭衆や馬子衆たちが、あるいは船を操り、あるいは馬を牽きながらうたう船歌、馬子歌としてうたわれてきたものである。とすれば、同類の表現を持つ『閑吟集』二九九歌も、同じように一群の馬子歌群の中に置いてみる必要があるだろう[13]。

「ここは何処」という同様の表現を持つ歌は、馬子や船頭衆の歌ばかりとは限らない。次のように狂言歌謡や踊歌などの中にも数多く見出すことができる。

(7)爰をどこぞと若（し）人訊（は）ば　爰は駿河の府中の宿よ[14]　（狂言歌謡・鷺丁舞「雉の雌」）

(8)清水坂を夜ふけて通る、是は何処ぞと問ひ候たれば、こゝは五条中島そろよ、この中島に宿をとる〳〵[15]　（精霊踊歌、鹿背山踊）

(9)此処は何処　此処郷中広大寺池　五穀成就の水湛え　此処に水死を封じるため　ありが□《た》やの　なぁもで
おどりを　おんどろやあー　おんどろやあー[16]　（奈良市池田町太鼓踊歌）

(10)爰はとふこ爰は布留の高橋よ　東を遥にながむれは　布留の明神あらたまの　雨はくたさる〳〵　末には
米がなり候　みんだあんぶ[17]　（天理市布留社「南無手踊歌踊之控」天保14）

「ここは何処、ここは〜」とうたう表現の類型が、日本歌謡史の流れの中にいかに深く根ざしていたかを知るこりゃんせ」の遊戯歌にまで受け継がれている。『閑吟集』二九九歌の背後にある精神世界は、私たちが想像するよりはるかに大きな広がりと奥行を持っているのである。

3　道尋ねと道行

「ここはどこぞと～衆に問へば」という同類の表現を持つ一群の歌謡の多くは、ほかならぬ船頭衆や馬子衆自身によってうたわれたものであった。その土地の地理も地形も知悉した旅の専門家たちがうたうのであるから、その道尋ねの表現は、最初から問いかけとしての実質的な意味を担っていない。それは、踊歌においても同様である。たとえば、「此処は何処　此処郷中広大寺池」とうたう先掲奈良市池田町の太鼓踊歌は、毎年八月十四日に村内の広大寺池の西堤でうたわれたが、その広大寺池は、そううたう村人たちにとって誰知らぬ者もないなれ親しんだ在所の名であった。

「ここは何処　ここは～」という道尋ねの表現類型は、下に地名を喚起する表現である。その喚起さるべき地名が既知のものであり、問いかけとしての実質を持っていないとすれば、その表現の内実は、下に地名を喚起するという表現の様式そのものの中に求められなければならない。

同様の道尋ねの表現は、説話や語り物の中にも見ることができる。そこでもその表現は、やはり、一つの「様式」として働いているのである。

文覚心に思し召す、「あっぱれ源氏の代なりせば、かほどの罪に、よも遠島までは流されじ。これもただ平家のやつばらが、超過するによってなり。これより伊豆の大崎まで、何十日にも行かば行け。源氏を守るしるしには、食事をとどめて服すまじい」と思し召し、舟底につっと入り、枕取って引き寄せ、打ち伏し給ひて其の後、起きも上がり給はず、また寝入り給ふ事もなく、伏しながらのたまひけるは、「さて、爰はいづくを通るぞ」。「是は天王寺の沖」と申す。「さては、仏法最初の天王寺にて御座有りけるや。異国にては南岳大師、我が朝にては聖徳太子、衆生済度の慈悲深し。さりとも、仏法方の文覚を、よも捨て果ては給はじな。さて、爰はいづくを通るぞ」。「これは住吉、堺、宇治の湊、和歌、吹上や玉津島、布引の松、紀三井寺、藤白峠、由良の湊、切目の王子、千里の浜、南部、田辺の沖過ぎて、那智の沖」とぞ申しける。文覚聞し召されて、「我、この御山に参り、三七日は滝に打たれ、生身の大聖明王に逢ひ奉りし其の時は、はや権者とぞ思ひしに、何と行ひなしたる文覚が行ぞや。ここはいづくぞ」。「浜の宮」。佐野の松原、太夫の松、新宮の湊、井田の里、伊勢の国、志摩の国、尾張、三河の沖過ぎて、天竜の灘に着き給ふ。(18)

（幸若舞曲「文覚」）

釈皇慶、姓橘氏、黄門侍郎広和之曾孫、性空法師之姪也、母孕時悪葷腥。或食之、応時嘔、甫七歳、登叡山。近山下有柿樹。絶不結子、俗名其地曰不実柿。児到其処問、此地何号、人答以其名。時余樹有果、児曰、見今何有実乎、至翠微有館亭。降陟之人憩《ケイ》息焉、故置薬湯而備渇乏。俗呼為水飲。児又問之、答者曰、水飲也、児曰、何飲湯乎、上嶽頂。小竹叢生、児復問之、答曰、大嶽也、児曰、何有小竹乎。(19) 嶽竹和語相近。

（『元亨釈書』巻五・皇慶伝）

前者は、幸若舞曲「文覚」において、高雄山神護寺の荒法師文覚が、荒廃した寺の再建のために後白河院の法住寺御所に強訴して狼藉を働き、捉えられて伊豆国へと配流となる一節。後者は、『元亨釈書』巻五、書写山円教寺中興の祖で谷阿闍梨と称された皇慶が七歳にしてはじめて叡山へと登った折の逸話である。

前者の「文覚」では、船で伊豆へと送られる文覚が、船底に伏したまま、「ここはいづくを通るぞ」という同じ道尋ねの言葉を三度び繰り返す。そして、その問いは、天王寺、住吉、境、和歌（の浦）、吹上、藤白、切目、千里の浜といった、海岸の熊野路の歌枕や王子社の名を次々と喚び起こし、それがそのまま地名列挙の〈道行〉表現を生みだしているのである。

一方、後者の幼い皇慶は、叡山参詣路の「不実柿（ならぬ柿の木）」「水飲（みずのみ）」「大嶽（おおたけ）」という三地点に至るたびに、やはり、「此地何号」という道尋ねの言葉を繰り返している。「文覚」の場合のように地名列挙の道行文とはなっていないが、ここも地名喚起の表現の一様式であることは、道尋ねのたびに、皇慶が「何有実乎」とか「何飲湯乎」と、まるで言挙げでもするかのように奇妙な問いを発して、あくまで土地の名にこだわりを見せていることからもわかる。

右の「皇慶伝」の道尋ねは、幼い皇慶の機知の凡ならざることを示す逸話として潤色されているが、その表現の本質が道行にほかならないことは、さらに次のような平安末期の今様に見える道行の歌謡と重ね合わせてみると、いっそう明らかである。

(1)いつれかﾞ貴船へ参る道、賀茂川箕里御菩薩坂、御菩薩坂、はたいたしのさかや一二の橋、山川さらさら岩枕
（『梁塵秘抄』巻二・神分二五一歌）

(2)いつれかﾞ葛川へ参る道、せんとう七曲崩坂、おほいしあつかすきのはら、さうちうのおまつをゆくをたまかはの水。
（同・雑四一九歌）

(3)根本中堂へ参る道、賀茂河は河ひみ《ろ》つし、観音院の下り松、ならぬ柿の木人やとり禅師坂、すへりし水飲
四郎坂雲母谷、大嶽蛇の池、あこやの聖が立てたりし千本の卒塔婆[20]
（同・霊験所歌三一二歌）

これらの例では、「いづれか〜へ参る道」という社寺への参詣の順路を尋ねる道尋ねの表現が、そのまま地名列挙の道行表現となっている。このように高名な社寺や霊験所への参詣がしばしば地名列挙の道行として歌われるのは、そこが——それらの社寺の地が——、人びとの住む日常的現実とは異質な聖なる空間＝他界として意識されていたからである。日常的な現実生活の場から、それとは異質な別次元の空間＝他界へと一歩一歩身を移して行く、その移り行きの道程が、すなわち「道行」であった。熊野参詣や善光寺参りの例を想起するまでもなく、聖域としての社寺への参詣の行為が「道行」であったことは、日本の神社に特有の「参道」という特異な空間の存在がそれを示している。中古中世の民衆にとって、社寺参詣の旅こそ「道行」と呼ぶに最もふさわしい旅であったのである。[21]

(3)の「根本中堂へ参る道」の今様に見るように、京から西坂本を経て比叡山の根本中堂へと至る参詣の路次も〈道行〉として描き出されていた。そうした「根本中堂へ参る道」をうたう道行の表現の中に「皇慶伝」にみえる「ならぬ柿の木」「水飲」「大嶽」の三地点がそろって詠い込まれているのは、むろん、叡山参詣の衆庶にとって、これらの地が、他の地点とは異なった特別の意味をもった地点であったからである。西坂本の「ならぬ柿の木」は、京から比叡山延暦寺へと至る西側の参詣路の登り口にあたり、叡山参詣路の起点ともいうべき境界の地に位置していた。大嶽はいうまでもなく比叡連峰の最高峰であり、聖地としての比叡山を象徴する霊峰である。そしてその中間の水飲は、慈恵大僧正良源の「二十六箇条起請」に籠山の僧が出ることのゆるされない「内界地際」の「西のかぎり」とされ、女人牛馬はその内へと入ることをゆるされないという、叡山聖域の最も主要な結

界の地であった。これら叡山参詣路の「結界」の地に至るたびに、幼い皇慶は「此地号何」という道尋ねの言葉を発し、あくまでその土地の名にこだわりを見せていたのである。(22)

興味深いことに、道尋ねの表現は、昔話の中にも登場する。そして、そこでもやはりその表現は「道行」と結び付いているのである。

ほて、「舌切雀何処どこ。舌切雀何処どこ」言うて、爺さんが捜しい行って。

ほうすと、湿洗がおって、「湿洗さん、湿洗さん。此辺い舌切雀が通ったかえ」言うてすると、「通ったことは通ったけえど、この湿の盥に、湿の汁一杯飲まな教ちゃらん」言うて。ほうすると、まあどうも仕様無ゃあ、お爺さんは飲んで。ほた、「この先に馬飼さんがおるさきゃあ、馬飼さんに問え」言うて。「舌切雀何処どこ。舌切雀何処どこ」言うて行くと、ほうするのと、馬飼さんがおって。「馬飼さん、馬飼さん。此辺い、舌切雀が通ったかえ」言うて、「通ったこた通ったけど、この馬の盥に馬糞一杯食わな教ちゃらん」言うて。まあ、どうも仕様無ゃあ、そのお爺さんも馬糞を食ってしまって。ほうすと、「この先に牛飼さんがおるさきゃあ、牛飼さんに問え」言うて。ほうと、またこうして、「舌切雀何処どこ。舌切雀何処どこ」言うて行った。ほうすと、牛飼さんがおって、「牛飼さん牛飼さん。此辺いきくが通ったかえ」言うて、「通ったこた通りたけえど、この牛の盥に、牛糞一杯食わな教ちゃらん」言うて、まあ、お爺さんも、よう食べるお爺さんで、それを食べて、「この先に、藪があるさきゃあ、その藪に、家建てて、そこに機織っとる」言うて。

ほて、そういうて、「舌切雀何処どこ。舌切雀何処どこ」言うて、爺さんが行って。

ほうすと、そういうて、チャンコラコ、チャンコラコいうて機織っとって。へて、お爺さんが、「きくやあ」言うてしたら、ほうすと舌切雀が、「爺さんか、婆さんか」言うて、ほて、「爺さ爺さだ」「ああ、爺さか。大戸から入れ」言うて、へて、その大戸から入って。ほうすると、その雀が皆寄って来て、喜んで喜んで、ご馳走拵ゃあて。(23)

（京都府伊根町）

「舌切雀」の〈試練型〉と呼ばれる話型の一つである。ここでも、「舌切雀何処どこ」という主人公の道尋ねが三回繰り返されている。昔話であるから具体的な地名は一切登場しない。そのかわりに、道尋ねのたびに、「湿の汁一杯飲まな教ちゃらん」とか「馬糞一杯食わな」といった難題＝試練が課されている。

この、道尋ねのたびに課される難題＝試練は、「皇慶伝」に見るような、道尋ねの地の持つ「結界性」にそのまま対応するものである。それは、主人公の身を置く〈人間界〉＝日常的現実の世界と、それとは次元を異にした異界としての〈雀の世界〉との間を隔てる障壁＝結界の象徴的表現である。その難題＝試練を克服することによって、主人公は二つの世界の結界を乗り越え、日常的現実の世界から異界たる〈雀の世界〉へと身を移して行く。地名の列挙という表現様式を取ることのできないこの昔話においては、道尋ねと難題試練の繰り返しとが、「道行」を表す固有の表現様式として働いているのである。

4　道尋ねと結界

もう一つ例を掲げてみよう。「履中記」の一節である。難波の宮における大嘗の豊明の夜、弟の墨江中王の謀叛にあった履中天皇は、泥酔したまま、阿知直に助けられて危地を脱し、大和へと向かう。

故、多遅比野に到りて寤《さ》めまして、「此間は何処ぞ」と詔りたまひき。爾に阿知直白しけらく、「墨江中王、火を大殿にに著けましき。故、率て倭に逃ぐるなり。」とまをしき。爾に天皇歌曰ひたまひしく、

多遅比野に、寝むと知りせば　立薦も　持ちて来ましもの　寝むと知りせば

とうたひたまひき。波邇賦坂に到りて、難波の宮を望み見たまへば、其の火猶炳《しる》かりき。爾に天皇亦歌曰ひたまひしく、

波邇布坂　我が立ち見れば　かぎろひの　燃ゆる家群　妻が家のあたり

とうたひたまひき。故、大坂の山口に到り幸《い》でまし時、一りの女人に遇ひたまひき。其の女人の白しけらく、「兵を持てる人等、多に茲の山を塞へたり。当岐麻道より廻りて越え幸でますべし。」とまをしき。爾に天皇歌曰ひたまひしく、

大坂に　遇ふや嬢子を　道問へば　直には告らず　当芸麻道を告る

とうたひたまひき。故、上り幸でまして、石上神宮に坐しましき(24)

これも道行である。多遅比野に至ってはじめて目覚めた履中の「此間《ここ》は何処ぞ」という言葉がそれを示している。この道尋ねの言葉も、下に地名を喚起することによって、大王の逃避行が道行にほかならないことを伝える表現の様式として働いている。「多遅比野」に至って「多遅比野に、寝むと知りせば」とうたいあげた履中は、以下、「波邇布坂」、「大坂」に至るたびに、同じように、その地の名を頭に冠して、歌をうたいあげていく。

山の登り口や坂、峠、峰の尾が突き出した先端部近くの尾の上、川の瀬。これらの地は、かつては、人びとの生活する日常の空間とその外側の他界とを隔てる境界の地であり、眼に見えない神霊の力の発動を感ぜずにはいられない場所であった。そこには、山の口の神や峠の神など境の神々が祀られ、人びとは、幣や草木を手向けたり、御供を供えたり、何らかのシズメの作法を施すことなしには、通りすぎることができなかった。履中が、三つの地点で、土地の名を尋ね、きまって歌を詠んでいるのは、それらの地点が、彼の逃亡の道行にとって、そう

した境界的な場所であったことを示している。境界にあたって歌を詠むのは、いわばシズメにも通ずる一つの作法であり、その歌の冒頭にそろってその土地の名が詠み込まれているところに、地名をうたう歌の初源的な姿を見てとることができよう。

境界においてその土地の名をうたいあげる例は、時代をはるかに下った現代の祭礼の道行の中にも見ることができる。

祭礼に際して、神が神輿などに乗って町や村里を練り歩く巡行のことを、高知県では「おなばれ」（神幸）と呼んでいる。この「おなばれ」においては、巡行の定められた地点において、きまった歌がうたわれる例が数多く見られる。たとえば、四万十川上流の峡谷に位置する播多郡西土佐村の半家天満宮の祭礼では、神輿は宮を出立して、鳥居、谷、瀬の所、お旅所と定められた地点を巡行して、ふたたび宮へ戻ってくるが、その際、それぞれの地点ではきまって次のような歌がうたわれるという。

〈宮の中で〉　御天神様は、お天神護摩まきどころ、末は鶴亀、五葉の松
〈谷にさしかかる〉　谷ノ水、岩に、谷の水せかれて岩に、岩にせかれて落ち合わぬ
〈瀬の所で〉　瀬の川、水の、瀬の水落ちるほどに、落ちて巻かれて立つ鳥よ
〈旅所〉　お旅ぞ、ここは、お旅でお休みなされ、前に寄せ来る舟遊山[25]

祭礼における神輿の巡行は、すなわち神の道行である。右の例は、この神の道行が、歌を伴っていただけでなく、定められた場所でうたわれる歌の表現が、その場と密接に結び付いていたことを示している。天神の宮の中では「御天神は」、谷にさしかかる所では「谷の水」、瀬の所では、「瀬の川水」、そして、お旅所では「お旅ぞ、

ここは」といったように、そのうたわれる場の呼称をあえてうたいあげているのである。

奈良県奈良市八島町に、明治十五、六年頃まで伝承されていたという雨乞の願満踊りでは、踊りの一行の道行と、うたわれる踊歌の表現とがいっそう深く結び付いていた。同町の雨乞願満踊りは、雨乞の願を立てて成就した時、願満しの御礼踊りとして氏神社である崇道天皇社に奉納されたが、その際、踊りの一行は、神社へと至る参詣道を、入口の㈠八島馬場崎をはじめとして㈡大馬場崎、㈢八ツ石と進み、境内へと至る石段を登って㈣石段上左手、㈤石段上右手の計五カ所を練り歩きつつ、それぞれの場所で定められた踊歌を奉納したという。そのうち、たとえば㈠の八島馬場崎、㈡の大馬場崎では次のような踊歌がうたわれていた。

㈠馬楊崎おとりノ歌
　こゝは八島の大馬場崎よ　西をはるかに眺むれば
　はゝや錦のほかけ舟　うきこも舟こそおんぼしろ（面白）

㈡大馬場崎のおとり歌
　こゝは天皇の大馬場崎よ　松と桜を植並べ
　松より桜がおんぼしろ(26)

参詣道の入口にあたる八島の馬場崎においては、「ここは八島の大馬場崎よ」とうたう。次いで大馬場崎では「ここは天皇の大馬場崎よ」とうたう。ここでは、「ここは〜」と地名をうたいあげる歌謡の常套表現が、それがうたわれる現実の場の具体的な呼称＝「地名」とそのまま結び付いている。

社寺の参詣道は、その本質において、人びとが自分たちの住む日常の生活空間から、神仏の霊域へと身を移していく「道行」の空間である。[27] 願満踊りの一行が踊りの奉納を繰り返して行く参詣道の五つの地点は、いわばその道行において、日常の空間と神社の聖域とを分かつ「結界」とでもいうべき地点であろう。社寺の聖域は、幾重もの「結界」によって囲繞された重層的な聖空間を形づくっていた。踊りの一行は、それぞれの結界の地に至るたびに、ちょうど大和へ逃亡する履中天皇がそうしたように、衆人周知のその地の名を高らかにうたいあげる。そうすることが、境界を越えて聖域へと参入する者たちが、きまって取り行うべき古来よりの作法にほかならなかったからである。

5　地名と国魂

地名をうたう。履中天皇の逃亡の道行や高知のおなばれ、奈良の雨乞願満踊りなどの例は、この、へんてつもない行為が、「道行」と呼ばれるわが国独特の表現様式と深く結びつき、さらに、その道行における境界や結界の観念とも深く結び付いているという事実を物語っている。そこには、前代日本人に固有の空間意識やそれを支えてきた宗教意識の古層と同時に、「歌をうたう」という行為の初源的な姿をも映しだされているように思われる。

「地名をうたう」ということの本来的な姿の一端を、私たちは、大嘗祭における 風俗歌奏上の儀に見ることができる。天皇の代替わりごとに取り行われる践祚大嘗祭においては、卜定された悠紀・主基両斎国からそれぞれの土地の風俗歌舞が奏上された。はじめは、両斎国から歌人歌女たちと共にその国古来の歌舞が献上されたが、平安時代に入って歌は宮廷の歌人が代作をし、その奏舞も雅楽寮の歌人・歌女が代わって行うようになる。[28] 藤原清輔の『袋草紙』によれば、その風俗歌献上の次第は次の通りであった。

先従国々注進所々名於行事弁下作者許。作者撰便宜所々、各々可避禁忌。諷詠之進行事所弁。以風俗歌下楽所。以之令作楽[29]

まず悠紀・主基両国からそれぞれの国の「所所の名」を選んで行事弁に注進する。行事弁ではそれを風俗歌の作者の許に下し、作者は、その「所の名」の中より、禁忌を避けながら、便宜の土地の名を選んで風俗歌を詠進、行事弁ではそれを楽所に下して楽舞を作らせるというのである。元暦元年に後鳥羽天皇の大嘗会の検校を勤めた中山忠親は、その日記の『山槐記』に悠紀国近江から注進された「古地交名注文」一通を書き留めているが、そこには、「近江国注進風土記事」として「志賀山」「打出浜」「三上山」など近江の古地名八十ケ所が掲げられており[30]、右の『袋草紙』に見える「所所名」が、その国の古地名を指していたことを知ることができる。風俗歌の奏上が宮廷歌人の手に移ってから後も、そこに詠みこむべき土地の名だけは、悠紀・主基両国から献上されなければならなかったのである。

折口信夫は、「風俗歌」（くにぶりのうた）は即ち「国の魂ふり歌」の義であり、それを奉るということは、「天子様に其国の魂を差し上げて、天寿を祝福し、合せて、服従を誓ふ」ことだと述べている[31]。その奏上風俗歌に、きまって土地の名が詠み込まれたことは、その土地の名こそが、「国魂ぶり」に関わるものであったことを示していよう。おそらく献上風俗歌の歌い手にとって、そこにうたい込まれた地名こそが、その詞章の生命ともいうべき核心をなす部分——折口のいう「らいふ・いんでくす[32]（生命の指標）」であって、それをうたうことが、すなわち、その土地の国魂を奮い起こし、その力を聖体に付与することになると考えられていたのである。

境界において地名をうたいあげるという行為についても、同様のことがいえるのではないか。境界における儀礼が早くからその土地の国魂に関わるものであると考えられていたことは、すでに『常陸国風土記』に見える次の例によって知ることができる。

榎《え》の浦の津《つ》あり。便《すなわ》ち駅家《うまや》を置けり。東海《うみつみち》の大道《おほち》にして、常陸路《ひたちぢ》の頭《はじめ》なり。この所以《ゆゑ》に、伝駅使《はゆまづかひ》等、初《はじ》めて国に臨《い》らむには、先《ま》づ口と手とを洗《あら》ひ、東《ひむがしむ》に面きて香島《かしま》の大神《おほかみ》を拝《をろが》みて、然《しか》して後《のち》に入《い》ることを得るなり。(33)

常陸国への入国に際し、まず口と手を洗って身を清め、さらに鹿島の大神を拝するのは、小島瓔禮によれば、彼の神が「常陸国の主神」と考えられていたからである。(34)新たな土地に入るためには、境界において、まず、その土地の国魂の神に対して祈念を献げることが必要だったのである。

同様の事例は、中世の熊野参詣道においても見ることができる。熊野参詣道には、九十九の王子社のほかにも、道者たちが禊ぎ祓いをして通るべき結界の場所が数多く設けられていた。『両峯問答秘抄』所収の『道中祓ノ次第』は、そうした熊野詣での道中で行われるべき二十一ヶ所の祓いの第一に「第一国界堺和泉」を掲げ、さらに「向其国神勤之敕定云々(35)」と記している。「堺」の地は、摂津、河内、和泉の三国が文字通り境を接する交通の要所であり、九十九王子の一つ堺王子社もこの地に祀られていた。ここにいう「其国神」とは、いうまでもなく、これから参入しようとする和泉国の国魂神を指している。ここでも、境界の参入儀礼は、その国の国魂の神に対して取り行われねばならなかったのである。

もし、新たな土地への参入に際して、こうした参入の儀礼を怠ったら、どのようなことになると人びとは考えたか。次の紀貫之にまつわる著名な逸話が、それを教えてくれている。

紀の国にくだりてかへりのぼりし道にて、にはかに馬のしぬべくわつらふ所にて、道行く人人立ちとまりていふやう、これはここにいいますがるかみのし給ふならん、年ごろ社もなくしるしもみえねど、いとうたてあるかみなり、さきざきかうやうにわづらふ人人あるところなり、いのりまうしたまへといふに、みてぐらもなければなにわざすべくもあらず、ただ手あらひてひざまづきて、かみいますがりげもなきやまにむかひて、そもそもなにのかみとかきこえんととへば、ありとほしのかみとなんまうすといひければ、これをききてよみてたてまつりける、そのけにや、馬の心ちやみにけり

かきくもりあやめもしらぬおほ空にありとほしをば思ふべしやは(36)

（『貫之集』）

紀の国から下向する貫之の馬が、にわかに病ったのは、その地に「いますがる神」の怒りを買ったからである。「社もなくしるしもみえねど」とあるから、その土地につき、その場において道行く人に威力を発揮する道の神と了解されていたことがわかる．その神に対して貫之がまず手を洗ったのは、『常陸国風土記』の香島郡の条の例と同様に、境界の禊ぎであろう。そうして貫之が献詠した歌が、さして名歌とも思えぬのに、神慮に適ったのは、むろん「大空に在りと星をば思ふ」という一句の中に「ありとほし」の神名が巧みに詠み込まれていたからである。

歌を詠むに際して、貫之はまず「ここにいますがる」という神の名を尋ねている。それは、すなわち、その土地の名を問うことと同値である。土地の名は、すなわち、その土地に坐す神の名でもあった。貫之は、ここでその歌を声をあげてうたってはいない。しかしその神の名を詠み込んだ歌の献詠は、あきらかに、境界で地名をうたうという境界参入儀礼の伝統を担っているのである。

かつて西行法師は、熊野参詣の途次、中辺路の八上王子社に詣でて、その社の瑞垣に「まちつくるやがみのさくらさきにけりあらくおろすな峰の松風(37)」という歌を詠んで書き付けている。陸奥を行脚した一遍上人が白河の関の明神の宝殿の柱に書き付けたという歌は、「ゆく人をみだのちかひにもらさじと名をこそとむれしら川のせ

き」[38]というものであった。いずれも、「八上」「白河関」の地名がもらさず詠み込まれている。彼ら教養ある中世の旅人たちは、声をあげて歌をうたうということはすでに忘れてしまっているが、境界の地において土地の名を歌いあげるという作法だけは、なおその詠歌の中にも生きて受け継がれていたのである。[39]

6　地名をうたうということ――結びにかえて

最後になお問題が残っている。境界において地名をうたいあげるという行為は、なぜその土地の神々の力を喚起したり、旅の安全を保障するような境界通過の手続きとなりえたのであろうか。残念ながら本節においては、この問題について十分な展開をする余裕がない。詳細は後論にゆずることとし、ここでは簡単な見取図だけを示しておきたい。

境界において、地名をうたうという行為は、いわば「命名」の行為のごときものではなかったかと思う。命名とは、混沌の内にあって形のないもの、不定形で意味不分明なものにはじめて名をあたえ、形を与える行為である。その行為によって私たちは、はじめてこの世の秩序の中においてものに一定の位置を与え、それと安定した関係を取り結ぶことができるようになる。「地名をうたう」という行為は、まさに、そのつど、始源の場に立ち返って、土地に新たに名をあたえるという、この「命名」の行為にも似た位相を持っていたのではないか。例えば、次のような古代の地名伝承を見てほしい。

其れより入り幸でまして、悉に荒夫琉蝦夷等を言向け、亦山河の荒ぶる神等を平和して、還り上り幸でます時、足柄の坂本に到りて、御粮食す処に、其の坂の神、白き鹿に化りて来立ちき。爾に即ち其の咋ひ遺したまひし蒜の片端を以ちて、待ち打ちたまへば、其の目に中りて乃ち打ち殺したまひき。故、其の坂に登り立

ちて、三たび歎かして、「阿豆麻波夜。」と詔云りたまひき。故、其の国を号けて阿豆麻と謂ふ。（景行記）

東征を終えた倭建命は、東国との境である足柄の坂の頂きに立って「あづま（東）はや」と高らかに宣言する。今日の私たちからみれば、これは、明らかに境界における土地の名の言挙げである。倭建命の物語に則していえば、東国をことむけやわらげ終えた命の、歓喜の土地誉めの言葉だと解してもよい。しかし、『古事記』も『日本書紀』もけっしてそうは語らない。両書とも、倭建命は、走り水の荒海の中に自ら身を投じた后弟橘媛命を慕って「吾妻はや」と嘆いたのであり、そこから「あづま」という呼称が起こったのだといった、一見こじつけとしか思えないような起源譚の装いの下に記している。

右の例に限らず、『風土記』や『記紀』に見える地名起源伝承は、ある特定の個人――人であれ、神であれ――の意図的な命名によるものだとはけっして語ろうとしない。その多くは、その物語の主人公が、偶然に発した言葉や意図せざる行為が契機となって、その名が起こったのだと語りたがるという顕著な傾向を持っている。偶然の行為、意図せざる行為の結果とは、すなわち、神慮の赴く所、神のしからしむる所であろう。土地の名がすなわちそこに坐す神の名であったとすれば、神世の昔からそれはすでにあたえられていたはずであり、さかしらにも人が名づくべきものではなかった。見知らぬ土地の名とは、人に対して秘され、隠されており、未だ見出されていない土地の名の謂であり、だから、命名とは、そうした秘された土地の名を見出し、表てに顕す行為であったといえよう。

古代の地名起源伝承の多くが、主人公の偶然に発した言葉の内に、地名の含まれていたことを物語っているのは、命名がまさに、隠されていたものの「顕（あらわ）し」にほかならなかったことを物語っているように思われる。倭建命の物語はまさに、境界における地名の言挙げが、その本質において、そうした命名の行為に通じる行為であったことを暗示している。それは、ちょうど古代の神々たちの末裔が偶然にそうしたように、隠されてあるべきその名を呼びたて、表に顕すことによって、土地の精霊たる神々のさばえなす異形な力に形を与え、その力を我がものとする行為であったのではないか。隠された名を表に顕す行為であるから、その名は何より声に出して言挙げされ、うたわれねばならなかった。

これまで数多く見てきた「ここは何処」という道尋ねの表現も、まさしく、隠された土地の名を改めて表に顕す表現の様式だということができる。だから、近世の馬子の衆や船頭衆も、祭礼の御神幸における歌い手たちも、周知の土地の名を、あえて「ここは何処」という形式にのせ、その名を改めて喚起しなければならなかったのである。

注

（1）日本古典文学大系『古事記祝詞』昭和三十三年、岩波書店。以下、『古事記』の引用は同書による。

（2）『和歌山県俚謡集』昭和十一年、和歌山県女子師範学校和歌山県立日高高等女学校郷土研究室。

（3）歌謡史研究の立場からは、すでに道行文の成立展開の過程を跡づけた志田延義の先駆的業績「道行の展開」（『日本文学論索描』昭和十一年）があり、芸能演劇史研究の立場からは、道行の本質に鋭くせまった郡司正勝「道行の発想」（『かぶきの美学』昭和三十八年）、道行文の成立から麦現の特質に至る諸問題をトータルに整理展開した角田一郎の「道行文研究序論㈠㈡」（『広島女子大学紀要第一部人文社会科学第一号、昭和四十一年、同第五号、同四十五年）を始めとする労作がある。なお、道行文の研究史については、前掲角田論文に詳しい。

（4）藤田徳太郎は「古代歌謡の本質」（『古代歌謡乃研究』昭和九年、有精堂出版）において、物は尽しと道行とを「蒐集的趣味の表現」として同一視しており、志田は前掲「道行の展開」において、中世以降の道行文の本格的展開の源流を今様の物は尽しの中に見出している。郡司「道行の発想」はまた違った観点から両者の間に、物の名の言挙げ列挙によって呪的な力を喚起しようとする共通した働きを見出している。

(5)新日本古典文学大系『梁塵秘抄閑吟集狂言歌謡』平成五年、岩波書店。
(6)『明治後期収集わらべうた民謡大全』昭和六十年、マール社、復刻版。
(7)『続日本歌謡集成』巻三、昭和三十六年、東京堂出版。
(8)『日本歌謡集成』巻七、昭和三十五年、東京堂出版。
(9)『俚謡集拾遺』(復刻版)昭和五十三年、三一書房。
(10)前掲『和歌山県俚謡集』
(11)「大阪俚謡集」『日本庶民生活史料集成』第二十四巻、昭和四十八年、三一書房。
(12)『続日本歌謡集成』巻四、昭和三十六年、東京堂出版。
(13)森山弘毅が「菅江真澄の歌謡採録の『現場性』について」(『日本歌謡研究』三十三号、平成五年十二月)において、柳田国男の指摘を踏まえて、「馬方唄」であろうと推測している次の「ダイノサカ」の歌謡群と比べてみると、閑吟集歌の馬子歌的性格はいっそう明らかとなろう。「○大の坂七曲り駒をよくめせ旦那様○ここは大坂よ四十七廻り足がないから旦那様○此処は大阪一人でこせぬ待って殿様に手を引かれ。」
(14)日本古典文学大系『中世近世歌謡集』昭和三十四年、岩波書店。
(15)『日本歌謡集成』巻六、昭和三十五年、東京堂出版。
(16)『奈良市民俗芸能調査報告書—六斎念仏・風流・語りもの—』平成二年、奈良市教育委員会。
(17)『天理市史』昭和三十三年、天理市史編纂委員会。
(18)東洋文庫『幸若舞2』明和五十八年、平凡社。
(19)新訂増補国史大系『元亨釈書』昭和五年、吉川弘文館。

(20) 日本古典文学大系『和漢朗詠集梁塵秘抄』昭和四十年、岩波書店。
(21) 社寺参詣の歌謡の道行表現の持つ特質については本章一「〈王城〉の内と外―今様霊験所歌に見る空間意識」、及び本章二「熊野参詣の歌謡―結界と道行」を参照。なお、神社の参道の持つ「道行」的性格については、上田篤『参道の研究・その1～12』(『近代建築』昭和五十七年七月～五十九年一月)に詳しい。
(22) これらの地点の結界的性格については、本章一「〈王城〉の内と外」に詳説した。
(23) 『日本昔話通観14京都』昭和五十二年、同朋社。
(24) 日本古典文学大系『古事記祝詞』昭和三十三年、岩波書店。
(25) 高木啓夫『土佐の芸能』昭和六十一年、高知市文化振興事業団。こうした土佐のおなばれにおける歌謡の事例については、井出幸男氏の教示を得た。
(26) 前掲『奈良市民俗芸能調査報告書』。八島町の雨乞願満踊りを始めとして、奈良県の南無手踊りなどの事例については、佐々木聖佳氏の歌謡研究会における発表「なもで踊歌考」(平成二年十二月一五日)から教示を受けた。
(27) 前掲上田篤「参道の研究・その1～12」参照。
(28) 飯島一彦「悠紀主基風俗歌の変容」『日本歌謡研究』第二十五号、昭和六十一年二月。
(29) 『日本歌学大系』第二巻、昭和三十一年、風間書房。
(30) 増補史料大成『山槐記三』昭和四十九年、臨川書店。
(31) 折口信夫「大嘗祭の本義」『折口信夫全集』第三巻、昭和三十年、中央公論社。
(32) 折口信夫「文学様式の発生」『折口信夫全集』第七巻、昭和三十年、中央公論社。
(33) 日本古典文学大系『風土記』昭和三十年、岩波書店。

(34) 角川文庫『風土記』補注、昭和四十五年。
(35)「修験道章疏四」『増補改訂日本大蔵経九五』昭和五十二年。本書第一章二「熊野参詣の歌謡」参照。
(36)『新編国歌大観』第三巻、昭和六十年、角川書店。
(37) 日本の絵巻19『西行物語絵巻』昭和六十三年、中央公論社。
(38) 同20『一遍上人絵伝』昭和六十三年。
(39) 境界におけるこうした地名の詠みあげの意義については、ヘルベルト・E・プルチョウ「聖なる場の構造」(『すばる』二十二号、昭和五十年十二月)及び同『旅する日本人』(昭和五十八年、武蔵野書院)等参照。

四　道祖神と通りゃんせ

1　二条の辻の古松と信貴山縁起絵巻

平城宮趾の西北端近くの道の辻の中央に、小さな社祠が二つ、あたかも道を塞ぐかのように、軒を並べて祀られている。ここは、俗に「二条の辻」と呼ばれる四ツ辻で、狭い往来は二つの社祠を避けるように左右に分かれて走っている。社祠の一つは、むかしお大師様が諸国巡礼の折りに立ち寄られ、水に難儀をしていた村人たちの求めに応じて杖を地にお突きになったところ、そこから水が湧き出したと伝える弘法井戸の旧趾。もう一つは、鎌倉室町期のものと伝える立姿の古い地蔵尊を祀るものである。

井戸の傍らに住む吉川和子さん（昭和三年生）によれば、この地はかつて生駒郡宮跡（みやと）町と呼ばれていた所で、奈良東大寺の転害門から法華寺を経て西大寺へと通じる東西の往還で、南へと折れれば大和郡山へと至る道の辻にあたる。道の拡幅によって今は交差点の中央に取り残されたように立っているが、弘法井戸は、かつては、辻の傍らに吉川家と隣を接して立っており、地蔵尊は、その向かいの角に辻の守り神として祀られていたという。弘法井戸も吉川さんが嫁いできた昭和二十九年頃までは、水が湧き、土地の人びとが飲料水や、洗濯水として、あるいは産湯として使っていた貴重な生活用水であった。一方地蔵尊は、家族の病気や不祥事など心配事を抱えている人たちのお参りが今でも絶えないという。

今でこそ切り株しか残っていないが、かつてこの場所には、松の古木が井戸に覆い被さるように立っていた。私は、この辻を通るたびに、ある古絵巻の一場面を想起したものである。それは、十二世紀成立とされる名品『信貴山縁起絵巻』尼公の巻の一場面である。東大寺で受戒すると言い残して旅に出たまま長く消息の途絶えた弟命蓮の行方を求めて、信濃から南都へ上ってきた姉の尼公は、山城から大和へと至るその国境で方途を失い村人に道を尋ねる。絵巻では、市女笠をかぶって杖をついた旅姿の尼公と従者の二人連れが、家の門口で老翁とその家族たちに道を尋ねている。その右手後ろの路上に大きな二本の古木が描かれ、その木の間には小さな小祠が祀られ、柳らしい左手の古木の根元の切り株の上には、大きな丸い石が据えられ、たくさんの御幣がそれを取り囲むように立てられている。いわゆる丸石の道祖神である。いかにもあの二条の辻の風景を彷彿とさせる佇まいではないか。

2　境界の障碍神と通せんぼ

それにしても絵巻の絵師は、どうしてこの尼公の道尋ねの場面に道祖神の姿を描き出したのであろうか。むろん、縁起の本文には道祖神は登場しない。物語の展開にとってそれが必要というわけでもない。絵師の意図ははたして奈辺にあったのか。もしそれが無意識の成せる業だとすれば、その無意識の奥にこそ、何か目に見えない深い理由が隠されているように思われる。そこには、前代の日本人が共通して抱いていた特異な空間意識の深層が期せずして映し出されているのではないか。

尼公が方途を失って道を尋ねたのは、山城から大和へとかかる境いの地であり、いくつかの道が交差する岐れ道であった。その路傍に道祖神が祀られているのである。境界の道祖神は、行旅の安全を司る神であると同時に、境界の通過を妨げ、意にそまぬ者を排除する障碍神でもあった。道行く人の方途を惑わす「迷はし神」でもあった。昔、奥州笠島の道祖神の前を馬乗のまま通りすぎようとした藤原実方は、神の祟りにあって、命を落とし(源平盛衰記)、蟻通明神の御前で、突然その馬が病み衰えて動けなくなった紀貫之は、馬を下りて神前にぬかずき、神の御名を詠み込んだ歌を捧げて、神の怒りを和らげ、事なきを得る(『貫之集』)。

熊野参詣路の切目王子社は、熊野の神域の結界に祀られた五体王子社の一つであるが、書陵部蔵『宝蔵絵詞』によれば、切目王子は、元熊野権現に仕える童子であったが、暴虐の振舞のために熊野の神域の境界である切目の山に放逐されたもので、以後切目王子は、熊野下向の道者たちを捕らえてその福幸を奪い取る荒ぶる神となった。(1)中世の熊野詣での道者たちが、切目の地を通る際に、豆の粉を顔に塗り付けたというういわゆる「黄粉の化粧」は、この切目王子の厄難から逃れるための徴であったという。

一方、『太平記』巻五、大塔宮熊野落ちの場面では、都を逃れ熊野路を下って切目王子社に一夜の宿を借りた大塔宮は、その夜の夢想に、熊野三所権現の使いたる鬟結いの童子から熊野三山の人心不和なることを教えられ、十津川へと落ちのびるように道案内される。(2)先に道者の福徳を奪いとる境界の障碍神であった切目王子は、ここでは、方途を失った大塔宮の進むべき道を示す道案内の神として描き出されているのである。

幸若舞曲「築島」では、兵庫の浦の経島の人柱として捕らえられた父の命乞いのため、丹後の能勢の館を旅立った名月姫は、兵庫へと至る山越えの山中の追分で、途方に暮れ、通り合わせた山人に道尋ねして、東西南の三路の中、ひたすら只中の南の道を行くべき由を教えられ、無事難所を越える。その時、姫と乳母とは、山中の巡り逢いに感謝して次のようにいうのである。

この恐ろしき山の中、道しるべせしうれしさよ。いかさま是は、山人にてよもあらじ。多年頼みをかけ申

す、鞍馬の大悲多聞の、山人と現じ給ふかや。ありがたさよ。(3)

古代中世の日本人にとって、道尋ねとは、境界の地において神の加護を願う行為であったのである。こうした道祖神の境界神的性格は、近年まで各地で子どもたちが取りおこなう民俗行事や遊戯の世界にも影を落としていた。例えば、天明四年(一七八四)正月、信州の松本近くで子どもたちの道祖神祭を目撃した菅江真澄は、その様子を次のように記している。

けふは子日なれば、都の野辺に、小松ひきもていはひ給なんとおもひやりぬ。わかなつむころも、あひそめ河の根芹つみもて市路にはうるめれど、こゝは谷陰なれば雪ふかく埋めて、そこともとめん方なし。わらはあつまりて、どろなはをひきて往来の人をやらじととゞむるを、ぜに一ツ二ツとらせて行ける。(4)

道祖神の祭場の前で子どもたちは、泥縄を渡して、通せんぼをし、往来の人からささやかな小銭をせびりとる。真澄によれば、「このぜにをあつめてしでにつくりて」云々とあるから、この通せんぼは、単なる悪戯ではなく、祭に捧げる幣の料とするための、神に許された勧進の行為であった。信州の安曇野には、同様の道祖神の通せんぼがかつて広く伝承されていたことが、胡桃沢友男によって報告されている。(5)

一方、かつて日本全国の著名な社寺や霊山の近くには、参詣帰りの道者たちの前を子どもらが通せんぼをして宮笥をねだる悪戯とも信仰行事ともつかぬ遊びがあった。土橋里木によると甲州の子どもたちは、白装束に菅笠で金剛杖をついた富士詣での道者の一隊が鈴を鳴らして通りかかると手をつないで道を遮り、次のような歌をうたって菓子や銭をせびったものだという。

富士山参り、こう参り
土産をくれない、通せんぞ(6)

同様の習俗は、山口県佐波郡華城村や周防大島など各地にあったことが報告されている。いずれの地でも、通せんぼをされた道者たちが苦笑いをしながらも怒りもせずに銭や菓子を与えたのは、やはりそれが道祖神の勧進と同類の信仰習俗に根ざすものであったからであろう。

3　結界と通りゃんせ

私たちの昔なつかしい「通りゃんせ」の遊びも、こうした子どもたちの通せんぼの習俗と同様に、道祖神の持つ境界神的性格に深く関わり、その独特の空間意識を背景として成立したものである。すでに前節で見たように、通りゃんせの遊戯歌に付物の「ここはどこ……」という道尋ねの表現は、異世界へと幾つもの境界を越えて転移する道行の表現に頻出する決まり文句であり、境界における地名喚起の表現であった。

例えば、『元亨釈書』巻五「皇慶伝」によれば、七歳にしてはじめて比叡山に登った皇慶は叡山の西坂本の「ならぬ柿の木」、中腹の「水飲」、嶽頂の「大嶽」に至った時、いずれも「此地何号」と名を尋ね、その三地点の名を喚起する。(7)この「ならぬ柿の木」は叡山の西坂本の登り口にあたる御山の聖域の最初の結界の地であり、中腹の「水飲」は、寵山の僧が出る事を許されない内界地際の西の境界であり、女人牛馬の入るを許さない結界の地であった。大嶽は叡嶽の最高峰をなす霊嶽である。

一方、幸若舞曲「文覚」において院御所で狼籍を働き、伊豆へと船で流罪となった文覚は、船の底に伏しながら「爰はいづく通るぞ」という問い掛けを三度繰り返し、天王寺の沖から始めて住吉、堺さらには藤代峠、切目王子、那智の沖など、海路にもかかわらず沿岸の地名を次々に詠み上げさせるのである。(8)

昔話「舌切り雀」の「試練型」と名付けられた話型において、雀の宿を尋ね求める爺が「舌切り雀何処どこ。舌切り雀何処どこ」と道尋ねを繰り返しながら馬飼どんや牛飼どんに出会って、盥一杯の馬糞や牛糞などを飲むという難題を課されるのも、こうした道行における境界の道妨げとその乗り越えを説話的に表現したものであろう。道行文において道尋ねを繰り返して地名を喚起するのは、土地の名はその地に坐す神の御名であり、その名を詠み上げることによってその神の霊に触れ、その霊力の加護に預からんとするためである。通りゃんせの遊戯歌において、きまって「ここはどこの細道じゃ」と道尋ねをして「天神様の細道じゃ」とわかりきった神の名を答えさせるのも、この遊びが境界における道妨げの習俗と深く関わっていることを示している。

私見によれば、通りゃんせの遊びは、聖域の結界における通せんぼとその乗り越えを構造的に遊戯化した遊びである。その遊びは、道の辻や道祖神の祭場の持つ境界的性格と深く関わっている。野口啓吉の『伊豆諸島のわらべ歌』によれば、伊豆七島の神津島の子どもたちは、この遊びを道祖神と子どもたちの対話として楽しむのだという。道祖神役の二人の子どもが両手を組み合わせて通せんぼをし、天神様参りの親子連れ役の子どもたちは、歌のやりとりを通じて道祖神の道妨げを乗り越えようとするのである。神津島には二十一ヶ所もの道祖神が祀られているというから、子どもたちの多くは、この道祖神の前でこの遊戯を楽しんだにちがいない。

かつて、私たちの暮らす町や村には、何らかの心のざわめきを感じることなしには通過することのできない場所が数多くあった。道の辻、村外れの橋、山の登り口、峠の尾の上、谷の瀬、そのような場所は、神霊の威力の発動しやすい場所と考えられ、道を司る神が祀られた。道の神は、行旅の安全を司る神であると同時に異形な力を発揮して道妨げをする境界の障碍神でもあった。だから道行く人は、何らかの手向けをすることなしには、そこを越えて行くことができなかったのである。通りゃんせの遊びは、こうした前代日本人特有の空間意識・境界の意識を背景として生み出されたものである。従って、私たちが、そうした固有の空間の意識——境界の場に働く眼に見えない力に対する畏怖やおののきの心——を失っていくにしたがって、子どもたちの世界からも通りゃんせの歌声が消えていったのである。

注（1）石塚一雄「後崇光院宸筆宝蔵絵詞」『書陵部紀要』二十一号、昭和四十五年。
（2）日本古典文学大系『太平記一』昭和三十五年、岩波書店。
（3）笹野堅編『幸若舞曲集本文』昭和四十八年、臨川書店。
（4）菅江真澄「いほのはるあき」『菅江真澄全集』第十巻、昭和四十九年、未来社。
（5）胡桃沢友男「道祖神の通せんぼ」『長野県民俗の会会報』十四、平成三年。
（6）土橋里木『わらべ歌研究ノート—山梨県上九一色村の童謡と童戯』昭和六十二年、山梨ふるさと文庫。
（7）新訂増補国史大系『日本高僧伝要文抄元亨釈書』昭和四十年、吉川弘文館。
（8）前掲『幸若舞曲集本文』

第二章　境界の言語表現——結界と道行㈡

一　「尾上」という場所―― 一つ松考序説（一）

伊豆七島御蔵島は、東京の南南西約二百二十キロの海上に浮かぶ周囲十七キロメートルほどの小島である。人口およそ二五〇人。標高八五一メートルの御山を中心に全島常緑照葉樹の深い森林に覆われ、島の周囲はすべて切り立った崖に囲まれている。島には近年まで船を横づけできるような波止場もなく、近代的な開発の手がほとんど加えられていなかったため、その自然と地形とは、ほとんど太古さながらといってよいほど原始の姿を留めている。(1)

島民の生活区域は島の北西部の、海に面したごく狭い一地域に限られ、人びとはそこを「サト（里）」と呼んでいる。生活空間であるサトと、その外側の深い森林に覆われたヤマとは、島人たちの意識の中では、今日もなお画然と区別されている。その両者の境界を成しているのが、サトの上手カブツ池より流れ出て、サトの西端を通って海へ落ちるウタズ川である。

ウタズ川の対岸は、サトの最上段にある氏神社（鍵取明神）の里宮よりもさらに高い尾根となって海へ突き出しており、人びとはその対岸の地を「ムケー」、海に張り出したその先端部近くを「ムケーガオ」と呼んでいる。「向かい」「向かいの尾」の謂である。ここでは万葉時代以来の「向かつ尾」の語がまだ生きているのである。

このムケーガオには、かつて一本の松の巨木が、海に向かうようにそびえ立っていた。島人たちが島の南端に

(1) 御蔵島のムケーガオに立つ大松（平成２年８月著者撮影）

（第二章一「尾上という場所」参照）

(2) 法隆寺玉虫厨子の捨身飼虎図（奈良国立博物館『国宝法隆寺展図録』より）

(3) 説経愛護の若・愛護入水の図（新潮日本古典集成「説経集」より）

(4) 宿直草　巻一の五　ある寺の僧、天狗の難にあひし事（岩波文庫『江戸怪談集』上より）

（第二章二「木に衣を掛ける」参照）

ある氏神社の奥宮や御山へと赴くためには、ウタズ川を渡りムケーの地を越えて行かねばならないが、その道は、ムケーの尾根の下を迂回し、その先端部近くで尾根を越える。その尾根越えの道の頂点辺りがムケーガオと呼ばれ、松はその尾根越えの道の上手に道を覆うように立っていたのである。このムケーガオは対岸のサトよりもはるかに高い尾根を成しており、その松の下に立つと、島人たちの生活空間であるサトの全域を一望の下に見おろすことができる。ここはまさにサトに対して「直に向かへる」地なのである。

尾張に　直に向かへる　尾津の埼なる　一つ松　あせを　一つ松　人にありせば　太刀佩けましを　衣着せましを　一つ松　あせを(2)

（『古事記』二九）

傷付いた倭建命がこううたったという尾津の崎の一つ松の地も、おそらく、このような場所であったにちがいない。このムケーガオの一本の松は、私たちの心に、すでに失われてしまった「一つ松」の原始の姿を鮮やかに甦らせてくれる。そこには、ただ一本の松があるだけでなく、その松を「一つ松」たらしめている自然の威力と、それと感応することのできる人びとの精神とが、なお生きているからである。

古来、「一つ松」と呼ばれる松は数多い。尾津の崎なる一つ松。志賀辛崎の一つ松。『万葉集』巻六にはまた、活道の岡の一つ松の歌も見えている。高名な高砂の尾上の松、有間皇子が「またかへり見む」とうたったという岩代の浜松、説経『愛護の若』に見える吹上の松なども、「一つ松」の名こそ伝えられていないが、やはり、同類の一つ松であったといってよいだろう。御蔵島のムケーガオの松のように、おそらく、私たちのまだ知らない一つ松が、ほかにも各地にあったにちがいない。

私たちは、そうした一つ松が、常にそれにふさわしい場所に立っていることを経験的に知っている。どんな一つ松も、私たちの期待を裏切るような思いがけない場所には、けっして立っていない。それほど一つ松とその場所とは、深く結び付いているのである。

本論は、一つ松それ自体についてではなく、こうした一つ松の立っている「場所」についての考察である。一つ松とその場所とは深く結び付いているだけでなく、その場所の持つ力こそが、一つ松を一つ松たらしめている最も大きな要因であったと思われるからである。

1　尾津の崎の一つ松の地

美濃・伊勢両国の国堺をなす養老の山系が南へと伸びてつきるその南端の山、多度山。名高い多度大社は、その南面の中腹に位置し、そこから多度山の山裾はなだらかな丘陵となって東へ延びている。その丘陵地の先端近く、今日三重県多度町の戸津《とづ》、小山《おやま》、御衣野《みぞの》と呼ばれるあたりが、倭建命の一つ松の故事で名高い尾津の崎に比定されている土地である。[3]『古事記』の所伝によれば、伊吹の山の神の霊威にうたれた倭建命は傷付いた身を居寤の清水で憩わせ、当芸野を経、杖衝坂を越えて、この尾津の崎の地に至ったという。

今日、この一つ松の故地が、多度山裾野の丘陵地のいずこであったかを正確に示す資料は、残念ながら残されていない。しかし、記紀の記述とその歌の表現とから、そこがどのような地理的、空間的特質を持った場所であったかは、推定することができる。たとえば、本居宣長は、その地を御衣野の南の丘陵に鎮座する八剣神社近辺に比定して、次のように述べているのである。

其地美濃より伊勢に通ひし古道にて、今も然なり、美濃の多芸郡より、石津郡を経て至る処にして、美濃との国境より、一里あまり南なり、此あたり今は海辺よりは遠けれども、古はやがて海辺にて、尾張の津嶋よ

> り渡る、泊なりしより云伝へたり、まことにさぞありけむ、凡て今の桑名郡の長嶋あたりの地より、尾張の海西郡海東郡の地などは、古は多くは海にてありしを、やう〳〵に南方へ地を広げて、今の如くにはなれるなれば、尾津崎は此戸津村のあたりにて、上代には尾張の年魚市縣に、直に向へる地にぞありけむかし(4)

その比定地の妥当性はともかく、さすがに宣長の説明は的確で意を尽くしている。その地は、海に直接面した海辺の地であること。美濃・伊勢往還の要路であり、同時に、両国を分かつ国堺の地に隣していたこと。付言すれば、この地はまた、海を隔てて尾張と向かいあう尾張との境界の地でもあった。

宣長はさらに、内山真龍の言を引いて次のように述べている。

> 内山真龍云、此あたりは多度山の尾崎の長く引延たる地にて、其山崎を、里人は鼻長と云り、まことに崎と云べき地形なり(5)

「鼻長」——この内山真龍の言に見える里人の言葉は、尾津の崎の一つ松の地のあるべき姿——その地形的特徴——を、彷彿として伝えている。確かに、尾津の崎の一つ松は、「鼻長」と呼ばれるような、長く突き出た尾崎の、その先端部に立っていたにちがいない。海に突き出したその地は、周辺の地より高く際立ち、対岸の尾張の地をも一望できるような文字通り「尾張に直に向へる」地であったろう。そして、宣長の指摘に従って推測を重ねれば、美濃・伊勢往還の古道は、その尾崎を迂回する形で海沿いの尾根の下道を登り、この一つ松辺りで尾根の峠を越していったはずである。

このように見てくると、推定される尾津の崎の一つ松の地は、先に私たちが見た御蔵島のムケーガオの一本松の地理的・地形的特徴と驚くほどよく似ていることに気付かされる。
「鼻長」のような長く突き出した地が、一つ松の故地であったことを示す例はほかにも掲げることができる。

我のみや、子持たると言へば、陸奥の、はなはに立てる、松も子持てり(6)（風俗・陸奥歌『承徳本古謡集』）
我のみやこもたりといへばたけくまのはなはにたてる松もこもたり(7)（顕昭『顕秘抄』）

これも一つ松の歌である。一つ松とはうたっていないが、そう解してはじめて歌の趣意が明らかになる。歌の主体である「我」は、子を持つ母親一般ではなく、独り身の女性である。独り身で子を抱える身だからこそ、その境遇を一つ松とその下の子松によそえてうたうことに意味があるのである。この歌が単に「塙にたてる松」とだけいってあえて「一つ松」であることに触れていないのは、そういっただけで、「一つ松」であることが了解されていたからであろう。「塙《はなは》」——むろん「ハナの端」、すなわち「鼻長」同様鼻のように突き出した先端の地を指す言葉である(8)——とは、そういう場所だったのである。
この歌は『拾遺和歌集』巻十八・雑賀の部には、次のような形で掲げられている。

我のみやこもたるてへば高砂のおのへにたてる松もこもたり(9)（一一六八）

どちらが本来の形であったかは今は問わない。いずれにしろこのような表現の置換が可能なのは、「陸奥の塙」あるいは「武隈の塙」と「高砂の尾上」との間に、そうした置き換えをゆるすような類縁性、同質性が認められていたからであろう。すなわち、高砂の尾上もまた長く突き出した先端の地であった。そして、そこに立てる尾上の松も、しばしば一つ松として理解されていたのである。

たかさごの松はつれなき尾上よりおのれ秋しるさをしかの声　（『新続古今和歌集』四九二）
いたづらにわかみもふりねたかさごのをのへにたてる松ひとりかは　（『続古今和歌集』一七五七）
ひとりして世をしつくさば高砂の松のときはもかひなかりけり　（『拾遺和歌集』一二七一）

これらの歌の「松はつれなき」「松ひとりかは」「ひとりして」などが、いずれも高砂の松が一つ松であることを踏まえた表現であることは、明らかであろう。

尾津の崎の一つ松も、陸奥の塙の松も、高砂の松も、ちょうど御蔵島のムケーガオの松がそうだったように、鼻のように長く突き出した尾根状の地形の先端部に位置していた。そのような地形こそ、一つ松にとって最もふさわしい場所だったのである。後に見るように、古代の日本人たちは、そのような場所を「尾」、あるいは「尾上」と称していたらしい。けだし、尾津の崎の一つ松も、また一本の「尾上の松」であったのである。

2　尾上に立つ

尾上といえば、「高砂の尾上の松」が有名だが、尾上にうたわれるのは、松ばかりではなかった。尾上の桜、尾上の鹿、尾上の鐘。尾上の月。尾上に立つ雲、霞、風。おもしろいことに、尾上には「立つ」ものがつきものである。ここにもすでに、尾上という場所の特殊な性格が表れていよう。平安時代の宮廷歌謡、催馬楽には、また次のようにうたわれている。

高砂の　さいささごの　高砂の　尾上に立てる　白玉　玉椿　玉柳　それもがと　さむ　汝もがと　汝もが
と　練緒染緒の　御衣架にせむ　玉柳　何しかも　さ　何しかも　何しかも　心もまたいけむ　百合花の
さ百合花の　今朝咲いたる　初花に　あはましものを　さゆり花の[10]

催馬楽・律歌の「高砂」の曲である。ここでは、高砂の尾上の松ならぬ尾上の椿、尾上の柳がうたわれている。この曲は楽律の上では七段の謡いものであるが、歌詞の表現の上からは、高砂の尾上の玉椿、玉柳をうたった前段と、さ百合花の初花をうたった後段の二段に分けることができる。

この「高砂」の曲は、その後段の表現から、一般に初花のごとき女性を得そこねた男の歌と解されているが、それに対して、前段の、前栽の植木をうたい調度をうたう表現の中に、家ほめ的性格を指摘したのは、折口信夫である[11]。残念ながら、折口はその根拠を十分には示していないが、おそらく、次のような『万葉集』の歌などが念頭にあったのではないか。

(1) あしひきの八峰の椿つらつらに見とも飽かめや植ゑてける君[12]　(『万葉集』巻二十・四四八一)
(2) 今日の為と思ひて標めしあしひきの峰の上の桜かく咲きにけり　(同巻十九・四一五一)
(3) 奥山の八峰の椿つばらかに今日は暮さね大夫のとも　(同巻十九・四一五二)
(4) 絶等寸の山の峯の上の桜花咲かむ春べは君し思はむ　(同巻九・一七七六)
(5) 暇あらばなづさひ渡り向つ峯の桜の花も折らましものを　(同巻九・一七五〇)
(6) 向つ岡の若楓の木下枝取り花待つい間に嘆きつるかも　(同巻七・一三五九)

「峰の上《をのへ》」「八峰《やつを》」「向つ峯《むかつを》」。山の木をうたうにあたって、こうした山の「を」に関わる場所を冠にそえるこれらの歌の表現には、ある共通した表現の型のごときものを見てとることができる。⑴歌は、題詞に「三月四日、於兵部大丞大原真人今城之宅宴歌一首」とあり、左注に「右、兵部少輔大伴家持属植椿作」と記すように、春三月、おそらく花見の宴の席で、当日の主賓である家持が、庭前の椿をほめ、それによって館をほめ、館の主をほめた寿ぎの歌である。家持はその庭前の椿をほめるにあたって「あしひきの八峰の椿」とうたっている。「八峰《やつを》」は、多くの峰の尾を指す言葉だが、ここでは、「八」は美称。家持は、いわば庭前の椿を峰の尾の上の椿に見立て、それがそのまま木ぼめの表現となっているのである。

⑵⑶歌も、やはり家持による春三月の花宴の歌。有名な「三日、守大伴宿祢家持館宴歌三首」の中の二首である。⑵歌では、主人役の家持が自らの館の桜を詠んでいる。庭の桜を「峰の上の桜」とうたうのは、理屈に合わないから、あらかじめ峰の上の桜を手折って瓶などに指していたのだなどと解するのは当たらない。ここも⑴歌と同様、庭前の桜を「峰の上の桜」に見立ててうたっているのである。

眼前の木や花をうたうのに、「峰の上の桜」や「八峰の椿」とうたい、それがその木をほめることに繋がるような表現の様式があったと見るべきであろう。「高砂の尾上に立てる」とうたう「高砂」の歌も、そうした表現の様式を担っている。だから、この曲が、邸内の祝宴の席でうたわれれば、それがそのまま庭前の木ぼめ歌、家ぼめ歌になったのである。

もう一つ興味深い例を掲げよう。『古事記』雄略天皇条に見える榛の木の歌である。

やすみしし　我が大君の　遊ばしし　猪の　病猪の　吼き恐み　我が逃げ登りし　あり峰の　榛の木の枝

（『古事記』九八）

右の歌は、『古事記』では、雄略天皇自身が猪の怒りを恐れて、榛の木の上に逃げ登りうたった歌と伝えるのに対して、『書紀』は、これを猟徒の舎人の事とする。いずれにしろ、一首の歌謡として見れば、これは我が命を救った榛の木をほめた木ぼめの歌である。その木ぼめに際して「ありをの」とうたっている。土橋寛は、この「ありを」に「在峰」とあて、「現われる・目に立つ意」(13)とする。「尾」という場所の特性をよく捉えた解であるが、「荒峰」説も捨てがたい。「荒磯」「荒野」などの「アリ」「アラ」を「始源的な、霊力が強く発動している状態」(14)とする古橋信孝の解が生きてくるからである。いずれにしろ、そこは峰の尾の上の目に立つ場所であったろう。ここにも木ぼめ歌の様式が生きている。

このように、なぜ眼前の木や花をうたうのに頭に「尾上」や「八峰」の辞を冠することが、木ぼめ花ぼめの表現たりえたのであろうか。そこには「尾」や「尾上」と呼ばれる場所を他と比べて特別視し、そこに立つ木や花を特に威力あるものとして賛美するような、共通した感覚の存在を見てとることができるように思われる。おそらく、これらの歌の背後には、春秋の好季に、山の尾、峰の尾に登って、そこに立つ花の下で宴し、花を手折りかざして遊ぶという体験の集積があったにちがいない。家持歌の「今日の為と思ひて標めし」などの表現、さらには、『万葉集』巻六「同月十一日登活道岡集一株松下飲哥二首」の題詞を持つ一つ松の歌や、『後撰和歌集』巻二「花山にて道俗さけらたうべけるをりに」とある素性法師の歌「山寺はいはばいはなん高砂のおのへの桜折りてかざさむ」などの歌が、そうした習俗の存在を窺わせる。近代の民俗でも、たとえば山梨県河口湖町の三月三日の山遊びは、浅間神社の裏の山の尾に位置するサカヤと呼ばれる特定の場所で行われるのが習わしであったという。(15)峰の尾や尾の上とは、そうした花見や山遊びにふさわしい場所でもあったのである。

3　境界としての「を（尾）」

尾。峯。峰。岡。峡。「ヲ」と呼ばれる場所にはさまざまな文字が当てられるが、本居宣長がいうように[16]、どう書いてももとは一つである。「ヲ」――そこは古代人にとって、他の場所とは違った、特殊な磁力の働く空間であったらしい。

高砂の「尾上」について、諸書は多く「山の頂」「一番高い所」と注している[17]。しかし、辞書的な解としての妥当性はともかく、「尾上」を一律にそう解することが当時の人びとの語感にそぐわないことは、「をのへをこゆるしがのうらなみ」（『千載和歌集』四六二）といった用語例を一瞥するだけで明らかであろう。「尾」は、一般に「谷」に対して用いられる言葉であった。「谷から行かば尾から行かむ、尾から行かば谷から行かむ」（神楽歌・早歌）、「其の長は谿八谷峡（を）八尾を渡りて」（『古事記』）などの用例に見るように、谷が山の尾根と尾根とにはさまれた渓谷をいうのに対して、尾は、その谷をはさんだ山の稜線を指している。しかし、尾はまた、しばしば長い尾根の上の一地点を指して使われた。具体的には、道が谷を下り尾根を越えて進む場合、低地から坂道を登りきった山の稜線の一番高い所を尾といい、尾の上とも称したのである[18]。

ムケーガオ。トリノオ。トウゲノ（トウゲノオであろう）。オバンノオ。伊豆七島御蔵島には、こうした「尾」に関わる地名が数多く残っている。いずれも山から海に向かって伸びた尾根の先端部であり、同時に、尾根を越えて進む坂道を登りきった頭頂部を指している。

島人の信仰する氏神鍵取明神の奥の院は、島の南端の海岸近くに位置し、そこに至るには、起伏のはげしい険しい山道を数時間も分け入って進まねばならないが、その参詣路の途次には、六ヶ所の拝所が設けられている。そのうちの最初の拝所がトリノオ、二番目がトウゲノである。そこは明神の奥の院に詣でる者が、丁重な手向けをし、「シズメ」をすることなしには、その内側へと入ることのできない神域の結界の地であった。

冒頭に記したように、ムケーガオは、島人たちの生活空間であるサトとウタズ川を挟んだ対岸の地である。そのムケーガオの松のすぐ先に海に向かって開けたテッポウバと呼ばれる見晴しのよい台場がある。そこは、氏神社の祭礼に際し、奥の院から神を迎えて帰還する一行を出迎えて小宴を行なう場所である。ムケーガオは、文字通りサカムカエをすべき村のはずれの境界の地であったのである。

西のムケーガオに対して、サトの反対側の東のはずれは、ホトケノオあるいはカミノオと呼ばれている。ここも、やはり山の尾根が海に伸びた先端に位置し、古来、共同の葬場とされてきた所である。

また、オバンノオとトリノオは、別の意味で、神域の重要な結界とされていた。島には、正月の二十日から二十五日までキノヒノミョウジン（忌の日の明神）と呼ばれる正体の知れない恐ろしい神が来訪するという信仰がある。二十日に奥の院の下のオンメーの浜に上陸したミョウジンはまずアカイガワに進み、二十一日にテガキド、二十二日はオバンノオ、二十三日にトリノオと次第にサトへと近づき、二十四日にはウタズ川へ至り、その夜半から翌二十五日夜明けにかけてサトの中を通りぬけ、海上へと去って行くと伝えられている。このミョウジンの留まる所には如何なる者も入ってはならぬとされ、その聖域の境界を人びとは「キリ」と呼んでいる。二十二日はオバンノオギリ、二十三日はトリノオギリで、この日はこの境界より先へはけっして入ってはならなかった。ちなみに村に最も近い最後の結界は、ウタズガワギリであり、したがってこの川を越えた西側の地には、けっして人家を建てて住むことができなかったのである。

これらの御蔵島の事例は、「尾」と呼ばれる場所が、前代の日本人にとって、どのような場所であったかを鮮やかに映し出しているように思われる。私たちは、その感覚をすでに失ってしまっているが、かつては確かに存在し、人びとの行為や生活をも強く規制していたにちがいない。その例を『古事記』に見てみよう。そこでは、

「尾」はしばしば「瀬」と対比して用いられている。

(A)　其の汝が持てる生大刀・生弓矢を以ちて、汝が庶兄弟をば、坂の御尾に追ひ伏せ、亦河の瀬に追ひ撥ひて、意礼大国主神と為り、亦宇都志国玉神と為りて[19]…

（『古事記』大国主神）

(B)　宇陀の墨坂神に赤色の楯矛を祭り、又大坂神に墨色の楯矛を祭り、又坂の御尾の神及河の瀬の神に、悉に遺し忘るること無く幣帛を奉りたまひき。此れに因りて役の氣悉に息みて、国家安らかに平らぎき。

（『古事記』崇神天皇）

(A)は、須佐能男命が娘須世理毘売を負って逃走した大穴牟遅命に対して投げ与えた言挙げの語。Bは、崇神天皇の御代、疫病の流行に際して、意富多多泥古をして大物主神を祭らせたほか、諸神に楯矛、幣帛を献げて疫病退散を祈願したという条である。

これらの例では、「川の瀬」に対して「坂の御尾」が、「川の瀬の神」に対して、「坂の御尾の神」が対置されている。「坂の御尾」とは、坂を登りきった尾根の頂点をいう言葉であろう。「御尾」という呼称自体に、すでに「尾」という場所を神聖視する見方が表れている。

(A)では、坂の「尾」が川の瀬と共によこしまな敵を追い伏せ、追い払うべき境界の地として描き出されている。地形的な天然の境界をなす瀬と尾とが、ここでは、この世のさいはての地、この人の世とその外側の神々の世界とを分かつ境界の地として位置付けられているのである。

(B)の例は、坂の尾が神を祀り、神の力の顕現を願うことのできるような神祭の場であったことを示している。

坂の尾の神、川の瀬の神とは、境界としての尾や瀬に祀られる神であろう。尾や瀬は、そうした神々の威力の強く発現する場所と見なされていたのである。

川の「瀬」と対置された興味深い「尾」の事例は、『允恭記』の、軽太子が妹大郎女を恋うてうたったという二首の歌にも見ることができる。

(C)　隠国の　泊瀬の山の
大峰には　幡張り立て
さ小峰には　幡張り立て
大峰にし　仲定める　思ひ妻あはれ
槻弓の　伏る伏りも
梓弓　立てり立てりも
後も取り見る　思ひ妻あはれ

(D)　隠国の　泊瀬の川の
上つ瀬に　斎杙を打ち
下つ瀬に　真杙を打ち
斎杙には　鏡を掛け
真杙には　真玉を掛け
真玉なす　吾が思ふ妹
鏡なす　吾が思ふ妻
有りと　言はばこそよ
家にも行かめ　国をも偲はめ

ここでは、泊瀬の川の瀬に対して、泊瀬の山の「ヲ」が対置されている。原文「意富袁」「佐袁袁」の「ヲ」に古来「峰」や「峡」の字をあて、「みね」の意と解しているが、むろん、後にあてた文字で意味が変わるわけではない。川の瀬と対比された山の「ヲ」は峰一般ではなく、その峰が長く伸びた尾根の上端部の一点——おそらく道の通う所——を指していると見るべきであろう。

(D)に見える河の瀬に斎杙、真杙を打ち、鏡真玉を掛けるという表現は、禊祓のごとき水辺の神事を想起させる。古橋信孝はその「隠国の」から「真玉を掛け」に至る前段の表現のうちに、祭祀の始源をうたうことによって、後に続く玉や鏡を最高のものとして提示する〈叙事〉の表現様式を見出している。[20] 古橋の指摘にしたがえば、ほぼ同様の表現構造を持つ(C)の歌の前段部も、また何らかの祭祀に関わる表現と見なすことができよう。

また、土橋寛は、(C)の泊瀬の山の「ヲ」に立てた幡を、「葬礼の幡」[21]と解し、古橋も別の所で、その表現に「葬にかかわる幻想」[22]を見出している。神武天皇の陵を「畝火山の北の方の白檮の尾の上」（『古事記』）に造ったという例もある。御蔵島のホトケノオのように、ここも山の尾が死者をあの世へと送る葬送の場であったことを伝えているのかもしれない。

(E) 故爾に伊邪那岐命詔りたまひしく、「愛しき我が那邇妹の命を、子の一つ木に易へつるかも。」と謂りたまひて、乃ち御枕方に匍匐ひ、御足方に匍匐ひて哭きし時、御涙に成れる神は、香山の畝尾の木の本に坐して、泣沢女神と名づく。

（『古事記』国生み）

妻伊邪那美命を亡くした伊邪那岐命が哀しみのあまりに流した涙に成れる神の名を、『古事記』はこう記している。「香山の畝尾《うねを》の木の本」は、従来、その神の鎮座する土地の名と解されているが、その原義は、文字通り、香山の山の尾に立つ木の本に坐す神、であったにちがいない。また『住吉大社神代記』によれば、住吉大神の名も、「玉野国、渟名椋の長岡の玉出の峡（を）の墨江の御峡（みを）に座す大神」[23]と記されている。海神住吉の神もまた、「御尾に坐す神」であったのである。

「雄略記」にはまた、山の尾が神の示現する場であったことを示す次のような興味深い話も伝えられている。

（F） 又一時、天皇葛城山に登り幸でましし時、百宮の人等、悉に紅き紐着けし青摺の衣服を給はりき。彼の時其の向へる山の尾より、山の上に登る人有りき。既に天皇の鹵簿に等しく、亦其の装束の状、及人衆、相似て傾らざりき。爾に天皇望けまして、問はしめて曰りたまひしく、「茲の倭国に、吾を除きて亦王は無きを、今誰しの人ぞ如此て行く。」とのりたまへば、即ち答へて曰す状も亦天皇の命の如くなりき。是に天皇大く忿りて矢刺したまひ、百官の人等悉に矢刺しき。爾に其人等も亦皆矢刺しき。故、天皇亦問ひて曰りたまひしく、「然らば其の名を告れ。爾に各名を告りて矢弾たむ。」とのりたまひき。是に答へて曰しけらく、「吾先に問はえき。故、吾先に名告りを為む。吾は悪事も一言、善事も一言、言ひ離つ神、葛城の一言主大神ぞ。」とまをしき。

（『古事記』雄略天皇）

天皇の葛城山への行幸に際して、こちらの峰を登る天皇の一行に対して、それと対峙している向かいの山の尾をまったく同じ姿、形の人びとが同じように登っている。まったく同じ姿、形でありながら、こちらの山の尾を登るのは、人の王、向こうの山を登るのは神である。こちらの山の人の王と向こうの山の神とは互いに向かい立ち、みつめ合い、名告りをする。それによって人は神の祝福をうけ、神の呪力を我がものとするのである。ここには、人界ならぬ神々の空間としての山の「尾」の姿が、鮮やかに映し出されていよう。

4 「向かつ尾」という場の呪性

〈場〉の呪性とでもいうべきものについて考えてみる必要があると思う。かつては心のおののきなしには通り過ぎることのできない場所、目に見えない不可思議な力の発動を感ぜずにはいられない場所がいたる所にあった。

山の口、坂、峠、川の瀬、磯、浜、岬、洞窟、淵、滝、沖の島。各地の聖地、霊場を踏査し、特殊な地形や景観の中に、人びとに聖性を抱かせる力の存在を具体的に確認する作業を続けてきた野本寛一は、そうした人に神を感じさせる地形要素を「聖性地形」と名付けている。(24)

これまで見てきたように、「尾」と呼ばれる場所も、その特殊な地形景観のゆえに、人びとに呪的な力の発動を強く感じさせた「聖性地形」の一つといってよいだろう。

山の峰や尾根、岬などが空間に向かって突き出した、その上端。そのような地形の場所を「尾」と呼んで他の場所と区別した古代人たちの心の動きに目を向けると、「尾」「尾上」と呼ばれる場所の包有する呪性が、思いがけないほど大きな精神史的、文化史的広がりを持って立ち現れてくる。

説経『愛護の若』の中に、「吹上の松」と呼ばれる一本の松が登場する。父に見捨てられた傷心の主人公、愛護の若が比叡山へと登る途次、通過しなければならないお山の聖域の結界に立つ松である。柳田国男が早く、『神樹篇』において指摘した「境に木を立てる習俗」の存在を裏付ける好例である。しかし、そうした樹木の働きばかりに目を奪われると、その立っている場の性格を見落としてしまう。確かに吹上の松は、境界の木であるが、たとえその松が枯れても、そこが聖地の結界であるという事実は変わらない。一本の松の存在がその場を境界にしているのではなく、むしろ、結界としての場の持つ呪力が、そこに立つ松にそのような性格をあたえているのである。

私はこの吹上の松も、やはり尾上に立つ一つ松であったと断言する。「吹上」の名が下の谷から激しく風の吹き上げてくるような峰の尾のごとき地形を連想させるからである。次のような歌がその推測を裏付けてくれる。

吹く風のなるをにたてるひとつ松さびしくもあるか友なしにして

（『夫木和歌抄』一三七六九）

「尾」は、谷からの風、尾根越しの風、あるいは海からの風が強く吹きつける所である。人びとはその尾に鳴り響く風の音にすらも、目に見えぬ神霊の力を感じたにちがいない。そのような場所を人びとは「風尾」ともいったらしい。各地の祭礼の歌謡において、「風尾」は、神を迎える場所として歌われている。

白山の風尾の小松しけくして
さふよのしけくして
うらかきわけて宮ずまいする[25]　（下呂町森八幡宮　田の神祭り踊歌）

春の祭礼において、神を迎えるための「宮」——祭場をしつらえる時の歌である。風の激しく鳴る尾が神を迎えるのにふさわしい場所であったことを、人びとは忘れても、これらの歌の表現がなおそれを伝えているのである。

平安時代以来、和歌に繰り返し詠まれてきた「尾上」という歌語も、やはりこうした「尾」という場所の呪性を担っていたはずである。たとえば、「尾上の鐘」。尾上の寺から響き渡る鐘。暁宵の鐘を響かせる寺が里近くの峰の尾にあったというありふれた事実を、この語は示している。高尾（雄）、栂尾、槙尾、松尾、当尾。改めて数えあげるまでもなく、こうした「尾」の字を冠した名を持つ寺社が数多くあるという事実そのものが、「尾」という場所と聖域との繋がりを映し出していよう。朝夕に響く尾上の鐘は、そうした山上の聖地の存在を無意識の中に人びとに語りかけてきたはずである。

尾上に立つ鹿。こちらは春日信仰における「鹿曼陀羅」を想起させる。鹿が神の化身であり、「立つ」という行為がその神の顕現する姿だとすれば、尾上こそその立つ場所にふさわしい。

　一方、尾上に立つ鹿は、秋に妻呼ぶ鹿とも歌われた。人びとは秋の鹿の鳴く声を聞いて、尾上の岩頭に立って妻呼ぶ鹿の姿を幻視したのであろう。尾上はまた、恋する者の立つ場所でもあったからである。

(G)　向つ峯に立てる桃の樹成らむかと人そ耳言く汝が情ゆめ　（『万葉集』巻七・一三五六）

　　館門に在りて江南の美女を見て作る歌一首

(H)　見渡せば向つ峰の上の花にほひ照りて立てるは愛しき誰が妻　（『万葉集』巻二十・四三九七）

(I)　向つ峰に　立てる夫らが
　　柔手こそ　我が手を取らめ
　　誰が裂手　裂手ぞもや　我が手取らすもや　（『日本書紀』一〇八）

「向かつ尾」とは、自分たちのいまいる場所、日常の生活空間と直接に正面から向き合う空間――「直に向かえる」場所――である。ちょうど御蔵島のムケーガオがそうであったように、それは、自分たちの生活空間の境界の外側、見知らぬ力と秩序の支配する異世界であると同時に、自分たちの居所から常住眼のあたりにすることのできる身近かな空間でもあった。それだけに、「尾」と呼ばれる場所の中でも、その場の呪性を最も強く体現する場所であったように思われる。

　右の三首には、そうした「向かつ尾」の持つ場の呪性がなお濃密に生きている。「向かつ尾に立てる」とうたえば、それだけで、そこに立つ人も木も、ただならぬ呪性を帯びた特別の存在として表われたのである。(H)は「向かつ尾に立つ」という行為が異性を求める恋のしぐさであることを明確に物語っている。向かつ尾に立つ(I)者は、境を隔ててこちらに向かい立つ者である。そううたう歌い手はこちら側の岸に立っている。男女が境をへだてて、向かい立つ姿は、すなわち、互いに深く心を通わせ合おうとする恋のしぐさであった。[26]

(J)　見渡しに　妹らは立たし　この方に　われは立ちて　思ふそら　安からなくに　嘆くそら　安からなくに　さ丹漆の　小舟もがも　玉纏の　小楫もがも　漕ぎ渡りつつも　語らはましを

（『万葉集』巻十三・三二九九）

(K)　背の山に直に向へる妹の山事許せやも打橋渡す

（『万葉集』巻七・一一九三）

大伴家持は、また、「あしひきの山鳥こそば峯（を）向ひに妻問すといへ」（『万葉集』巻八、一六二九）ともうたっている。これらの例は、「向かい立つ」という行為が恋する男女にとってどのような意味を持っていたかを如実に伝えていよう。

土橋寛は(I)にあげた『日本書紀』の謡歌（一〇八番歌）が歌垣の歌であることを明らかにした。[27]「手を取る」という表現についての詳細な考察がそれを裏付けているが、それに加えて「向かつ尾に立てる」という表現も、これが歌垣の歌であることを示している。「向かつ尾」はすなわち、恋する男女が「つま」を求めて向かい立つ歌垣の場でもあったのである。

注（1）以下、御蔵島についての記述は、著者が平成二年八月三日から六日まで島に滞在した時の見聞と体験に基づ

くものである。後述のムケーガオの松の古木は、著者の来訪時にはなお見事な大木として聳え立っていたが、その後、道路工事のために伐採され、今はないという。なお、同島の祭祀や信仰習俗については、桜井徳太郎「東京都御蔵島」『離島生活の研究』昭和四十一年十月、国書刊行会、及び東京都教育委員会編『御蔵島民俗資料緊急調査報告書』昭和五十年、等に詳しい。

（2）以下『古事記』及び『日本書紀』所載歌謡の引用は、土橋寛校注の日本古典文学大系『古代歌謡集』昭和三十二年、岩波書店、による。

（3）『延喜式』「神名帳」に「伊勢国桑名尾津神社二座」とあるのがその手掛りだが、今日、小山に一座、そのすぐ東数百メートルの戸津に一座、その名の神社があり、小山の南御衣野の西側の丘陵地に草薙神社があり、いずれも古への尾津神社と伝えている。土橋寛はこれらの地を踏査した上で、戸津・小山の一帯を尾津の崎の地に比定している（『古代歌謡全注釈古事記編』昭和五十七年、岩波書店）。

（4）（5）『古事記伝』第二十八之巻、『本居宣長全集』第十一巻、昭和四十四年、筑摩書房。

（6）『続日本歌謡集成』巻一中古編、昭和三十九年、東京堂出版。

（7）『日本歌学大系』別巻五、昭和五十六年、風間書房。

（8）「武隈のはなはとて、山のさし出たる所のあるなりとぞ、ちかくみたる人は申し。」（顕昭、前掲『顕秘抄』）。なお、顕昭は、『後拾遺』橘季通歌などを典拠に、「武隈の松」を『ふた木』と理解しているが、これは「親子松」である所から推測した都人たちの誤解であろう。

（9）以下、特に断らない場合、『万葉集』以外の和歌の引用は、『新編国歌大観』第一巻勅撰集編、昭和五十八年、角川書店、及び同二巻私撰集編、昭和五十九年、による。

（10）小西甚一校注「催馬楽」前掲『古代歌謡集』所収。

(11)　折口『日本文学発生序説』『折口信夫全集』第七巻、昭和四十一年、中央公論社、及び「催馬楽」『折口信夫全集』ノート編第十八巻、昭和四十七年。
(12)　以下『万葉集』の引用は、日本古典文学大系『万葉集』一～四、昭和三十二年～三十七年、岩波書店、による。
(13)　土橋前掲『古代歌謡全注釈古事記編』。
(14)　古橋「常世波寄せる荒磯」『古代和歌の発生』昭和六十三年、東京大学出版会。
(15)　平成四年四月二十五日、地元の友人堀内真、杉本仁両氏の案内で当地浅間神社の孫見祭を見学した折の実見に基づく。両氏と共に訪ねたその地は、神社の背後の山の尾に位置し、眼下に広がる河口湖の水面の向こうに壮麗な富士の姿を望む絶景の地であった。
(16)　『古事記伝』第三十九之巻、『本居宣長全集』第十二巻、昭和四十九年、筑摩書房。
(17)　たとえば、「高砂の地の山の上」(日本古典文学大系『古今和歌集』二一八歌頭注)、「いちばん高い所」(同『古代歌謡集』催馬楽「高砂」頭注、「山の頂」(日本古典文学全集『神楽歌催馬楽梁塵秘抄閑吟集』催馬楽「高砂」頭注)など。
(18)　本居宣長は『古事記伝』において「坂之御尾神」に注して「山と云はで坂と云、河にも瀬と云るは、みな行路につきて云るものぞ」と述べている。聞くべきである。
(19)　日本古典文学大系『古事記祝詞』昭和三十三年、岩波書店。以下、『古事記』の本文の引用は、同書による。
(20)　古橋「歌の叙事」前掲『古代和歌の発生』。
(21)　土橋前掲『古代歌謡全注釈古事記編』。
(22)　古橋『古代歌謡論』昭和五十七年、冬樹社。

(23)　田中卓『住吉大社神代記の研究』昭和六十年、国書刊行会。（　）内の仮名は引用者。

(24)　野本『神々の風景―信仰環境論の試み』平成二年、白水社。なお野本は、同書及び「当て山と当て木」（『静岡県・海の民族誌』昭和六十三年、静岡新聞社）において、船の航行の目当てとなる高山や樹木をアテ山、アテ木と名付け、尾津の崎の一つ松や高砂の松、辛崎の一つ松などもこのアテ木だと見なしている。アテ木を海から寄りつく神の依代として敬う信仰の中に、「船人の眼・漁民の眼」を基層とする「神の眼差し」を読みとる野本の所論は、「尾」という場所の特質を考える上でも示唆に富んでいる。

(25)　拙稿「森八幡宮の田の神祭り『踊歌』」藤井健夫・三原幸久編『下呂の民俗―岐阜県益田郡下呂町』昭和六十三年、関西外国語大学。なお、同様の歌詞は、花祭の歌謡、愛知県富山村御神楽祭の歌謡、長野県新野の雪祭の宣命などにも見えている。

(26)　宮岡薫は「『日本後記』の童謡」（『古代歌謡の構造』昭和六十二年、新典社）において、古代歌謡に見える「直に向へる」という表現の特質を検討し、そこに「向かい合う二つの事象を意図的に結び付け、その指示する方向に存する物との間に呪的な関連を生み出す発想」を見出している。同じことを男女の恋の場合にも指摘することができよう。

(27)　土橋『古代歌謡全注釈日本書紀編』昭和五十一年、角川書店。

〔付記〕平成四年暮れ、著者は、野本寛一氏の『神々の風景』に導かれて、島根県美保関の「関の五本松」の故地を訪ねた。その地は、やはり、海に張り出した尾根の先端部近くの尾の上、美保神社へと向かう古の街道が越えなければならない最後の峠道の頂点に位置していた。

二　木に衣を掛ける――一つ松考序説（二）

説経「愛護の若」。後に日吉山王権現として祀られる少童、愛護の若の物語である。幼くして実母を亡くした二条家の若君、愛護の若は、父清平の後妻となった継母から横恋慕の果ての讒言を受け、出離漂泊の旅を余儀なくされる。流浪の果てに伯父阿闍梨を頼って比叡山に登った愛護は、阿闍梨の思いがけない拒絶にあって望みを失い、御山の霧降の滝に身を投げて自ら命を絶つ。

その愛護が身を投げた滝の上の杉の木立には、身にまとっていた小袖が脱ぎ掛けて残されていた。その「杉の木にかかりたる御小袖」を見て伯父阿闍梨は、都から独り尋ねてきた稚児が紛れもなくわが甥、二条家の愛護であったこと、その死がほかならぬ覚悟の自死であったことを知るのである(1)。

法隆寺玉虫厨子。その須弥座左側面に描かれた捨身飼虎図は、釈迦の前生、薩埵王子が餓虎を救うために我が身を投げ出したという前生譚を描いたものである。図は崖より身を投げる王子の上手に、崖上で衣を脱ぎ傍らの一樹に掛けている王子の姿を描き出している。この前生譚の出典である『金光明最勝王経』捨身品は、その場面を「脱去衣服置於竹上(2)」と記す。王子もやはり、捨身に際して、衣を竹の葉に脱ぎかけて残したのである。

近松心中物の名作「曾根崎心中」。死を決した主人公お初と徳兵衛は「この世のなごり、世もなごり」の名文句で始まる道行の果てに天神の杜へと至り、松と棕櫚の相生いの木に互いの身を結び付け、脇差・剃刀で喉笛を突いて相対死する。絵入本に付された挿絵は、その二人の頭上、向かって左側の棕櫚の木にお初の小袖を、右の松の枝に徳兵衛の上着を掛けた様を描き出している。(3)

木に衣を掛ける。愛護も、薩埵王子も、お初徳兵衛も、その死に臨んで、同じように木に衣を掛ける。まるでそれが、死に行く者の守らなければならない「作法」ででもあるかのように。この衣は果たして何を意味しているのか。本節で考えてみたいのは、この、木に掛けて残された「衣」の提起する問題である。

1　衣掛け伝説の三類型

衣掛松、衣掛の柳などと称せられる木がある。弘法大師衣掛の松。西行法師袈裟掛の松。義経、義家などの母衣掛の松。むかし天女が舞い降りて羽衣を掛けたという羽衣の松なども同類である。伝説の主人公たちは、何か事あるごとに木に衣を掛ける。その中には、むろん「身投げ」に際して、というのも少なくない。

奈良興福寺猿沢池畔の衣掛の柳は、むかし帝の寵をうけた宮廷の采女が、その後再びお召しのないことをはかなみ、池に身を投げたとき、その衣を脱ぎ掛けた柳と伝える。徳島県鳴門市土佐泊の海岸にある絹繋松は、源平合戦の折、小宰相の局が身を海に沈めた折その絹を掛けたもの。また、島根県邑智町粕淵のカミサンの淵辺の老松は、城主景山氏の夫人が身投げに際して小袖を掛けたところから小袖松と呼ばれ、その後裔が招魂祭を行っているという。(4)

伝説の世界でもやはり人は、その死に臨んで木に衣を掛けて残していったのである。これら伝説の人物たちの行為が、愛護や薩埵王子の行為と一連のものであることは、改めて指摘するまでもあるまい。

しかし、衣掛けの伝説において、右のような「捨身型」以上に、広く分布するのは、旅の折にその木の下に憩って衣を掛けたと伝える、至って平凡な「休息型」の話である。弘法大師、親鸞上人、西行法師など旅の高僧による衣掛け伝説の大半は、この休息型であり、香川県仲多度郡善通寺町岩崎の岩上にある老松などは、昔、清少納言が旅の途次にそこに憩ってその衣を掛けたと伝える。なぜこれらの高名な旅人たちは、休息のたびに木に衣を掛けなければならなかったのか。さらにまた、彼らがその木に衣を掛けたという平凡な事実が、どうして人びとによって長く記憶されねばならなかったのか。

また、岩手県黒石村正法寺の袈裟掛の桜のように、開山和尚の禅座沐浴の地で、樹下の淵で浴するたびに、この木に袈裟を掛けたという話もある。今、仮に前二者の「捨身型」「休息型」に対して、これを「沐浴・禊ぎ型」と名付けておこう。三保の松原の羽衣松、余呉湖北岸の衣掛柳など、天女が水浴の折に羽衣を掛けたと伝える羽衣型の伝説はすべてこの類である。

「衣を掛ける」という伝説のモチーフは、「木」だけでなく、「衣掛石」や「小袖岩」など石や岩を対象にしたものも少なくない。そして興味深いことに、そこにも前述の三種の型――「捨身型」「休息型」「沐浴・禊ぎ型」――の存在を認めることができるのである。しかし、ここではテーマをあえて「木」に絞って進めていく。「木に衣を掛ける」モチーフは、後述のように伝説の枠を超えて広がっており、その隠れた意味が見えてくれば、小袖岩や衣掛石の姿も自から明らかになってくるはずだからである。

そこで次の例を見てほしい。

尾津の前の一つ松の許に到り坐ししに、先に御食したまひし時、其地に忘れたまひし御刀、失せずて猶有りき。爾に御歌曰みしたまひしく、

尾張に　直に向へる　尾津の崎なる　一つ松　あせを
一つ松　人にありせば　大刀佩けましを　衣著せましを

一つ松　あせを[5]　　（『古事記』）

前節でも取りあげた倭建命の「一つ松の歌」である。東征の帰途、伊吹山の神の霊威にうたれ、瀕死の身を引きながら尾津の崎に至った命は、その一つ松の下に自らの太刀の残されてあるのを見て、思わず、こううたう。ここで、倭建命が、一つ松に向かって「衣着せましを」とうたうのは、伝説において弘法や西行がその衣を木に掛けたと語ることと同値である。この尾津の崎の一つ松は、紛れもなく後世の衣掛松の先蹤である。物語は、倭建命が先に東征の途次、ここで憩って「御食したまひし時」忘れた御刀が失せずしてあったと伝える。倭建命は、むろん、この帰途にもその疲れた体をこの一つ松の下で休ませたにちがいない。とすれば、これもやはり「休息型」の「衣掛松」なのである。

土橋寛によれば、この「一つ松」の歌は、本来は、その地方の「木ぼめ」の民謡であったろうという[6]。この指摘が看過できないのは、平安時代の堂上貴族たちが饗宴の席でうたい興じた歌の中にも、次のような歌があるからである。

高砂の　さいささごの　高砂の　尾上に立てる　白玉玉椿　玉柳
それもがと　さむ　汝もがと　汝もがと　練緒染緒の　御衣架にせむ　玉柳
何しかも　さ　何しかも　何しかも
心もまたいけむ　百合花の　さ　百合花の
今朝咲いたる　初花に　逢はましものを　さ百合花の[7]　（催馬楽・高砂）

これも木ぼめの歌である。歌の後半部は、男があわてて女性に手を出したことを悔い嘆く恋の歌の趣きであるが、歌の基本的な性格は前半部の木ぼめの表現によって決定づけられている。この歌は、平安時代の堂上貴族たちによって主として御遊などの宮廷の饗宴の席で、祝い歌としてさかんに享受された。一見、恋の歌にしか見えないこの歌が祝い歌となるのは、歌の前半部において、尾の上に立つ玉椿、玉柳を掲げ、それを「御衣架にせむ」とうたうことが、庭前の木をほめることになり、それがすなわち、その館や館の主をほめることにつながるからである。(8)

歌謡の表現においては、「衣着せましを」「御衣架にせむ」とうたうことが、そのまま木ぼめの表現、祝い歌の表現となる。なぜそうなるのか。その根拠を問うことは、すなわち諸国の「衣掛伝説」成立の根拠を問うことに繋がっていくはずである。

古い歌謡の中には、また、次のような「沐浴・禊ぎ型」「捨身型」の歌もある。

河社　篠に折り掛け　篠に折り掛け　干す衣　いかに干せばか　七日干ずといふ(9)
（『承徳本古謡集』）

太子の身投げし夕暮に、衣は掛けてき竹の葉に、王子の宮を出でしより、沓はあれども主も無し(10)
（『梁塵秘抄』二〇九）

前者は、『承徳本古謡集』所載の神楽歌。夏神楽の歌である。元歌は、『貫之集』に「夏ばらへ」として見える「川社しのにをりはえほす衣、いかにほせばかなぬかひざらん」(11)。「夏祓へ」は、大晦日の大祓に対する六月晦日の祓え。夏越の祓え、水無月の祓えともいい、水辺で人形（ひとがた）を流したり、禊ぎをしたりして厄災をはらい、身を清めた。この折に奏される神楽が夏神楽である。歌は、この六月晦日の夏越しの祓えに際して、河畔の篠に折り掛けて干された衣をうたったもの。貫之の歌は、さらに『梁塵秘抄』の今様、二句神歌にも採られて、「賤の男が篠折り掛けて干す衣、如何に干せば乾ざらむ乾ざらむ七日乾ざらむ」[12]とうたわれている。水辺の「禊」に際して、河辺に干された衣をうたうことが、特別の感懐をもって受け取られていたことを示すものである。

後者は、『梁塵秘抄』所載の四句神歌。もちろん歌の前半部は、薩埵王子の捨身飼虎をうたったものである。

2　花見と衣掛け

山梨県都留地方一帯は、旧暦春三月の花見や山遊びの習俗が広く伝承されていた所である。三月三日の節供の当日、村人たちは、「さか詣り」「おさかえ詣り」などと称して、子供たちを連れて松林や野山を散策したり、重箱に鮨などの馳走を詰めて山に登り、終日遊び暮らしたという。[13]中でも富士を正面に望む河口湖畔の河口湖町では、一昔前まできわめて古風な山遊びの習俗が伝承されていた。水戸彰考館小山田文庫蔵「甲斐都留郡川口社上山三月三日宴風俗歌」[14]一冊は、その河口湖の花見の宴で歌われた古歌謡十章を書き留めた、貴重な歌謡資料である。

鳥ならは巣をもかけやうものいぬゐの隅の榎木に　ヨイ〳〵榎木には蔦かからまる我には若衆かからまる
こそ迄はちこと呼れてことしは姉御の草かり　ヨイ〳〵かる草は篭にたまらす泪をほろりと落した
伊勢麻笥信濃韓蒸績すとたまれからむし　ヨイ〳〵七ツ麻は女郎の肌つき八ツ麻は殿子の上下

右は、その巻頭の三首である。この三首を見ただけでも、川口湖の三月三日の山遊びが、古代の歌垣にも通じるような、至って古風な若い男女の恋の遊びの場であったことがわかる。

ところで、いま私たちにとって問題なのは、右のごとき十章の歌に続いて記された次の記述である。

こは都留郡川口村社上山にて衣を木にかけてその下にて宴し遊ふ時謡ふ童謡哥也

ここにも、木に衣を掛けるという行為がある。ここに見える「社上山」とは、川口浅間神社の裏山のことである。土地では「サカヤ」「サアカヤ」などと呼ばれ、前面に広がる河口湖の湖水の向こうに富士の秀嶺を望む絶景の地である。村人たちはこの社上山の花見に際して、衣を木に掛け、その下で宴をしたというのである。

残念ながら彰考館蔵の「社上山風俗歌」はこれ以上何も語らない。しかし、社上山の三月三日の花見については、『甲斐国志』編纂の資料として輯められた『甲斐国志草稿』の中により詳しい記録が残されており、彰考館本の欠を補うことができる。

河口歌士人伝言フ、古へ河口左衛門ト云者アリケリ。三人ノ少女アリ。年毎三月三日花見ト号ケテ酒肴ヲモテ、社ノ北ナル沢上山ニ登リ終日宴楽ス、其時歌ヲ作リ謡ヒケル。花咲サレバ上ギヌヲ木枝ニウチカケ、花ニ擬ヘシトナン。其遺風トテ今ニ少女トモウチ集、或ハ男子モ交リ郷中上中下分リ、沢上山ニ登リ三所ニウチムレ、花見ノ興ヲ催シケル。花イマタ咲サレハ少女ノ上ギヌヲ木枝ニヌギカケ、此古風ナル歌オ謡ヒ宴楽シ、日暮ルマデ遊ヒケルナリ。此古代ヨリノ風俗ナリ。今ハ花盛ニモハレギヌヲヒキ行、梢ニウチカクルナリ[15]。

右に見える河口左衛門は、かつて吉田の御師と並んで富士信仰の担い手として活躍した河口御師の中興の祖と伝えられる人物である。その三人の娘が三月三日の花見の宴を始め、歌をも作ってうたったという記事は、多分に伝説化したものであり、その真偽のほどは定かではない。しかし、毎年三月三日の花見に際して、少女たちが社上山に登り、郷中の上中下三地区が三所に分かれ、それぞれが木に晴衣を掛けその下で歌をうたい、終日宴楽したという記述は、この『甲斐国志草稿』が輯められた十九世紀初頭（文化年間）当時に、実際に行われていた習俗を伝えるものである。

「花咲サレバ上ギヌヲ木枝ニウチカケ、花ニ擬ヘシトナン」とあるように、山中の高地である河口では、旧暦の三月の初旬に桜の咲くことは稀であった。土地の故老たちも、花がまだ咲かないので代わりに花模様の上衣を木に掛けたのだと伝えている。しかし、むろん、それだけではないはずである。伊藤堅吉によると、江戸末期の御師文書には次のように記されているという。

> 色改ハ五ケ日大方ナリ。昔ハ婚礼前社上山ニ、女郎ノ幸菱ノ紅ノ小袖、紅梅ノ小袖一重ヲ木枝ニ懸ケ出シタリ。色改ノ小袖ハ下カヘニ、女郎ノ生レ月ノ数ヲ紅ノ糸ニテ縫ナリ。今ハ婚礼調度見世ノ風ニ変リヌ[16]

春三月の花見の衣は、結婚前の娘の衣裳見せ、小袖披露の習俗とも交渉をもっていたことがわかる。

花見に際して豪華な小袖を木々に渡した紐や帯に打ちかけてその妍を競う風は、すでに江戸の初期、京大阪や江戸で広く行われていた。たとえば、戸田茂睡の「紫のひともと」は、江戸上野の花見の様子を次のように描き出している。

東照宮の御宮の脇後松山の内清水のうしろ幕はしらかして見る人多し幕の多きときは三百余ありすくなき時は二百余りあり此外につれたちたる女房の上着の小袖男の羽織を弁当からげたる細引に通して桜の木に結び付け仮の幕にして毛氈花莚敷て酒呑なり(17)

茂睡はまた、「町方にては女房娘正月小袖といふは仕立てず花見小袖とて成程結構に手をこめ伊達なる物数寄に好たるを着て出るなり花より猶見事なり」とも記している。町方の女房娘たちが「花見の小袖」を仕立て、花見にそれを掛け渡して妍を競う様子は、そのまま河口の社上山の花見の小袖と通い合うものであろう。

井原西鶴『好色一代女』巻一「舞ぎょくの遊興」の挿絵の一図は、桜の木の廻りに張り渡した幕の上に小袖をうちかけ、酒宴に興じる花見衆の姿を描き出している。当時、桜の木に張り渡した紐に小袖をかけたり、花見幕の上にさらに小袖をうち掛けて花見をする風が広く存在したのである。そうした花見の小袖の幕を、人びとは「小袖幕」あるいは「衣装幕」と呼んでいたらしい。西鶴「好色五人女」巻一「姿姫於夏清十郎物語」お夏清十郎の花見の場における密会の場面に「是なる小袖幕の内ゆかしく」とあるのを始めとして、「衣装幕のうちには小哥まじりの女中姿」(『西鶴諸国はなし』四ノ二)、「唐織の幕うたせ、袖累ねの衣装づくし(18)」(『懐硯』五ノ五)などとあるのは、すべてこの花見に小袖を打ち掛ける風を描き出したものである。

社上山の花見の小袖が、この近世初頭の小袖幕の流れを汲むものであることは、もはや指摘するまでもあるまい。しかし、これをもって近世都市風俗の地方における残存の一例として片付けるわけにはいかない。同じころ流行をみた、衣桁に掛けた小袖をモチーフとした「誰が袖図」との関わりもある。私たちにとって問題なのは、何故に花見に際して小袖を掛けるというような習俗が起こったのか、そのそもそもの拠ってきたるところである。

さらに具体例を見てみよう。播磨国の総社、姫路市総社神社(射楯兵主神社)の臨時祭の「三つ山」の神事に(19)

は、「小袖山」と呼ばれる置き山が設けられる。直径二十二尺二寸五分、高さ四十尺にも及ぶ、竹で組み上げられた巨大な円錐台様の骨組の周囲に蚊帳で下張りをし、その上を綱に張り渡した厖大な数の小袖によって覆い尽くしたあでやかなものである。

総社神社の祭礼は、六十年毎の大祭に「一つ山」の神事が、二十年毎の「臨時祭」には「三つ山」の神事が行われる。その臨時祭には、「東の山」「中の山」「西の山」の三つの置き山が設けられるが、前二者が、それぞれ二色、五色の色布で覆われて「二色山」「五色山」と呼ばれるのに対して、小袖を張りめぐらした西の山が「小袖山」である。この三つの置き山の平たい頭頂部には、いずれも四方に忌竹を立て、その中に山上殿が設置されている。置き山は、文字通り、山の頂きに神を迎えて祀る「標山」なのである。

「三つ山」の中、二色山、五色山の設営が、すべて領主の差配によるものであったのに対して、この小袖山の小袖だけは、古くから町方の奉納によるものとされ、享保以前の祭の最盛期には、高さ五十尺、幅二十七尺の巨大な置き山の周囲を、奉納された二百九十九枚もの華麗な小袖が覆い尽くしていたという。その山腹には、「俵藤太の蜈蚣退治」などを題材とした作り人形が取り付けられ、さらに多数の生松や桜、桃、梅などの造花によって飾り立てられている。置き山は、神勧請の標山であると同時に、花見の山の風情をも漂よわせているのである。

「播磨総社の一つ山・三つ山神事」によれば、この三つ山の神事は、大永二年（一五二二）には、成立していたと思われるが、小袖山が登場するのは、慶長六年（一六〇一）の池田氏姫路入部の後のことで、その最盛期は、正徳三年（一七一三）、享保十八年（一七三三）頃まであったろうという。その時代は、江戸初期の小袖幕、衣装幕の流行とほぼ重なっている。小袖の奉納が町方の差配によるという事実から鑑みても、この神事が、花見の小袖幕や社上山の花見の衣掛けの習俗と一連のものであることはおそらく間違いあるまい。

この「三つ山」神事の小袖山にも、花見の小袖幕にも、社上山の花見の晴衣にも、同じように衣装の艶やかさによって妍を競う「風流」の心を見てとることができる。その風流を支えている日常からの逸脱の感覚、その感覚と意識の最も核の部分に「小袖を木に掛ける」という行為が位置しているのである。

民俗の中には、また傘に衣を掛けるという行為もあった。三重、十念寺蔵「水掛祝図」（十七世紀）は風流踊図と一対となった六曲屛風の一隻である。正月に新聟に水を掛けて祝う「水掛祝」を扇面に描き出した珍しいものであるが、そこに描かれた五本の傘鉾すべてが、幾重もの小袖らしい衣で覆われている。常の傘鉾の端に垂れ掛けられた布幕とは違って、傘全体を上から覆うもので、中には着物の「おくみ」らしきものも見える。その色や柄の多彩さから見ても、おそらく小袖を傘の上に掛けたものである。[20]

同様の事例は、大分県米水津町宮野浦の盆行事「供養盆踊り」の傘鉾にも見ることができる。八月の月遅れに行われる宮野浦の「供養盆踊り」には、新精霊の家から「位牌」や「遺影」と共に「カサボコ」が出される。カサボコは、物故者が生前使用していた雨傘をやはり死者の着物で覆い、兵児帯などで十文字に縛りあげ、長い竹竿の先に装着したものである。

帰ってきた死者の霊は、このカサボコの上に乗っていると信じられている。踊りが終わると、傘持ちは、ボコを傾けると霊も落ちてしまうと称して、カサボコをけっして傾けないよう垂直に立てたまま家へ戻る。縁口より家内に入り、「今帰ったから仏壇に納まってくりー」と呼びかけた後、はじめてカサボコの帯を解き、着物をはずすのだという。[21]この宮野浦の盆のカサボコは、明らかに死者の亡魂の依りつく依代だと意識されている。その依代たるカサボコの上に死者の衣が掛けられているのである。

3 「休息型」の衣掛け伝説

休息。沐浴。捨身。伝説や歌謡に見られる「木に衣を掛ける」モチーフの、これら三種の型の中で、最も不思議なのは、「休息型」の存在である。旅人がその木の下に休んだ折に衣を掛けたという、平凡でへんてつのないこの種の話型が、なぜかくも広く全国に分布し、長く記憶され語り伝えられてきたのか。

ここには、旅をする者にとって、ある場で憩うという行為がどのような意味を持つ行為であったかという、きわめて本質的な問題が横たわっているように思われる。そしてこの問題を解き明かしてくれる鍵となるのは、おそらく、木に衣を掛けるという行為そのものではなく、その衣を掛けられた当の樹木の方である。

まず、次のような例を見てほしい。

(1) 信濃と越後の境を流れる関川を越へて、越後中頸城すなわち関川の部落に入ると、見真大師関川亀井戸大蛇御済度の御旧跡と云ふのがあつて、一基の木標と碑が立つてゐる。そして、其近くには、五抱へにも余るかと思はれる位の大松が、常磐の緑を見せてゐる。

昔、親鸞上人が五十日の間つづけて、信濃国上水内郡戸隠神社に参拝して、其時の国道を関川の宿まで来られると、何時も極つた場所に大蛇が現れて、途を遮ぎる。上人は直江津の浜から拾つて来た礫に、一字づつ経文を書いて、其大蛇に投げて通られる。其中に、大蛇の姿は見えなくなつた。上人は往復の途中、右の松樹の蔭に止られたので、袈裟掛松の名が出来た。[22]

信濃と越後の境を流れる関川を越え、関川の宿に入ると、親鸞上人の前にきまって一匹の大蛇が現れる。大蛇がいつもきまった場所に現れ、「道切り」をするのは、そこが村人にとっても旅人にとっても、村の内と外を分かつ境界の地であり、何らかの心のおののきなしには通りすぎることのできない場所だからであろう。増基法師の紀行『いほぬし』などによると、かつて旅人たちが、そのような場所を通過するとき、海で拾ってきた小石や貝を路傍の神に献げていく習俗があった。親鸞上人が、大蛇と出会うたびに、浜で拾ってきた礫に経文を書いて投げつけるという行為を繰り返すのは、そうした路傍の道の神に対する手向けの行為を想起させる。

そのような場所に親鸞上人の袈裟掛の松は立っているのである。上人は、きまってその「松樹の蔭」で休息をとる。つまり、そこは旅行く人びとの多くが腰を休めるべき場所でもあった。旅人が長旅の疲れを癒す場所は、どこでもよいというわけではなかった。休息にはそれにふさわしい場所があり、そしてそのような場所には、きまって一本の松の大樹が立っていたことを右の伝説は教えてくれているのである。

倭建命が「衣着せましを」と歌い掛けたのが、尾津の崎に立つ「一つ松」であったことを想起されたい。本居宣長は、この一つ松の故地を、多度山の尾崎の長く引き延えた先端部で、土地の人びとが「鼻長」と呼んだという地に比定している。そこは、美濃、伊勢両国を分かつ国堺の地に隣した往還の要路であり、同時に、対岸の尾張を「直に」望み見る絶景の地でもあった。このような場所を前代の日本人は「尾上」と呼び、自然の地形がそのまま国郡の堺となるような境界の地として、また神々の力の強く発動する霊地として畏怖したのである。[23]

倭建命の「一つ松」は、そのような境界的地形の上に立っていた。先にも述べたように、倭建命は、東征の途次、この尾津の崎の一つ松の下で御食を取り、帰途もまた同じ場所に至って、先に置き忘れた御刀を見出す。つまり、この一つ松も道の往還のすぐ傍らにあった。そして、親鸞上人の袈裟掛松と同様、その木の下も、道行く人びとがきまってその疲れを休めるべき場所であったのである。

このように、旅行く人びとがそのような境界に立つ「一つ松」の下で旅の疲れを癒したのは、そこが神霊の力の加護を期待できる場所と考えられていたからであろう。「憩う」という行為は、本来、そういうものであった。そこに、肉体的な疲労の回復の側面のみを見るのは、私たち近代人のものである。前代の日本人たちは、一時の休息に際しても、一夜の宿りにしても、神霊の力の強く発動しうるような場所を選び、そこで、神の力の加護による身の安全を願い、さらに、その力によって身の力の回復を期待したのである。旅人が乏しい食糧の中からその一部を分けて道の神に手向けたり、神に献げるのと同じ椎や柏の葉に盛って旅の食事を摂るのも、そうした観念の存在を物語っている。

世に「衣掛松」「袈裟掛松」などと称せられる老松の多くが、境界に立つ標し木であったことを暗示する例は、身近な資料だけからでもいくらも掲げることができる。

(2)　源義経がね、安宅の関から金沢の城下を避けるために、天神橋の上流から卯辰山へ上がって、卯辰山の一番頂上は本丸のために中間を通る道があるのです。その道から春日山の方へ行く道の前に辻堂があって、そこが宇多須神社の社で、そこで休憩して松の木のそばで一服したと。その松が袈裟掛けの松と言ったと。[24]

(3)　室生の谷の西縁、からみの辻にある。弘法大師が衣を掛けたというのでお衣掛松という。[25]

(4)　駒越の海岸に、昔一つの辻堂があった。そこに衣掛松という老松がある。あるとき若い姉妹の巡礼が、この辻堂に詣で、付近の美景に心ひかれ、姉はそのままここに留り、妹は別れて大山に登った。この松は姉が衣を掛けたものという。[26]

(2)の金沢市東山の義経袈裟掛松は、辻堂の傍らに立つ。その地は、卯辰山の往還から毘沙門天を祀る宇多須神社の社地へと至る道の分岐点にあたり、同時に神社の神域の入口でもある。『日本伝説大系』の掲げる『北国奇談巡杖記』『亀の尾の記』などの史料によると、その松は土地の人びとによって「一本松」とも称せられ、その名がそのままその地の「惣名」ともなっているという。(3)の例は、室生谷の西の境、文字通り「からみの辻」という道の辻に立つ衣掛の松。(4)の駒越海岸の衣掛松も、昔は辻堂があった所というから、やはり、海辺を行く往還の要所に立っていたのである。

柳田国男は、早く『神樹篇』において、天狗松、神様松などの名称を持つ逆さ木や、杖立の伝説を持つ御杖木、あるいは地蔵木などと呼ばれる木が、境に立つ標し木であることを明らかにした。(27) そしてさらに「赤子塚の話」では、赤子塚の伝説に関わる「夜啼松」を取りあげて、次のように述べている。

此等の松の木の所在は、土地の人に聞かぬと分らぬが、私は之を言当てることが能る。きつと佐夜中山の如き峠の路か、然らざれば里の境、若くは川の岸、橋の袂などの、何でも往来の人々の、是非通らねばならぬ要処であろう。即是道祖神の祭場に適する処で、或は松も榎も立つて居らずとも、同じ願掛の為に用ゐる、こと度々である。(28)

柳田の指摘は、寸分違わずそのまま、私たちの「衣掛松」にも当てはまる。柳田はいかにもさり気なく述べているが、その自信に満ちた口ぶりは、むろん、境の木の立つような境界の地形を、自分の足で数多く見て歩いた体験によって裏打ちされている。今日なお伝えられる「衣掛松」も、その所在によって、前代の日本人がどのような場所を境界の神の力の発動する場所として畏怖したか、その具体的な姿を具さに教えてくれるはずである。伝説は、すべて、高名な旅人たちが衣を掛けたからその木が衣掛松と呼ばれたのだと伝える。それが伝説の語り口である。しかし、弘法も西行も、路傍の何のへんてつもない雑木などに衣を掛けたりはしない。しかるべき場所に立つ、他と区別されるべき標しの木にこそ、旅の高僧の伝説の衣は掛けられたのである。

4 異界と衣掛け

人は、自ら死を選ぶとき木に衣を掛けて残して行く。愛護の若も、薩埵王子も、お初徳兵衛も、猿沢池の采女も、そうせずには、あの世へと旅立つことができなかった。しかし、人がその死に臨んで木に衣を掛けるのは、必ずしも自ら死を選んだ時ばかりとは限らない。

江戸初期の怪談集『宿直草』には、こんな話がある。醍醐辺の僧たちの寄り合いでかりそめに座を立った一人の僧が、そのまま行方知れずとなる。三日の後、僧は至り難き山中の難所で無惨な死骸となって発見された。

白き小袖は木にかかり、尸は方々へ引き散らせり。印契結びし左右の手も、所々に乱れ、陀羅尼唱へし唇もはや色変はりぬれば、なかなかに尋ねて悔やむ有り様なりかし。是なん天狗の所為ならん。(29)

僧侶の無惨な亡骸の傍らの木には、その生前の白い小袖が掛けて残されていた。この僧侶は古への薩埵王子ではないから、木に小袖を掛けて残したのは、むろん、天狗様の仕業である。この木に残された衣は、この惨劇の主が狼、熊などの現身の野獣などではなく、この世ならぬ異界の変化であったことを伝える「しるし（徴）」として働いているのである。

また、こんな話もある。『今昔物語』第十三「陽勝修苦行成仙人語」。性聡敏にして道心深く、苦行を重ねてついに仙人と化した僧侶の物語である。

而ル間、堅固ノ道心萠テ本山ヲ去ナムト思フ心付ヌ、遂ニ山ヲ出テ、金峯ノ仙ノ旧室ニ至リヌ。亦、南京ノ牟田寺ニ籠リ居テ仙ノ法ヲ習フ。始ハ穀ヲ断テ菜ヲ食フ。次ニハ亦、菜ヲ断テ菓、蓏ヲ食フ。後ニハ偏ニ食ヲ断ツ、但シ、日ニ粟一粒ヲ食フ、身ニハ藤ノ衣ヲ着タリ。遂ニ食ヲ離レヌ、永ク衣食ヲ思ヲ断テ、永ク苷心ヲ莀ス。然レバ、烟ノ気ヲ永ク去テ跡ヲ不留ズ。着タル袈裟ヲ脱テ松ノ木ノ枝ニ懸ケ置テ失ヌ、袈裟ヲバ経原寺ノ延命禅師ト云フ僧ニ譲レル由ヲ云ヒ置ク。禅師、袈裟ヲ得テ戀悲ム事无限シ(30)

苦行の果てについに仙人となることを得た陽勝は、その着たる袈裟を松の木の枝に脱ぎ掛け、姿を消す。「袈裟ヲバ経原寺ノ延命禅師ト云フ僧ニ譲レル由ヲ云ヒ置ク」とあるが、ただそれだけなら、たたんで木の下にでも置いておけばよかったろう。あえて松の木の枝に掛けて残したのには、そうしなければならない仔細があったのである。この話の後段には「陽勝ハ既ニ仙人ニ成テ、身ニ血肉無クシテ異ナル骨・奇キ毛有リ。身ニ二ノ翼生テ、空ヲ飛ブ事麒麟・鳳凰ノ如シ」とある。陽勝は、人界を離れ、空をも自由に飛翔しうるような登仙と化したのである。その衣の主は、もはやこの世ならざる世界の住人となった。このことを示すためにも、衣は、木に掛けて残されねばならなかったのである。

自ら死を選ぶにしろ、物の怪に拉致されるにしろ、あるいはまた変化登仙と化すにしろ、人は、この世を離れ、異界へと旅立つとき、その衣を一本の木に脱ぎ掛けていく。そこは、人が、この世と別れを告げ、異界へと旅立つ場所である。その一本の木の背後には、眼に見えない異世界が茫漠として広がっている。これらの衣掛けの木々も、伝説の旅人たちの衣掛松と同じように、やはり、この世とあの世、彼我二世界のあわいに立つ境界の標し木にほかならなかったのである。

もう一つ興味深い例を掲げよう。奈良県宇陀地方に伝わる竜王ヶ淵の伝説である。

むかし、藤原時廉という人がいました。宇陀郡向淵の目代でした。目代とは、国守が赴任しないとき、その代わりとして事務をとった役人でした。

ある日のこと夢を見ました。観音さんが清らか浴地のあるところを教えました。時廉は、夢に教えられた竹渓之庄の竜王ヶ淵のあたりを歩いていると、二人の乙女が、ゆたかな雪のような肌をあらわして、淵の水をあびて静かに遊んでいました。

人里遠くはなれた山おくのことで、時廉もおどろきました。まわり五町（五五〇メートル）もある広い池で、いつも水をたたえていて岸辺には葦が茂っていました。時廉がびっくりしたのは松の枝に天女の羽衣がかかっていたことです。時廉は、その羽衣を手にとって、乙女の前にあらわれました。時廉よりも、乙女は大いにおどろきました。

「わたしたちは人界のものではありません。この淵は人間のけがれをしらないインドの善女竜王宮に通ずる底なしの淵です。ときどきこの水に浴していますが、今や人間に見られては、ひとときも、とどまることはできません、ああ、なごりおしい」といいつつ身に羽衣をつけてくつをぬいだまま大空にたかく飛びあがりました。そして雲の中に消えうせました。それでこの淵をくつぬぎ池というようになりました[31]。

羽衣型の伝説に、衣掛けのモチーフと履脱《くつ》ぎのモチーフとが共存しているという珍しい事例である。死にゆく者たちが木に衣を掛けて残して行くのは、その「衣」が、ちょうど「履物」が今日でもその働きをしているように、彼我二つの世界を分かつ「しるし」として理解されていたからであろう。水に身を投げて死を選ぶ者は、岸辺に履物を揃えて残し、黄昏時に「神隠し」にあって忽然と姿を消した子供は、一本の木の下に、小さな草履を揃えて残して行く。残された「履物」は、いわば二つの世界の隔絶を示すシンボルである。人は現世の履物を身に着けたままでは、異世界へと旅立つことはできないのである。

これまで見てきた数々の事例は、これとまったく相似的な働きを、かつては「衣」もまた担っていたことを物語っている。境界に立つ一本の木。その木の下に脱ぎ揃えられた履物。その木の上に掛けて残された衣。この履物と衣とは境界のシンボルとして見事な対比を成している。だから、先に掲げた『梁塵秘抄』の二〇九歌なども、まずはこの衣と沓の対比の妙をこそ読みとらねばなるまい。

太子の身投げし夕暮に、衣は掛けてき竹の葉に、王子の宮を出でしより、沓はあれども主も無し

前二句が薩埵王子の捨身飼虎をうたったものであるのに対して、後半は、悉達太子の王城出離をうたったものである。捨身と出離。残された「衣」と「沓」とは、この二人の王子の、二度と還ることのない現世との訣別を、わずか一語の対比の中に鮮やかに描き出しているのである。

人は、異界へと旅立つとき、その衣を木に掛けて残していかねばならなかった。この事実は、地獄の三途の川にいるという「奪衣婆」の存在を想い起こさせる。『十王経』などの記すところによれば、奪衣婆は、幽明の境を分かつ三途川（葬頭河）の岸の「衣領樹」（毘羅樹）の下にいて、亡者の衣をはぎとり、樹上の「懸衣翁」に渡すのだという。

中国五代（十世紀）成立の『十王経図巻』には、この「衣領樹」らしき木が描かれている。冥府、閻王庁の庭前を流れる三途川らしき流れ。地獄の羅卒たちによって追いたてられるようにしてその川水に身を浸している亡者たち。その上に架かる橋の畔に一本の樹が立ち、その枝には亡者たちの衣が幾重にも掛けられている。[32] この三途の川の岸に立つ衣領樹とは、まぎれもなくこの世とあの世の境に立つ標し木であろう。亡者の衣はそこではぎ

取られ、その木に掛けられる。死者たちは、現世の衣を着たままでは冥界へと入ることを許されなかったのである。

黒田日出男によれば、『六道絵』や『地獄草子』『北野天神縁起』などの絵巻に描かれた地獄の亡者たちの姿は、いずれも裸形であるという[33]。男たちの多くは、素裸、あるいは褌一枚の姿で頭には烏帽子も付けず髻を露わにして素足。女たちは、上半身裸で下に紅袴を付けたものもいれば、何一つ身に纏わない素裸の者もいる。明らかに地獄の亡者たちは意識的に裸姿にて描き出されているのである。

黒田日出男は、地獄絵における葬場の死者の亡骸も同じように裸形であり、また、地獄の亡者たちが、現世の罪人と同じように烏帽子を取られて髻を露出した状態で描かれているところから、亡者たちは現世において葬られた形で地獄に到るのだと指摘している。ここでも「衣」は現世と冥界とを分かつ「しるし」である。現世から異界へと身を移す死者たちは、現世の衣を脱ぎ捨てて異界へと転位する。三途の川で亡者たちの衣をはぐ奪衣婆の存在は、こうした「衣」に関わる観念の具象化した姿であろう。

これも黒田の指摘している事実である。『融通念仏縁起絵巻』に描きだされた北白河の下僕の妻は、地獄の閻魔王の前に引き出された時は、素裸で、手を後手に縛りあげられた姿で描かれている。ところが、後に許されて蘇生することになり現世へ戻る途中の姿は、小袖らしき着物を身にまとっている。裸形から着衣へ。この鮮やかな対比は、黒田の指摘するように「現世に戻ることの端的な表現」といってよいだろう。死と生。この二つの異世界の対比をこそ、この一枚の「衣」は映し出しているのである。

5 神の影向と衣掛け

「御衣木（みそぎ）」という言葉がある。仏や神の姿を彫りつける材となる原木のことである。『兵範記』仁平三年（一一五三）十月六日の条に「女院被奉始三尺御仏二体、（中略）法印有観、加持御衣木[34]」とあるから、その由来の古いことがわかる。

『八幡愚童訓』の記すところによれば、筑前、宇美宮の槐の木は、神功皇后、この宮にて誉田天皇（応神）御出産の折、逆さに立てて取りつかれた槐の枝の生い付いたものと伝え、「宇美槐」と称して、国母仙院を始めとして、御産平安を祈る御祈仏の「御衣木」として用いられるという[35]。御産平安の御祈仏に用いられる「御衣木」は、しかるべき由来を持った神の木でなければならなかったのである。

　ちはやぶる香椎の宮のあや杉は神のみそぎにたてるなりけり[36]　（『新古今和歌集』一八八六）

右にいう「神の御衣木」とは、むろん、神像を造る原木などではないだろう。神の御姿を造る木として立っている、などと解したら何のことだかわからなくなる。一首は、香椎宮の庭の神杉を、いかにも神の顕われ給うにふさわしい木だと称えているのである。「神の御衣木」とは、すなわち神のそこに現じ給う木、神の「御生れ木《みあれぎ》」の謂であろう。それが「御衣木」の原義だったのではないか[37]。神の姿を像る木は、神のそこに宿る木でなければならなかった。だから「御衣木」と称されるようになったのではないか。

衣掛け松の中には、次のような興味深いものもある。

　浅間神社裏の一町ほどの処にある。昔、木花咲耶姫がお産をされるとき、衣を掛けておかれた松という[38]。

木花咲耶姫の子なら、ただ人ならぬ神の子であろう。その神の子は、衣を掛けた松の木の下でこの世に誕生したのである。神の子の誕生に際して衣を掛けたというこの衣掛松こそ、「神の御衣木」と呼ばれるのにふさわしい。

神の御生れに際して、「衣」が重要な役割を果たす例は、各地の祭礼習俗の中に見ることができる。

高知県香美郡物部村に伝承するイザナギ流の祭文神楽には、生前にイザナギ流の太夫（神職）や巫女などいわゆる神の「モリメ（守目）」を務めた者を、死後一定期間の後に御子神として迎え祀る風が、今も伝えられている。地の底に眠る死者の霊魂を御子神として誕生させる祭りは「取り上げ神楽」と呼ばれ、誕生したばかりでまだ神の座に完全に落ち着いていない御子神は「あらみこ神」と呼ばれている。このあらみこ神の取り上げは、まず「塚おこし（墓おこし）」と称して迎えられるべき死者の墓前で行われ、大夫は「斎幣」と称する御幣に神を迎えるのであるが、その斎幣は一反の木綿の白布で大切にくるまれている。平成六年二月、物部村大栃の某家の大祭の際行われた「取り上げ神楽」において、太夫・小松為繁氏は、この白布を「ウダキギヌ」と呼んでいた。新たに冥界から何も身に纏わぬままこの世に誕生する神の赤子をやさしく抱き留める神の衣の心である。また、別の太夫・中尾計佐清氏の話によれば、塚おこしが済むと、太夫は斎幣を包んだ白布のウダキギヌを、まるで赤子を抱くように大切に抱き、一歩一歩ゆっくりと、石段がある、溝があると、眼のあたりの風景をつぶやくように語りかけながら、祭主の家まで運ぶのだという。(39)

先にふれた河口浅間神社の四月の大祭、孫見祭は、神の子の誕生の次第をそのまま祭式化した文字どおりの御生れの祭りである。祭りの主な祭場は、河口湖の湖上に突き出した産屋ヶ崎にある小祠であるが、かつて神輿を船に乗せて湖上を渡御していた時には、産着一重が必ず御神体に添えられていたという。(40)

赤ね（子？）を手に入れ袖に入れ育つるは

生まるるも　育つるも　知らぬ人の子を　舞衣着せて神の子とする[41]

信州下伊那遠山郷の霜月祭の「神子取上げ」に歌われる歌。「神子取上げ」は、生来虚弱であったり、病後の快復を願う人が立願をして「神の子」となる儀式である。祭りのかまどの前に座った立願者の左右後に三人の禰宜が立ち、後から水干を着せかけるしぐさをし、左右から頭上に笹をかざしながら右の歌をうたう。その後、次の歌を歌いながら禰宜二人と共にかまどの周囲を舞い進むのだという。

エン　若御子の舞出るすがた　アニヤーハー　花とめす　トンヤ
サア　花とめす　舞出るすがたトンヤ[42]

「舞衣」とはすなわち神の衣であろう。神衣を身にまとった立願者は、めでたく神の若御子となって喜びの舞いを舞うのである。

死者が現世の衣を脱いで彼岸へと赴くように、神は彼岸から赤子のように素裸でこの世に示現する。その素裸の神は、神にふさわしい衣をもって迎えねばならなかったのである。そして、神が木に依って示現するとき、迎えるべき衣は、その木にこそ掛けられたのではないか[43]。

世阿弥元清作謡曲「三輪」は、そうした衣の掛けられた木こそ、すなわち神影向の木であることをはっきりと伝えている。

不思議やなこれなる杉の二本を見れば、ありつる女人に与へつる衣の掛かりたるぞや、寄りて見れば衣の端に金色の文字据われり、読みて見れば歌なり。

三つの輪は、清く清きぞ唐衣、くると思ふな、取ると思はじ。

ちはやふる、神も願ひのあるゆゑに、人の値遇に、逢ふぞ嬉しき。

不思議やなこれなる杉の木蔭より、妙なるみ声の聞こえさせ給ふぞや、願はくは末世の衆生の願ひをかなへ、おん姿をまみえおはしませと、念願深き感涙に、墨の衣を濡らすぞや。(44)


三輪の山蔭に草庵を結ぶ玄賓僧都のもとに里の女が訪れ、僧都の衣を乞い、「杉立てる門をしるしにて、尋ね給へ」と言い捨てて姿を消す。やがて僧都が三輪の山本を尋ねてみると、その神域の「杉の二本」に女人に与えたはずの衣が掛かっている。それによって僧都は、あの女人がほかならぬ三輪の神の化現であったことを知るのである。

「杉の二本」とは、むろん、三輪明神の「しるしの杉」である。その「しるしの杉」に掛けられた衣。その衣は、その木が三輪の神の示現し給うべき御生れ木であることを、何よりも眼に鮮やかに語りかけているのである。

＊

「衣」を身にまとうという行為は、本来きわめて象徴的意味を担った行為であったらしい。私たちは日常の生活においてほとんどその事を忘れている。しかし、人が二つの異世界の境に立つとき、「衣」は忽然としてその象徴としての輝きを増すのである。

冥界の閻王庁の庭においては他の亡者たちと同じように裸形であった北白河の下人の妻は、許されて現世へ戻るとき、小袖を身に着けていた。かぐや姫は羽衣を身にまとった瞬間、人の心を忘失し、天へと帰って行く。かつて婚姻が火を異にした別族の間の男女の結び付きであった時代、男は聟となって女を得るためには、女の家の火で炊いた餅を口にすると同時に、女の家で調えた着物を身につけなければならなかった。(45)「衣」を木に掛けるという行為は、そうした「衣」の眼に見えない働きを外在化させ、顕示するものではなかったか。だから、その衣を脱ぎ掛けられるべき当の木は、二つの世界の境に立つものでなければならなかった。愛護がその衣を脱ぎ掛けた霧降の滝の杉も、弘法が袈裟を掛けたという松も、天女の羽衣の松も、すべて、いわばこの世とあの世のあわいに立つ木であった。旅人たちは、きまってそうした木の下で休息を取る。そこが神霊の力の強く働く場所、神の加護を期待しうる場所だからである。死にゆく者はまた、その木に衣を掛けてあの世へと旅立つ。あの世の死者の亡魂は、衣を掛けたカサボコを目印にこの世へと帰来し、神々も、衣を掛けた木を依代として降り立つのである。

木に衣を掛けるという行為は、その木がそうした境に立つ神の標し木であることを、何よりもしるく顕わに示す行為であった。

兵庫県川西市多田院にある布掛の松。この松には布が掛かることがあり、それを取ろうとして木の下に行く者は必ず命を取られると伝えられている。(46)

誰も手を貸さないのにいつの間にか木に衣が掛けられている。人の行為でなければ、それは神の業であろう。その木は、むろん神の依り給うべき木である。だから、その木の下には、みだりに近寄ってはならなかったのである。今でも布の掛かることがあるという善光寺布引観音ゆかりの布岩、同じく小袖が掛かることがあるという宮城県色麻村の源頼義ゆかりの小袖岩なども、同じように、そこが神の示現し給う場所であることを物語っているのではないか。

春と夏の端境に「衣ほすてふ天の香久山」と歌った古代の女帝のはるかな昔から、木に掛けられた衣は、それ溢れたものにもしたのだと思う。そして、その心は、花見の宴に際して桜の枝に小袖を掛けてその豪華さを競った人びとの「風流」の心の中にも、生きて受けつがれ、花見の心を一段と晴れやかで浮き立つものにしたはずである。

注
（1）東洋文庫『説経節』昭和四十八年、平凡社。
（2）『大正新修大蔵経』第十六巻。大正十四年、大正一切経刊行会。
（3）岩波文庫『曾根崎心中・冥途の飛脚』昭和五十二年、岩波書店
（4）柳田国男編『日本伝説名彙』昭和二十五年、日本放送出版協会。以下特に出典を掲示しない伝説の引用は同書による。
（5）日本古典文学大系『古事記祝詞』昭和三十三年、岩波書店。
（6）土橋寛『古代歌謡全注釈古事記編』昭和四十七年、角川書店。
（7）日本古典文学全集『神楽歌催馬楽梁塵秘抄閑吟集』昭和五十一年、小学館。
（8）本書第二章一「『尾上』という場所―一つ松考序説（一）」参照。
（9）日本古典文学大系『古代歌謡集』昭和三十二年、岩波書店。
（10）日本古典文学大系『和漢朗詠集梁塵秘抄』昭和四十年、岩波書店。
（11）『新編国歌大観』第三巻、昭和六十年、角川書店。
（12）前掲『和漢朗詠集梁塵秘抄』
（13）大森義憲「人形とひな祭」『月刊山梨』5―3、昭和二十五年三月、羽田光『よしだの今昔』昭和四十二年、

伊藤堅吉『富士山御師』昭和四十三年、図譜出版、等参照。
(14)「甲斐都留郡川口社上山三月三日風俗歌」は、彰考館小山田文庫所蔵、「三島社神楽歌」と合綴された袋綴一冊本である。本文二丁に十首の歌謡と「大小沢丹波」記名の奥書を載せる。すでに臼田甚五郎「歌垣の行方」(『國學院雑誌』五九ノ一、昭和三十三年一月)に翻刻紹介され、本田安次『離島雑纂』(昭和四十八年、木耳社)にも掲げられている。臼田、本田両氏とも「社上山」の所在を不明としているが、杉本仁、堀内真両氏の教示によって、本文記載の通り、河口湖町河口浅間神社の裏山と判明した。
(15)『甲斐国志』編集の基礎資料となった「草稿」には幾本もの伝写本が伝わっているようである。ここに掲げたのは、堀内真氏に教示を受けた井出常済氏所蔵の一本である。
(16)前掲、伊藤『富士山御師』。
(17)『随筆文学選集』巻十、昭和二年、書斎社。
(18)以上、西鶴作品の引用は、すべて『定本西鶴全集』(昭和二十四年〜、中央公論社)による。
(19)以下、総社神社の「小袖山」については、文化財保護委員会編『やまの神事』(昭和四十一年、平凡社)所載「播磨総社の一つ山・三つ山神事」による。
(20)井出幸男氏の教示による。十念寺蔵「水掛祝図」は、平成六年秋に京都国立博物館で開催された平安建都千二百年記念特別展「都の形象—洛中洛外の世界」に出陳された。
(21)大分県教育委員会編『大分県文化財調査報告第86輯大分県の民俗芸能』(平成三年三月)所載「米水津村の供養盆踊り」。この米水津村の盆の傘鉾の事例も、井出幸男氏より教示を受けた。
(22)高木敏雄『日本伝説集』覆刻版、平成二年、宝文館出版。
(23)本書第二章一「『尾上』という場所」参照。

(24) 福田晃編『日本伝説大系6北陸編』昭和六十二年、みずうみ書房。
(25)(26) 前掲『日本伝説名彙』
(27)『定本柳田国男集』第十一巻、昭和四十四年、筑摩書房。
(28)『定本柳田国男集』第十二巻、昭和四十四年、筑摩書房。
(29) 高田衛編、岩波文庫『江戸怪談集（上）』平成六年、岩波書店。
(30) 日本古典文学大系『今昔物語集三』昭和三十六年、岩波書店
(31) 乾健治『子供のための続・大和の伝説』昭和五十六年、奈良新聞社。
(32)『仏教説話の美術』平成二年、国立奈良博物館。
(33) 黒田日出男「地獄の風景」『姿としぐさの中世史』昭和六十一年、平凡社。
(34) 増補史料大成『兵範記二』昭和四十年、臨川書店。
(35)『群書類従二』昭和四年、続群書類従刊行会。
(36) 日本古典文学大系『新古今和歌集』昭和三十年、岩波書店。
(37) 土橋寛はすでに前掲『古代歌謡全注釈古事記編』の「一つ松」歌の注釈において、「御衣木」は「神が衣を架けた木と信じられたもの」と指摘し、「衣掛松」「羽衣松」「袈裟掛松」などとの関わりに言及している。
(38) 前掲『日本伝説名彙』
(39) 高木啓夫『いざなぎ流御祈禱』昭和六三年、物部村教育委員会。なお、このイザナギの「取り上げ神楽」については、井出幸男氏の実地調査体験による見聞談と撮影されたビデオから大きな示唆を得た。
(40) 前掲伊藤『富士山御師』。
(41)(42)『南信濃村史遠山』昭和五十一年、南信濃村。この霜月祭の神子取りあげの歌の存在は、故後藤総一郎氏

より教示を受けた。

(43) 高崎正秀は、すでに「羽衣説話の民俗学的考察」(『古典と民俗学』昭和三十四年、塙書房)において、天女が羽衣を掛けた木が水辺の神木であり、神の招代として袈裟掛松や衣掛松と交渉を持つことを示唆している。

(44) 日本古典文学大系『謡曲集下』昭和三十八年、岩波書店。

(45) 拙稿「聟に着せる着物」『歌謡—研究と史料』一号、昭和六十三年、参照。

(46) 前掲『日本伝説名彙』。

三　立待考——歌謡研究から見たしぐさの日本文化誌

はじめに

室町時代に流行したはやり歌の中にこんな一首がある。

後影を見んとすれば　霧がなふ　朝霧が(1)　（『閑吟集』一六七）

つぶやきにも似た片句の中に一場の思いを結晶させた短詩型抒情歌謡の傑作である。はかない一夜かぎりの逢瀬の後の、後朝の別れ。霧の向こうに消えて行く男の後ろ姿をひたすら凝視め続けて立ち尽くす女。女は、もちろん立っている。「立つ」という言葉はどこにも使われていないが、そう解さなければ、寝ころがったり腰を下ろしたりというのでは、一場の緊張感はだいなしである。

こんな、切実なる思いを込めた別離の場面では、人は立って見送るものだということを、私たちの誰もが知っている。改めて指摘するまでもない経験的事実である。しかし、それにしても、人はそんな時、どうして「立つ」のだろうか。

そうした私たちの共有する不思議な身体的経験が、はるか古代の昔から受け継がれたものであったことを、次の歌は教えてくれる。

わが背子を大和へ遣るとさ夜深けて暁露にわが立ち濡れし(2)
（『万葉集』巻二・一〇五）

よく知られた『万葉集』の絶唱。伊勢の斎宮であった大伯皇女が、ひそかに伊勢に下った弟大津皇子を大和へ帰すに際して別れを惜しんで詠んだという二首の中の一首である。ここでも思いを込めて弟を見送る姉は、その後ろ姿を眼で追いながら、いつまでも立ち尽くす。実際に皇女がそうした行為をしたかどうかは問題ではない。そうした場面ではいつまでも立って見送るのだという共同的経験に根差した了解があるから、「立ち濡れし」という表現が、別れの場における深い思いを伝える表現として成り立つのである。

ところが、同じ『万葉集』のすぐ後には、また、こんな歌もある。

あしひきの山のしづくに妹待つとわれ立ち濡れぬ山のしづくに(3)
（同巻二・一〇七）

先の大津皇子が石川郎女に贈ったという恋の歌。ここで立っているのは、いとしい女を待つ男の側である。「立ち濡れぬ」という同類の表現から、古代の人びとは、愛しい恋人の訪れを待つにも、やはり立って待ち続けたのだということがわかる。傷心の弟を見送る姉と、女の訪れを待つ男と、その歌の状況はまったく異なっているが、相手に対する深い思いは変わらない。その思いが「わが立ち濡れし」「われ立ち濡れぬ」という共通の表現に結晶しているのである。

「坐」——すわる——という姿勢に日本文化の特色を見出す考え方がある。欧米の文化が立つこと、直立の文化であるのに対して、日本や東洋の文化は、身を低くして同じ座に平らかに「すわる」という姿勢によって特徴づけられている「坐」の文化だとする主張である。

例えば、仏文学者の多田道太郎は、しぐさや身振りを切り口として日本人とその文化の特質を縦横に論じた好著『しぐさの日本文化』の中で、「直立の文化」である欧米の文化に対して、「待機の姿勢」である「坐」を中心としているところに日本の文化の「態度」の基本的枠組みを見出している。(4) 山折哲雄の『坐の文化論』も、「坐」の文化という観点から、視野を世界に広げ厖大な資料を比較考察して、日本と東洋の文化の特質を精緻に論じた労作である。(5)

この二人の先達の主張に改めて異を唱えるつもりはない。私は、深い学殖と鋭い感性に裏付けられたこの二者の主張に大いに共感し、身近で卑小な視点から出発し、深く大きな文化の本質にせまるその論法に強い刺激を受けた。しかし、一方では、ある一点において、少なからぬ不満を押さえることができなかった。二人の論考には「坐」と対照されるべき「立つ」というもう一方の姿勢についての言及が、あまりにも乏しかったからである。日本人の生活と文化が「坐」を基本としたものだとして、その中にあって、「立つ」という姿勢はどのような位置を占めていたのであろうか。「立つ」という姿勢は、日本人にとって、本当に、考察の対象にもならないような、劣位な、意味のない姿勢であったのだろうか。

前掲のわずか三首の例からだけでも、「立つ」という姿勢が私たちの生活の中で占めてきたある特殊な位相の重みは十二分に感じ取ることができよう。そうした事例は、むろんこれだけではない。古代以来の日本の歌謡の中には、「立つ」という言葉がある特別の含意を込めて象徴的に使われている例が数多く登場する。一方、日本の民間社会においては、「立つ」という姿勢が特別な意義を担っている信仰行事が、近年まで様々な形で生きて伝えられてきた。

本節では、こうした観点から、今日の私たちにもなじみの深い一つの語を手掛かりとして、日本文化の中における「立つ」という姿勢の持つ意義について考察を試みる。提示する様々な資料の具体的な読みの作業を通じて、「立つ」という姿勢が私たちの生活と文化の歴史の中で担ってきた独自な位相が、思いがけない深さと広がりを持って立ち現われてくるはずである。

1　「たちまち」という言葉

「タチマチ」という言葉がある。タチマチニあるいはタチマチノウチニなどとして、動作や事象がきわめて短時間のうちに継起したり、出現したりする意に用いられる、あのタチマチである。

古辞書類では、院政期まで下る『図書寮本類聚名義抄』の「忽然」の項に「タチマチニ」とあるのが古い例だが(6)、その用例はさらに古く、『日本書紀』神代編の「言訖忽然不見」の「忽然」や、同じく「是時海上忽有人声」の「忽」を「タチマチニ」と訓じている(7)。『万葉集』にもすでに「頓情消失奴」（一七四〇）や「頓小吾可死」（三八八五）の「頓」の字を「タチマチニ」と訓じているから(8)、その言葉はすでに上代には成立していたことは間違いない。その語源については、諸説があるが、タチマチのタチが「立ち」であることは、同じ『名義抄』の「立」の項に「タチトコロ」などとあることからもまず動かない。とすれば、『時代別国語大辞典上代編』などのように、「語源は立チ待チ」とするのが妥当であろう(9)。

しかし、それにしても、なぜ「立チ待チ」の語が事象の継起する時間の短さを表すような意義を担う事になるのか。たとえば岩波大系本前掲万葉一七四〇歌の頭注では、「タチマチは、立って待つこと。坐っているのを常の習慣とした日本人としては、立って事を待つのは、ほんのしばらくの間のことであった[10]とする。もちろん、何の裏付けもない。古代の日本人たちが、深い思いを込めて人を待つ時に、同じ所に長く立ち尽くした例は、前掲、大津皇子歌をはじめ枚挙に暇がないのである。

一方「たちまち」といえば、古典文学の世界では十五夜の望月、十六夜のいざよひの月に続く十七夜月のことである。陰暦十七夜の月をタチマチと称する歌語の用法がすでに早く成立、定着していたことは、『能因歌枕』に「十六日　いさよひ。十七日　たちまち。十八日　ゐまち。十九日　ねまち。廿日ヨリあけあけ[11]」とあり、下って室町期の『連珠合璧集』にも「十七日の月をばたちまちといふ。十八日をばゐ待といふ。十九日をばふしまちともねまちともいふ[12]」とあることからも察することができる。

一方、『八雲御抄』には『源氏物語』「若菜」の「ふしまちつきはつかにさしいでたる」の条を踏まえて「ねまち。ふしまち。廿日月也[13]」と注している。これは、かすか、ほのかの意の「はつかに」を「二十日」と読み誤ったものだが、そうした誤解が成立するほどに、その日付は必ずしも固定的、確定的なものではなかったということであろう。しかし、『新撰和歌六帖』巻一・三〇六歌にすでに「さぞたちまちの月もみるらん[14]」とあるから、平安期にはすでに「立待月」の歌語が定着していたことは間違いない。

こうした立待月、居待月、臥待月という歌語の成立については、立って待っているうちに速やかに出る月が十七夜で、その後、十八夜、十九夜としだいに月の出が遅くなっていくので、居待ち、臥待ちなどと称するのだという通説が定着しているが、これも確たる根拠にもとづいたものではない。少なくとも、これらの歌語の存在は、十五夜過ぎの遅れて出る月を待って眺めて楽しんだり拝したりする観月の風が、すでに王朝貴族たちの間には成立していたことを物語るものであろう。その語の成立についても、そうした習俗をも視野にいれ、副詞「たちまちに」の語の成立などと関連させて、その背景をなお検討してみなければなるまい。

2　お十七夜とタチマチの民俗

陰暦十七日の夜は、日本の民間社会においても、特別の夜であったらしい。この十七夜の「立待」の月の日に、お月様をお祀りしたり、月の出を祝ったりする行事が全国各地に分布している。

たとえば、柳田国男の『分類祭祀習俗語彙』によれば、長野県西筑摩郡田立村では、九月十七日を「御十七夜」と呼び、餅を搗いてお月様に供える。岐阜県不破郡時村長屋の神明社では、正月、五月、九月の三度の十七日が、祭の日であった。また、山口県の周防大島では、広島の厳島神社の管弦祭の日である六月十七日を「十七夜」といって、漁民たちは漁のマンナオシのために参詣するのだという。[15] 小倉学の調査によれば、かつては石川県金沢近辺や、能登地方においても、正月、九月の十七日に、「月待ち」をする習俗があったという。[16]

筆者も十数年前に高知県香美郡物部村において、当地に伝わるいざなぎ流の祭文神楽の家祈禱（やぎとう）を実見したことがあるが、新暦の二月に一週間にわたって続けられた、家の厄を祓うその家祈禱の満願の日が、旧暦正月の十七日の夜で、「御十七夜」と呼ばれていた。その祭事は、十七夜の月の出を待ってすべての祈禱を終了するもので、全体として十七夜の行事としての性格を強く残しているのである。「月待ち」といえば、二十三夜の月を待つ二十三夜様、二十三夜講などを中心に十九夜や二十二夜の行事が各地に伝えられているが、十七夜の「立待」の月の夜も大切な月待ちの夜であったことが窺える。

しかし、管見の限りでは、こうした十七夜の民俗に「立待ち」という姿勢が具体的に関わってくる例は見当たらない。ところが、それに対して、十七夜ならぬ他の月の夜をタチマチやオタチマチなどと称して特別視する信仰行事がかつては各地に伝えられていた。たとえば、信州の上伊那地方では、二夜待ち（二十二夜）、三夜待ち（二十三夜）などの行事とは別に、「十九立待ち」と呼ばれる月待ちの行事が行われていた。十九夜の月を坐ることなしに立ち姿のままで待つのだという。[17] ここでは、十七夜ならぬ、十九夜の月が「立待の月」なのである。

十九夜の月に限らない。十六夜以後の遅れて出る月を待って祝い事をする月待ちの習俗に、「立待ち」を伴う例は、各地に見ることができる。たとえば、同じ信州上伊那地方の高遠市や、伊那市には、今日も旧暦七月二十二日に町外れの定まった場所で「立待ち」をする民俗がなお伝えられているという。[18]『高遠町史』などによると、高遠では、町西部の坂道を下った天女橋のたもとの岩場に、二十二夜様がまつられており、願い事をかなえてくれたら「何年間お立待ちをします」「幾人でお立待ちします」などと約束をして願掛けをする。かつては、恋に悩む女性や子どもの成長に祈りを込めた母親など大勢の人びとが天女橋のたもとに立って、「立待ち」をしたという。この立待ちの願掛けは一生に一度だけしかできないと伝えられ、二十二夜の晩の踊歌にも「神に願掛けかなわぬ時は二十二夜様お立待ち」などとうたわれている。[19]

同じ長野の北安曇郡や野沢地方、愛知県の奥三河や、岐阜県の加茂郡などでも、やはり旧暦七月の二十二夜の月が「立待ち」の夜であった。北安曇では、七月二十二夜を「二夜待ち」といって、「タチマチ（立待ち）を主とし、一度立ち止まるともう坐ることができぬ」といい、「七人ずつは揃ってやるものだ」とも伝えている。野沢地方では、同じ夜やはり二十二夜様に願掛けをして、かなえられたら三人あるいは五人、七人で、お立待ちをした。古くは屋根に登ってお立待ちをしたとも伝える。[20] 岐阜県の加茂郡蘇原村切井地方では、二十二夜の月に願掛けをしてお立待ちをする。夕暮れになるとお酒と米を月に供え、家族や知人を頼んで七人で自分の家の付近を巡り歩んで、二十二夜の月の山上に出るのを待つのだという。同地には、また、こんな俗謡も伝えられている。

御立ち待して、もとめた、主じゃもの少々や、りんき、しやならぬ[21]

かつて若い娘たちが、さかんに「お立待ち」して恋の願掛けをした様子を窺うことができよう。同じ加茂郡の太田町では、二十二夜様に願掛けをした人は、菓子餅やお酒を供え、線香を立てて、月の昇るまで立ち尽して、これを「お立待ち」と呼んでいる。中には、町から、中仙道を東へと月の昇るまで歩み行きて返る人もあるのだという。(22)

長野県北安曇郡の別の所にはまた、こんな興味深い事例もある。こちらは、二十三夜の月待ち。そこでは、講中の願の掛け方によって「迎え待ち」「立待ち」「瀬待ち」という三通りのやり方があるのだという。「迎え待ち」は三夜様ののぼる方角へ歩き続けること、「立待ち」は、庭に立って待ち続けること、「瀬待ち」は、川の辺に立って待つことである。(23)三種とも両足で「立つ」という姿勢によって特徴付けられており、共に、「立待ち」の作法のヴァリエーションであるとみてよいだろう。川の瀬に立って待つという「瀬待ち」の習俗は、後に掲げる「瀬に立つ乙女」の歌謡群とも響きあって、とりわけ興味深いものである。

一方、兵庫県美嚢郡中吉川村西置では、毎年八月末の夜、村の共同の行事として月待ちをするのだという。その夜村の各戸から戸主あるいは若者が一人ずつ出て、丘の笛吹松という場所で各人が立って一夜、月の出を待つ。その間、世間話や昔話がはずむが、途中坐ることは許されない。月が出たら御堂や集会所で酒盛をやって打ち上げるのだという。古老の話として次のような由来が伝えられている。

昔西置の部落から都へ出て宮づとめをしてゐた下僕が、或る時、どんな難題を出されたのか、それを首尾よく成しとげて、約束通り御邸の姫君を自分の妻に貰ひ受け西置村へ帰つて来た。然し自分の家は貧しくて姫を入れることが出来ない。丘の松の木の下まで来た時、男は姫に暫くこゝに待つてゐて呉れ、私が一足先へ家に帰り、様子を見て直ぐに迎へに来るといつて別れたまゝ男は遂に姿を見せなかつた。姫は一夜さ丘の松の下で待ちつゞけ笛を吹いては泣いてゐたといふ。その丘は今でも笛吹松と呼ばれてゐる。[24]

『更級日記』冒頭近くに記された竹芝寺の由来譚をも想起させるような興味深い伝承だが、その話には、近代的な錯誤や改変が混じっているようである。「笛吹き聟」の昔話を例にあげるまでもなく、古くは、女性が笛を吹くことは稀で、恋をして笛を吹くのは男の業と決まっていたから、松の下で立って待ち続け、笛を吹いたのは、男の仕業でこそあるべきであろう。いずれにしろ、この立待ちが行われる松のある場所は、どのような所か、私たちにも容易に想像することができる。そこはおそらく村外れの、丘が平地に向かって突き出して、尾上となっているような目に立つ場所。そこに立つ松は、一本だけ目にしるく聳え立った、一つ松であったにちがいない。

また、静岡県榛原郡勝間田村では、月待ちならぬ旱魃の年の雨乞のために立待ちをした。『郷土研究』三―四（大正四年六月）によせられた記事によれば、同村橋柄では、雨乞の法として、全部落二十四戸を八戸ずつの三組に分け、一戸一人ずつ、一組八人の者が、氏神の西山神社に詰め掛け、その中から一人ずつ交代に神前に直立して昼夜一睡もせず、強制的に降雨を催促する。他方では、藤の太蔓で新たに作ったT字形の大撞木で、間断なく釣鐘を打ち鳴らして、降雨のあるまで三組二十四戸の者が順番に立ち続け、打ち続ける。現に「昨年」（大正三年のことであろう）八月にもこの雨乞の法を行い、同二十九日に暴風雨を祈り出したと、記者生は伝えている。[25]ここでは「立待ち」は月待ちの習俗を離れて、雨乞という村落の生活に直結した共同祈願の信仰習俗となっている。そのために、「立待ち」という行為の持つ、神への直截の祈願の形という性格がいっそう露わになっているといってよいだろう。

これまで見てきた様ざまなタチマチの民俗事例は、「立つ」という動作が私たちの文化の中で占めてきた位置の重さを鮮やかに伝えている。神に対して切実な祈願をしたり、感謝を捧げたりするためには、居待ちや臥待ちではならず、どの土地でもあえて立って待つ「立待ち」でなければならなかったのである。「立つ」という形でこそ、人は切実なる願いや感謝の心を神に届けることができる。古人は、そう考えたのにちがいない。

各地の民俗の中で、「立待ち」の場所が、あるいは川の瀬や橋のたもとであり、あるいは丘の辺や屋根の上であったという事実も見逃せない。これらの場所は、いずれも人びとの生活圏にあって、この世と異世界との境を成すような、周縁的、境界的な場所であり、神霊の威力の発動が期待されるような場所であった。神と深く心を通わすことを求められた時、人びとは、そうした場所に立ってあえて「立待ち」をした。「立つ」という姿勢こそが、神と交感をするための姿勢であったと了解されていたのである。

3　門に立つ男・瀬に立つ乙女

タチマチの民俗の広範な分布は、わが国の民俗文化における「立つ」という姿勢の重要な位置を物語って余りあるものである。もちろん、近代に報告されたタチマチの民俗の遡りうる射程は、たかだか百五十年か二百年、中世以前に遡ることは難しいものであるから、それをそのまま古代へと遡及させて、「たちまち」の語の起源を説明することはできない。しかし、すでに見たように、古代人たちも、深い思いを抱いて人を見送ったり待ったりする時、その思いを「立つ」という姿勢に込めて表した。そこには、タチマチの民俗と通底する心性が明らかに見てとれるのである。

承徳三年（一〇九九）書写の『古謡集』にこんな歌が見える。

ちちら女が門に　うそぶいまろ立てり　調度を提げて
などかは立てりしもせざらむ

おのれがいとこ女の門に　調度を提げて(26)

「ちちら女（千々良女）」と題する風俗歌である。「ちちら女」という女の家の門に男が立っている。その男「うそぶいまろ」とは何者か。もちろん、恋する男である。後段の「おのれがいとこ女の」の文句を引くまでもなく、そう解されなければならない。歌謡の表現において男が女の家の門に「立つ」とうたうのは、それだけで恋のしぐさ、求愛のしぐさをあらわす常套的表現だからである。

「うそぶいまろ」――嘯吹き麻呂――とは、口笛を吹き鳴らしている男の謂であろう。若者たちが若い娘の気を惹くために口笛や指笛を吹き鳴らすのは、かつてはよく見かけた光景であった。求婚者たちがうそぶく例はすでに、『竹取物語』にも見えている。「うそぶく」という言葉は、「口笛を吹く」意だけでなく、鳥や獣が鳴き吠える、詩歌などを独り口ずさむ、横ぞっぽを向いてそらとぼけるなど、きわめて多彩な意味を持つ古語だが、それは、同時に風を呼んだり、凶変を予兆したりするような呪的な霊力を秘めた行為でもあった。ここでも男がうそぶいているのは、恋する男が女に呼び掛け、その魂を招ぎまねこうとする魂よばいの行為と見るべきものである。

男が女の家の門（カド）に立つのは、そこが恋する若者にとって、特別な意味を持つ空間だからである。和語としてのカドは、必ずしも漢語の「門（モン）」と同義ではない。民衆の生活に密着した民俗語彙では「門」のあるなしに関わらず家の正面の空間を広くカドと称した。「カド松」「カド田」などの用例が示すように、そこは、人びとにとって屋敷地の内と外とを分かつ境界であり、他の場所とは異なった特別の意味を帯びた空間であった。

月夜よみ門に出で立ち足占してゆく時さへや妹に逢はざらむ　（『万葉集』巻十二・三〇〇六）

一隅山隔れるものを月夜よみ門に出で立ち妹か待つらむ　（同巻四・七六五）

荒雄らを来むか来じかと飯盛りて門に出で立ち待てど来まさぬ[27]
（同巻十六・三八六一）

女の元に通う男は門に出で「足占《あうら》」してその夜の首尾を問い、女も門に出で立ち、占いをして男を待った。恋する男女にとってカドが占の場であるのは、そこが辻や橋の詰などと同様に神霊の威力の強く発動する境界的空間であったからである。同時に、そこは、また男女が心を通わしあう恋の場でもあった。

妹が門行き過ぎかねつひさかたの雨も降らぬか其を因にせむ
（『万葉集』巻十一・二六八五）

妹が門行き過ぎかねて草結ぶ風吹き解くなまた顧みむ[28]
（同巻十二・三〇五六）

わが門を　とさんかうさん　ねる男　由こさるらしや　由こさるさしや
由なしに　とさんかうさん　ねる男　由こさるらしや　由こさるさしや[29]
（催馬楽・我門を）

万葉古歌は、恋しい女のカドを行き過ぎかねて「草むすぶ」と歌い、催馬楽歌は、女の家のカドを訳もなく行ったり来たりしている男の姿を描き出す。若者にとって恋する女の家のカドは、だまって通りすぎることのできない不思議な力の働く場所であった。万葉二六八五歌で「雨もふらぬか」と歌うのは、それを口実にしてその軒に雨宿りをしたいからであり、むろん、そこでも男は立っている。

『源氏物語』にも採られてよく知られた催馬楽「東屋」の掛合いもまた、事情は同じである。

東屋の　真屋のあまりの　その　雨そそぎ　我立ち濡れぬ　殿戸開かせ
鎹も　錠もあらばこそ　その殿戸　我鎖さめ　おし開いて来ませ　我や人妻[30]

雨そそぎは、軒から落ちる雨だれのこと。男は、その軒下に立って雨だれで濡れてしまうから中に入れてくれとうたい掛ける。もちろん男からの恋の誘い歌である。男は、雨に濡れながらもなお立っている。「立つ」という行為、「我立ち濡れぬ」という表現が、男の思いの深さを表しているのは、前掲の大伯皇女や大津皇子の歌と変わらない。

また、こんな歌もある。

むろのはやわせいのれとぞいふや　あきどののかどに　れい〳〵なよや　なまめきたてるうみかき　れい〳〵なよや　いむめいまろがとらうとてたてるかおとらうとてたてるか[31]

（陸奥国田歌）

あきどのと呼ばれる家の門に立っているという「うみがき（熟柿）」とは、いうまでもなく、その家の年頃の娘をたとえたもの。その柿をとろうとして立っている「いむめいまろ」は、柿ならぬ娘を我がものにせんとする恋にはやる男にほかなるまい。

恋する男は、女の家の門に立つ。では女の場合はどうか。恋する女、恋の場に臨む女もまた、立ち姿で現れる。この場合、女が立っているのは、多く、海の磯や浜、あるいは川の瀬などの水辺であった。

小餘綾の　磯立ちならし　磯ならし　菜摘む少女　濡らすな　濡らすな　沖に居れ　居れ　波や
濡ろ濡ろも　君が食すべき　食すべき菜をし摘み　摘みてばや[32]

（風俗・こよるぎ）

や　有度浜に　駿河なる有度浜に　打ち寄する浪は　七草の妹　ことこそ良し　ことこそ良し　七草の妹は
ことこそ良し　逢へる時　いざさは寝なむ　や　七草の妹　ことこそ良し(33)　（東遊・駿河舞）

風俗歌「こよるぎ」で「少女（めざし）」が磯に立っているのは、磯菜を摘むためである。しかし、その掛合いの形が示しているように、「磯立ちならし」磯菜摘む女は、そのまま男の恋の対象でもある。その事情は、後者の東遊の歌と重ね合わせてみるといっそうよくわかる。「いざさは寝なむ」と呼び掛けられている「七草の妹」も、浜で磯菜を摘む女たちであり、やはり潮に足を濡らして立っているはずである。

この、磯浜で足を潮に濡らして磯菜を摘む古代の東国の女たちの姿は、奄美から沖縄諸島にかけて広く分布する春三月の磯浜における「女遊び」の習俗を想起させる。旧暦三月の節供の日を「磯遊び」や「浜下り」などと称して、家族で海辺に出て貝拾いや磯菜摘みなどして終日遊び暮らす風は、日本列島の各地に分布しているが、南島には、この日女たちが浜に出て、「潮蹴」や「潮踏み」「砂踏み」などと称して、潮水に足を濡らしたり、浜の砂を足で踏み数えたり、打ち寄せる波に向かって足を三度蹴ったり、飛び超えたりする風がなお残っている(34)。三月節句の由来譚を語る多くの昔話が伝えるように、その行事は女達にとって身を清め厄災を逃れるための禊にほかならなかった。

こうした春三月の浜の遊びは、中国から渡来して、三月節句の源流となった上巳の祓えの系統を引くものである。その古い例は、すでに、『万葉集』巻一の持統天皇伊勢国行幸の折、都に残った柿本人麻呂が詠んだという三首の歌に見ることができる。東国の二首の風俗系歌謡も、そうした春三月の磯遊びの習俗を背景として理解されなければなるまい(35)。

女たちが瀬に立つのは、必ずしも海浜とは限らない。

松浦川川の瀬光り鮎釣ると立たせる妹が裳の裾濡れぬ　（『万葉集』巻五・八五五）
松浦なる玉島川に鮎釣ると立たせる子らが家路知らずも　（同巻五・八五六）
雄神川紅にほふ少女らし葦附採ると瀬に立たすらし(36)　（同巻十七・四〇二一）

このように、女が海や川の磯や瀬に立つとうたう時、そこには、自然と恋の情緒が醸し出されて来る。女たちの春の水の遊びの場は、古代にあっては、男と女が歌を掛け合って伴侶を求め合う、歌垣的な恋の場でもあったからである。だから「瀬に立つ乙女」は、歌垣の場での女たちの姿でもあった。

潮には　立たむと言へど　汝夫の子が
八十島隠り　吾を見さ走り(37)　（『常陸国風土記』香島郡）

潮瀬の　波折りを見れば　遊び来る
鮪が鰭手に　妻立てり見ゆ(38)　（『古事記』下・清寧）

前者は、童子女松原における歌垣での女の歌、後者は、袁祁命（後の清寧）と平群の志毘の臣が菟田の首の女、大魚をめぐって歌争いをしたときの、袁祁命の返し歌。両者とも潮瀬に足を浸して立っている女の姿をうたっている。『常陸国風土記』の童子女松原や高浜の歌垣の例が示すように、古代の歌垣は、しばしば海浜や湖沼の水辺で催された。そうした場で潮瀬に足を浸して立つ女は、もうそれだけで、恋を求める女、恋の対象たる女にほかならなかったのである。

もちろん、恋する若者たちが出で立つ場所は家の門や磯瀬だけではない。春秋の季節には若者たちは山や野に集まって歌垣を繰り広げた。そうした場所では、しるく人の目に立つ場所、峰の尾の上や坂の上などが、若者たちが立って思いを投げ掛ける格好の舞台であった。

向つ峰に　立てる夫らが
柔手こそ　我が手を取らめ
誰が裂手　裂手そもや　我が手取らすもや(39)
（『日本書紀』皇極三年）

見渡せば向つ峰の上の花にほひ照りて立てるは愛しき誰が妻(40)
（『万葉集』巻二十・四三九七）

「向かつ尾」とは、谷・川をへだてて向こうに伸びる峰の尾のこと。その向かつ尾に「立てる夫ら」の柔らかな手こそが自分の手を取るに相応しい。そう歌う女は、むろんこちら側の峰の尾に立っている。歌垣の場では男も女も立ってその思いを相手にうたい掛けるのである。

4　歌垣に立つ・夢枕に立つ

「歌垣に立つ」。『古事記』などの歌垣の場面に用いられる慣用的な言い回しである。諸注釈書では、歌垣の場に「加わる」「参加する」などと解釈されている。しかし、そうした一般的理解も、これまで見てきた様々な用例を踏まえて再検討する必要があろう。深い含意と多様な用法を持つ多義語をいくつもの異なった字義と用法に分類して提示するのは、辞書的な解釈の常套的なやり口であるが、そうした現代語への機械的な置き換えでは、古代語の「立つ」という言葉の持つ奥行きを見落としてしまう。すでに見たように、歌垣に臨む男女にとって、「立つ」という姿勢が特別の意味を持つ姿勢であったとすれば、その語の力は、この慣用句にも生きていよう。

かれ、天下の治ろしめさむとせし間、平群の臣の祖、名は志毘の臣、歌垣に立ちて、その袁祁の命の婚さむとする美人の手を取りき。その嬢子は、菟田の首等が女、名は大魚といへり。かれ袁祁の命も歌垣に立たしき。(41)

歌垣の場で、一人の美女をめぐって争う二人の若者の姿を、物語は、共に「歌垣に立ちて」「歌垣に立たしき」と記している。もちろん二人は、単に歌垣の場に「参加する」だけでなく、二人とも実際に大地に足を踏みしめて立っている。歌垣の場では、「立つ」という姿勢こそが、そこに臨む者が取るべき姿勢であり、特別の意味を担うものと了解されていたからこそ、「歌垣に立つ」という慣用的な表現が成立したのだと見るべきであろう。

谷をへだてて向こう側の峰の尾に立つ男が、一筋にうたい掛け、こちら側の尾に立つ女がそれを受けてうたい返す。そんな古代の歌垣の情景を彷彿とさせるような行事が、鹿児島県奄美大島に伝えられている。序章でも紹介した、島北部の西海岸に位置する龍郷町秋名に残る「平瀬マンカイ」と呼ばれる神迎えの神事である。神事は、「アラセツ（新節）」と呼ばれる旧暦八月の初丙（ヒノエ）の日の神祭日の夕方、「神平瀬（カミヒラセ）」「女童平瀬（メラビヒラセ）」という二つの大岩の上で執り行われる。

夕方五時を過ぎる頃、白い神衣（カミギン）をまとった村の各地域の女性司祭者である五人の「ノロ」（今は断絶して、この行事のために選ばれた代役の女性）が、海岸の最も大きな岩「神平瀬（カミヒラセ）」の上に上がる。

そこから十五メートルほど離れたもう一つの大岩「女童平瀬（メラビヒラセ）」にはグジ（宮司）と呼ばれる三人の男の神役とノロの補佐役の四人の女性が上がる。
神平瀬の五人のノロと、女童平瀬の三人のグジ、四人の女性は海潮をへだてて岩上で向かい合って立つ。女童平瀬では、三人の男性が前面に立ち、女性たちは、ツヅン（鼓）を持って後ろに立つ。まず神平瀬のノロがマンカイの最初の曲をうたい出すと、それに合わせて女童側の女性がツヅンを打ち、男たちは、歌とツヅンに合わせて、両掌を下に向けて水平に上げ、右から左へと流れるように振り、左で掌を返して、右へまた流すように戻す。これを三回繰り返して両手を軽く二度打ち合わせる。この動作の繰り返しがマンカイである。二曲目は、女童側のグジたちがうたい、今度は、神平瀬のノロたちがマンカイをして応える。こうして五曲の歌が交互にうたわれマンカイが繰り返されるのである。(42)

男と女が、水上に露出した岩頭に向かい立って、交互に歌をうたい掛ける。歌垣の風景さながらであるが、ここで歌を掛け合うのは、恋する若者たちではなく、神を迎えるべき神女と神役の男たちである。神平瀬の上の五人のノロは、神を迎えて神事を執り行う司祭者であるが、神を迎えて祀り、神に代わって神の言葉を伝える巫覡は、しばしば神そのものと見なされた。この神事でも、神平瀬の上のノロたちは、いわば迎えるべき神そのものの姿であり、女童平瀬側のグジたちは、それを迎えるべき里人たちという役割を担っている。いわば、ここでは、神と人とが、海をへだてながら向かい立ち、互いに歌を掛け合い、マンカイを繰り返すのである。来臨する神も立ち、迎えるべき人も立つ。神と人とが交歓をする神事の場においても、やはり「立つ」という姿勢が格別の意義を担って働いているのである。

王朝の貴族たちが愛唱した「風俗歌」の中には、また、こんな歌もある。

八少女は　我が八少女ぞ　立つや八少女　立つや八少女
神のやす　高天原に　立つ八少女　立つ八少女(43)

「八少女」は神を迎えるべき八人の巫女のこと。後には、巫女の異称ともなった。神を迎えるべき巫女の風姿を叙するのに、歌は「立つ」という言葉を四度も繰り返す。ここでも神を迎えるべき者の姿は、「立つ」という形姿において特徴付けられているのである。

「八少女」という名を巫女の呼称として今日も伝えている奈良の春日大社では、この風俗歌の異伝を「春日歌」として次のように伝えている。

神の坐す　春日の原に　立つや八少女　立つや八少女
八少女は　我が八少女は　神の八少女　神の八少女(44)

神の坐す春日の原に立つ八少女たちは、すなわち、「神の八少女」――神そのものでもある。この八少女もまた、秋名の神平瀬の上のノロたちと同じ位相にあるといってよいだろう。

神仏や死者の霊が夢中に示現して、その意を告げ知らせるのを、「夢枕に立つ」、「枕上に立つ」などという。示現した神霊が枕上に現れるのは、枕を霊魂の容れ物や通路とする伝統的心性に根ざしたものであるが、その出現を「立つ」という語で表す慣用的言い回しも、以上のような文脈の中に置き直してみる必要があろう。

十四世紀成立の『石山寺縁起絵巻』には、石山寺に参籠して通夜する藤原国能の妻の枕上に観音が示現し、子宝を授けるべく夢占する場面が描き出されている。御堂の隅に屏風を立て、二枚の畳を敷いて横臥している妻君

⑵ 瑠璃岩の岩頭に顕現した薬師如来

⑴太白水牛に乗って湖上を渡る薬師如来

⑴で太白水牛の背に乗る薬師如来は坐像。⑵では、その後岩駒に乗り換えて桑実山中の瑠璃岩の上に顕現した如来は、立ち姿の立像で描かれている。

⑶では、琵琶湖水上に示現した薬師如来は、立ち姿の立像。それを湖岸で拝する衆庶の姿はすべて膝をついた坐居で描かれている。

（第二章三「立待考」参照）

⑶ 琵琶湖上に顕現した薬師如来

——『桑実寺縁起』（中央公論社『続日本の絵巻 24』より）——

の枕上に示現した観音。左手に子宝たるべき如意宝珠を献げ持ち、寝入る妻君に語りかけるように描かれた、その姿は、もちろん、立姿である。(45)

この事例に限らず、神霊が夢の中などに示現する時、それは立姿で現れるものと古人は考えていたらしい。時代は下るが、説経本「しんとく丸」（佐渡七太夫正本）の挿絵にも、清水寺に参籠して申し子する長者夫婦の夢に現れる清水の観音が、やはり立姿で描き出されている。(46)

神出現の姿を考察する上で、好箇の画証を提供してくれるのは、琵琶湖東岸に位置する桑実寺に伝えられた『桑実寺縁起』である。同寺は、天智天皇の皇女阿閉内親王、後の元明天皇が病の時、夢枕に現れた薬師如来を祀ると伝えられる湖東の古刹であるが、天文元年（一五三二）の年記を持つその縁起は、最初に湖中より出現した薬師如来の姿を、付き従う諸菩薩ともども立姿の立像の形で描き出している。右手はるかに岸辺で如来の来臨を崇め拝する貴賤群集の姿を、絵師の筆は全て膝を突いて手を合わせる座礼の姿で描きだしているから、如来の立姿は、際立って対照的である。その後、示現した薬師如来は、太白水牛の背に乗って湖を渡り岸辺へと至り、さらに岩駒に乗り換えて山を越え桑実山の瑠璃岩の上に降臨する。その水牛の背の上でも岩駒の上でも、如来は蓮華座の上に坐居した坐像の形で描き出されているが、最後に鎮座すべき桑実山の瑠璃岩に降臨した如来は、岩駒の背から降り立った、立ち姿の立像に描き直されているのである。(47)明らかに絵師の筆は、神来臨の「立つ」という姿勢にこだわりを見せているといってよいだろう。

保坂達雄は「立つ」の古代語誌の中で、雲立つ、霞立つ、霧立つ、虹立つなど、自然現象の発生を「立つ」の語で表す用例を数多く掲げて、「総じて自然の持つ不思議で霊威溢れる現象には〈たつ〉の語を用いた」と指摘し、「〈たつ〉の語で表現される自然現象は、その背後に心霊の存在が感取される霊威ある活動だった」と喝破した。(48)これまで見てきた数々の事例は、人が自分の両足を大地に踏まえて直立する「たつ」という姿勢にも、保坂のいう「たつ」の霊威は働いていることを物語っている。両足で直立する姿勢を「たつ」と読んだのが先か、霊威の発動を「たつ」といったのが先かはわからない。しかし、この二種の用法は、当初から混沌として不可分のものであったにちがいない。「たつ」という語で眼に見えない霊威の発動を把握した古代人たちは、人が直立する姿勢の中にも、同様の眼に見えない霊魂（たま）の力の発動をまざまざと実感していたはずである。

5　再び、「たちまち」という言葉をめぐって

人は、深い思いを込めて相手と対する時、自ずから「立つ」という姿勢を選びとった。恋する若者たちも、人を送る者も、迎える者も。その相手が眼に見えない神霊であっても事情は変わらない。

保坂達雄が指摘しているように、「たつ」という言葉は、その本義において、眼に見えない霊魂の活動に関わる言葉であったにちがいない。古代人にとっては、人の「思い」もまた、霊魂（たま）の、対象に対する強い希求を表す言葉であったから、その思いは、しばしば「立つ」という形で形象されたのである。

青柳の張らろ川門に汝を待つと清水は汲まず立処ならすも(49)　（『万葉集』巻十四・三五四六）

ここでも恋人の訪れを待つ女の深い思いが「立処ならす」——一つ所にいつまでも立ち尽くす——という表現において言い表されている。前掲大津皇子の恋歌やこの歌のように、「待つ」という行為と「立つ」という姿勢が深く結びついた事例をよむと、そこからやがて「たちまち」という言葉が生み出されてくる道筋が透けて見えてくるような気がする。

そこで、次のような用例を見てほしい。「たちまち」という語が「立つ」「待つ」という元の語の具体的意味を

担ったまま複合動詞として用いられている事例である。

磐城山直越え来ませ磯崎の許奴美の浜にわれ立ち待たむ　（『万葉集』巻十二・三一九五）

恋しけば来ませわが背子垣つ柳末摘みからしわれ立ち待たむ[50]　（同巻十四・三四五五）

両歌とも、末尾の「われ立ち待たむ」の表現に呼応して、上の句に「来ませ」という相手の来臨を強く請い願う表現を配していることに注目したい。ここでは、相手を恋い慕いその訪れを強く希求する思いが、「立ち待つ」という形において具現されていると見るべきであろう。むろん、歌として実際に立って待つという情景が——それが現実の情景であるかどうかは別として——想定されなければならない。

次の二首でも事情は同様である。

わが背子は待てど来まさず　天の原　ふり放け見れば　ぬばたまの　夜も更けにけり　さ夜更けて　嵐の吹けば　立ち待てる　わが衣手に　振る雪は[51]…　（『万葉集』巻十三・三二八〇）

来めやとは思物からひぐらしのなくゆふぐれは立ち待たれつつ[52]　（『古今和歌集』巻十五・七七二）

前者では、「待てど来まさず」とうたい、後者では「来めや」とうたう。「立ち待つ」という語に呼応するその表現は変わっても、相手の訪れを願う思いは変わらない。このように古代の恋歌において「立ち待つ」という表現が、繰り返し用いられるのは、その言葉が相手への深い思いを言い表す表現として共通の了解が成立していたからであろう。だから、また、次のような歌も生み出されてくる。

道の辺の草を冬野に履み枯らしわれ立ち待つと妹に告げこそ(53)

（『万葉集』巻十一・二七七六）

冬枯れの野で道の辺の草を踏み枯らしながら私はあなたを待って立ち尽くしているのだ、とあの人に告げてほしい。ここでは「われ立ち待つ」と相手に告げやることが、相手の訪れを強く促す表現として意識的に用いられている。「立ち待つ」という具体的動作がある力となって相手に働きかけることが期待されているといってもよい。

同様の表現を持つこんな歌もある。

天の河安の渡りに船浮けて秋立ち待つと妹に告げこそ(54)

（『万葉集』巻十・二〇〇〇）

七夕の牽牛の立場で歌った恋歌。万葉びとたちは、牽牛、織女の二星もまた、天の川の岸に「立ち待つ」ものと夢想していたらしい。「秋立ち待つ」には、秋の訪れを意味する「秋立つ」と「立ち待つ」とが懸けられている。七夕の二星にとって秋の到来はすなわち、年に一度の逢瀬の到来を意味するから、ここでも、下句の表現は、一日も早い逢瀬の実現を願う表現として働いているのである。

次の一首では、また「立ち待つ」という行為に込められた思いが、一層直截にうたわれている。

大伴の御津の松原かき掃きてわれ立ち待たむ早帰りませ(55)

（『万葉集』巻五・八九五）

この歌では、「われ立ち待たむ」という慣用的表現が、「早帰りませ」という相手の速やかな無事の帰還を願う表現と直接に結び付いている。上に「かき掃きて」とあるから、むろんこの「立ち待たむ」には、松原を箒で掃きながら実際に立って待つという意味が込められているのである。この歌は、山上憶良が遣唐使丹比広成の出立に際して贈った長歌「好去好来の歌」に添えられた反歌の一首である。旅の安寧と速やかな帰還を願って詠まれた儀礼的な挨拶の歌であるから、その表現は、慣用的用法を越えない。作者が実際に御津の松原に「立ち待つ」わけではない。

しかし、このような慣用的表現が成り立つためには、実際「立ち待つ」という姿勢の持続が相手の速やかな来臨や帰還を願う形姿であり、その姿勢が眼に見えない力を持って相手に働き、現実に速やかな出現や帰還を促すのだという了解の、長い積み重ねの歴史が不可欠であろう。娘たちが恋の成就を月に願ってタチマチをしたり、雨乞のために男たちがタチマチを重ねた後世の様々な事例を、改めて想起してほしい。眼に見えない神霊に働きかけてその霊威の発動を促し求めるのと同様の威力の発動が、これら「立ち待ち」の「立つ」にも認められなければなるまい。

「待つ」といえば、現代の私たちは、自ら働き掛ける事のない受身で消極的な態度であるかのように考えがちであるが、古代にあっては、決してそうではなかった。神の来臨する祭りの日に合わせて醸し出された酒を「待ち酒」と呼んだ事例からも窺えるように、尊いもの、大切なものの顕現、来臨を強く念じ全身全霊でもってその実現を乞い願う強い情動に裏付けられた、きわめて主動的で積極的な行為であった。「立ち待つ」という姿勢は、そうした激しい情動の発露である「待つ」という行為が具体的な形をとったものというべきであろう。人が「待つ」という言葉で表されるような激しい情動へと駆り立てられた時、その形は自ずから「立つ」という形姿となって結実したのである。

立って待っていれば、その願いは必ずや実現される。古代の恋人たちは、そうした信仰にも似た一筋の思いを込めてそれぞれに立ち尽くしていたにちがいない。「立ち待つ」から「たちまち」へ。一つの具体的な動作を表す言葉がその原義を離れて、望むべき結果の速やかな実現、事象の瞬時の中の惹起を意味する言葉として成立するためには、そうした古代人たちが「立つ」という姿勢に託した共通の思いが不可欠であった。万葉歌に繰り返し詠まれてきた「立ち待つ」という言葉の中にも、そううたうことによって実際に望むべき結果を速やかに招来実現できるのだとする、言葉の呪的な力が込められていたはずである。

次のように例に見るように、「たちまち」という言葉に込められた「立つ」という姿勢の霊力は、時代が下ってもなお完全には失われてはいない。

さがみなるたちのの山のたちまちに君にあはんとおもはざりしを(56)　（『夫木和歌抄』八四二五）
わがかどをさしわづらひてねるをのこさぞたちまちの月もみるらん(57)　（『新撰和歌六帖』巻一・三〇六）

前者の歌では、地名の「たちの」の音に「たちまちに」という副詞が掛けられているだけではない。あのたちのの山ではないけれど、あなたのことを立って待っていたら、思いがけずこんなに早くお会いできました、というのである。後者では、「立待月」の名に、催馬楽「我が門を」さながらに女の家に門を行きつ戻りつしている男の具体的な「立ち待ち」という行為が重ね合わされている。どちらの場合も、「たちまち」の原義が「立ち待ち」であること、その姿勢が結果の速やかな招来を期待させるものであることが、暗黙の前提とされている。少なくとも、歌の作者は、そのことを了解していたはずである。

注

(1)新日本古典文学大系『梁塵秘抄 閑吟集 狂言歌謡』平成五年、岩波書店。
(2)新日本古典文学大系『万葉集一』昭和三十二年、岩波書店。
(3)新日本古典文学大系『万葉集一』昭和三十二年、岩波書店。
(4)多田道太郎『しぐさの日本文化』(文庫版)昭和五十三年、角川書店。
(5)山折哲雄『坐の文化論』(文庫版)昭和五十九年、講談社。
(6)『図書寮本類聚名義抄　本文編』昭和五十一年、勉誠社。
(7)新日本古典文学大系『日本書紀上』昭和四十二年、岩波書店。
(8)同『万葉集二』一九五九年、岩波書店。同『万葉集四』昭和三十七年、岩波書店。
(9)『時代別国語大辞典　上代編』昭和五十八年、三省堂。
(10)前掲『万葉集二』
(11)『日本歌学大系』第一巻、昭和三十三年、風間書房。
(12)『連歌論集二』昭和六十年、三弥井書店。
(13)『日本歌学大系』第三巻、昭和三十四年、風間書房。
(14)『新編国歌大観』第二巻、昭和五十九年、角川書店。
(15)柳田国男『分類祭祀習俗語彙』昭和三十八年、角川書店。
(16)小倉学「月待ちの習俗」『加能民俗』四—一三、昭和三十四年十二月。
(17)『郷土研究』二—一一、大正四年一月。
(18)佐々木邦博氏の御教示による。
(19)『高遠町誌』下巻、昭和五十四年、高遠町誌刊行会、『信州高遠の史跡と文化』昭和五十八年、高遠町教育委員

会、『伊那谷の城下町―高遠ガイド』昭和四十八年、信濃路。これらの資料の探索には、宮坂昌利氏の御手をわずらわした。
(20) 前掲『分類祭祀習俗語彙』
(21)(22)『民間伝承』五―一〇、昭和十四年七月。
(23)『北安曇郡郷士誌稿』第三輯、昭和六年十二月、信濃毎日新聞。
(24) 山田宗作「美嚢郡雑記」前掲『民間伝承』五―一〇、昭和十四年七月。
(25) 芝田松満「遠州の立待ち」『郷土研究』三―四、大正四年六月。
(26)「『承徳本古謡集』注釈（前編）」『歌謡　研究と資料』第六号、平成五年十月。
(27) 日本古典文学大系『万葉集三』昭和三十五年、岩波書店、前掲『万葉集一』。
(28) 前掲『万葉集三』。
(29)(30) 日本古典文学大系『古代歌謡集』昭和三十二年、岩波書店。
(31)『続日本歌謡集成』巻一中古編、昭和三十九年、東京堂出版。
(32)(33) 前掲『古代歌謡集』。
(34) 窪徳忠『増訂沖縄の習俗と信仰―中国との比較研究』昭和四十九年、東京大学出版会、鎌田久子「水納島の年中行事」『日本民俗学会報二四』など参照。
(35) こうした磯遊びの習俗の性格については、拙稿「磯遊びの歌謡（上、下）」（『歌謡　研究と資料』第三号、平成二年十月、同四号。平成三年十月）参照。
(36) 前掲『万葉集二』、『万葉集四』。なお、居駒永幸の「瀬に立つ少女―家持の巡行歌群と神仙境」（『高岡市万葉歴史館紀要第八号、平成十年三月）は、これらの歌を取りあげて論じているが、残念ながら少女が「瀬に立つ」ことの意義や南島の「女遊び」の習俗との関わりには言及していない。
(37) 日本古典文学大系『風土記』昭和三十三年、岩波書店。
(38) 日本古典文学大系『古事記祝詞』昭和三十三年、岩波書店。
(39) 前掲『日本書紀上』。
(40) 前掲『万葉集四』。
(41) 前掲『古事記』。
(42) 平成七年九月二日、現地を訪れて行事を実見した著者自身の体験と聞書きによる。
(43)(44) 前掲『古代歌謡集』
(45) 日本の絵巻『石山寺縁起』昭和六十三年、中央公論社。
(46) 新潮日本古典集成『説経集』昭和五十二年、新潮社。
(47) 続日本の絵巻『桑実寺縁起道成寺縁起』平成四年、中央公論社。
(48) 保坂達雄「たつ」『古代語誌　古代語を読むⅡ』平成元年、桜楓社。
(49)(50)(51) 前掲『万葉集三』。
(52) 日本古典文学大系『古今和歌集』昭和三十三年、岩波書店。
(53)(54) 前掲『万葉集三』
(55) 前掲『万葉集二』
(56)(57) 前掲『新編国歌大観』第二巻。

第三章　逸脱の唱声——室町びとの歌ごえ

一　閑吟集――室町小歌への誘《いざな》い

中世室町は、自由狼藉の時代である。「下剋上」は武家だけのものではない。人びとの「生」の活力への素朴な信奉は、しばしばそれまでの社会の枠組みを乗り越え、突き崩してゆく奔流のごとき力になって噴出した。

室町びとにとって、「徳」とは、しばしば富の力を背景とした人間性の発露を意味した。そうした「徳」の力を背景に、「町衆」と呼ばれる新しい都市民衆層が登場する。それは、新たな一つの階層の出現に留まらず、上流貴族や武家から様々な職人、芸能者までをも巻き込んで流動化し、都市に自由の気風に溢れた新しい時代の空気を生み出したのである。

こうした活力と自由に溢れた時代の空気、「室町ごころ」（岡見正雄）が、一節切《ひとよぎり》の尺八の音にのせて響かせた歌声が、「小歌」である。

1　はやり小歌の登場

連歌師柴屋軒宗長は、『閑吟集』と同時代を生きた人である。その宗長の旅日記（『宗長手記』）の一節にこんな条がある。一五二四年（大永四）四月のある日、伊勢へと下る宗長が見送りの人びとと共に船で伏見の津を出て、宇治川を南へと遡って行く、その折のことである。

此津より、宇治ばしまでさしのぼさするに、船の間、美豆の御牧、八幡山、木津河ながれ逢て、水ひろく湖水のごとし。京よりいざなはれくる人〳〵、船ばたをたゝきて、尺八・笛ふきならし、宇治の川瀬の水車何とうき世をめぐるなど、此比はやる小歌、興に乗じ侍り。岸の卯花汀の杜若咲きあひておもしろかりし也。[1]

「宇治の川瀬の水車何とうき世をめぐるらふ」。人びとが思わず船ばたをたたいてうたったというこの小歌は、ほとんどそのままの形で『閑吟集』にも採られている。初夏の水上の涼景に心躍らせた人びとは、音をたてて廻る水車の風情を眼前にして、その浮き立つ心を、当世はやりの、この小歌に託してうたいあげたのである。

小歌は、中世室町に隆盛を極めた流行歌謡である。遅くとも南北朝後期には歴史に登場し、以後室町時代を通じて、京を中心に広く愛唱された。その主たる伴奏楽器は、一節切の尺八。しかし、扇を打っても、無拍子でも、自由にうたわれた。その場に臨んで、するするとうたい出し、眼に見えない一座の気分を歌の心に託してさっとうたいあげる。そんな格式ばらない自由な手軽さと小粋さとが、小歌の小歌たる所以であった。『閑吟集』はこの中世を席捲した「小歌」と呼ばれた歌謡の、最初の、そして、おそらく最も優れた文芸的集成である。

2　雅にして俗な小歌の魅力

小歌は、本来、巷間の歌声である。しかし、その歌声は、やがて、尺八の響きと共に堂上貴族や室町幕府の武家御家人、五山禅林の学僧や連歌師らの心をも捉えていった。三条西実隆や山科言継も小歌の愛好者であったし、大徳一休宗純も尺八を玩び、小歌を嗜んでいる。『閑吟集』の小歌が、前代の今様とも、後世の近世調小歌とも異なって、雅と俗の狭間に屹立するある種の文芸性の高みに到達し得ているのは、こうした当代一級の知識人や文化人らと地下の芸能者や町衆たちが一堂に会して酒を酌み交わし、ひと時心を遊狂の世界へと遊ばせるような、「遊戯」の空間が成立し得ていたからにほかならない。

　誰が袖触れし梅が香ぞ　春に問はばや　物言ふ月に逢ひたやなふ[2]（八）

雅に居て雅に留まらず。俗に付いて俗に流れず。右の一首は、『閑吟集』小歌の拠って立つ、そんな独自な表現の位相をよく伝えている。

一首は、『新古今和歌集』（一二〇五年成立）春上、「梅の花誰が袖触れし匂ひぞと春や昔の月に問はばや[3]」を踏まえたもの。しかし、この新古今歌のままでは小歌にはならない。一首を室町ぶりのしゃれた小歌に仕立て上げているのは、現実の室町びとが思わずもらすつぶやきにも似た口吻を伝える末尾の一句である。この通俗の一句によって、梅花の香によって在りし日の恋を回想するという、いかにも型にはまった王朝風の古典的発想が、軽妙な諧謔味を加えて、新鮮な響きを持つ当世の小歌として見事に甦っているのである。

3　酒盛という「世外の場」

『閑吟集』小歌の表現を特徴づけているのは、その激しい現世否定の精神であるともいわれている。しかし、この眼前の憂世をどんなに厭い、忌避しようとも、その表現は、けっして、この世のすべてを否定しさるような、暗い、絶望へとは向かわない。その表現は、いつも、どこかあけらかんとして野放図で、ふてぶてしく、それでいてまた飄々とした軽みと心浮き立つような華やぎをも湛えている。

何せうぞ　くすんで　一期は夢よ　たゞ狂へ　（五五）
何ともなやなふ〳〵　うき世は風波の一葉よ　（五〇）

『閑吟集』における現世否定的表現の極北とでもいうべきこれらの歌にも、そうした気分は漂っている。「狂ふ」とは、中世において、対象にひたすら没入して、我を忘れるような没我の状態を意味する。観念的、観照的である以上に、具体的な対象や行為に裏付けられた感性的表現である。ここでは、むろん、遊び狂い、舞い狂う、すなわち、眼前に繰り広げられる遊興の世界へのただひたすらな誘いにほかならない。

うた（歌謡）は個人の私的な感慨を盛る器ではない。うたが呼吸するのは、いつも人びとが集う一座の共同空気であった。中世という新しい時代は、酒宴の場にも、それまでの格式にとらわれない新しい自由の空気をもたらした。席次の上下に拘らず、盃酌の次第も問わず。「思ひ差し」や「思ひ取り」といったこれまでにない自由な酒の飲み方が生み出されたのも、この時代である。

中世の人びとは、この新しい酒宴の場に「酒盛」という名を与えた。酒盛とは、いわば、人びとがほんのひと時、浮世を超脱して、格式や秩序を離れた自由狼藉の世界に遊ぶことのできる逸脱の空間、「世外の場」であった。小歌に生命を吹き込み、はぐくみ育てたのは、この中世の新しい酒宴の、自由の空気にほかならない。

注（1）島津忠夫校注『宗長日記』岩波文庫、昭和五十年、岩波書店。
（2）真鍋昌弘校注「閑吟集」新日本古典文学大系『梁塵秘抄閑吟集狂言歌謡』平成元年、岩波書店、以下、「閑吟集」歌謡の引用は同書による。
（3）田中裕、赤瀬信吾校注、新日本古典文学大系『新古今和歌集』、平成四年、岩波書店。

二　〈逸脱〉の唱声——室町小歌の場と表現

はじめに

鴨長明は、ある時賀茂のおくなる所に、大納言経通卿、中将敦通朝臣、中納言盛兼卿、右馬頭源資時ら、世に聞こえ高き堪能の人びとを集めて管絃の秘曲の品々を尽くす「秘曲づくし」の会を催した。その席で披露される秘曲の数々に感たえかねた長明は、師承されざる琵琶の秘曲「啄木」を弾じたため、琵琶の正統の継承者、藤原孝道の訴にあって後鳥羽院の尋問を受けることになる。そのとき、長明は院の尋問に対して、「諸道の奥曲、朝暮これを庶幾するにたへず、臨終の妄念ともまかりなりぬべく侍しかば、とかくひけいをめぐらして貴賤をすゝめ、そのみち〳〵の棟梁をゐらびかたらひ申て会合の事は候しかども」(1)云々と申し立てたという。

いかにも長明の楽道に対する執心の深さを伝える逸話であろう。文机房隆円の記すところによれば、この日長明が弾じた「啄木」の秘曲は、おもしろきことといいやるかたなく、「我も人もあらぬせかいにうまれ、しらぬ国にきたりぬる心ちして、耳をおどろかしめをそばだてずといふ事なし」(2)という有様であったという。

やがて長明は世を捨て日野の草庵に隠栖するが、その折も一弦の琴と琵琶とは手離さなかった。物に執する心は往生の妨げとした長明だが、管絃の道そのものは、少しも妨げになるとは考えていなかったのである。

この二つの逸話は、この時代以後姿をかえて登場してくる「遁世者」と芸能・音曲との関わりを象徴的に示しているように思われる。

周知のように、中世のさまざまな芸能の主たる担い手は、半僧半俗の漂泊的芸能者や阿弥号を称した遁世者たちであった。(3)田楽しかり、猿楽、曲舞もしかり。連歌や立花、作庭もしかり。当然、音楽や歌謡もその例外ではなかった。『閑吟集』の編者が自ら「こ、にひとりの桑門あり」(4)と称し、『宗安小歌集』の編者が「沙弥宗安」(5)と名のっているのは、たとえそれが彼らの一種の韜晦であったとしても、少なくとも小歌集などの編纂者たるものにはそうした脱俗的な境地こそふさわしいとする当時の時代風潮の一端を伝えていよう。武家社会の晴の宴席における式楽的性格を持つものとされる早歌（宴曲）ですら、その正統の相承者たちの多くは、晩年に、道阿、坂阿、口阿といった阿弥号を称していた。(6)この時代〈遁世〉という特殊な〈生〉の形が、いかに音曲・芸能の世界と深く結びついていたかを知ることができよう。

隠遁や漂泊とは、いわば社会からの〈逸脱〉の一形式であろう。そこには、現実の人間社会を覆っている秩序や構造の外に身を置くことによって、ある種の絶対的な安息の境地を得ようとする志向を共通に見てとることができる。『沙石集』の作者無住が「必ズシモ道心ニアラネドモ、只渡世ノ為ニ遁世スル人、年々ニ多ク見ルニヤ。サレバ当世ハ遁世ハ遁世ノ遁ノ字ヲアラタメテ貪世トカクベキニヤ」(7)と記しているように、鎌倉時代以降「遁世者」たちは、急速にその本来の求道者的性格を失い、室町期に至ると、ほとんど地下の芸能者と同一視されるまでに変貌してしまう。しかし、世の秩序の外に身を置くという〈逸脱者〉の本質的性格はそこにもなお貫かれており、彼らは、剃髪や黒衣といった異形の風体によって制外の民であることを示し、将軍の側近くに同朋衆として近侍したり、自由に戦陣に出入りしたりすることができたのである。(8)

中世の音曲・芸能の多くが、ほかならぬこうした逸脱の遁世者たちによって担われてきたという事実は、中世芸能の本質的な性格の一端をはしなくも伝えているように思われる。おそらく、芸能や音曲そのものが、制外のもの、逸脱の側のものと考えられていたのである。本節ではそうした視点から、主として中世歌謡の〈逸脱性〉に焦点を当て、その具体相を描き出してみたい。

1　亡国の音・乱世の声

仁平四年（久寿元年、一一五四）春、京の紫野社を中心として興った「夜須礼」の風流は、京中の貴賤男女を、踊りの渦に巻き込んで一大狂乱状態を現出した。『梁塵秘抄異本口伝集巻第十四』は、その有様を次のように記している。

ちかきころ久寿元年三月のころ、京ちかきもの男女紫野社へふうりやうのあそびをして、哥笛たいこすりがねにて神あそびと名づけてむらがりあつまり、今様にてもなく乱舞の音にてもなく、早哥の拍子どりにもにずしてうたひはやしぬ。その音せいまことしからず。傘のうへに風流の花をさし上、わらはのやうに童子にはんじりきせて、むねにかつこをつけ、数十人斗拍子に合せて乱舞のまねをし、悪気と号して鬼のかたちにて首にあかきひたたれをつけ、魚口の貴徳の面をかけて十二月のおにあらひと申べきいで立にて、おめきさけびてくるひ、神社にけいして神前をまはる事数におよぶ。京中きせん市女笠をきてきぬにつゝまれて上達部なんど内もまいりあつまり遊覧におよびぬ。夜は松のあかりをともして皆々あそびくるひぬ。(9)

鬼の扮装をして「おめきさけびてくるひ」まわる「悪気（鬼）」を中に、京中の貴賤が夜を徹して「あそびくるふ」様は、まさに、「霊孤の所為」「時の妖言の致すところ」と評された永長の大田楽（一〇九六年）における狂躁の再現といってよいだろう。

この風流の遊びは、まもなく勅によって禁圧せられ、さしもの狂乱もわずか数日にして消え失せてしまったらしい。一連の事件の背後には、宮廷における藤原頼長とその父忠実を中心とした頼長派と、頼長の兄忠通や藤原家成を中心とした美福門院派との対立があり、歌舞集団の中核には右方楽所の多氏の楽人たちが参加していたともいわれている。(10)しかし、歌と踊りがその特異な魅力によって人びとを狂乱へと誘引することがなかったなら、神社を中心とした都人たちの芸能が、ほかならぬ勅によって禁圧せられるといった異例の事態には至らなかったはずである。

『異本口伝集巻第十四』の筆者は、審らかにしないが、おそらく朗詠の名人源資賢の薫陶を受けた源家流の楽家であったろうと思われる。(11)その専門の楽人の耳が「や　とみくさのはなや　やすらい花や」とはやす夜須礼の音曲を、「今様にてもなく乱舞の音にてもなく、早哥の拍子どりにもにず」と聞き、「その音せいまことしからず」と述べていることは、きわめて興味深い。それがどのような音声であったかは知るよしもないが、既成のいずれの音曲とも異質な、異形の音声に包まれていたのである。(12)

それからおよそ六十五年ののち、『続古事談』の編者は、次のような興味深い逸話を誌している。

妙音院大相国禅門云ク。舞ヲ見哥ヲキヽテ国ノ治乱ヲ知ハ漢家ノ常ノナラヒナリ。シカルヲ世間ニ白拍子トイフ舞アリ。其曲ヲキケバ。五音ノ中ニハコレ商ノ音也。コノ音ハ亡国ノ音也。舞ノスガタヲミレバ。タチマハリテソラヲアフギテタテリ。ソノスガタ甚物オモフスガタナリ。詠曲身体トモニ不快ノ舞ナリトゾノ給ケル。(13)

妙音院大相国禅門とは、悪左府頼長の子、妙音院師長のことである。管絃の道に長じ、声明道をもきわめ、後白河院より今様の相承を受けた楽道全般にわたる稀代の名人であった。むろん、この逸話は史実としては信じるに足らぬものであろう。しかし、ほかならぬ師長に仮託することによって、ここには、得体のしれない地下の謡いもの、芸能に対する権力者特有の生理的嫌悪と恐怖とが、ある種のリアリティをもって伝えられている。

「亡国の音」については、すでに中国最古の楽論『楽記』に、「乱世の音は、怨《うら》みて以て怒る。其の政乖《そむ》けばなり。亡国の音は、哀しみて以て思う。其の民困《くる》しめばなり(14)」とあり、わが国においては狛近真の『教訓抄』（一二三三年成立）に「平調ハ金商也。西方音也。亡国音也」「楽ノアハレナルヲバ亡国ノ音ト云。楽ノオモシロキヲバ、国治音ト云ベシ(15)」などとみえる。同趣の記事は『続教訓抄』や『体源鈔』にも受け継がれ、延文二年（一三五七）成立の『声明口伝』も「四種悪声之事」の第一に「亡国声ハ哀傷秋歎之音声(16)」と掲げているから、亡国の音にまつわるこの種の伝承は、中世の楽人の間ではほぼ共通の認識となっていたといってよいだろう。

しかし、『続古事談』の逸話が伝えるように、白拍子の音曲が、実際に商音を基調とした平調の曲であったが故に亡国の音として忌避されたかどうかは疑わしい。むしろ、地下の芸能であった白拍子の音曲は、整序された正統の楽律からはみ出した異形の音声をその中に抱え込んでいたが故に、そこに込められていた哀傷愁歎の響きとともに、楽人や権力者たちの心の奥に不吉のさざ波を呼びおこしたものと見なすべきであろう。

わが国の中世という時代に占める音楽や歌謡の位置を考える上において、右の逸話を看過することができないのは、これ以後中世を通じて、さまざまな芸能について同じようなことが繰り返し述べられていくからである。

神楽催《(ママ)》馬朗詠今様梵音以下ニモアラテ哥ヲフシヲツケテウタウ事ノアルナリ。琵琶法師之ウタウニモ又アラズ、中昔ハ白拍子トテ遊君ノウタウコトモアリ。当世猿楽トテウタウコトハ一向昔ハナキ事ナリ。如此ノ音

曲世ニ出来シテ天下之乱ヲコル事有之也。楽道ニ生来者カリソメニモウタウヘカラス、唐ニモ其コトハアリト見タリ。(17)

（『体源鈔』巻十ノ下）

而聞二近来念仏之音一。背二理世撫民之音一。已成二哀慟之響一。是可二亡国之音一矣。(18)

（『停止一向専修記』）

この念仏は後鳥羽院の御代の末つかたに、住蓮安楽などいひし、その長としてひろめ侍りけり。これ亡国の声たるがゆゑに、承久の御乱いできて王法おとろへたりとぞ、古老の人は申し侍りし。(19)

（『野守鏡』下）

後小松院、与八と申す九世舞をめされて御前にて舞せられけり。三四度聞召されて、乱世の声ありとて、後終に御前へめされず。其の後仰せのごとく、始の赤松が乱ありけり。よくぞいひけると御まんありけると、畠山の阿州物語あり。(20)

（『東野洲聞書』）

白拍子と同じように、猿楽も、曲舞も、専修念仏も、亡国の音・乱世の声と呼ばれて忌避されている。時衆の踊念仏もしばしば白拍子の歌と同一視されているから、それらの芸能とほぼ同様の扱いを受けていたといってよいだろう。さらに、鎌倉衰亡の因と見なされた田楽を加えると、中世に流行した地下の歌謡・芸能のほとんどは、一度は、亡国の音として忌避され嫌悪された歴史を潜り抜けてきたということができる。

興味深いことに、これらの例は、純粋な謡いものではない、という点において共通性を持っている。いずれも何らかの舞いや踊りに伴ってうたわれる歌謡なのである。

折口信夫を始めとする芸能史の研究によると、舞いとは地を踏みながら旋回を繰り返す動作であり、踊りは地を蹴って跳ね廻る跳躍を主とした動作であるという。[21] どちらも本来は神懸り、あるいはそれに入るための所作であり、また大地の精霊を鼓舞しようとする〈魂ふり〉の行為に発したものであったろう。そうした舞いや踊りにきまって歌が伴っていたのは、いうまでもなくそれが舞いの手をはやし、踊りを鼓舞する役割を担っていたからである。

2　歌の〈はやす〉力

鎌倉時代後期、沙弥明空によって大成された早歌は、全一七三曲の譜と詞章とが伝存するが、そのほかに「現尓也娑婆」と呼ばれる歌一曲が伝えられている。

現尓也娑婆東土仁三尊哉覚足那。[22]（げにやさばとんどにさぞやおぼえたるな）

『撰要両曲巻』などの伝えるところによると、この歌は聖徳太子が「国土の人民病悩ありしをたすけんために」[23]作り広められた呪文とされ、早歌の秘曲として、郢律講などの前後に一定の口伝に従って謡われたものらしい。[24]「七十一番職人歌合」六十六番右「早歌うたひ」に、「諸共に月にうたはんげにやさば今はた誰もさぞ覚たる」[25]の歌を掲げ、判詞に「げにや娑婆の秘曲、其興侍り」[26]と記しているから、室町中期頃までは実際に伝承享受されていたことが知られるが、それにしても、長編の謡いものであった他の一般の早歌の曲とはまったく異質なこの歌が、どういう理由から秘曲として重視されるに至ったものか。正体のよくわからない不思議な歌である。

この「現尓也娑婆」の曲についてその中世における享受の実際を窺わせる次のような興味深い記録が、山本ひろ子によって指摘紹介されている。

又物語云。熊野山那智籠衆、引声念仏之時、正面ニシテ如法引声ニモ、後門ニシテ阿弥陀経ヲ読時ハ懺法ヲ読ミ、懺法ヲヨム時ハアミダ経ヲ読加ヘテ無前無後ニ読也。如前ハ子ヲトリ、ケニヤサハナントウタウ也。是モ彼ノ山ノ古実天狗怖ト申習タリ(27)。

『渓嵐拾葉集』「怖魔ノ事」における、叡山常行堂大念仏の際の「天狗《てんぐ》怖《おどし》」と呼ばれる行法について述べた部分に続く一節である。山本の解読に従って説明を加えると、熊野那智山においても引声念仏のとき、堂の正面では法のごとくに引声念仏を唱えるが、後門では阿弥陀経を読むときに法華懺法を、逆に法華懺法のときに阿弥陀経を読むなど「無前無後」に秩序なく読誦し、叡山常行堂の場合と同じように「ハ子ヲトリ」て、「ケニヤサハ」などをうたい、これをやはり「天狗怖」と言い習わしていたというものである。

山本の指摘の通り、この「ケニヤサハ」とはまぎれもなく早歌の「現尓也娑婆」の曲を指していよう。そこで注目すべきは、その前の「ハ子ヲトリ」という一句である。常行堂の「天狗怖」にも見えるこの句の解釈については諸説があるようであるが、ここでは前後の文脈から見て、「跳ね踊り」と解釈すべきであろう。すなわち、「天狗怖」と称する後門の行法においては、魔障を退散させるために無前無後に秩序なく念仏・読経を繰り返しながら踊躍乱舞し、その際、「現尓也娑婆」の歌などをうたってはやし立てたというのである。

ここに描かれている「現尓也娑婆」の享受の様は、整然とした長編の斉唱曲である一般の早歌の曲とはまったく異なり、ほとんど夜須礼の風流の踊り歌や念仏踊りの姿を想起させる。この事例だけで性急に結論づけることはできないが、現尓也娑婆を病悩の人民を救うための太子製作の呪文とする伝承などを思い合わせると、そこには、明空によって整序大成される以前の、一種呪的な力を備えた土俗的な地下の謡いものとしての早歌の原初的な姿が、透けて見えてくるようにさえ思われる。
豊原統秋が「悉雅楽ノ音声ヲタ、シテ五音七声皆其源ヲモトツク殊勝ノ物也[28]」と述べているように、早歌は正統の楽律に則って調曲され、主として武家の宴席などで整然と唱和された斉唱曲であった。そうした早歌が、体系化された後まで自らの中に右のごとき正体の定かでない呪的な〈はやし〉歌を抱え込んでいるという事実そのものが、中世における音曲のあり方を象徴的に示していよう。

わが国の歌の歴史の中には、「はやし歌」とでもいうべき一群の歌の系譜が存在していたように思われる。ある種の歌には、何ものかを〈はやす〉力が内在していたのだといってもよい[29]。五節の淵酔の乱舞には、「はやし」がつきものであった。前述の夜須礼の風流の乱舞の歌も「はやし」であり、時衆の踊念仏の歌もまた「はやし」と呼ばれていた。

何ものかをうたいはやすという行為は、つねに多数の人びとの、日常的現実を超えた作業や活動に関わっていたようである。『平家物語』の諸本や、『太平記』といった軍記物語類には、そうした「はやし歌」の非日常的な性格が、しばしば怪異や不可思議を伴って語られている[30]。

室町時代から江戸時代にかけて制作された各種の那智参詣曼荼羅図には、画面の右手上方、如意輪堂の右奥の広場に、切り出した大きな丸太に綱をかけて曳く人びとの姿が見える[31]。那智大社における新年の御木《おき》曳手釿始《ひきちょうなはじめ》の式を描いたものである。御幣を手にした人物が霊木に股がって音頭をとり、周囲には太鼓などを手にした囃手が、楽器を使って囃したてている。従来この囃手たちの姿は那智の田楽の図と解されていたようだが、黒田日出男が指摘しているように[32]、ここはやはり、「御木曳き」という神木を運搬する神事そのものに関わる「囃子」だと見なすべきであろう。七年に一度催される諏訪大社の「おんばしら」の神事でも、御幣をもった音頭とりを中心に人びとがはやし歌をうたって神木を曳く。那智でも、おそらくは、楽器だけでなく、木引き歌のごときはやし歌をうたってはやし立てたものにちがいない。
かつて巨木や巨石を動かすときには、必ず音楽ではやし、歌をうたってはやした。いわゆる木引き歌や石引き歌である。金井清光によれば、これらの歌はけっして単なる作業歌ではなかったという。「巨木や巨石を動かすことは物体を動かすのではなく、それに宿っている神霊や精霊を動かすこと」[33]であり、そのために歌や音楽によってはやしたのである。

中世という時代は、まだこうした歌謡の持つ〈はやす〉力が、根強く残っていた時代であったように思われる。小歌のような身近な謡いものの中にも、なお、そうした歌の呪的な力の存在を認めることができる。

狂言「石神」において、大酒飲みの亭主に愛想を尽かした女房は、離別すべく出雲路の夜叉神（石神）に御意を問おうとする。その時、女房は、次のような小歌節をうたって石神を引きあげようとするのである。

わが恋は、とぎようずやらう、すゐとぎようずやらう、あがれ〳〵あがあが、あがらしめなふいしがみ[34]

この歌は、『宗安小歌集』（一一〇歌）にほぼ同じ形で見え、『天正狂言本』「ちうや帰り」にも採られており、中世末期にかなり流布した小歌であったことが知られる。しかし、おそらくもとは石神の信仰にまつわる呪的なはやし歌の一種であったにちがいない。右の狂言では、女房は亭主との離別を望んで石神を「ひく」のだが、歌の詞が示しているように、本来は石神＝道祖神に対して恋の成就を祈願し、願を立てて石神を「引く」際の歌であろう。

「あがれ〳〵あがあがあがらしめなふ」という「はやし」の詞に明らかなように、歌の力によって石神を動かして誓願を遂げようとするのである。そこには、歌のはやす力の中に超越的な力の顕現を期待しているという点において、「木引き歌」などのはやし歌とまったく同様の性質を見てとることができる。

この「石神」にはもう一つ興味深い場面が登場する。石神に扮した男の謀り事で結局離別を断念した女房は、御苦労をかけた御礼にと、石神のために習い覚えた神楽を奉納する。

はるかなるおきにもいしのあるものをゑびすのごぜのこしかけのいし(35)

右の歌をうたって舞い出す女房の神楽にのせられ、やがて石神に扮して女房をだましていた男も思わず面をとって舞い出し、正体をさらけ出してしまうのである。

このように狂言には登場人物が「我を忘れて、自らの動作或いは相手の調子にうち込んでしまう」場面がしばしば登場する。北川忠彦は、これを「狂言の忘我性」と名付け、その「重要な演劇的特性の一つ」と指摘しているが(36)、ここで興味深いのは、北川も指摘しているように、そうした多くの場面において、忘我の境に入るに際して、酒と共に、囃子物や小歌節などの音曲、謡い物が効果的に用いられていることである。「煎物」では、祭りの囃子物の稽古の場に出た煎物売りが、拍子にかかって囃子物ではやしながら物売りをして、一同を祭りの本番のごとき狂騒に巻き込み、「呼声」でも、平家節や小歌節、踊り節を使って呼びかけ応答を繰り返すうちにやがて立場を忘れて浮かれ出す。

〈酔狂〉という言葉にも表れているように、酒に酔うことが忘我――物狂い――へと至る最も効果的な方法であるとすれば、歌舞や音曲もまた、人を現《うつつ》ならぬ忘我の境へと魅き入れる強力な誘引剤であったといってよいだろう。狂言作者たちは、歌や音曲の、人をその中に魅き入れる魔的な力を熟知しており、それを効果的に誇張し、パロディー化することによって、狂言の忘我性を見事に演出しているのである。

守屋毅によれば、ヒュー・ドロドロという幽霊の出現に付き物のお囃子は、本来、神霊の登場を促す音なのだそうである(37)。芸能の世界では、神や鬼や亡霊など、この世ならぬものたちは、きまってある特殊な音楽に乗って登場する。神下ろしの歌をうたって神を招ぎまねいた例を思い起こすまでもなく、ある種の音曲や歌には、神霊の出現を促すような特殊な力が込められていると信じられていたのである。

そういう見方からすれば、狂言「枕物狂」に見える次の小歌なども、さしずめふうがわりな神霊出現の出囃子の一つといえるだろう。

シテ 枕物にや狂ふらん。同 ぬるもねられず起きられず。断りや枕さへ後より恋のせめくれば。やすからざりし身の狂乱は新枕なりけり。シテ はりや笹のはり枕。同 はり笹のはり枕のぬしぞ恋しかりける。乙御前ぞ恋しかりける。シテ 逢ふ夜は君が手枕。同 来ぬ夜は己が袖枕。枕あまりに床ひろし。シテ よれ枕。同 こちよれ枕まくらさへ我を疎むか(38)。

百歳を越えた老翁が年端もいかない乙女に恋をする。恋に狂った老翁が登場するとき、手に笹を掲げ、右の小歌をうたいながら出てくるのである。むろん、これは恋による物狂いのパロディーにほかならないが、翁にほかならぬ枕物の小歌をうたわせるところなど、歌の呪的な効果を計算し尽くした演出家の軽妙な機智が窺えよう。

3　小歌と酒もり

〈うた〉は、人の心をそのまま映し出す鏡ではない。人は、日常の言語には託しえない何ものかを、〈うた〉という特殊な表現の器に盛るのである。だから、〈うた〉は、つねに人びとの日常的な意識からはみ出した何かをその中に抱え込んでいる。言葉を換えていえば、歌は、人びとの〈生〉の非日常的な部面に関わる表現の形式なのである。しかし、私たちは、往々にしてそのことを忘れている。

なにせうぞ　くすんで　一期は夢よ　たゞ狂へ　（『閑吟集』五五歌）

『閑吟集』歌謡の中でも最もよく知られたこの歌から、私たちは、しばしば中世人たちの心の中に巣くっていた刹那的な享楽主義や反俗の精神を読みとりがちである。しかし、少し考えてみればわかるように、「ただ狂へ」というような表現は、常の人の日常的な物言いからはけっして出てこない。むろん、「狂う」という言葉が担っているある種の「逸脱」への希求は、私たちすべての心の中に潜んでいよう。しかし、それが実際に人びとを激しく誘引する言葉となって吐き出されるためには、私たちの心を規制している日常的意識の「たが」が取りはずされ、その心の内側が増幅され、むき出しにされることが必要なのである。

志田延義によれば、この場合「狂へ」とは、「踊り狂う、舞い狂うなどというような狂うに最も近く、少なくともひたすら対象に打ち込んで享受し陶酔し歓喜すべきことを求めている」表現だという。[39] 北川忠彦は、また、「遊び戯れ舞ひ歌ふ」という歌舞音曲への没入の中に、室町期の時代風潮である「忘我性」に通ずる物狂いの境地を見出している。[40] いずれも、うたい、舞い、踊るといった具体的な行為に媒介されたある種の心的状態として捉えられていることに注目すべきであろう。

歌謡の表現として見た場合、右のような小歌の表現が担っている最も大きな意味は、それが実際に、人びとをして「狂ふ」という状態へと駆り立てる表現であることであろう。人が心の中に「この世は夢まぼろしのようなものだから遊び暮らしたいものだ」という思いを抱いていることと、「一期は夢よ、ただ狂へ」と音曲にのせてうたうことの間の決定的な違いはそこにある。この場合の「狂へ」が「遊び戯れ舞ひ歌ふ」という行為への没入を意味しているとすれば、人びとはそう〈うたう〉ことによって、文字通り、そうした「遊び戯れ舞ひ歌ふ」狂乱の境へと自他を駆り立て、捲き込んでいくのである。

このように人を遊狂の境へと誘う表現が無理なく成立するような機会は、中世においてもそれほど数多くあったとは思われない。推測される一つの場合は風流踊りのごとき歌を伴った集団的舞踊の場である。大勢の人びとが、歌に合わせて、心をひとつにして踊り狂う場は、いかにも右のごとき逸脱の表現を生み出すのにふさわしい。しかし、それ以上に一般的で影響も大きかったのは、人びとが酒によって遊狂の世界に遊ぶ〈酒宴〉の席であったろう。

　らんぶになれば天狗共。我おとらじのあそび事。てんこつの物の上手が。むしんのきよくをつくして。われおとらじとぞくるひける。[41]

幸若舞曲「未来記」において、鞍馬山に籠もって修行する牛若が当山の天狗たちの遊宴の席に招かれて款待される場面である。酒宴の席における管絃、乱舞などのあそび事にふけることが、「くるふ」と表現されていることに注目すべきであろう。

また、『曾我物語』において、祐経の館へ向かおうとして警固の者に誰何された十郎と五郎は、偽りの身分を名告り、次のようにいうのである。

　さぞかし、殿ばら、其時の酒盛には、座敷のくるひ人ぞかし。わすれ給ふか。[42]

右の「くるふ」の用例が、小歌における「狂へ」とまったく同一の内容を担っているものであることは明らかであろう。[43] また、『平家物語』（覚一本）巻第六には、「遊君遊女共めしあつめて、あそびたはぶれさかもりけるが、先後もしらず酔ふしたる処に」[44] という表現も見える。これら遊宴乱舞の席こそ、遊び戯れ、狂うのにふさわしい席だったのである。

狂言には、前代にはなかった新しい形の、自由で偕楽的な宴を娯しむ人びとの姿がしばしば登場する。「鳴子」では、主の命で山田の鳥追いに出かけた太郎冠者と次郎冠者が、差し入れの酒に、仕事も忘れて時ならぬ酒盛を始め、「若菜」では、主従二人が、竹筒《ささえ》に酒を入れて八瀬大原辺りへ遊山に出掛け、若菜摘みの女たちと出会って思いがけず賑やかな酒宴を繰り広げる。

このような例にみる中世の酒宴の大きな特徴の一つは、それが神仏の軛を離れて、それ自体独自の娯しみとして自立してきたことであろう。祭儀の後に直会が設けられたように、宴は本来、何らかの儀礼や行事に伴って行われるものであった。したがって、そこには主―客の座を中心とした厳密なる格式と作法とがあった。しかし、これらの狂言に出てくる宴においては、人びとは、そのような作法も格式もおかまいなしのように見える。むろん仔細に見れば、それなりのしきたりや手順もあったのだが、それでもそこには前代の宴にはない、自由な気分が溢れている。上座より順に大盃を廻らして一献二献と盃を傾ける勧盃のほかに、「おもひざし」や「おもひどり」などという新しい酒の飲み方が現れたのもこの時代であった。次のような奇妙な小歌が作られたのも、おそらくそうした酒宴の変化と対応していよう。

きづかさやよせさにしざひもお　（『閑吟集』一八九）

上から読んだだけでは、幾度繰り返してもこの歌の意味はわからない。実は、下から返って読む。「思ひ差しに差せよや盃」というのである。

「思ひ差し」とは「ある人が、好ましく思う人に盃をさすこと」[45]（『邦訳日葡辞書』）。中世の宴席においてはこの行為は何か特別の重みを持っていたらしく、軍記物語などにはこれをめぐる場面がしばしば登場する。右の歌もそうした宴席における「思ひ差し」という行為に関わる何か呪的な意味を持つ歌ではなかったかと推察される。また、幸若舞曲「高たち」には、「三献の酒過れば後にはたかいに入みたれおもひさしおもひとりししやくしもりのらくあそひまふつうたふつのむほとに」[46]と見える。正式の饗宴の席ではなく、その後のくだけた二次会的な遊宴の席での酒の飲み方だったのである。

この思ひ差し、思ひどりといった新しい飲み方が盛んに行われたくだけた自由な宴席の場に、中世の人びとは、〈酒盛〉という名を与えたようである。〈酒盛〉の語の初見は審らかにしないが、その用例は、『平家物語』や『曾我物語』、『十訓抄』、『増鏡』などにすでに見え、以後狂言を始めとして、中世の史料に頻出する。太郎冠者と次郎冠者が、あるじ殿の眼を盗んで酒を酌みかわすのは、きまって〈酒盛〉であったし、武家や公家の宴席でも、席を移して催される後宴的な小宴や臨時の宴遊などに〈酒盛〉の語が使われている。

この〈酒盛〉という新しい形の酒宴の盛行と、〈小歌〉というやはり新しい歌謡の登場とがほぼ時期を同じくしているという事実は、もっと注目されてもよいのではないか。すでに指摘されているように、中世における小歌の最も主たる享受の場は、さまざまな遊宴の席であった。[47]それも酒盛やそれに準じた臨時の宴遊のごとき小宴の場が多かったのである。

さかもりになる山の辺の里
赤人はこうたをさへやしらるらん(48)
（『荒木田守武句集』）

「酒盛」に対して「小歌」を配したこの付合が端的に示しているように、まさに小歌は酒盛に付きものであったのである。

4　宴の表現・小歌の表現

宴の歌に特有の表現というものについて考えてみるべきだと思う。柳田国男の民謡研究や、それを受けて発展させた土橋寛の古代歌謡の研究が明らかにしているように(49)、本来の酒宴の席には、勧酒歌や謝酒歌、あるいは立歌、送歌といったはっきりと用途のさだまった歌があった。「ざざんざあ浜松の音はざざんざあ」や「めでためでたの若松様よ」などの歌が、主に祝宴の祝い歌として享受されたように、宴の場の性質に応じて、当然必要とされる歌も変化した。格式からはずれた〈酒盛〉のごとき酒宴の席には、それにふさわしい宴の表現が存在したはずである。

宴の場に固有の表現の特質は、たとえば、次のような比較を試みると良く理解することができる。

験なき物を思はずは一坏の濁れる酒を飲むべくあるらし(50)
（『万葉集』巻三・三三八）

世間《よのなか》はちろりに過ぐる　ちろり〳〵
（『閑吟集』四九）

くすむ人は見られぬ　ゆめの〳〵〳〵世を　うつゝがほして
（『閑吟集』五四）

あな醜《みにく》賢しらをすと酒飲まぬ人をよく見れば猿にかも似る　（『万葉集』巻三・三四四）

ただ今日よなう　明日をも知らぬ身なれば　（『宗安小歌集』九三）

生者《いけるもの》つひにも死ぬるものにあれば今の世なる間は楽しくをあらな　（『万葉集』巻三・三四九）

それぞれ右側の小歌に対して左に配したのは、よく知られた大伴旅人「酒を讃むる歌十三首」の中の一つである。一読してわかるように、これらの歌謡は、どこか奇妙によく似ている。表現の細部には顕著な類似は見られないから、その類似の根底にあるのは、詞章の一致といった表面的なものではなく、むしろ、主体の位置やその視点といった表現の実質に関わるものであろう。

一杯の酒をすべてという。あるいは、世の無常の思いから、ただ今日がすべてとうたう。あるいは、世の人をして「あな醜（みにく）」といい、「くすむ人は見られぬ」という。そこに共通して見られるのは、つねに現実の外に身を置き、そこから世の中を相対化し、批判的に眺める視点、いまの自らを絶対化しようとする視点であろう。時代を超えてその発想の型がこれほどまでに似ているというのは、むろん一方が他の表現を継承していたからではなく、それぞれの歌の背後でその表現を規定している〈場〉が、ある種の同質性を共有しているからに相違ない。

宴の空間とは、日常的現実の中にかりそめにしつらえられた非日常の空間であろう。(51)人はひととき現実の世から離れ、現実とは異質な非日常の時空に身を置くことによって、日常のさまざまな掟やしがらみに縛られた自らの心を解き放つのである。そのために、宴は、時間的にも空間的にも、人びとの日常的現実とは異なった秩序の下に存在しなければならない。本来の宴というものが、前半の形式的で堅苦しい儀礼的部分と、後半の自由で偕楽的な宴遊の部分の二部に分かれ、前半の儀礼的部分がきまって日常的現実の諸関係を極端なまでに象徴化し形式化した形ではじまるのは、それが現実の中に非現実の世界を構築するための不可欠の手続きでもあったからである。

その意味で、宴は本質的に其中に日常的現実の世界を否定する契機を孕んでいるといってよいだろう。宴がそこに確固とした非日常の時空を構築しようとすればするほど、日常的現実の世界とは截然と一線を画さねばならない。そうした現実否定の契機が、宴の場の表現においては、しばしば、〈いま〉という宴の場の時間の絶対化や、〈無常〉という形での日常的時空の相対化や否定となって表現されるのである。

ただ今日よなう　明日をも知らぬ身なれば　（『宗安小歌集』九二）

あな尊と　今日の尊とさ　や　昔も　はれ　昔も　斯くやありけむ　や　今日の尊さ
あはれ　そこよしや　今日の尊さ[52]　（催馬楽「あな尊と」）

この二つの歌は、表現の型も内容もまったく異なっているが、ただ一点、「今日」という一瞬の時間の絶対化へと向かおうとする表現の方向性において共通している。むろん、この場合、絶対化されているのは、どちらもやがて時経れば「昨日」になるはずの日常の中の「今日」ではなく、そうした日常の時間とは隔絶した異質の時間、いま彼らが身を置いている〈宴〉という非日常の場の〈時間〉である。

古代以来の宴や儀礼の場の表現を俯瞰してみると、私たちは、同じような相貌をした絶対化された〈いま〉や〈今日〉に数多く出会うことができる。「いま」という非日常の時間に収斂し、それを絶対化しようとする表現は、まさに宴やそれを含んだ広い意味での儀礼の場に特徴的な表現であり、宗安小歌の「今日」もまた、まぎれもなくそうした宴や儀礼の場の、絶対化された「今日」の系譜の中に位置しているのである。

もっとも、同じ〈今日〉という時間の絶対化へと向かっているといっても、その表現の内実は大きく異なっている。催馬楽の「あな尊と」においては、「いにしへ」という神話的な始源の時間への回帰＝重ね合わせによって、〈今日〉という儀礼の時間の絶対化へと向かっている。(53) ところが、『宗安』の小歌においては、〈今日〉という宴の時間が、何の媒介もなくその外の日常的時間に対置され、日常的時間の直接的な否定の中に絶対化が志向されている。後者の方が著しく反俗的性格が強い。こうした両者の表現上の差異こそ、それぞれの歌の背後にあるはずの古代的な神宴と中世の〈酒盛〉という宴との間の歴史的な時間の隔たりをそのまま映し出しているといえよう。宗教的拘束から離れ、人びとの独自の楽しみとして自立しはじめてきた中世の宴にあっては、人びとはもはや神話的な回帰の時間の中に身をゆだねることはできなかった。宴を非日常の時空として定位していくためには、ただ直接的に現実の時空と対峙し、それを否定するという形をとらざるをえなかったのである。

なにともなやなふ　〳〵　うき世は風波の一葉よ　（『閑吟集』五〇）
ただ何事もかごとも　夢幻や水の泡　笹の葉に置く露の間に　あぢきなの世や　（『閑吟集』五二）
世間は霰よなふ　さゝの葉の上の　さら〳〵さつと　ふるよなふ　（『閑吟集』二三一）

中世小歌にあっては、世の中をしばしば夢といい、露といい、霰といい、嘘という。そこには、確かで動かし難いはずの現実の世をはかないものによって置き換えていくという価値の転倒がある。それによって、逆に絶対化され永遠化されているのは、いま、歌をうたっているこの一刻、すなわち共に酒を酌み交わしている一座の宴の場にほかならないのである。

もう一つ例を掲げてみよう。

唯人はなさけあれ　夢の〳〵〳〵　きのふはけふのいにしへ　けふはあすのむかし　（『閑吟集』一一四）

ただ人は情けあれ　槿《あさがほ》の花の上なる露の世に　（『閑吟集』九六）

この二首の歌は、いずれも上の一句は、当時人口に膾炙していた成句を踏まえ、下の句は、仏教的無常観に根ざした伝統的な象徴表現を踏まえたものである。しかし、これらの事実を指摘してみても、その歌の世界はさだかには見えてこない。「情あれ」とは何の謂か。世の無常の認識がなぜ人の「情」への思いと結び付くのか。「情」を恋の情けだと解してみても据わりが悪いことは変わらない。

「ただ……あれ」という表現が象徴的に示しているように、これらの歌も、「ただ狂へ」や「ただ遊べ」の歌とまったく同一の構造を持っている。前者においては、〈きのふ〉〈けふ〉〈あす〉という、きわめて身近で確かなはずの時間が、〈むかし〉あるいは〈いにしへ〉という、漠とした不定形の時間に置きかえられ、後者においては、人びとの生きている現実の「世」が、〈槿〉の↓〈花〉の上の↓〈露〉という時間的・空間的イメージの急激な縮小によって、やはり一瞬の中に相対化されている。その表現の意図するところは、ここでも、私たちが確固たるものとして疑わない日常的な時間意識と空間意識の攪乱であり、転倒であろう。そして、その現実否定の表現が、「ただ」という一語を媒介として、「情あれ」という一点へと収約されているのである。とすれば、この「情」もまた、〈宴〉という絶対化された空間に置き直してみる必要があるだろう。

前述の狂言「若菜」では、若菜摘みの女衆を加えて盛り上がった酒盛も、やがて「有明の月をば何とまたふぞ」という歌をきっかけとして立歌、送歌の応酬となって終わる。そのやりとりの中で、女たちは次のようにうたうのである。

今のおたるのなさけをはいつのよにか忘れん[54]

「今のお樽の情」とは、客側が席を立つにあたって主側に酒の礼をいう表現の系譜をひくものであろう。そこには、一つ樽の酒を一つの盃で共に酌み交わす酒宴の本義が窺われて興味深いが、むしろここで注目したいのは、酒を差しつ差されつしながら一座の人びとの間に醸し出された心の通い合いを、「情」という語で表現していることである。

酒宴の場の酒のやりとりが、一座の人びとの間に人恋しさの情を募らせ、わけもなく意気投合して肩を組み合ったり、別れ難きの情が尾を引いてしばしば宴の席が長引いたりすることを、私たちは経験的に知っている。「若菜」のこの場面でも、「あらなごりをしや」「こなたもなごりをしけれ共」「なふ〳〵扨もわごりよたちにはなれがたやたえがた[55]」といった言葉がさかんにやりとりされて、この時代の酒盛もまた同じような雰囲気を醸し出していたことを窺うことができるのである。

日常の世界とは異質の空間を創出することによって反現実的な脱俗の空間たりえていた宴の場は、同時に、そこで人びとを規制している身分や役割といった既成の秩序から解き放ち、人びとの心を裸のままで結び付ける、きわめて親和的な空間でもあった。「樽の情」と同じように、「ただ人は情あれ」の「情」もまた、そうした宴の場における人の心の繋がりをうたったものであったにちがいない。この「情」には、当初から、酒の香が色濃く沁み込んでいたのである。そして、もしその場に若い女性が侍っていれば、その言葉は、容易に恋の情緒に転化したはずである。

宴とは人がほんの一刻の間、現実とは異質な世界に遊ぶ、かりそめの逸脱の空間であった。酒が酔わせることによって人をそうした逸脱の空間へと導くものであったとすれば、そこでうたわれる歌もまた、人びとをそうした〈逸脱〉の共同性の中に誘う「逸脱の唱声」にほかならなかったのである。中世小歌と呼ばれる一群の歌謡に見える反俗的表現の激しさや、それと同居しているある種の〈軽さ〉は、中世の人びとの生活の中に深く根を下ろしていた〈酒盛〉という場の持つ性格と切り離しては考えることができない。

酒盛の場において、人びとは、あるいは同じ盃を廻らして酒を酌み交わしながら人恋しさの情緒に身をまかせ、あるいは「ただ狂へ」とうたって激しく舞い狂う。しかし、やがて宴が終わり酔いが醒めれば、再び自らが「くすむ」と呼んで忌避したはずの、へんてつのない日常生活の繰り返しの中に戻っていかねばならなかったのである。

注

(1)(2)『文机談』巻第三、岩佐美代子「翻刻頭注『文机談』二」『鶴見大学紀要　第一部国語・国文学編』二一号、昭和五十九年。

(3) 中世文化における遁世者の位置や役割については、大隅和雄「遁世について」『北海道大学文学部紀要』一三巻二号、昭和五十年、岡見正雄「遁世者―時衆と連歌師」『国文学論究』一三冊、昭和十五年、村井康彦「武家文化と同朋衆―世阿弥の環境」『文学』三一巻一号、昭和三十八年、等参照。

(4) 志田延義校注『閑吟集』新間進一・志田・浅野健二校注『中世近世歌謡集』日本古典文学大系44、昭和三十五年、岩波書店。以下『閑吟集』の引用はすべて同書による。

(5) 北川忠彦校注「宗安小歌集」新潮日本古典集成『閑吟集　宗安小歌集』昭和四十七年、新潮社。以下『宗安小歌集』の引用はすべて同書による。

(6) 外村久江「宴曲の伝統に関する一考察」『東京学芸大学研究報告』一二集、昭和三十六年。ただし外村『早歌の研究』昭和四十年、至文堂に再録、による。
(7) 渡辺綱也校注『沙石集』日本古典文学大系85、昭和四十一年、岩波書店。
(8) 前掲村井康彦「武家文化と同朋衆―世阿弥の環境」等参照。
(9) 佐佐木信綱校訂『新訂梁塵秘抄』昭和八年、岩波文庫。
(10) 河音能平「やすらい祭の成立(下)―保元新制の歴史的位置を明確にするために」『日本史研究』一三八号、昭和四十九年。
(11) 河音能平「やすらい祭の成立(上)―保元新制の歴史的位置を明確にするために」『日本史研究』一三七号、昭和四十八年、及び飯島一彦「『異本梁塵秘抄口伝集』作者考(二)―『蓮華王院宝蔵記』成立と『異本口伝集』」『梁塵 研究と資料』三号、昭和六十年。
(12) 桜井好朗「中世における漂泊と遊芸」岩波講座『日本歴史5 中世I』昭和五十年、岩波書店。
(13)『群書類従二七輯』昭和七年、続群書類従完成会。
(14) 福永光司『中国文明選』一四巻、昭和四十六年、朝日新聞社。訓読も同書による。
(15) 植木行宣校注「教訓抄」『古代中世芸術論』日本思想体系23、昭和四十八年、岩波書店。なお、『太平記』巻十三「北山殿之事」にみえる西園寺公宗滅亡の前兆譚も「亡国の音」に関わるものである。公宗が北野社頭において弾じたという琵琶の秘曲「玉樹三女の序」をめぐる和漢の故事や伝承については、十束順子「『太平記』巻十三「北山殿之事」小考―前兆譚について」(中世歌謡研究会編『新間進一先生古稀記念 梁塵 日本歌謡とその周辺』昭和六十二年、桜楓社)に詳しい。
(16)『大正新修大蔵経』八十四巻、昭和六年、大正一切経刊行会。

(17)日本古典全集『体源鈔三』昭和八年、日本古典全集刊行会。
(18)伊藤真徹「停止一向専修記の研究」仏教大学編『法然上人研究』昭和三十六年、仏教大学。
(19)『日本歌学大系第四巻』昭和三十一年、風間書房。
(20)『日本歌学大系第五巻』昭和三十二年、風間書房。
(21)折口信夫「舞ひと踊りと」『芸能復興』創刊号、昭和二十七年（『折口信夫全集一七巻』昭和三十一年、中央公論社に再録）。小笠原恭子「芸能における狂気」『社会精神医学』一巻二号（『芸能の視座―日本芸能の発想』昭和五十九年、桜楓社に再録）。守屋毅『中世芸能の幻像』昭和六十年、淡交社。
(22)(23)「撰要両曲巻」志田延義編『続日本歌謡集成巻二　中世編』昭和三十六年、東京堂出版。
(24)「現尒也娑婆」については、外村久江「早歌の秘伝について」『東京学芸大学紀要』二二号、昭和四十五年、乾克己「現爾也娑婆と聖徳太子説話」『宴曲の研究』昭和四十七年、桜楓社、永池「現尒也娑婆―早歌・撰謡一体三名の秘咒と善光寺聖」『国文学解釈と教材の研究』四十八巻六号、平成十五年五月、学燈社、等参照。
(25)(26)岩崎佳枝・長谷川信好・山本唯一編著『職人歌合総合索引』昭和五十七年、赤尾照文堂。
(27)山本ひろ子「中世叡山と摩多羅神」『new folklore mag゛ yugyo2〔異人と異神〕』昭和六十二年一月。
(28)前掲『体源鈔三』。
(29)歌謡の持つこうした〈はやす〉力については、金井清光「はやしことばの諸問題」、同「木引き歌ときやり歌」（いずれも『歌謡と民謡の研究―民衆の生活の声としての歌謡研究』昭和六十二年、桜楓社、所収）等参照。
(30)『太平記』巻五「相模入道弄二田楽一幷闘犬事」における怪しの田楽法師たちの謡う「妖霊星」の歌などは、その代表的なものであろう。
(31)大阪市立博物館編『社寺参詣曼荼羅』昭和六十二年、平凡社。

(32)黒田日出男「熊野那智参詣曼荼羅を読む」『思想』七四〇号、昭和六十一年。
(33)前掲「木引き歌ときやり歌」。
(34)池田廣司・北原保雄『大蔵虎明本狂言集の研究本文篇中』昭和四十八年、表現社。
(35)同前。
(36)北川忠彦「狂言の忘我性」『山辺道』昭和五十一年三月。
(37)守屋毅「日本の音曲考―芸能と音をめぐる覚書」『ｉｓ』九号、昭和五十五年。
(38)野々村戒三・安藤常次郎編『狂言集成』昭和四十九年、復刻版、能楽書林。
(39)新間進一・志田延義編『鑑賞日本古典文学十五・歌謡Ⅱ』昭和五十二年、角川書店。
(40)前掲「狂言の忘我性」。
(41)笹野堅編『幸若舞曲集本文』昭和十八年、第一書房。
(42)市古貞次・大島建彦校注、『曾我物語』日本古典文学大系88、昭和四十一年、岩波書店。
(43)前掲「狂言の忘我性」参照。
(44)高木市之助・小沢正夫・渥美かをる・金田一春彦校注、『平家物語上』日本古典文学大系32、昭和三十四年、岩波書店。
(45)土井忠生・森田武・長南実編訳『邦訳日葡辞書』昭和五十五年、岩波書店。
(46)前掲『幸若舞曲集本文』。
(47)中世の記録類における小歌享受の実例については、浅野建二「記録類より見たる室町小歌」『謡曲界』昭和十六年八月、等に詳しい。
(48)『続群書類従一七輯下』大正十三年、続群書類従完成会。

(49) 柳田国男「民謡覚書㈡」『文学』三巻十号、昭和十年、及び土橋寛『古代歌謡の世界』昭和四十三年、塙書房等参照。
(50) 高木市之助・五味智英・大野晋校注、『万葉集一』日本古典文学大系4、昭和三十二年、岩波書店。以下『万葉集』の引用はすべて同書による。
(51) 以下に述べる非日常的空間としての〈宴〉の特質については、伊藤幹治・渡辺欣雄『宴』弘文堂、昭和五十年、伊藤幹治『宴と日本文化—比較民俗学的アプローチ』昭和五十九年、中公新書、同「宴の世界」『日本の美学8』昭和六十一年、等参照。
(52) 小西甚一校注「催馬楽」土橋寛・小西校注『古代歌謡集』日本古典文学大系3、昭和三十二年、岩波書店。
(53) 馬場光子「神楽の時空と表現—神楽歌採物をめぐって」『国語と国文学』昭和六十一年十月、参照。
(54) (55) 前掲『大蔵虎明本狂言集の研究本文篇中』。

三　酒盛考——宴の中世的形態と室町小歌

狂言「樋の酒」。主から米蔵酒蔵の番を言い付かった太郎冠者、次郎冠者は、酒蔵から米蔵へと竹の樋を通して酒を盗み飲み、さらに酒蔵へと移って時ならぬ「酒盛」を始める。和泉家古本「狂言六議」はその二人の酒盛の様子を次のように描き出している。

扨酒蔵テ酒モリ有——小歌ナトウタフテ・小舞ナトマフ也——シカ〳〵面白ク有ヘシ(1)

ここでは、酒蔵の酒を盗み飲む二人だけの盃酌をも「酒盛」と呼んでいる。そして、その「酒盛」の場をいかにもそれらしく演出するのに「小歌」と「小舞」とが配されているのである。小歌が酒盛の場にとって如何に不可欠のものであったかを、この狂言の演出は教えてくれていよう。

小歌は、中世の宴の場から生まれた。幾ばくかの才と音曲の素養があれば、その歌詞と曲節とはどこでも作れたろうが、それが真に小歌として生命を持つためには、多数の人々の集う場で歌われ、人々の心を捉え、支持されねばならなかった。そして、そうした場にはきまって濃厚な酒の香が漂っていたのである。『閑吟集』の編者が「中殿の嘉会に、朗唫罷みて浅々として斟み、大樹の遊宴に、早歌了りて低々として唱ふ(2)」と記したのは、けっして文飾ではなかった。

歌は、その享受の場によって生命を吹き込まれる。中世の酒宴の場が、小歌を求め、小歌に生命を注ぎ、小歌をはぐくみ育てたのである。室町小歌がその存在において中世的であるとすれば、その性格の最も主要な部分は、いうまでもなく、その主たる享受の場であった酒宴の場の中世的性格を映し出している。小歌の持つ独特な軽みや伸びやかな屈託のない明るさ。現世否定の激しさと現世肯定の享楽主義。一見相反してみえる小歌の性格の最も本質的部分は、この時代の酒宴の特殊なあり方と切り離しては考えることができない。

私たちは、しばしば、酒の飲み方にも歴史があったことを忘れている。しかし、酒宴が人事である以上、そこには当然時代の移り変わりがあり、歴史的変遷があった。後に見るように、そうして生み出された中世独特の酒宴の新しい形に、中世の人びとは「酒盛」という名を与えたのである。

さかもりになる山辺の里
赤人は小歌をさへやしらるらん(3)　（『荒木田守武句集』）

「さかもり」とあれば、「小歌」。両者の濃密な関係をこの付合は端的に示していよう。「酒盛」と呼ばれた中世の酒宴の場は、小歌だけではなく、平家語り、早歌、能の小舞、小謡、乱舞等々、当時歌舞音曲と総称された多彩な新興芸能の最も身近な享受の場であり、それらをはぐくみ育てた母胎であった。本節では、そうした中世芸能の胚胎の場となった新しい中世的酒宴の実際像を、「酒盛」という語の検討を通して具体的に明らかにしようと試みる。

1　酒盛という言葉

まず「酒盛」という言葉の検討から始めよう。

酒の飲み方にも、歴史的な変遷のあることをはじめて明確に指摘したのは、柳田国男である。柳田は、前代の酒宴の特質としてまず第一に、酒を飲むべき機会が限られていたこと、第二に、必ず集まって飲むこととときまっていたことをあげ、さらにその具体的な有様を次のようにのべている。

> 婚礼とか旅立ち旅帰りの祝宴とかに、今でも厳重にその古い作法を守つて居る土地は幾らもある。我々の毎日の飲み方と最もちがふ点は、簡単にいふならば酒盃のうんと大きかつたことである。その大盃が三つ組五つ組になつて居たのは、つまりはその一々の同じ盃で、一座の人が順々に飲みまはす為で、三つ組の一巡が三献、それを三回くり返すのが三三九度で、もとは決して夫婦の盃に限つて居なかつた。大きな一座になると盃の廻つて来るのを待つて居るのが容易なことでは無い。最初は順流れ又は御通しとも称して、正座から左右へ互ひちがひに下つて行き、後には登り盃とも上げ酌などとも謂つて、末座の人を始めにして、上へ向つてまはるやうにして変化を求めたが、何れにしても其大盃の来るまでの間、上戸は咽を鳴らし唾を呑んで、待遠しがつて居たことは同じである。この一定数の巡盃が終ると、是で先づ本式の酒盛りは完成したのであるが、弱い人ならそれで参つてしまふと共に、斯んなことでは足りない人も中には居る。それ等の酒豪連をも十分に酔はせる為に、後には色々の習慣が始まつた。(4)

前代の酒が飲むべき機会が限られており、また必ず集まって飲むべきであったのは、柳田によれば、それが神事の一環であり、神に献げた酒を神と共に、一同が分かち飲むことにその主意があったからである。だから、後世になっても、正式の酒宴には必ず神に準ずべき尊者や客人と呼ばれるような、一座の中心となるべき存在があった。その中心に向かって一同が心を一つにし、一つ瓶の酒を酌み交わすのが、宴の最も大切な趣旨であったのである。

一つ瓶の酒を同じ盃——大盃——によって順次に飲み回し、それによって居流れる一座の人の心を一つにまとめあげていくこと。これが柳田の描き出した前代日本の本来の宴の姿であった。そして、柳田は、そうした本来の宴に、あえて「酒盛」という名を与えたのである。

柳田国男は、『木綿以前の事』に収めた「酒の飲みやうの変遷」や『明治大正史世相篇』第七章「酒」などの幾つかの論考で、群飲から手酌独酌へと展開した酒の飲み方の変遷を通じて、前代から近代へと至る人びとの生活の変容をその内面に至るまで具体的に描き出して見せた。その手際があまりにも鮮やかで印象深かったために、その後、柳田の酒宴論のすべてが、その細部に至るまでほとんど無批判に受け入れられ、受け継がれてきたように思われる。たとえば、試みにいくつかの辞書類を参看してみると、一には「酒盛りは本来、儀式的な晴の行為であった[5]」とあり、また一には「杯の形は、一座の人々が同じ杯で飲みまわしをする儀礼的な酒盛から独酌など楽しみのための飲酒へと内容を変化させるにともなって、大杯から小杯になった[6]」とある。いずれも、一つの杯の酒を一座の者が整然と廻し飲みをする儀礼的酒宴を「本式の酒盛」と呼んだ柳田の理解を、そのまま踏襲したものである。しかし、「本式の酒盛」や「儀礼的な酒盛」というものは、本当に存在したのであろうか。

柳田があえて「酒盛」の名を使ったのは、おそらく次のような酒宴の民俗の事例の中に、酒宴の古い姿を見たからである。

長崎県五島の久賀島では、酒盛は必ず鳴物入であるといい、徳島県三好郡祖谷山でも酒盛りは唄のことで、酒宴の席で唄うのはたいてい女である。神奈川県津久井郡青根村の送別の酒盛りには、必ず未婚の女が男の数ほど交った。(7)

右のごとき事例の中に、柳田は「酒盛」の「古意」を見た。しかし、酒盛が必ず鳴物入りであったり、男ばかりで女の入らない酒宴は酒盛りとはいわないといった事例が、はたしてどこまで「酒盛」の古風を伝えているといえるのか。

事は、わずかに「酒盛」という一語の使い方に関わる問題である。しかし、その問題は、中世における酒宴の具体的展開の姿と深く関わっている。以下に見るように、中世の人びとはさかんに「酒盛」という語を使った。しかし、その実際の姿は、柳田の描き出した酒盛の古風とは、あまりにも隔たっているのである。

「酒盛」の語は、平安時代以前の文献には見ることができない。『古事記』にはもちろん、六国史以下の史書記録類にも、『源氏物語』や『枕草子』のような王朝物語、随筆、日記類にも見えない。(8)

一方、中世も後半の南北朝期から室町時代に至ると『曾我物語』や『義経記』『太平記』などの軍記物語や幸若舞曲、あるいは、能、狂言の詞章や世阿弥の伝書などに「酒盛」の語が頻出するようになる。狂言「樋の酒」の例に見るように、太郎冠者、次郎冠者があるじ殿の眼を盗んで酒を酌み交わすのは、きまって「酒盛」であったし、「若菜」のように野山に遊山に出かけた主従が、若菜摘みの女たちも交えて繰り広げた時ならぬ酒宴も「酒盛」であった。幸若「和田酒盛」の名が端的に示しているように、武士たちが折にふれて催すくだけた酒宴の多くも、「酒盛」と呼ばれている。

では、「酒盛」の語がはじめて歴史に登場してくるのはいつか。その初見は審らかにしないが、管見によれば、四鏡の一つ『水鏡』履中天皇の条に「けふ大臣とさかもりせんとのたまはせて」[9]とあるのがその最も早い例である。『水鏡』は、嘉応二年（一一七〇）から建久六年（一一九九）の間に成立したものと推定されている。まさに王朝時代から武家社会へと変転するその転換期である。以後鎌倉の中期に至ると『十訓抄』に「ワルキ友達ヲカタラヒ、酒（ヲ）モリヲノミコノミ」[10]とあるのを始めとして、『沙石集』や『問はずがたり』などにその用例が散見する。

『十訓抄』は建長四年（一二五二）の成立。僧無住の『沙石集』はこれよりやや遅れて、一二七九年から一二八三年にかけての成立と推定される。後深草院二条の『問はずがたり』は、一三〇六年から一三〇七年にかけて成立したものと推定されているが、「酒盛」の語は年月を追って書かれた叙述の、文永十年（一二七三）、同十二年（一二七五）の条に見えるから、ほぼ『沙石集』と同時期の記録と見てよいだろう。そのほか、おおよそ十三世紀中頃から十四世紀初頭にかけての成立とされる『平家物語』の諸本には、『源平盛衰記』を含めてどの系統の本にもその用例を見ることができる。一方、『水鏡』に先行する『大鏡』『今鏡』にはその用例は見えず、『十訓抄』に先行する『古本説話集』『続古事談』『宇治拾遺』等にもその用例は見えない。『水鏡』に続く『増鏡』（一三六八～一三七五年頃成立）には、一例見え、南北朝期の『曾我物語』を始めとする軍記物語類に頻出することは、すでに指摘した通りである。ちなみに、古辞書類では、室町中期成立の『撮壌集』「遊楽部遊楽名」の項に、「平家酒盛早歌小歌」と並びあげられているのを始め、『倭玉篇』、『運歩色葉集』などに見えるのが古い例である。

これらの事実は「酒盛」の語が、古代社会の終焉とともに登場し、鎌倉時代を通じて少しずつ浸透し、南北朝・室町期に至って、盛んに通用されるようになった、いわゆる「中世語」であったことを物語っている。

文献記録類の用例に見るかぎり、「酒盛」は、中世に至って新しく登場した新しい用語であり、けっして、柳田が想定したような、古い伝統的な格式を残した「本式」の酒宴のあり方を示すような言葉ではなかったのである。

2　さかもりになる―酒盛の時と場

さかもりになる山の辺の里――「守武千句」の一句は、こう付けていた。「酒盛りになる」。この言葉から今日の私たちが想起するのは、酒食が整えられていよいよ酒宴が始まるという一場面であろう。しかし、中世の人びとにとっては、事態は、必ずしもそうではなかったようである。たとえば、次の例を見てほしい。

抑安元々年三月中旬に。源の牛若殿。くらまの寺を御出あり。けふよろこびに近江なる野路の宿にて。吉次信高に行合せ給ふ。其日の留りはかゞみの宿。吉次か宿は菊屋ときこゆる。かゞみの宿の遊君ども。ざつしやうかまへ吉次殿をもてなす。去間吉次世にありがほなる風情にて。順の盃下し。ぎやくのさかつきとはせければ。其後はさかもりになる。あらいたはしや牛若殿は。人目をつゝませ給ふ間。切戸のわきにすご〳〵と唯一人たゝすみ給ふ[11]

（幸若「烏帽子折」）

源九郎義経の元服を主題とした幸若「烏帽子折」の冒頭の一節である。ここでは、「酒盛になる」とは、けっして酒宴の始まりを意味していない。酒を湛えた盃は、「酒盛」以前に、上座から下座へ、さらに下座から上座へと順次に追い回されて人びとの喉を潤し、その後はじめて「酒盛」に移っている。すなわち、「酒盛になる」前に、宴はすでに始まっているのである。

同様の例はほかにもある。

自然若き殿原、河狩、狩倉打ち過ぎ、遊君のもとへ打ち寄つて、酒を飲むに、酒盛、乱舞になつて、思はしき遊君が一つ酌んで、「此盃をば、あれにましまず客人へ」と差いたるを取って飲うたるこそ、男の時の面目なり(12)。

（幸若「和田酒盛」）

幸若「和田酒盛」の著名な一節。白拍子大磯の虎御前が、酒宴の主客和田義盛を差しおいて思い人曾我十郎に「思ひ差し」したその盃を十郎が臆せず飲み干す。それを面前で見せられた義盛が、怒りにまかせて投げつけた言葉である。「打ち寄つて、酒を飲むに、酒盛、乱舞になつて」という言葉遣いに、酒盛を酒宴の全体でなく、その一部と見る理解を見てとることができよう。

「酒盛」の語は、その用例で見る限り、本来、堂上の言葉ではなかったものと思われる。雅語ではないから、『守武句集』のような俳諧連歌には使われても、和歌には用いられず、連歌の付合にも登場しない。また、本来の漢語ではないから、当時の貴族、知識人たちの真名書きの日記にも例は少ない。その中で例外なのは、後崇光院伏見宮貞成親王の『看聞御記』である。中世室町期の上級貴族の生活や、芸能享受の実際を伝える貴重な資料として著名なこの院の日記は、また、中世酒宴の具体的な姿を知る上でも一級の好史料である。そこには、連夜のごとくに盃酌張行に及ぶ貴族たちの生活が活写されており、「酒盛」という場の他の酒宴一般とは異なる特別な性格も、自ずと映し出されている。

十七日。晴。御比丘尼自御所御もてなし有盃酌。及酒盛御比丘尼聲明殊勝也(13)。（応永二十三年三月十七日）

十七日。霽。乾蔵主入来。一献申御沙汰。御前之儀了。於陽明局又御張行。御所様入御。面々候。及酒盛公私酩酊了。　（同五月十七日）

五日。晴。大光明寺花女中面々見之。予不出頭。即成院坊主善基一献持参。有数献。及酒盛面面沈酔。予殊酩酊了。　（応永二十六年三月五日）

先連歌五十韻。次当座詠謌卅首。不及披講次一献初三献了有推参孔子。持経簡持参。其後梅花飲等大飲酒盛乱舞。　（永享七年三月四日）

これら一部の例からでも、貞成が、「酒盛」の語を、他の「盃酌」や「一献」といった「飲酒」や「酒宴」をさす語と意識的に区別して用いていることがわかる。「酒盛に及ぶ」とは、先掲「酒盛になる」とほぼ同様の表現であろう。「有数献。及酒盛」や「三献了（略）其後梅花飲等大飲酒盛乱舞。」といった記述が裏付けているように、明らかに、「酒盛」の前に酒宴は始まっている。酒宴のある時点で何かが変わり、そこから「酒盛」が始まるのである。

そうした事の次第を、次の例は、さらに具体的に伝えている。

十八日。晴。石山参詣人々下向。無為珍重。坂迎三位以下。地下輩済々申沙汰。於廊局有此儀。予。椎野。雖非人数。此席相交。三献了起座。其後猶酒盛。地下輩乱舞。　（応永二十六年三月十八日）

石山寺参詣から下向した一行を迎えての坂迎えの酒宴の席である。酒盃三献を重ねたのち、一旦座を起ち、改めて「酒盛」に及んでいる。

中世にあっても、本式の饗宴は、大盃を上座から下座へと順次に一献、二献、三献と整然と巡らして進められた。その三献を終えて後、一同が座を起っているのは、そこで格式ある饗宴の儀礼部分が一旦終了したのであろう。右の諸例を参看して注目すべきは、そうした宴の前半部の、格式に支配された整然たる勧盃の場面を、けっして「酒盛」とは呼んでいないという事実である。「酒盛」と呼ばれているのは、つねに、そうした整然たる巡盃の終了した宴の後半部、いわば二次会とでもいうべき、格式から解き放たれた自由な宴の席であった。

もう一つ例を掲げよう。

今日移住有一献。前宰相。三位等別而一献進之。数献之間有楽。万歳楽。楽拍子。三台急。五常楽急。朗詠。大平楽急。此時玉櫛禅門。正永等飜回雪袖。其興不少。長保楽急。三位付笙。笛前宰相。笙長資朝臣。琵琶余。太鼓綾小路三位。酒宴盡興。自他酩酊。深更事了。其後於台所又酒盛。

（応永二十四年十一月二十二日）

移住（わたまし）の折の饗宴である。酒盃数巡の間に雅楽を奏し、朗詠をうたうなど、様々に興を尽くし自他共に酩酊、深更に及んで、一旦打ち上げたのち、場所を台所に移して再び酒宴を繰り広げている。文字通り、河岸を変えて飲み直したわけである。「酒盛」の二次会的性格が明らかであろう。

右の例のように、酒盛は、酒宴の前半部の儀礼的な巡盃が終了した後、しばしば席を移して催された。そして、その多くは、調理配膳のできる台所——台盤所——や、上臈の私室である局で張行されている。正式の饗宴が催される殿上の間が、公けの、晴れの空間であったとすれば、そうした台所や局は、私の、日常の空間であろう。今日でも「台所酒」の名が残っているように、そこで酒を飲むのは、けっして正式の酒の飲み方ではなかった。正式の饗宴とは違った、気心の知れた者だけが膝を交えて酒を酌み交わす二次会的くつろぎの酒席、それが中世の「酒盛」であったのである。

3　御斟酌停止なり――酒盛という世外の場

中世の文献史料に見るかぎり、柳田のいう「本式の酒盛」などどこにも存在しない。格式に則った勧盃の次第が一通り終了した宴の後半部、多くは席を移して催される二次会的な小宴や、狂言「樋の酒」や「若菜」に見られるような格式ばらない内輪の小宴を、中世の人びとは「酒盛」と称していた。この二次会的な酒盛の登場が私たちにとって興味深いのは、これこそが、後世の銘々盃、銚子や猪口の登場を促し、今日のごとき日常的飲酒の風を生み出すに至る「酒の飲みやうの変遷」の歴史の一大転換点であったからであり、さらにまた、その酒盛の場こそが、小歌や琵琶法師の平家語りをはじめとする中世の諸芸能をはぐくみ育てた最大の享受の場であったからである。

中世の人びとにとって「酒盛」という場は、どのような性格を持った場であったか。さらに『看聞御記』を手掛りとしてその姿を具体的に追ってみよう。応永二十四年正月十一日の条に、中世の酒盛の場の特質を際立たせる実に興味深い記事がみえている。

> 終日一献如例年。三位。重有。長資等朝臣。隆富。阿賀丸等候。事了夜於新主御方又有一献。禅啓一献進之。当年初而献之。禅啓御前祗候。抑酒盛之儀御斟酌停止也。而可有朗詠之由被仰。面々可有御斟酌之由申。然而乱舞なとこそあれ。朗詠なとハ有何事哉。任佳例殊更可有御祝着之由。頻御所望之間。徳是予出之。三位。長資朝臣助音。両三献畢各退出。予方へも男女賀酒賜之。令祝着。

伏見宮邸で催された正月恒例の賀宴の記録である。宴の主催者は、前年栄仁親王の逝去後宮家を継いだ新主――貞成の兄治仁[14]。賀宴終了後、新主の御座所に席を移してまた一献が供される。酒盛である。その酒盛の席で、貞成は新主治仁からきわめて不愉快な仕打ちを受ける。その仕打ちに対する怒りの発露が、傍点を付した二ヶ所の文言である。

抑も酒盛の儀、御斟酌停止なり。
乱舞なとこそあれ、朗詠なとは何事かあらんや。

ここには、酒盛と呼ばれた中世酒宴の、他とは異なる特殊な性格が、期せずして鮮やかに映し出されている。そもそも「酒宴の儀」が「御斟酌停止なり」とは何の謂か。貞成の怒りの拠ってきたる点はどういうことなのか。その内容を十分に把握するために、以下、事の次第を少し丁寧に追ってみよう。

「しかして朗詠あるべきの由、仰せらる。面々御斟酌あるべきの由申す」。新主が貞成に対して朗詠を披露するように求めたというのであろう。それに対して一座の面々も、御斟酌あるべしという。「斟酌」とはその場や相手の事情をよく汲みとること、汲みとってそれに応えたり、控えたり、ほどよく取り計らうことをいう。ここでは、新主の意を汲んでそれに応えるよう貞成に促したのである。「仰せらる」「申す」という言葉の使い分けの中に、新主兄治仁と、その取りまきの公卿、家人らに挟まれた貞成の微妙な立場が浮かびあがってくる。それはともあれ、朗詠を求める新主の振るまいも、面々の態度も、貞成には、きわめて不愉快である。「しかるに」と貞成は、怒りを込めて書き付ける。

「乱舞なとこそあれ、朗詠なとは何事かあらんや」。ここは、ほかならぬ酒盛の席である。乱舞などこそあるべきであるのに、朗詠を出せとは如何なることか。酒盛の席には、乱舞などの芸能こそふさわしい。朗詠などを求めるのは場違いである、と貞成は述べているのである。朗詠が酒盛にふさわしくないのは、それが、催馬楽と同様に、雅楽の楽律に則った古来からの正統の謡いものであったからである。ちなみに貞成の母は、宇多源氏の流れをひく郢曲の家、綾小路家と同系の庭田氏である。綾小路家とも繋がりが深く、貞成自身も琵琶、朗詠等には自負を持つ名手であった。自分の朗詠は、このような酒盛の場で披露すべき地下の芸能とは違うのだという自負もあったろう。しかし、それだけではない。貞成の怒りの向こうには、酒盛の場の性格によって芸能を使い分けた当時の貴族たちの芸能観が透けて見えてくる。

　酒宴は芸能を選ぶ。中世の貴族たちは、整然とした格式に支配された酒宴の前半部の饗宴部分の芸能と、後半部の二次会的な小宴のそれとを、明確に区別し、意識して使い分けていた。酒盛の場では、どのような芸能が専ら披露享受されていたか、これまであげた例からでもそれは窺えるが、改めていくつかの例を摘出してみよう。

一献数巡。音曲等酒盛其興不少。以外沈酔了。（応永二十四年十一月七日）

其後一献数巡有酒盛。三位。行豊等音曲施芸了。以外沈酔帰了。（同九月九日）

及酒盛女中小歌。男共連舞。至深更酒盛物忩也。（永享十年四月六日）

及酒盛歌舞其興不少。自他沈酔起座。（応永二十七年三月一日）

歌舞酒盛其興不少。（同三月三日）

於御所又酒盛。地下輩庭上候令乱舞。自他沈酔各退出。（応永二十四年六月一日）

彼是及酒盛。（中略）其後音曲乱舞。花賞翫催興。予不知前後沉酔了。（同二十五年三月二十三日）

酒盛乱舞如例。（同二十六年三月九日）

音曲歌舞様々に芸を尽くし、ひいては乱舞に及んで、沈酔狂躁の中に宴果てる「酒盛」という場の特質が鮮やかに浮かびあがってくる。ちなみに、ここでは酒盛の芸能が、きまって「音曲、歌舞」とあって、けっして「音楽」ではないことに注目したい。貞成は、「音楽」と「音曲」とを明確に区別し、使い分けていた。そしてこの二種の芸能は、酒宴において奏される場面が、まったく異なっていたのである。

酒盛において盛んに享受されたのは、あるいは当世はやりの小歌であり、琵琶法師の平家語りであり、能楽の小謡、小舞であり、はやし歌に乗せて激しく舞い踊る即興の「乱舞」であった。その他、声明や歌万歳などというものもある。そうした、新興の諸歌謡、諸芸能を総称して「音曲歌舞」と称しているのである。一方、「音楽」あるいは「楽」とは、「及数献有音楽。万歳楽。大平楽」（応永二十六年正月二十二日）、「音楽万歳楽。朗詠以下其興無極」（応永二十七年閏正月七日）などの例に明らかなように雅楽の奏楽の謂であり、それに伴う楽舞や催馬楽、朗詠など、古来からの雅楽の謡いものも含めている。こちらは、格式に則った正儀の饗宴の芸能である。酒盛に奏せられることがないわけではないが、その例は至って少ない。たとえば、応永二十八年十二月二十日の貞成の二宮彦仁の魚味の儀の祝宴では、五献に朗詠「嘉辰令月」が、六献で「有楽」として、万歳楽三台急、大平楽急などが奏され、八献にて宴果てた後、台所に席を移して終夜酒盛、そこでは一転、乱舞、歌万歳に及んでいる、といった具合である。

宴に、整然たる格式に支配された前半部の饗宴と、その後に催される二次会的酒盛の席という二種の差別があるように、そこで演じられる芸能にも格式において二種の差別があった。伝統的な雅楽の奏楽が正儀の饗宴の芸能であったとすれば、小歌や小舞をはじめとする新興の音曲歌舞や乱舞こそ酒盛にふさわしい芸能であったのである。

酒盛の席で朗詠を求められた貞成の怒りの拠ってきたる所以がわかるだろう。結局、その場は、佳例であるからという頻りの所望に負けて、貞成が「徳是北辰」の朗詠を披露して納められたが、貞成の怒りは納まらない。彼の怒りは、朗詠という一芸能の問題を越えて、酒盛の場で自分にまるで地下の芸能者にでもするかのように芸の披露を求めた兄治仁の振るまいに対して、さらにまた、その意に迎合して「斟酌」を求めた一座の面々の態度に向けられていたからである。

その怒りの発露が、「抑も酒盛之儀御斟酌停止なり」という先だっての言葉だったのである。先に見たように、「斟酌」とは、ここでは、新主の意向を汲んでそれに応えることである。その斟酌が停止――留められている――とは、そうした斟酌を求めるという行為そのものが留められている、やるべきではない、という意であろう。すなわち、貞成は、酒盛の儀とは、そもそもこうした上に対する斟酌、人の意向をあれこれ忖度したり、その意を迎えたりすることが無用の場、それを求めることもやってはならない場ではないか、と主張しているのである。

この貞成の一言は、中世における酒盛の持つ最も本質的な性格の一端を、期せずして描き出しているように思われる。中世の人びとにとって、酒盛とは、本来、このように俗世間における身分の上下や地位の隔てから解き放たれた、自由の気風の横溢した超脱の空間であったのではないか。

儀礼的な宴は、現世における身分関係や役割を象徴的に具象化した格式をもってはじまる。厳密に定められた席次、配膳の次第から盃酌の作法まで細かに定められた儀礼的所作の数々。これらは、日常的現実の世界から宴という非日常の世界へと入っていくための不可欠の手続きである。やがて宴が酣に達したとき、そうした宴の儀礼的性格は一瞬の中に逆転し、そこには現世の秩序を超越した非日常的非現実の世界が現出する。あらゆる宴が本来内在させているこうした二重構造の後半部が、それ自体人びとの独自な娯しみとして自立し、展開したものが、中世の酒盛であったろう。だから、中世の人びとにとって、酒盛は、日常のさまざまなしがらみや桎梏から人びとの心を解き放ち、上下の隔てなく裸のままで結び付ける「世外の場」でなければならなかったのである。現実の酒盛の席は往々にして世俗の力によってゆがめられもしたろうが、それでもそこに参加する人びとの心は、深く「自由」の色に染めあげられていた。このことは、他の資料からも窺うことができる。

「これ、芝居の座敷、誰を上下と定むべき[15]」。『曾我物語』巻一において、「今日の御酒もりは、座敷の御さだめあるべし」という土肥二郎の言に対して、大庭平太が投げかけた言葉である。同じ巻には、「今日の御酒もりには、老若のきらいいなく候に」という言葉も見える。盗賊たちの無頼の酒盛を「うへなき物のあそび[16]」といったのは、幸若「山中常盤」の一節である。いずれも、酒盛の場を支配する「自由」の空気を映し出すものであろう。

こうした酒盛の上下隔てぬ自由の気風は、堂上の貴族の酒宴にも及んでいた。後崇光院貞成は、持明院統伏見宮流の正嫡として、旧体制的な伝統の保持者でもあったから、一方でそうした酒盛の自由を満喫しながら、他方では、しばしばその自由の行き過ぎを嘆いてもいる。

堂上地下混乱同座頗無骨也。宰相後日難之。近日雖風儀。卿相地下人酒宴会合座列先例不弁。
（応永二十四年十月三日）

当座会比興也。地下不祇候。堂上許酒宴。復旧儀珍重也。近比地下相交酒盛。不可然事歟。
（応永二十六年正月二十二日）

いずれの席でも貞成は一座の中心である。その貞成をしても押え切れないほど、自由の空気は、否応なく堂上の酒盛の座まで浸食しはじめていたのである。

酒盛の席には、女性も参じた。それだけでなく、上﨟が自らの局で酒盛を主催することも少なくなかった。女性の参加する酒宴に酒盛の古風を見た柳田の指摘は、ここでも歴史の現実にそぐわない。女たちの張行する酒盛は、「女中酒盛」と呼ばれている。応永二十七年十二月十八日の条には、その女中酒盛の興味深い記事が記されている。

其後廊局へ行。推参之間盃持参。廊御方入興及酒盛。禅啓。行光。広時。有善等候。彼等面々続瓶申沙汰。及乱舞老尼酔狂乱舞如例。比興也。自他沈酔無極。

文中「廊の御方」とあるのは先主栄仁の側室の一人である。面々酒瓶を持参しての局での酒盛は興に入って、一同乱舞に及び、老尼——廊の御方までも酔狂の果てに乱舞に及ぶ。「如例」とあるから、老尼が酒盛を張行することも、みずから酔狂乱舞に及ぶことも、少しも珍しいことではなかったのである。酔狂の老尼をも巻き込んで乱舞に及び、自他沈酔の中に宴果てる、自由狼藉の酒盛の有様が目に浮かぶようである。

大飲の果てに酔狂に及ぶことは、この時代に始まったことではない。乱舞という狂乱の芸能も、王朝時代の宮廷淵酔以来の歴史を持っている。しかし、酒宴の場が、現世の地位身分を超越した「世外の場」として、それ自体人びとの独自の楽しみとして自立してくるのは、この酒盛の時代まで待たねばならなかった。自由狼藉の世外の場としての酒宴の代名詞ともいうべき「無礼講」という言葉が、この時代はじめて登場してくるのもけっして偶然ではない。『太平記』巻一「無礼講事」は、幕府に対する挙兵を企図した日野資朝が、同志の心底を見極めるために創始したという「無礼講」の次第を次のように記している。

献盃ノ次第、上下ヲ云ハズ、男ハ烏帽子ヲ脱デ髻ヲ放チ、法師ハ衣ヲ不着テ白衣ニナリ、年十七八ナル女ノ、盻形優ニ、膚殊ニ清ラカナルヲ二十余人、褊ノ単ヘ計ヲ着セテ、酌ヲ取セケレバ、雪ノ膚スキ通テ、大液ノ芙蓉新ニ水ヲ出タルニ異ナラズ。山海ノ珍物ヲ盡シ、旨酒泉ノ如クニ湛テ、遊戯舞歌フ。其間ニハ只東夷ヲ可亡企ノ外は他事ナシ(17)。

勧盃の次第は上下不問。着衣、髪髻は放縦、妙齢なる美女に山海の珍物、泉のごとき旨酒。そしてただ遊び戯ぶれ舞い歌う。これが「酒盛」でなくて何であろう。この現世における身分の上下を無視した、自由狼藉の無礼講こそ、中世の酒盛の持つ自由な、超俗的性格の最も展開した極北の姿ではないか。資朝がかくして無礼講を創始したという記述は、史実としては、信ずるに足りない。しかし、宴のすべてが、現世の格式に従った勧盃の次第に支配されていた時代には、けっしてこのような無礼講は生まれなかったにちがいない。

4　おもひざしと酒盛

最後に、中世の酒盛の場を特徴づける盃酌の作法について触れておかねばならない。『閑吟集』の小歌にこんな奇妙な歌がある。

きづかさやよせさにしざひもお(18)　（『閑吟集』一八九）

頭からいくら読んでも、その意味はわからない。下から返って読む。――思ひ差しに差せよや盃。「思ひ差し」とは、「ある人が、好ましく思う人に盃をさすこと(19)」（邦訳『日葡辞書』）。酒宴の席次に従って整然と廻る盃の次第をあえて無視して、ある特定の意中の人に盃を差す行為である。「傾城の思ひ差し」という言葉があるように、この「思ひ差し」という行為は、中世酒宴の花として座を賑わした。それにしても、右のごとき奇妙な歌がなぜ歌われたのか。その理由は「思ひ差し」という行為が中世の酒宴において担っていた、ある種特別の重みをぬきにしては理解することができないだろう。

この「思ひ差し」の語も、「酒盛」と同じように中世になって始めて登場した「中世語」である。平安以前の文献には見えない。管見によれば、『問はずがたり』に「酒盛」などの語と共に見られる数例が、その最も早い時期のものである。この「思ひ差し」が酒宴の場ではたしてどのような働きを担っていたか。その具体例を見てみよう。

> かくて盃三献通りて後、母の長者居たる所をつんど立って、帳台へつっと入り、蒔絵の盤に紅葉の土器を据ゑて出で、虎御前の御前に置いて、「なう、虎御前。その盃一つ飲うで、いづかたへも思はうずる方へ差し給へ[20]」。

幸若「和田酒盛」。先掲義盛の怒りの言葉に至る直前の一節である。三献の巡盃が終了した後、母である宿の長者が虎御前に向かっていずれ方へも思い差しせよと勧める。後の義盛と十郎との盃の争論へと至る、契機となった一言である。その「思ひ差し」を勧める母長者の言葉が、「盃三献通りて後」であることに注意したい。巡盃三献までは、いわば格式に支配された宴の前半部。以後、宴は座を崩して後半部、すなわち「酒盛」へと展開する。まさにその転換点に「思ひ差し」という行為が位置しているのである。

もう一つ例を掲げよう。今度は、幸若「高たち」の一節。

種々の大瓶大つ、をおていへ申いたしつ、君も御出まし〳〵女房たちのおしゃくにて上にさかつきすはりけれは下は以上八人三献の酒過れは後にはたかいに入みたれておもひさしおもひとりしやくしもりのらくあそひまふつうたふつのむほとにかめゐかのふたる盃をむさし殿におもひさしたつて舞をそまひにける。(21)

ここでも、「思ひ差し」は、「三献の酒過」ぎて後のことである。「おもひさしおもひとり」と見える「おもひとり」とは、相手の盃を自ら乞い受けて飲むもの。思い差された盃をまたもとの相手に返す「おうむ返し」と共に、「思ひ差し」から展開した二次的な酒の飲み方の一つである。「らくあそび」というのは、他に用例がなく判然としないが、「じしやくじもり」は「自酌自盛」、自ら瓶子や提子を取って酒を盛り、自ら飲みほすのであろう。いわば今日の手酌、独酌の走りであり、格式を無視した酒の飲み方の至りつく果てである。巡盃三献ののち、「思ひ差し」を契機として酒宴の座は入り乱れ、思ひ取り、おうむ返しといった自由な酒盃のやりとりから、自酌自盛の「らくあそび」へと展開し、やがて乱舞に至って、自由狼藉の無礼講となって宴果てたのである。

右の諸例は「思ひ差し」が、ほかならぬ「酒盛」という場に特有な酒の飲み方であったという事実だけでなく、格式に支配された酒宴の席を自由な酒盛の場へと転ずる重要な契機の一つではなかったかという事実を暗示している。

「思ひ差しは力なし」。先掲幸若「和田酒盛」の虎御前の言葉に見える一句である。また同じ文句が『問はずがたり』巻一の、作者から思ひ差しを受けた西園寺実兼の言葉の中にも出てくる。思い差しの盃には逆らうことができない、というほどの意味であろう。「思ひ差し」は相手に深く思いを掛けた行為であり、それだけに重みがあったから、差された者は、けっして、辞退すべきものではなかったのである。

「思ふ」という言葉は、本来、きわめて能動的な激しい心の状態を表す言葉であった。対象に対して深く思いをかけると、人の魂はその対象に向かってあくがれ出て、人を忘我の境に陥れる。「物思へばさはのほたるもわが身よりあくがれ出る玉かとぞみる」[22]（『後拾遺』一一六二）という和泉式部の著名な歌が示しているように、「思ふ」とは、魂の離脱をもたらすような、そんな激しい心の動きを表す言葉であった。

思へかし　いかに思はれむ　思はぬをだにも　思ふ世に[23]　（『閑吟集』八〇）

早歌「対揚」の曲に出典を持つ右の『閑吟集』の小歌からも窺えるように、「思ふ」の語の内に抱く激しさは、中世にあってもなお生きていた。「思ひ差し」という言葉は、あきらかに、そうした古代以来の「思ふ」という行為の持つ激しさをその内に秘めている。

「思ひ差し」は、整然たる格式になお支配されていた中世の酒宴が生み出した新しい酒の飲み方である。一方で格式に支配されながら、人びとはまた自由な新しい酒の場を求めていた。それが「思ひ差し」のごとき時代の子を生み出したのだ、と思う。整然たる秩序に支配された盃の巡りをあえて絶つためには、「思ふ」という激しい心の動きに媒介された行為が不可欠だったのである。だからこそ、「思ひ差し」という行為は、中世酒宴にあって、一場の座興を越えて格別の意義を担うことになった。「思ひ差しに差せよや盃」という文句を逆さにうたうような奇妙な小歌が、酒宴で――あえて「酒宴で」と言っておくが――歌われたのも、そこに根拠があったのだと思う。あえて想像をたくましくすれば、この呪文のごとき「思ひ差し」の小歌は、盃の巡りが数巡した後、盃の持ち手に「思ひ差し」を促す、いわば二次会的酒宴の場の皮切りのはやし歌のごときものではなかったろうか。

「酒盛」と「思ひ差し」とは、中世という新しい時代の新しい酒の飲み方として、互いに手を携えて歴史に登場してきた。「思ひ差し」は、整然たる勧盃の次第を核とした格式を壊すことによって、中世の酒宴の雰囲気を一変させた。「思ひ差し」はやがて「おもひとり」、「おうむ返し」といった様々な座興的酒杯の酌み方を生み出し、酒宴には自由の気が横溢して、自酌自盛から沈酔狂乱の無礼講へと至る自由狼藉の世界を生み出したのである。そうした格式から離れた自由狼藉の酒宴の場こそ、後崇光院貞成をして「御斟酌停止也」といわしめた中世の「酒盛」という空間にほかならなかったのである。

中世は、酒を購って嗜む沽酒の風が広範に流布し、それに応じて、酒造業が飛躍的に発達した時代であった。鎌倉時代に幕府や寺社によって繰り返し出された沽酒禁制の令は、禁制によってもなお抑えることのできない飲酒の風の浸透の根強さを物語っていよう。[24] 小野晃嗣の調査になる『酒造名簿』によれば、後崇光院が盛んに酒盛に興じた応永三十二年三十三年当時、京の洛中洛外には、実に三百四十二軒もの醸造酒屋が軒を連ねていたという。[25] 京の柳酒、河内の天野酒、奈良の菩提山酒などの銘酒が登場して愛飲されたのもこの時代であった。

こうした沽酒の風と酒造業の発達に相応じて、新しい自由な酒の飲み方が登場してきたのである。「酒盛」とは、そうした宴の場に出現した、新しい中世的世界に対して人びとが与えた「呼称」にほかならなかった。「酒盛」の登場は、宴の世界における「中世」の成立を告げているのである。

この「酒盛」の登場は中世の酒宴の場を神仏の軛から解き放ち、純粋に享楽的な宴の場に変えた。その新しい酒宴が様々な中世芸能の母胎となったのである。室町小歌もまた酒盛の場から生まれた。その表現が、今様神歌や法文歌の持つある種の重さやかたさから解き放たれ、自由な軽みとはなやぎの世界を獲得しているのは、中世の酒盛の場が持つ「自由」の空気と切り離して論ずることはできない。「一期は夢よただ狂へ」や「くすむ人は見られぬ」といった小歌特有の現世否定的表現や享楽的表現の激しさが、中世の酒盛の場の持つ現世を超越した脱俗的、現世否定的性格と不可分のものであることは、すでに前節において指摘したとおりである。[26]

柳田は、一つ盃で同じ樽の酒を酌み交わす前代の格式ある酒宴に、この「酒盛」の名を与えた。しかし、柳田のいう「本式の酒盛」などどこにも存在しないことはすでに見た通りである。柳田は、今日の民俗に残るサカモリの「古風」の向こうに、刀自が酒を醸して宴を管掌し、采女が盃を掲げて盞歌を歌った古代の酒宴を幻視したのであろう。

注

（1）「和泉家古本『六議』」『日本庶民文化史料集成巻四』昭和五十年、三一書房。

（2）新日本古典文学大系『梁塵秘抄閑吟集狂言歌謡』平成五年、岩波書店。

（3）『続群書類従十七輯下』大正十三年、続群書類従完成会。

（4）柳田国男「酒の飲みやうの変遷」『定本柳田国男集』第十四巻、昭和四十四年、筑摩書房。

（5）『角川古語大辞典』「さかもり」の項。昭和五十九年、角川書店。

（6）『日本史大辞典』「杯（さかずき）」の項。平成五年、平凡社。なお、『時代別国語大辞典　室町時代篇三』（平成六年、三省堂）の「さかもり」の項には、「人びとが一堂に集り、酒を酌みかわして遊び興じること。特に、無礼講の酒宴をいう。」とあり、さすがに中世の用例を踏まえている。

（7）『総合日本民俗語彙』「サカモリ」の項。昭和三十年、平凡社。

（8）『日本書紀』神武前紀戊午年十月の条に見える「酒行」の語に「さかもりす」と訓じている翻刻があるが、（たとえば黒板勝美編『訓読日本書紀（中）』岩波文庫）、十二世紀末まで用例のないことが、この訓の妥当でないことを裏付けている。

（9）榊原邦彦編『水鏡本文及び総索引』平成二年、笠間書院。

（10）泉基博編『十訓抄本文と索引』昭和五十七年、笠間書院。

（11）笹野堅編『幸若舞曲集本文』昭和十八年、第一書房。
（12）荒木繁他編『幸若舞3』昭和五十八年、平凡社。
（13）『続群書類従・補遺二看聞御記（上）（下）』昭和五年、続群書類従完成会。以下『看聞御記』の引用はすべて同書による。
（14）横井清『看聞御記「王者」と「衆庶」のはざまにて』、昭和五十四年、株式会社そしえて参照。以下、伏見宮貞成の生涯と彼を取りまく人間関係については、同書より多大の教示を受けた。
（15）日本古典文学大系『曾我物語』昭和四十一年、岩波書店。
（16）前掲『幸若舞曲集本文』。
（17）日本古典文学大系『太平記二』昭和三十五年。岩波書店。
（18）前掲、『梁塵秘抄閑吟集狂言歌謡』。
（19）『邦訳日葡辞書』昭和五十五年、岩波書店。
（20）前掲『幸若舞3』。
（21）前掲『幸若舞曲集本文』。
（22）久保田淳他編『合本八代集』昭和六十一年、三弥井書店。
（23）前掲『梁塵秘抄閑吟集狂言歌謡』。
（24）保立道久「酒と徳政―中世の禁欲主義」『月刊百科』三〇〇号、昭和六十二年十月、参照。
（25）小野晃嗣「中世酒造業の発達」『日本産業発達史の研究』（覆刻版）昭和五十六年、法政大学出版局。
（26）本章二「逸脱の唱声―室町小歌の場と表現」参照。なお、井出幸男『中世歌謡の史的研究―室町小歌の時代』（平成七年、三弥井書店）の「小歌の流行―中世から近世への流れ」も、中世の酒盛の場を「歌謡の機能の発揮が最大限に求められる〝世外の場〟」として捉え、小歌の現世否定的表現と酒宴の場との関わりを指摘している。

第四章　音とことばの間——呪的音声表現の諸相

一　独歌考《ひとりうた》――ウソとハナウタの初源をめぐる考察

思わず歌を口ずさむ。ひとり夜道を行きながら。あるいは湯槽にゆったりと身を浸して。あるいは台所仕事の片手間に……。誰にでも覚えがあるだろう。こんな歌を私たちは、「鼻歌」と呼んでいる。本節で考えてみたいのは、この、私たちにとってきわめてなじみの深い、しかしどこかよくわからないところのある「鼻歌」というもののはるか昔の姿である。人はなぜ鼻歌をうたうのか、といった大それたことは考えない。鼻歌はいつ私たちの生活の中に登場してきたか。それは始めから私たちのいう「鼻歌」であったのか。知りたいのは、あくまでその具体的な姿である。

藤井知昭によれば、狩猟をしながら移動生活を続けるスリランカの森林ヴェッダの人びとは、二人以上で声を揃えてうたうことのできるような歌をもっていないそうである(1)。男たちは、すべて「自分の歌」を持ち、それに合わせて踊る「自分の踊り」を持っている。しかし、それを二人一緒にはうたうことができない。無理に二人一緒にうたうように頼むと、一人ひとりが勝手に「自分の歌」を相手に負けぬように大きな声でうたうのだという。つねに単独で狩猟採集生活を続ける森林ヴェッダには、儀礼や行事のような集団的文化がまったくなく、それに対応して歌も「独り歌」だけで、集団の歌は存在しないというのである。

要するに、森林ヴェッダの人びとは「鼻歌」しかうたわないのだ、といったら言いすぎだろうか。それは私たちの「鼻歌」よりははるかに強く個人の色で染めあげられているのではあるけれども。

ともあれ、右の報告は、歌は本質的に共同のものであるという柳田国男以来のわが国の伝統的な歌謡観に鋭く反省をせまるものである。森林ヴェッダの場合ほど極端ではないが、北海道南部、胆振・日高の沙流地方のアイヌの人たちは「シノッチャ」と呼ばれる個人特有の曲調を持ち、嬉しい時、つらい時、退屈な時、独りでこれを口に出してうたう(2)。同じような「自分の歌」の例は、アラスカ西北部の先住民族や北欧のサーミの人びとなどにも見ることができるという(3)。

これら諸民族の「自分の歌」は、その形態はさまざまだが、歌が自分独りだけのもの、人と共に享受するものでないという一点において共通している。士橋寛は、そうした視点からこれを「独り歌」と名付け、地球上の諸民族をその持つ歌の生態によって、「『独り歌』が基本になっている民族」と、「『集団で歌う歌が基本になっている民族』との二種に分けている(4)。それに従えば、日本民族はいうまでもなく、「集団の歌」を基本とした民族ということになるだろう。しかし、そこには「独り歌」の歴史は存在しなかったのであろうか。確かに森林ヴェッダや胆振アイヌのシノッチャのような「自分だけの歌」は存在しない。しかし、人がひとりでうたい楽しむ「独り歌」なら無数にあった。「鼻歌」である。この私たちの「鼻歌」と森林ヴェッダやアイヌの「独り歌」とは何がどう違っているのだろうか。彼我の距離は、はるかに隔たっているように見えるが、実は案外に隣りあっているのではないか。

平安初期に編纂されたわが国最古の字書『新撰字鏡』の「謡」の項には次のような興味深い記事が記されている。

独歌也又徒歌為揺（謡）是也和佐宇太徒空也(5)　（天治本）

「謡」の字を「ワザウタ」と訓じ、その義を「独歌也」と釈している。「独歌」の語の初見記事である。この「独歌」が、単なる独唱歌などの意でないことはいうまでもあるまい。下に見える「徒歌」とは「楽器は用ひず肉声だけで歌うウタ」(6)の意であるが、もちろんそれと「独歌」とは別の語である。(7)ワザウタを「独歌也」とははたして何の謂だろうか。

本論は、現代の「鼻歌」から出発し、その源流をたどって、右のごとき古代の「独歌」へと至ろうという試みである。これまでまったく省みられてこなかった鼻歌の有史以前を具体的にたどることによって、そこに、日本の歌謡に圧倒的な歌の共同的なあり方の影に隠れていた、もう一つの独自な歌のあり方が、ある確かな輪郭をもって見えてくるはずである。

1　鼻歌の登場

柳田国男に「鼻唄考」と題する一文がある。わずか九頁たらずの小論であるが、私たちにとってごくありふれた、しかしよく考えてみると不思議な存在である「鼻歌」というものを日本歌謡の歴史や文芸史の問題として正面から取りあげた、最初の、そしておそらくは唯一の論考である。柳田はこの「鼻唄考」を昭和六年十月から翌七年二月にかけて五回にわたって雑誌『ごぎやう』に連載したが、なぜか鼻歌そのものの具体的考察に入る前に突然筆を折ってしまった。しかし、柳田が「鼻唄考」の題目の下にどのようなことを構想していたかは、次のような文章によって概略を知ることができる。

鼻唄考の稿を起した頃には、筆者はちと大き過ぎる野望を抱いて居た。歌謡は他の一切の言語芸術も同じやうに、その一つ〳〵に本来の用途があつたといふこと。人が是といふ生活上の目的も無しに、単に節が面白いから又は歌の心が身にしむからといふだけの理由で、記憶して居て時とも無く其文句を口ずさむのは、鼻唄といふものより他には無かつたといふこと。さうして何に用ゐてよいのか定まらぬ歌などを、作つて置かうといふ人は元は無かつたのだから、つまり今日の所謂文芸の根源は鼻歌に在つたのだといふこと。この三つの事実がうまく行くと証明し得られるかも知れぬと思つて居たのである。(8)

柳田は「雑謡と称すべき民謡はありえない」と主張する。「民謡は必ず是を用ゐるべき場合、即ち目的があり、しかもそれは総括して作業と名づくべきものであつた」というのである。この場合、柳田にとって「作業」という語は、「人間の社会的行動、即ち人と共に又人に対して為さる、しぐさの一切」を意味していた。だから、柳田によれば、くさぐさの労働だけでなく、儀礼も、祭も、恋すらも、欠かすことのできない「作業」であった。ここには、歌謡を人と人との共同の中に生み出されたものとみる柳田の歌謡観が如実に表れている。こうした歌謡観からみれば、独りで歌い、まったく他の聞き手を予想していない「鼻歌」などは、あきらかに一般の歌謡の有り方からはずれた「例外」的な存在であったろう。柳田はそうした「鼻歌」の例外的なあり方の中に、歌謡のあり方のある重大な変質の過程を見出そうとしたのである。

しかし、鼻歌の登場を文芸の発生の問題と直接に結び付けようとしたのは、いかにも柳田らしくない不用意な試みであった。「鼻唄考」中断の理由がどこにあったか今では知るよしもないが、柳田は結局この問題について二度と筆を執ることはなかったのである。

「鼻唄考」を説き起こすなら、柳田は、まず現代の鼻歌から出発し、その変遷の過程を具体的にたどるべきであった。そうしていたら、「鼻歌」が近い時代に私たちの社会に登場してきた、きわめて限定された歴史的産物であったことが、すぐにわかったはずである。

管見によれば、「鼻歌」の語が文献にはじめて登場する最も古い例は、真鍋昌弘によって紹介された(9)次の例である。

あるしのをさも、さしいでて申しけるは、おそれ候へとも、御笛を、うけたまはらばやと、申せは、さらはとて、さいはらうたを、ゆたけく、ふきたまへはたみかたのものとも、むらかり出、おのかさま〳〵、こゑたて、、ゑにし、いわれぬ、そのさまは、いと、おかしくて、とり〳〵みはに、うちゑひて、おもひ〳〵の、はなうた、うたふて、かへりける(10)

室町時代物語『桜井物語』の一節である。漂泊の主人公玉千代丸は行き暮れてたどりついた山中の小村で、村人たちに心暖かい款待を受ける。その宴の場面。宴の果てに座を立ち帰途についた村人たちが思いおもいに口ずさんだ歌をここでは「はなうた」と称している。

この『桜井物語』は、室町物語としては比較的新しいものとされ、その成立は、江戸時代初期まで下るのではないかとも推定されている。したがってそこに見える「鼻歌」の語の用例も、江戸初期をそれほど遡ることはできないのである。

これまでのところ、「はなうた」の語は、これ以前には見出すことができない。『桜井物語』からそれほど遡らない中世の文芸にも、『下学集』や『文明本節用集』、『日葡辞書』などの辞書類にも「はなうた」の語は見えない。「はなうたをうたひ、席駄をひきづり」（『東海道名所記』）「鼻歌などにて人まつけしき今なり」（『好色一代男』）など、「鼻歌」の語例がようやく頻繁に登場するようになるのは、江戸初期以降のことである。

文献に表れた語例でみるかぎり、「鼻歌」の語は、中世と近世の境目頃に登場したきわめて新しい用語だということができる。ことばがなければそれに対応する事物も存在しない、と即断はできないが、少なくとも、語の厳密な意味において、「鼻歌」という語で表されるべき内実を背負った事象は、十全の形では存在しなかったというべきであろう。しかし、むろん、そのことは、ひとり誰に聞かせるのでもなく歌を口ずさむという「鼻歌」的な歌い方が、それ以前にはまったく存在しなかったことを意味してはいない。

具体例をあげてみよう。『古今著聞集』巻八に見える今様の名手刑部卿敦兼の逸話である。

　刑部卿敦兼は、みめのよににくさげなる人也けり。其北方は、はなやかなる人なりけるが、五節を見侍けるに、とり〴〵に、はなやかなる人々のあるをみるにつけても、先わがおとこのわろさ心うくおぼえけり。家に帰りて、すべて物をだにもいはず、目をも見あはせず、うちそばむきてあれば、しばしは、なに事のいできたるぞやと、心もえず思ゐたるに、しだひに厭まさりてかたはらいたきほど也。さき〴〵の様に一所にもゐず、方をかへて住侍りけり。或日刑部卿出仕して、夜に入て帰りたりけるに、出居に火をだにもともさず、装束はぬぎたれども、たゝむ人もなかりけり。女房ども、みな御前のまびきにしたがひて、さしいづる人もなかりければ、せんかたなくて、車よせの妻戸をゝしあけて、独ながめゐたるに、更闌、夜しづかにて、月の光風の音、物ごとに身にしみわたりて、人のうらめしさも、とりそへておぼえけるまゝに、心をすまして、篳篥をとりいでゝ、時のねにとりすまして、

　ませのうちなるしら菊も　うつろふみるこそあはれなれ
　我らがかよひてみし人も　かくしつゝこそ枯にしか

と、くり返しうたひけるを、北方きゝて、心はやなをりにけり。それよりことになからひめでたくなりにけ

るとかや。優なる北方の心なるべし。(11)

北の方に疎んぜられた敦兼は「さしいづる人」もなく、身の置き所ないままに、せんかたなくて車よせの妻戸を押し開け「独ながめゐたる」ままに篳篥を吹きすまし、今様を口ずさむ。その歌は結果として北の方の耳に入りその心を捉えたのであるが、敦兼の歌そのものは、誰に聞かせるでもなくひとり口ずさんだ独り歌である。今日の言葉でいえば「鼻歌」以外の何物でもないといってよいだろう。

また、同じ『古今著聞集』巻六には、次のような例もある。

侍従大納言成通、雲林院にて鞠を蹴られけるに、雨俄にふりたりければ、階梯の間に立入て、階にしりをかけて、しばしはれまをまたれける程、

雨ふれば軒の玉水つぶ〳〵といはゞや物を心ゆくまで

といふ神歌を口ずさまれける程に、格子の中よりおしあげて、女房の声にて、「この程これに候人の、物の気をわづらひ候が、たゞいまの御こゑをうけ給て、あくびてけしきかはりて見え候に、いますこし候なんや」とす ゝめければ(12)……

これもやはり「鼻歌」であろう。蹴鞠に興じている最中ににわか雨に襲われた成通は、階梯の間に身を隠し、しばし晴間を待つ間に今様二句神歌を口ずさむ。むろん人に聞かせるためではなく、自らの無聊をなぐさめるためである。ここでも自分以外の聞き手は予想されていない。

右の二つの例は、その歌のあり方から見て、どちらも今日の「鼻歌」の先蹤といってよいものである。しかし、

そこに描き出された歌の姿は、私たちの知っている「鼻歌」とは微妙に違っている。そこには「鼻歌」に特有の、本来の規格からはずれた「軽さ」や「浮薄さ」といったニュアンスがまったく感じられない。それどころか、歌は恐るべき力を発揮して、離反した北の方の心を捉えて引き戻したり、病者の病いを癒したりしているのである。この二つの「独り歌」の逸話が、いずれも今様の名手にまつわるものであり、その歌の徳を讃嘆するものであることも、心に留めておく必要があろう。

いずれにしろ、「鼻歌」という語の成立以前にも、誰に聞かすともなくひとりうたい楽しむという「鼻歌」的な「独り歌」は存在したのである。「独り歌」はあったが、それを「鼻歌」として捉える見方がまだ存在しなかった。あるいは、「鼻歌」という語で表すべき内実を「独り歌」がまだ獲得していなかったというべきか。時代の変遷と共にうた（歌謡）のあり方も変わり、したがって「独り歌」のあり方も変化する。ある特定の時代相の下で「独り歌」のあり方が一定の変容を被り、新しい性質を獲得したとき、そこにそれを担うべき新しい「鼻歌」という呼称が登場してきたのだというべきであろう。

2　ウソブク——鼻歌以前の鼻歌

西国巡遊の帰途、西行は、津の国昆陽野で一人のみすぼらしい老僧と出会う。西行の心を惹いたのは、髪は首までたれ、莚きれを身にまとっただけの老僧の、この世の何ものにも執着せずひたすらに仏にのみ心をかけて、ただささらをすり歌をうたって歩く姿である。西行に仮託された仏教説話集『撰集抄』の一節。

かくて、西の国は金が御崎まで修行し侍りき。かくて帰りざまに、津の国昆陽野と云所を過ぎ侍しに、歳六十にたけたる僧の髪は首のほどまで生ひさがり、着たる物は形の如くも肩には懸けず、莚きれを着、やせ衰へて、顔よりはじめて足手まで泥かたちなるが、さゝらをすりて心を澄まし、うそうちぶいて、人に目もかけぬ僧一人侍り。ことざまありがたく覚えて、近くよりゐて「何わざをし給ふにか」と尋ね侍りしかば、「さゝらする也」とのたまはするを、「それは知るなり。法文いかに。我も仏道に志ふかく侍り。心のはるけぬべからむ事ひとことばのたまはせよ」とせめしかば、「覚知一心生死永棄」として、其後は又のたまはする事もなくて逃げさり給ふを、猶床しく侍りと、涙をこぼしてもだえしかば、「義想既滅除審観唯自心」とてはるかに逃げさり給ぬ。名残おほく侍れども甲斐なし。その里人に、比聖の有さまをくはしく尋ね侍りしかば、ある人の語りしは、ある人「いと着物もほしがらず、たま〳〵得たるをも、なにとかし給ふらん、程なくうしなひ給ふ。あけくれさゝらをすりて、ひとり歌うち歌うてなん、あちこち廻りありき侍り」と答へ侍り[13]。

「鼻歌」の登場以前に、「独り歌」は紛れもなく存在した。それが事実であることを右の例は示している。ここで漂泊の老僧が道々ささらをすり、歌をうたって歩いているのは、むろん、人に聞かせるためでも、自ら楽しむためでもない。道行く人びとの姿も周囲の自然も、老僧の眼中にはない。そうした老僧の姿は、あきらかに世の常の歌うたいの姿とは異なるものである。その異常さが西行の眼を惹きつけた。彼はその異常さの中に、独りの真摯な求道者の姿を見たのである。「ひとり歌うち歌う」という行為が、ここでは一人の道心者の、何ものにも惑わされずにただひたすら仏道に心をかける姿の一途さを表す行為として描き出されている。ここにも今日の鼻歌とは異なる「独り歌」の姿がある。

　ところで、「あけくれさゝらをすりて、ひとり歌うち歌うて」という僧侶のその同じ様子を、作者は、また「さゝらをすりて心を澄まし、うそうちぶいて」とも述べている。うそうちぶいて――「うち」は強意の接頭語であるから「うそぶく」——つまり、ここでは、ひとりで誰に聞かせるでもなく歌をうたう行為を「うそぶく」と記しているのである。

そこで今度は次のような例を見てほしい。

こゝに徳大寺の大納言実定卿は、平家の次男宗盛卿に大将をこえられて、しばらく籠居し給へり。出家せんとの給えば、諸大夫侍共、いかゞせんと歎あへり。其中に藤蔵人重兼と云諸大夫あり。諸事に心えたる人にて、ある月の夜、実定卿南面の御格子あげさせ、只ひとり月に嘯ておはしける処に、なぐさめまいらせんとやおもひけん、藤蔵人まいりたり。[14]

（『平家物語』覚一本巻第二、徳大寺之沙汰）

この僧都、みめよく、力強く、大食にて、能書・学匠・弁説、人にすぐれて、宗の法燈なれば、寺中にも重く思はれたりけれども、世を軽く思ひたる曲者にて、万自由にして、大方、人に従ふといふ事なし。出仕して饗膳などにつく時も、皆人の前据ゑわたすを待たず、我前に据ゑぬれば、やがてひとり打（ち）食（ひ）て、帰りたければ、ひとりつい立ちて行（き）けり。斎・非時も、人に等しく定（め）て食はず、わが食ひたき時、夜中にも暁にも食（ひ）て、睡たければ、昼もかけ籠りて、いかなる大事あれども、人の言ふ事聞き入れず、目覚めぬれば幾夜も寝ねず、心を澄ましてうそぶきありきなど、尋常ならぬさまなれども、人に厭はれず、万許されけり。徳の至れりけるにや。[15]

（『徒然草』第六十段）

大将への昇進を望みながら平宗盛に越えられた徳大寺大納言実定は、月の夜「ひとり月にうそぶきて」心をなぐさめ、万自由にして人に従うということのない僧都盛親は、目覚むれば幾夜でも「心を澄ましてうそぶきあり」く。前者は『古今著聞集』の敦兼の場合と、後者は『撰集抄』のささらする老僧の例とよく似ている。そして、どちらも、誰に聞かせるともなく、ひとり歌をうたう行為を「うそぶく」と書き表しているのである。

ウソブク——どうやら古代の日本人は、独り歌をうたうという行為をそう呼んでいたらしい。

兼好は、僧都の歌うたうさまを「心を澄ましてうそぶきありき」と書いている。一方、興味深いことに『撰集抄』の作者も、ささらする老僧の姿を「心を澄まし、うそうちぶいて」と記していた。北の方に疎んぜられた敦兼も「心をすまして」今様をうたった。同様の形容句をもつ例は、「ウソブク」の用例の中にしばしば見ることができる。この場合、「心を澄ます」とは、対象に深く心を没入して、あるいは自己の世界にひたすら沈潜して、何ものにも心を惑わされることのない閑寂の境地を意味していよう。ウソブクという行為は、そうした「心を澄ます」という心のあり方と深く関わる行為であった。そこでは明らかに余人との関わりが意識的に排除されている。

月にうそぶく。花にうそぶく。風にうそぶく。山にうそぶく、というものもある。ひとたび「ウソブク」という語に着目すると、鼻歌以前の独り歌の姿が、思いがけない大きな広がりと具体性を持って立ち現れてくる。こうした慣用的表現では、これまで多くの場合、単に「詩歌などを低く吟ずる」意に解されてきた。しかし、そうした解釈には、「ウソブク」という行為が、本来、独りだけの行為であるという契機が見落とされている。「ウソブク」というその行為の対象が、慣用的用法では、月、花、山、風などつねに人ならぬ自然的存在であるという事実そのものが、その行為が何より他者としての人間存在に関わるものではなかったという事実を物語っているのである。

ウソブクという行為は、本質的に他者の介在を排除したひとりだけの行為であったらしい。それは、必ずしも歌を声に出してうたうのでない場合でも同様であった。

亡父卿は寒夜のさえはてたるに、ともし火かすかにそむけて、白き浄衣のすゝけたりしをうへばかりうちかけて、紐むすびて、その上に衾をひきはりつゝ、そのふすまの下に桐火桶をいだきて、ひぢをかの桶にかけて、たゞ独閑疎寂寞として、床の上にうそぶきてよみ給ひけるなり。[16]

（『桐火桶』）

ひたぶるに仏を念じ奉りて、宇治の渡（り）に行着きぬ。そこにも猶しもこなたざまに渡りする物ども立（ち）こみたれば、舟のかぢ取りたる男ども、舟を待つ人の数もしらぬに心おごりしたる気色にて、袖をかいまくりて、顔にあてて、さおにをしかゝりて、とみに舟も寄せず、うそぶいて見まわし、いといみじうすみたるさま也。[17]

（『更級日記』）

前者では、定家の父俊成が寒夜に浄衣をうちかけ桐火桶を抱いて「ただひとり閑疎寂寞として」歌詠むさまを、後者では、宇治の渡りの船頭たちが、旅人たちの喧騒もどこ吹く風と横ぞっぽうを向いて素知らぬ素振りをしているさまを、いずれも「ウソブク」と書き表している。俊成の「閑疎寂寞」は、「心を澄まして」とほとんど同義。船頭たちの「すみたるさま也」というのも、つまり「すまし」ているのであって、むろんこの「すむ」は「心を澄ます」と同根の「澄む」である。船頭たちのさまは、今日の私たちが、口をすぼめて口笛を吹く様を作り、横ぞっぽうを向いて知らん顔をする、あの行為——これもむろん「ウソブク」である——と瓜二つである。「ウソブク」の語は、単に独り歌をうたう場合にかぎらず、その原義の中に、本質的に他者との関わりを絶った独りだけの行為であるという契機を含んでいたように思われる。その行為が、他との関わりを拒絶する側面だけが際立ったとき、右の『更級日記』のごとき用例となるのであり、それが声を出して実際に歌をうたう行為を伴ったとき、鼻歌の先縦ともいうべき独り歌をうたう行為を意味する語ともなったのであろう。孝標の女や俊成の時代にも「うたう」という行為は、人と共にある行為であった。ひとりでうたおうと多数で声を揃えてうたおうと、それは必ず人と共に、ある共同の場を作る行為であった。一方、ウソブクとは、そうした、人と共にあることを意識的に拒否した行為であったのである。

まさにこの点において、「ウソブク」という行為は、古代の日本人にとって単に「うたう」という場合とは、明確に区別さるべきものであったのではないか。たとえば次の『源氏物語』竹河巻の一節を見てほしい。そこでは、「ウソブク」と「ウタウ」とが、その場の他者との関わりによって見事に使い分けられている。

「まめ人」と仇名された薫（侍従の君）は、「好き者ならはむかし」と思いたって、女房たちのいる玉鬘邸を訪れる。そこで先に忍んでいた蔵人の少将と出会った薫が、少将を案内に立て、催馬楽の「梅枝」の曲を口ずさみながら邸へと忍び入る場面である。

琴の声も、やみぬれば、「いざ、しるべし給へ。まろは、いと、たど〳〵し」とて、ひきつれて、西の渡殿の前なる紅梅の木のもとに、「梅が枝」をうそぶきて、たち寄るけはひの、花よりもしるく、さと、うち匂へれば、妻戸おしあけて、人々、あづまを、いと、よく搔き合はせたり。女のことにて、呂の方は、かうしも合はせぬを、「いたし」と思ひて、いま一かへり、をり返しうたふを、琵琶も、二なく今めかし。[18]

（『源氏物語』竹河）

薫は、少将と共に、西の渡殿の紅梅の下に「梅枝」の曲を「ウソブキ」ながら立ち寄る。と、それを察した家の中から女たちが和琴、琵琶をかきならして応じたというのである。『源氏物語』の注釈の一書は、この「梅枝をうそぶきて」の場面に、「二人が」（すなわち薫と少将の二人が）と注しているが、それでは、これまで確認してきた「ウソブク」の意義や用法にそぐわない。ここは、あくまで薫の行動に焦点を当てて叙述された条であり、「ウソブク」という行為も薫一人のものでなければならない。そして女たちが薫の歌に応じて和琴琵琶を掻きならし、さらに薫がそれに合わせて「梅枝」の曲を再度吟じたとき、作者はそれを「今一かへり、をり返しうたふを」と記している。他者の奏でる楽器に合わせて歌うのは、もはや独り歌とはいえず、したがって「ウソブク」とは書くことができなかったのである。

3　ウソブク——呪的行為としての

鼻歌以前の独り歌は、どうやらウソブクと呼ばれていたらしい。そして用例を見るかぎり、そのウソブクという行為は、歌を通して、対象に、あるいは自己の世界に、深く沈潜する行為、すなわち、心を澄ます行為であった。そこには今日の「鼻歌」に見られるような「気やすさ」や「軽さ」は見られない。むしろ、そこには宗教的悟達にも通じる一途さや真摯さすら窺える。要するに、独り歌は、「ウソブク」から「鼻歌」へと、その性質を大きく転換したのである。「鼻歌」の持つ二次的、派生的性格は、けっして「独り歌」本来のものではなかった。

では、前代の日本人にとって、ひとり歌をウソブクという行為は、どのような意味を持っていたのであろうか。ここでは、その問題を、ウソブクの語の原義に遡って考えてみる。

古語としてのウソブクは、実に広範な意味と用法とを持った多義的な語であった。最もよく知られているのは口笛を吹きならすという意味であるが、そのほかに横ぞっぽうを向いて知らぬ素振りをするのもウソブクであり、鳥獣が鳴き吠えるのも、風が強く吹きすさぶのもウソブクといった。「啾々　ワラハノナクコエナリ　ウソブク」[19]（類聚名義抄）とあるから、小児の泣き叫ぶ声をもウソブクといったのである。『宇津保物語』初秋の巻には、帝が蛍に息を吹きかけるのを「ウソブク」という例が見えている。長く心にかけていた尚侍の姿をひとめ見届けたいと念じた帝は、一計を案じ蛍を集めさせ直衣の袖にうつしてその光で尚侍の姿を映しだそうとする。その帝の様子を物語は「かの内侍のかみの程近きにこの蛍をさし寄せて、つつみながら嘯（うそぶ）き給へば[20]」と記している。ここは、「物あらは」になるのを避けてあえて蛍の光を用いたのであるから、帝は、口笛を吹いたのでもなければ、のどから何か声を出したのでもないだろう。おそらく蛍の光を増すため、強く息を吹きかけたのである。

右のような「口をつぼめてつよく息をはくこと[21]」がむしろ、ウソブクの原義だったともいわれている。ウソブクは古代の記録では「嘯」の字が当てられることが多いが、その「嘯」は中国では「長嘯」ともいい、口をすぼめて口喉の奥から満腔の気を発してさまざまな妙声を発する技芸として発達した。不可思議な霊術としてそのもたらした神変怪異が様々に伝えられており、沢田瑞穂は「元来は巫祝または術士が、霊魂・役鬼・精霊・鳥獣・風雲・雷雨などの異類異物を招集する呪法の一種だったと考えられる[22]」と述べている。多様な意義を担うわが国のウソブクと中国の「嘯」とをそのまま同一視することはできないが、両者の間には、かなり相通うものがあったようである。

風招を作《し》たまへ。風招は即ち嘯《うそぶき》なり。[23]　（『日本書紀』神代巻）

ウソブキの語の最も早い例は、『日本書紀』神代の巻に見える。失くした兄神の鉤《はり》を求めて海神の宮へと渡った彦火火出見尊（山幸彦）に対して、海神は右の言葉を教え与える。はたして尊が教え通りに浜に出てウソブクと、「迅速《はやて》たちまちに起こ」り、兄神を溺れ悩ませるのである。「長嘯呼風」という言葉が示しているように、中国の古代の「嘯」も風を呼び招くものであった。[24]「虎嘯《ウソフケ》ば風生こる」[25]（『弥勒上生経平安初期点』）という言葉もある。右のウソブキの実体が、これまで理解されてきたような口笛を吹きならす行為であったか、それとも中国の嘯に類する特殊な長声や、鳥獣の鳴声をまねた擬声のごときものであったか、右の一節だけでは定かではないが、いずれにしろわが国のウソブキも、風を招き起こすような呪的な力を秘めた行為と見なされていたのである。

虎の咆哮に限らず鳥獣の鳴き吠える声は、広くウソブクあるいはウソムクと称せられていた。古代の日本人たちは、そのウソブキの中に、しばしば来たるべき凶変を予感させるような不吉な響きを感じ取っていたようである。

四年の春正月に、或いは阜嶺に、或いは河辺に、宮寺の間にして、遙に見るに物有り。而して猴の吟を聴く。或いは一十許、或いは二十許。就きて視れば、物便ち見えずして、尚鳴き嘯く響声ゆ。其の身を覩ること獲るに能はず。旧本に云はく、是歳、京を難波に移す。而して板蓋宮の墟と為らむ兆なりといふ。時の人の曰はく、「此は是、伊勢大神の使なり」といふ。[26]

（『日本書紀』皇極天皇四年）

皇極天皇四年春正月、悠かに猴《さる》の「鳴き嘯く響」が響きわたるという変事が続いたが、それは、京が難波に遷され、「板蓋宮の墟《あれどころ》と為らむ兆」であったというのである。また、『堤中納言物語』所載の「はなだの女御」には夜、女の家に隠れ忍んだ主人公が、ひそかに歌をウソブイたところ、家の女たちの一人がその声を聞いて「ぬえの鳴きつるにやあらむ。忌むなるものを」[27]という場面がある。ここにも前者と同様に鳥の夜声を変事の予兆として忌みおそれる風の存在を見てとることができよう。

中国古代の嘯やわが国のウソブキが風を呼び起こす力のあるものと考えられたのは、そのひきおこす独特の長声がはげしく風の鳴る音と通いあうものがあったからであろう。風を呼び起こすだけでなく、風の鳴る音、吹きすさぶ様そのものをも「ウソブク」といった。山梨県富士吉田市と河口湖町とを隔てる山なみの西端に位置する天上山は、湖から吹き付ける尾根越しの風が吹きすさぶ所であるが、土地の人びとはその山を「ウソブキ山」と呼んでいる(28)。「ウソブキ」の名は地検帳にも見えるというからかなり古い呼称である。その名が、風のはげしく鳴る音をウソブキと称したところからきていることはいうまでもあるまい。

また、東北の秋田から越後、越中を経て山陰へと至る日本海沿岸地方では、十二月八日に風が強く吹き吹雪となることが多いことから、これを「八日吹き」といい、「此日に吹雪があると来年の年柄がよい」とか、「八日ぶきの日の豆腐を食へば、吹雪にやられぬ」とか伝えている。ところが一方、この「八日吹き」の日はまた、「ウソノアガナヒ」「ウソツキイワイ」ともいって、「一年中の嘘をついた罪をあがなふ日」とされていた。この日の豆腐を「嘘つき豆腐」などと呼び、「ついた嘘の数だけ豆腐を買はねばならぬ」などと伝えている(29)。このウソツキイワヒの習俗については、すでに坪井洋文に「誓文払い」などとの関わりで論じた興味深い論考があるが(30)、その語の由来にかぎっていえば、「ウソ」の語は、はげしい風鳴りの音から発したものと見るべきであろう。旧暦十二月八日といえばこれから一年中で最も雪の被害の多い季節に入る時節である。その八日の日にきまって吹雪のはげしく吹きすさぶのを「ウソ」とも「ウソブキ」とも称して恐れ畏んだことがおそらくは語の原義であり、そのウソの意味が忘れられて、やがて「嘘つき」へと転化していったものと思われる。

夜、口笛を吹くと蛇を呼ぶ。あるいは、盗人が来る。大風が吹く、親を吹き殺す。こういって口笛を吹くことを忌む風は、今日も日本列島の東西に隈なく行き渡っている。一方、蜂に襲われた際の蜂退散の呪いに口笛を吹きならすという風も、今日なお広く見聞きすることのできる習俗である。こうした口笛にまつわる数々の俗信も、もとはそれがウソブクと呼ばれていた時代から受け継いだものであろう。口笛のことをウソ、ウソブエ、オソ、オソべという方言は、日本列島の東西に分布している。蜂退散の呪いももとはそれがウソブクと呼ばれていた時代からのものであったことは、「はちをはらう時必うそをふく也」(31)（『河海抄』）、「今は目をふさぎうそをふきて、あきまをさゝれじとあはてさはぐほどに」(32)（『十訓抄』東京大学国文学研究室蔵三巻本一ノ六）といった用例によって知ることができる。十四世紀末成立と推定される『弘法大師行状絵詞』巻六は、東大寺に巣くった大蜂の群れに襲われて逃げまどう人びとの中に、両手を空に挙げ顔をあおむけ口をとがらして逃げる少年の姿を描き出している(33)。ウソブクという行為の実際の姿を伝える貴重な画証である。

また次のような興味深い例もある。兵庫県淡路島の一宮町や洲本町などでは、蜂に襲われた時のマジナイとして、口笛を吹くのではなく、喉の奥の方で「コオ〜」という奇声を発して蜂をおどすのだそうである(34)。「ハチ（八）よりもコオ（九）の方が数が多いので蜂が嫌う」と言い伝えているという。これまで見てきたウソブクの多様な事例に鑑みると、これもウソブキの一形態だと見てもよいのではないか。

「ねんねんねんねんろろろろ」。わが国で最も古い子守歌と言われている『聖徳太子伝』所載子守歌に見える囃し言葉である。この「ロロロロ」や「オロロンオロロン」などの囃し言葉は、子守歌に特有のものであるが、野本寛一によれば、それによく似た「オロオロ」や「オロロやオロロ」「ローロロロー」といった言葉が、鹿児島県のある地方では馬を呼ぶのに、また兵庫県の小正月の狐狩行事では狐を呼ぶ呼び声に、青森県三戸町の烏勧請の行事ではカラスに餅を与える時の呼び声に用いられているという。これらの例を挙げた上で野本はさらに次のように述べている。

　動物を呼び寄せる時の言葉と同系の言葉が子守歌や子守神事に登場するゆえんは、これらの言葉には、遊離し、騒ぐ子供の魂を呼び寄せ、鎮めて眠らせる呪力があると信じられていたからではあるまいか(35)。

動物の霊を呼びよせる呪声と子供の魂を鎮めて眠らせる呪声。その共通性に着目した野本の指摘は、意味をなさないある種の特殊な音声の響きの中に呪的な力の発動を感じた前代日本人の原始的な感覚を、見事に摑み出していよう。同様のことは、蛍狩りの際の「ホーホーホータル来い」や男児のヤンマ釣りの「ヤーモーホー」などという唱え言にもいうことができる。周知のように蛍は「タマ虫」とも呼ばれ、多くの土地で盆に帰るべき先祖の御魂の具現とも見なされていた。それを呼びよせる「ホーホー」という呼び声は、まさに「ローロー」や「オロロン」にも通じる魂よせの呪言ということができよう。おそらく、古代の日本人にとっては、右のローローローやオロロンも、ホーホーも、あるいはまた淡路島の蜂退散の呪声もひとしなみにウソブクと呼ばれるべき行為だったのではないか。

九州在住の民俗学の草分けの一人、能田太郎に、「口笛考」と題する論考がある。柳田国男が笛の音の呪性について述べた「山路の笛」に触発され、それを口笛の呪性にまで進めて展開した興味深いものである。その中で能田は、口笛を「ウソ」あるいは「オソ」と呼ぶ方言の存在から出発し、「オゾイ」「オソガイ」「エズイ」「エスカ」「オゾフルフ」など「ウソ」「オソ」に通じる多彩な方言例の考察を通じて、「ウソ」「オソ」の原義を、神や精霊、霊魂などに触れたときの前代の日本人の畏怖や驚異や聖なる歓びといった「細やかなる感情の経験」に求め、さらに次のように述べている。

神又は精霊乃至霊魂に関する経験が、果たしてオソであつたなら、口笛をさう呼んだ理由は明らかであつた。即ち口笛は、神又は精霊若しくは霊魂を呼ぶ印であつたと私は大胆に断定する。肥後や筑後で犬を呼ぶに専ら口笛を以てし、青森県南部地方でその他人を呼ぶ相図とするのもいたづらなる思ひつきではなかつた。

他方で一般に広く口笛を忌む俗信は丁度同じ理由から起つてゐた。(36)

能田の右の指摘は、子守歌や鳥獣を呼ぶ呼声に関する野本の考察と響きあって、ウソブクという古代語の元始の姿を鮮やかに蘇らせてくれる。能田のいうように、もし「ウソ」や「オソ」が、神や精霊など聖なる力の顕現に直面した人びとの畏れ慎みや聖なる歓喜といった複雑な宗教的感情を映し出すものであるとすれば、「神又は精霊若しくは霊魂を呼ぶ印」という指摘は、まさにウソブクという行為にこそふさわしい。

ここまでくれば、わが国のウソブクも、もとは中国古代の「嘯」と同じように、呪的な力を秘めた行為であったと断言してもいいだろう。眼に見えぬ神霊や霊魂、鳥獣の霊など、この世ならぬ存在に働きかけてその力を喚起したり、退散させたり、要するに、聖なるものと正面から対峙し、深く心を通わす行為だったのである。その意味で、ウソブクという行為は、けっして人に向かって成されるべき表現ではなかった。この世ならぬもの、眼に見えざるものにのみ向かいあう行為であり、まさにその故にこそ、見えざるものの力を喚起したり、排除したりするような、呪的な力を持ちえたのである。

独り歌をうたうという行為が同じように「ウソブク」と呼ばれたのも、おそらく、その行為が本質的に人ならぬものに向けられた行為であると認められていたからにちがいない。とすれば、独り歌をウソブクという行為の中にも、古代人たちは、眼に見えない世界に対して働きかけ、その力の顕現を促すような呪的な力を見出していたのではなかったろうか。

4　ワザウター——古代の独り歌

ウソブクの語に深入りをして、問題の間口を広げすぎたようである。話を本題に戻そう。独り歌をウソブクという行為が、これまで見てきた他のウソブクの事例と同じように、もしある種の呪性を担った行為であったとすれば、その姿は古代の歌謡の中に何らかの形で痕跡を留めているはずである。残念ながら、古代歌謡の事例の中にウソブクの語を独り歌の例として用いたものは見出すことができない。しかし、独り歌の例ならある。しかも、その例はいずれも、古代の呪歌ともいうべき「謡歌《ワザウタ》」の中に見ることができるのである。

まず次の例を見てほしい。『日本書紀』皇極天皇三年六月の条に見える謡歌の例である。

乙巳の日、志紀の上の郡言ししく、「人有りて、三輪山に猿の昼睡せるを見、窃かに其の臂を執ふるに、その身を害はざりき。猿なほ合眼ぎて歌ひしく、

向つ峰に　立てる夫らが
柔手こそ　我が手を取らめ
誰が裂手　裂手そもや　我が手取らすもや

その人猿の歌を驚き怪しみて、放ち捨てて去りき。此はこれ数年を経歴て上宮の王等の、蘇我の鞍作が為に胆駒山に囲まれたまふ兆なりき」と言しき。(37)

三輪山に昼寝する猿が歌をうたう。その歌が後に聖徳太子の御子山背大兄皇子らが蘇我入鹿によって攻め滅される凶変を予知する謡歌であったというものである。三輪山に昼寝する猿は、いわば群れから離れた孤猿であろう。その猿が歌をうたう。猿の歌ならそれだけでウソブクであるが、その上、これは「独り歌」である。猿が臂をとられたまま「なほ合眼《めひし》ぎて」すなわち、眼を閉じたまま歌をうたったのは、眼前の里人の存在を意に介さないしぐさ、すなわち、自分だけの世界に没入した態度である。里人の存在など眼中になく、猿はひとり平然と歌

をウソブイたのである。

土橋寛によれば、右の三輪山の猿のうたった「向つ峰」の歌は、「歌垣」の場の「はねつけ歌」であろうという。「向つ峰に立てる」「我が手を取らめ」といった歌垣の歌謡特有の表現が、その指摘を裏付けている。この歌が本来の歌垣の場でうたわれているかぎり、それはけっして謡歌とはなりえない。この歌をワザウタにしているのは、歌の内容そのものではなく、そうした共同の場を離れて表出された歌の特殊な表れ方なのである。

もう一つ例をあげよう。今度は、崇神記の謡歌の例である。

又此の御世に、大毘古命をば高志道に遣はし、其の子建沼河別命をば、東の方十二道に遣はして、其の麻都漏波奴人等を和平さしめたまひき。又日子坐王をば、旦波国に遣はして、玖賀耳之御笠を殺さしめたまひき。故、大毘古命、高志国に罷り往きし時、腰裳服たる少女、山代の幣羅坂に立ちて歌曰ひけらく、

御真木入日子はや　御真木入日子はや　己が緒を　盗み殺しせむと　後つ戸よ　い行き違ひ　前つ戸よ
い行き違ひ　窺はく　知らにと　御真木入日子はや

とうたひき。是に大毘古命、怪しと思ひて馬を返して、其の少女に問いて曰ひしく、「汝が謂ひし言は何の言ぞ。」といひき。爾に少女答へて曰ひしく、「吾は言はず。唯歌を詠みつるにこそ。」といひて、即ち其の所如も見えず忽ち失せにき。[38]

これもやはり独り歌である。「吾は言《ものい》はず。唯歌を詠みつるにこそ」という少女の言葉がそれを示している。少女の歌は、他者とのコミュニケーションを少しも意図していない。少なくとも少女にはその自覚がない。「吾は言はず」とはそういうことだろう。「言ふ」が世の常の言葉の尋常なあり方だとすれば、「歌ふ」とはそうした

日常の言語を超越した言葉の特殊な表出の仕方を意味している。[39] 本論の論旨に則していえば、「唯為詠歌耳」という少女の言は、「ただウソブキしのみ」とでもありたいところである。少女の歌は、神の言葉のように無人の野に向かって放たれる。だからこそそれは、天皇の危難を知らせる予兆のワザウタとなって大毘古の心を射たのである。

ここにきてようやく私たちは、巻頭にあげた『新撰字鏡』の「謡《ワザウタ》」を「独歌也」としたその意義を具体的に知ることができる。本居宣長は、「人の口を仮て、神の歌はせたまふを和邪歌と云」[40]（『古事記伝』第十三）と述べた。しかし、たとえ「神の歌はせたまふ」歌であっても、それをうたうのは同じ人の口である。どの歌が「神の歌」であり「人の歌」であるかを決めるのは、結局はそれを受ける人の側の問題であろう。三輪山の猿の歌の例が示しているように、一つの歌がワザウタであるか否かを決めるのは、けっしてその歌の内容ではなかった。「神の歌」は「神の歌」たるべき形をもって表出されねばならなかったのである。

その「神の歌」たるべき表出の一つの形こそ、「独り歌」ではなかったか。『日本書紀』や『続日本紀』に見える謡歌の事例は、ワザウタたるべき歌の表出のもう一つの形が、歌の巷間への「流行」にあったことを伝えている。「流行」とは、本来共同体の内にあり、それによって意味付けられ根拠付けられていた歌が、共同体の枠を越えて広くうたわれて行く現象であろう。人びとは、共同体の枠を越えた歌の意図せざる「流行（はやり）」の中に異形な力の顕現を見たのである。それとはまた別の意味で、人と共にあること、人と共に共同の場を持つことを拒否した「独り歌」も、共同体の枠組みを越えた歌、人びとの日常的生の枠組みを越えた歌であった。その特殊なあり方の中に、古代の人びとは眼に見えない神意の発動を認めたのではなかったか。

『更級日記』の冒頭の一節に、こんな興味深い話が載っている。作者が武蔵の国を過ぎる時に耳にした、竹芝寺にまつわる伝説である。むかし、朝廷の火たき屋の衛士にさしだされた武蔵の国の男が、内裏の御前の庭を掃きながら、「わが国に七つ三つつくりすゑたる酒壺に、さし渡したるひたえのひさごの、南風ふけば北になびき、北風ふけば南になびき」などと、ひとりごちつぶやくようにうたっていたところ、帝の御むすめがこれを聞いて「いかなるひさごの、いかになびくならむ」と不思議に思って、男に命じて武蔵国に連れ行かせる。『伊勢物語』芥川段にも通じる嫁盗みの物語である。朝廷ではすぐに追手をさし向けるが、姫宮は帰ることを拒み、男と夫婦となってその国を預かり治め、武蔵一族の祖となったという。[41]

火たき屋の衛士となった男は、御前の庭を掃きながら、ひとりごちつぶやくように国の歌をうたう。「独り歌」である。その歌が姫宮の心を捉え、武蔵国へと駆り立てる。男にこの上なき伴侶と富とを与えたのは、まぎれもなくその歌の力——「独り歌」の力——にほかならなかったのである。

「独り歌」とは、けっして人へと向かうことのない歌である。「鼻歌」という「独り歌」の形しか知らない今日の私たちは、そこに歌い手自身へと還帰する自己充足的な表現のみを見出しがちであるが、古代の人びとはそうは考えなかった。人へと向かうことがないのは、すなわち、人ならざるものへと向かうこと、眼に見えないくさぐさの超自然的な存在へと直接向きあうことであった。「独り歌」は眼に見える形で現実の歌の場を形づくることはない。その行為が、その本質において、眼に見えざるものと深く心を通わす行為であったからである。

その意味で「独り歌」は、「唱え言」とよく似ている。その内部に「唱え言」の持つ呪性を抱え込むもの、といってもよい。柳田国男によれば、「人だけを聴き手にしたのが民謡」であるのに対して、「主たる聴き手を仲間以外の者に、予期したのが唱え言」であった。この場合、「仲間以外の者」とは「鳥虫草木神霊妖魔敵人」、すなわちありとある眼に見えざる精霊、霊魂たちの謂である。柳田の規定に従えば、歌であって人へと向かわず、花や月や風、あるいは眼に見えぬ神霊へと向かう独り歌は、民謡と唱え言のちょうど中間に位置する境界的存在ということができよう。独り歌は、歌と唱え言とが袂を分かつ以前の、未分化な呪言の形をこそ伝えているのかもしれない。

古代のワザウタからウソブクへ、そして、さらに鼻歌へ、共同の歌が圧倒的に見えるわが国の歌謡の歴史の中にも「独り歌」の伝統は脈々として流れていた。その本来の呪的性格は、時代が下るほどに失われていくが、神々に向かって直接に歌いかける祭礼の歌謡、天然自然動植物に直接歌いかけるわらべ歌、子守歌、危難多い海山を旅する者たちの歌う馬子歌、船歌など、私たちの想像する以上に独り歌の裾野は広い。こうした「独り歌」と「共同の歌」と、わが国の歌謡にとってどちらがより根源的な歌のあり方であったか。私たちは、それを自明のこととして片付けてしまうわけにはいかないのである。

注（1）藤井知昭『「音楽」以前』昭和五十三年、日本放送出版協会。

（2）『知里真志保著作集』二、昭和四十八年、平凡社。

（3）小泉文夫『エスキモーの歌』昭和五十三年、青土社。同『音楽の根源にあるもの』昭和五十二年、青土社。なお、小泉氏の原著では、アラスカの「エスキモー」、北欧の「ラップ人」の語が用いられているが、本文のように改めた。

（4）土橋寛『古代歌謡の生態と構造』昭和六十三年、塙書房。同『古代歌謡をひらく』昭和六十一年、大阪書籍。

（5）大槻文彦編『改版新撰字鏡』昭和八年、西東書房。

（6）井出淳二郎「『ことわざ』『わざうた』語義考」『国語国文』昭和二十七年二月。

（7）「徒歌」の語は『爾雅』「釈楽」などに「徒歌謂之謡」とあるのをそのまま引いたものであるが、謡歌の俗謡性を強調するために徒歌の義をそのまま「独歌」にまで移して「『独歌』も同じ意味であろう」（阪下圭八「わざうたについて」）とする解には従えない。多数の者が声を揃えてうたう作業歌や男女の掛合歌などが、楽器を用いないからといって「独歌」と称されたとは考えにくい。一方、楽器を用いても、自ら奏で自ら歌って誰も聞くものがなければ「独歌」であったことは、後掲『撰集抄』五―十三のささらする老僧の例によっても明らかである。

（8）柳田国男『民謡覚書』自序『定本柳田国男集』第十七巻、昭和四十四年、筑摩書房。以下柳田論文の引用は同書による。

（9）真鍋昌弘「酒宴歌謡研究における今後の課題」『儀礼文化』十五号、平成三年三月。

（10）横山重・松本隆信編『室町時代物語大成』五、昭和五十二年、角川書店。

（11）（12）日本古典文学大系『古今著聞集』昭和四十一年、岩波書店。

（13）岩波文庫『撰集抄』五―十三、昭和四十五年、岩波書店。

（14）日本古典文学大系『平家物語』上、昭和三十四年、岩波書店。

（15）日本古典文学大系『徒然草』昭和三十二年、岩波書店。

（16）『日本歌学大系』四、昭和三十一年、風間書房。

（17）日本古典文学大系『土佐日記かげろふ日記和泉式部日記更級日記』昭和三十二年、岩波書店。

（18）日本古典文学大系『源氏物語』四、昭和三十七年、岩波書店。

（19）『図書寮本類聚名義抄』昭和五十一年、勉誠社。

（20）日本古典文学大系『宇津保物語』二、昭和三十六年、岩波書店。

（21）阪倉篤義『語構成の研究』昭和四十一年、角川書店。

（22）沢田瑞穂「嘯の源流」『中国の呪法』昭和五十九年、平河出版社。

(23)日本古典文学大系『日本書紀』上、昭和四十二年、岩波書店。
(24)前掲沢田「嘯の源流」参照。
(25)『日本国語大辞典』「うそぶく」の項による。
(26)前掲、日本古典文学大系『日本書紀』上。
(27)日本古典文学大系『落窪物語堤中納言物語』昭和三十二年、岩波書店。
(28)堀内真氏の御教示による。
(29)柳田国男編『歳時習俗語彙』昭和五十年、国書刊行会。以下「八日吹」「ウソツキイワイ」の記述は同書による。
(30)坪井洋文「嘘のフォクロア」『民俗再考』昭和六十一年、日本エディタースクール出版部。
(31)玉上琢弥編『柴明抄・河海抄』昭和四十三年、角川書店。
(32)岩波文庫『十訓抄』昭和十七年、岩波書店。
(33)続日本の絵巻十『弘法大師行状絵詞』上、平成二年、中央公論社。
(34)山田巌子氏の御教示による。淡路島洲本市御出身の氏の祖母上、一宮町御出身の母上のお二人とも同じマジナイをされるそうで、淡路島では広く行われていた民間呪術だと思われる。
(35)野本寛一「背の記憶」『現代思想』平成三年六月。
(36)能田太郎「口笛考」『郷土研究』昭和七年十一月。
(37)前掲、日本古典文学大系『日本書紀』上。
(38)日本古典文学大系『古事記祝詞』昭和三十三年。岩波書店。
(39)この「言ふ」と「歌ふ」の対比について、末次智は「自己が表現することを意識しつつ表現することが『言ふ』なのであり、自己の意識とは関わりなく表現してしまうこと、これが『歌ふ』なのである。」と述べている。(「神の流行歌―古代ワザウタ表現の外部性」『四条畷学園女子短期大学研究論集』二十七号、平成五年十二月)。末次論文は、ワザウタのワザウタたる所以をその表現の「外部性」に求めたものであるが、それに従えば、ワザウタの外部性を保証する歌の表出の一様式が「独り歌」であったということができよう。

(40) 本居宣長『古事記伝』『本居宣長全集』十、昭和四十三年、筑摩書房。

(41) 前掲、日本古典文学大系『土佐日記かげろふ日記和泉式部日記更級日記』。

二　はやしことば――音の呪性とことばの呪性

ほつと承り候――。

破れ笠に蓑をまとい、手に杖、背に古行李の粗末な出立ちで山から降り一夜の宿を請う山人（旅人）。対するに宿の主は、おもむろにまずこう言葉を掛けてから、「おんやどなるまじく候う」と丁重に宿を断る。奥日向の深い山間に位置する宮崎県椎葉村竹の枝尾地区に伝わる神楽「宿借」の冒頭の、印象的な一場面である。

蓑笠に杖という出立ちの山人が降臨した山の神の身をやつした姿であるとすれば、それを迎える宿の主は、来臨した神を迎えて祀る人の側にあって祭を宰領する者であろう。来臨した山人は、拝殿の内側にしつらえられた「内の神屋」とその前庭の「外の神屋」の間、内の神屋の入口に向い杖を突いて立つ。一方、宿の主は、拝殿の内にあって、立てた大太鼓を椅子代わりにして腰を下ろし、やはり杖を手にして相対する。聖域の結界を挟んで対峙する神と人。両者は、狩人たちが山中で歌う「歌妻」の由来をめぐって問答を繰り返し、最後に歌でもって心を融かし迎え入れる。

以下その問答は、次のような形で繰り広げられる。

主人　ほつと承り候。おんやどなるまじく候。はや〳〵おん通り候。

旅人　ほつと承り候。おんやどなるまじくとは承り候へ共なほにもおんやど申し候。
主人　ほつと承り候。前から見ればおさえたるが如くして、うしろから見ればふりくるいたるが如くして、赤ひげにさるまなこのおんやどとのたのもしさ、おんやどなるまじき侯。
旅人　ほつと承り候。我等こそ是より山口にさし入りて歌ふたる歌妻は、なにとて歌はせ給ふや。みな人は山口しむる山廻りを中山しめてわが山にせんとさんどうと歌ふたる歌妻のいわれとか承り候。(1)

「ほつと承り候」。問答の頭に決まって発せられるこの一句は、以下、長く続く問答の終りまで、同じ形で繰り返される。あたかもそうすることが問答を続けるための不可欠の作法か手続きでもあるかのように。この「ほつと」という、いかにも珍妙で不可思議な音声は、この神と人との問答の中で、いかなる役割を果たしているのか。また、それはなぜ「ほつと」という音でなければならないのか。

私見によれば、この「ほつと」は、相槌のきわめて古い形態を今に伝えるものである。相手の言葉をそのまま受けて返す表現の形は、「相槌」そのものである。しかし、相槌にしては、その形式は、私たちの知るそれとはいかにも異質であり、その音声もなじみが薄い。その働きは、相手の言葉を受ける以上に、以下に続く己れの言葉を導き出すための、「冠詞」のごときもののようにも感じさせる。どこか「呪文」のような響きすらある。

ハヤシコトバ、トナエゴト、掛け声、合の手、相槌の言葉……。私たちの周りには、そうした一見意味不明の、しかし確かな威力を持って働きかける多様な音声表現が溢れている。本論で試みるのは、この「ほつと」という聞き慣れない音声を、そうした多様な音声表現の拡がりの中に位置付ける作業である。その作業を通じて、音と言葉の中間にあってその力を発揮する境界的な言語表現の提起する問題の拡がりと奥行きとを、可能な限り提示して見たい。

1　ささ・さっさ――サ音系ハヤシコトバの展開

歌にハヤシコトバは付き物である。単に付き物というだけではなく、音声にのせてうたわれる生きた歌謡にあっては、歌の力、歌の生命そのものですらある。しかし、歌謡を文芸として研究する私たちは、往々にしてその事を忘れている。

中国地方の田植歌や神事・神楽の研究に秀れた業績を残した牛尾三千夫翁が『山陰民俗』の隠岐民俗特集号に寄せた小文の中で、「隠岐神楽の最後の伝承者であった」盲目の老祠官がうたってくれたという島の民謡を次のように書き留めている。

サヨーエサヨ、アーサノナカデ、サノヘ、サマーハアサ、ヨイナーエーサノエ、サマ　サマーノー、ヨイナー　エーエサエ　サノエ　アサノナカデー　サノエサマーサアノ　ヨイナーナーナカデーヨ、サノエ　サマサーヨイナー、エーエサノエ、サンドナーヨ、サマサーガヨイナー、シラサニヤーノエ、サノサーガ、ヨイナーエエーサヨーナモタタヌヨー(2)。

麻の中でも三度まで寝たが麻が知らさにや名も立たぬ――。歌詞だけを記せば、こんな艶めいた島の民謡を、翁は、一つ一つの音を忠実に文字に置き換えてこう記す。歌の生命が、歌詞の意を越えた音の響きの中にこそ息づいていることを、採集者は、知り尽くしていたというべきであろう。盲目の老祠官の生の音声も、無限の哀愁を感ぜしめたというその歌ふしも、すでに消えてしまったけれども、書き留められた音の連なりからだけでも、私たちは、採集者の心を動かした「この歌の調子のほそぼそとして消え入るやうなあわれさ」の一端を、確かに聞き取ることができるのである。

この歌には、サヨー、エサヨ、サノへ、サマサーなど歌詞を離れた一見無意味な音声が繰り返しうたわれ、とりわけサ音の繰り返しが、歌詞の中の「アサ（麻）の」「サンド（三度）」「知ラサニヤ」などのサ音と響きあって独特の効果をあげていよう。

日本の民謡でうたわれるハヤシコトバや合の手は実に多様な広がりを持っているが、そこに表れる音声には、イヨ、ヤーなどのヤ行音やハー、ヘーなどのハ行音などいくつかの特定の系列の音に集約できる特徴を持っている。その中でも、とりわけ優勢なのは、右に見るごときサ行音の繰り返しであろう。ササ、サッサ、サンサ、サノサ、サンヤレ、サンヨーなど、サ音を基調としたハヤシコトバの事例は、枚挙に暇がない。

そうしたサ音の優勢は、海を越えて南島の諸歌謡の中にも広く展開している。例えば、奄美大島・瀬戸内町薩川の稲霊祭に唱えられる呪禱歌タハブェは、次のような特徴的なサ音の繰返しで始められる。

さーさーさ
さんとぅ　さんしょう
さんごう　さんしゃくぬ
みきゃぬ　みしゃくぬはな
さーさ[3]

句頭のサーサーサの音の繰り返しが、「三斗三升三合三勺」のサ音の畳韻を惹起し、「三日みしゃく」の音に転化し、さらにサーサの音を繰り返している。ここでも、サ音のハヤシコトバが歌詞の中のサ音と響きあって醸しだす独特の音韻効果が意図されている。以下五十余章におよぶ詞章の区切りごとにサーサ、サーサの音が繰り返され、末尾はまた「さーさふい　ふい　さーさ」とサ音の繰り返しで終わっている。

　タハブェは、神祭に際して、ノロが神に向かって捧げる呪詞である。どちらかといえば、歌謡というよりは、呪的なトナエゴトに近い。薩川では、三月三日祭のタハブェや、五月五日の祭のタハブェなどでも同様に、サーサ、サーサの音声が繰り返される。また、ユタが死者の四十九日に霊降ろしをして口寄せするマブリワハシ（魂回し）の詞章にもしばしばサーサ、サーサの音声が繰り返される。奄美では、サーサの音声は踊り歌などのハヤシの音声である以上に、神祭における呪禱の詞章においてある種の威力を担った音声として働いているのである。

　一方、同様のサーサの音声の繰り返しは、奄美諸島・沖永良部島のあしび歌「作田米《ちくたぬめ》」、宮古諸島の水納島に伝わる共同の祈願の集団舞踏の歌ウイチヤーエイグの「タラマユー」、伊良部島の「いらふかたはるの歌」などにも見ることができる。同じ伊良部の粟摺りの作業歌「アーピツアアゴ」では、十章に及ぶ歌の各章の句末にサアサアヨウヤナオレ　サアサアの音が繰り返される。踊り歌から作業歌、呪禱歌から口寄せの呪詞まで、南島におけるサ音の拡がりと奥行が見てとれよう[4]。

　記紀の神功皇后の条に見える有名な「酒楽歌」の応酬に見える「ササ」の音声なども、まずなによりもこうした日本歌謡の展開におけるサ音の大きな拡がりの中に位置付けて見る必要があろう。

　この御酒は　我が御酒ならず　酒の司　常世にいます　石立たす　少名御神の　神寿き　寿き狂ほし　豊寿き　寿き廻し　献り来し　御酒ぞ　残さず飲せ　ささ

　この御酒を　醸みけむ人は　その鼓　臼に立てて　歌ひつつ　醸みけれかも　舞ひつつ　醸みけれかも　こ

の御酒の　御酒の　あやに転楽し　ささ(5)

この勧酒と謝酒の歌の応酬の末尾の「佐佐」の音声は、平安前期の「大歌」の譜である『琴歌譜』の「酒坐歌」の譜には、万葉仮名で「佐阿阿佐阿」「佐阿阿阿佐阿阿(6)」と表記されている。サ音を長く引き延ばし強く印象づけてうたっていたことが窺えよう。このサアサアの音声と奄美のタハブェのサーサの音声との間の隔たりは、おそらく私たちが想像するよりはるかに近い。

すでに指摘されているように、『万葉集』において「さざなみ」の仮名表記に「神楽声波」や「神楽波」と記す用例のあることは、古代の神事の場において「ササ」の音声が、その場を特徴づけるような強い印象をもって存在していたことを示唆するものであろう。伝存する宮廷神楽の詞章には、それを明確に裏付ける徴証は残されていないが、後世の神事の詞章の中には、次のような用例も見える。

近江《アフミ》乃國《ノクニ》志賀《シガ》乃津《ノツ》乃市袁《ノイチヲ》、飛亘留《トビワタル》鴨乃《カモノ》女鳥乃《メトリノ》、義深毛久《コ、ロフカ》遊比亘流鉇《アソビワタルカナ》、共仁《ソレニ》打付天《ウチツケテ》、鴨乃《カモノ》女鳥乃《メトリノ》盛エ《サカエ》敷事袁《シキコトヲ》、吉毛《ヨクモ》申止須流《マヲストスル》
鉇和《カナワ》、左阿左、(7)

尾張国熱田神宮の一月十一日の踏歌神事に際して「一の禰宜」によって読み上げられた「詔詞文」の一である。八首ある詔詞の六首にまで末尾に「佐阿佐」「佐阿右」の文字が記されている。一読してわかるように、「詔詞」であって歌謡ではないが、その末尾の「佐阿佐」が「酒楽歌」の「ササ」の音声の系譜を引くものであることはいうまでもあるまい。

こうした「サ音の霊威」については、早く高崎正秀の「さ音考」に、「さ」を「一種の精霊の名であろう」と推測し、「狭依比賣」などの神の名から、接頭語のサや動詞や名辞のサ音にまで説き及んだ先駆的な考察(8)があり、土橋寛にも、「サは繁栄、出現を意味する」とする視点から、行き届いた考証があるから(9)、繰り返さない。ここ

では、日本歌謡のハヤシコトバの中に圧倒的に優勢なサ音の繰り返しが、同様の形で南島のユタやノロが、神懸かりしたり神に向かって捧げる神謡や呪詞、あるいはトナエゴトの中にも拡がり、ひいては、サラサラ、ザザンザーなどの擬声語、擬態語の問題までに展開するという事実を確認するに留めたい。

2　とんど・とうとう——ト音系ハヤシコトバの三類型

音声表現としてのハヤシコトバの研究が、どのような拡がりをもっているか。その意義と可能性を具体的に示すために、ここではもう一つ、T音系・タ行音系のハヤシコトバを例にとって考察して見よう。トンド、トウトウ、トットウ、テイトウなどタ行音系のハヤシコトバもまた、古典歌謡から近代の民謡や歌謡曲に至るまで時代を越えた広範な拡がりをもっている。

古典歌謡におけるタ行音系のハヤシコトバは、その系譜を、大きく次のⅢ類に整理することができるように思われる。

Ⅰ類　総角《あげまき》・風俗系
総角や　とうとう　尋ばかりや　とうとう　離りて寝たれども転びあひけり　とうとう　か寄りあひけり
とうとう[10]

Ⅱ類　今様・乱拍子系
滝は多かれど、嬉しやとぞ思ふ　鳴る滝の水、日は照るとも絶へでとふたへ、やれことつとう[11]

Ⅲ類　翁系
とうとうたらりたらりら、たらりあがりららりとう

ちりやたらりたらりら、たらりあがりららりとう(12)

第Ⅰ類は、王朝の上流貴族たちが御遊などの宴遊の場でうたい享受した催馬楽の「総角《あげまき》」に代表されるものである。ほとんど一句ごとに繰り返される「とうとう」の音声が、この歌にとって、いかに重要なものであるかは、試みにこの歌を口の端に転がしてみるだけで明らかであろう。同様の「とうとう」のはやしことばは、やはり王朝貴族の謡いものであった風俗歌の「我門《わがかど》」や「彼《か》の行《ゆ》く」などに見えるほか、同時代の田歌の中にも次のようにうたわれている。

やすらやとう〳〵　やすけれとゆくふねのなを
あはれゆくふねのなをや　ほはしら
やすらやとう〳〵　ねりたてゝかせをまつらむ
あはれせいやのこうは　あはれさらちのやうは
あはれみのとゝつとう　あはれかさとてつてい
あはれとう〳〵や　みつとりはなをやゝすし(13)

さらには催馬楽の「葛城」に見える「おおしとど　おしとんど」、「肥後風俗」の「しど打たな」「しど打ちら　とうあり」なども、同じ「とうとう」系のハヤシコトバの系譜に位置付ける事ができる。

「とうとう」系のハヤシコトバの第二類は、今様四句神歌の「瀧の水」や五節の殿上の淵酔の「鬢多々良」など、「やれことつとう」のハヤシコトバを持つ一群である。この歌謡群の大きな特徴は、宮廷の五節の淵酔など祝宴の場において、場を祝い立て、舞の手や足拍子をはやす「即興的なはやし歌」としてうたわれてきたところにあった。

『綾小路俊量卿記』所載の「五節間郢曲事」には、「鬢多々良」「思之津」「白薄様」の三曲が記されているにすぎないが、京都大学図書館蔵菊亭文庫本『郢曲』の「乱拍子」の項に載せられた二十一首の歌の中、二首を除く十九首までが末尾に「やれことつとう」のハヤシコトバを持つものである。[14] そうした祝宴のハヤシ歌としての「やれことつとう」は、宮廷の淵酔から寺社の延年へと受け継がれ、大きな展開をみせた。[15] その隆盛の一端は、今日伝存する次のような継承歌によって窺う事ができる。

よろこびに　よろこびに　またよろこびをかさぬれば
もんどにやりきに　やりこどんど[16]

（奈良市・旧都祁村上深川　題目立・ヨロコビ歌）

中世の神事芸能の面影を色濃く伝える「題目立」において、番組の終末部に演じられるフショ舞に際してうたわれるヨロコビ歌。祝言のハヤシ歌としての性格を生きて伝える貴重な事例である。このヤレコトツトウのハヤシコトバの大きな特徴の一つは、きまって歌の末尾に付けてうたわれることで、右のヨロコビ歌もその特徴を忠実に受け継いでいる。

第Ⅲ類は、猿楽の「翁」に見られるものである。「翁」の詞章を特徴付けるこの「とうとうたらり」については、早く能勢朝次の『能楽源流考』に精細な考証があり[17]後藤淑や高山茂の行き届いた検証によって、その音声が笛や鼓の「唱歌」からきていることがほぼ明らかにされている。[18] この「トウトウタラリ」あるいは「タラリアガリララリトウ」といった、不思議な響きを持った音声が、直接的には、笛や鼓の音を人の声に聞きなして口の端にのせて歌ったチリラリラ、テイトウといった口唱歌から来ていることは、おそらく動くまい。しかし、ここで問題なのは、そうした楽器の「唱歌」が、祝言舞の「翁」に取り入れられ、その祝言性を自ら担う象徴的音声表現となっていった、その所以であろう。

改めて、翁の詞章の全体を想起してほしい。観世流現行の「翁」の詞章では「とうとうたらり」のはやしに続いて、前掲「瀧の水」、「総角」の二首の歌もまた「とうとう」や「とんどや」のハヤシコトバをそのまま伴ってうたわれているのである。第一段のうたい出しで「とうとうたらりたらりら」とうたい舞う翁に次いで、第二段では、千歳が「瀧の水」をうたい舞い、第三段では、再び翁が登場して、「総角」をうたう。

絶えずとうたりありうとうとうとう——これは、第二段の千歳の「瀧の水」の歌舞の末尾にうたわれる地謡のハヤシ。

あれはなぞの翁ども。そやいづくの翁とうとう——こちらは第三段の翁の「総角」の歌の末尾の地謡である。

翁の詞章は、文字通り「とうとう」の音声で始まり、内に系統を異にする「とうとう」のはやしことばを持つ三類型をすべて含みながら「とうとう」の音声を幾度も繰り重ねて展開していく。「翁」の詞章の全編を通じて、「とうとう」という音声への執着が露わに見てとれるのである。現行の「翁」は、五日間にわたって演ぜられた演目の四日之式を基にしたものであるが、こうした「とうとう」へのこだわりは、他の初日之式や二日、三日之式においても変わらない。

これは何を意味するのか。複雑な変転を重ねてきた「翁」の詞章の成立については専門家の解明を俟つほかないが、古くから「神歌」とも称せられて神聖視されてきたその詞章の祝言の表現の中に、共通して「とうとう」の音声が繰り返されている事実は、また改めて問われねばなるまい。

3　南島歌謡にみるトウトウ系のハヤシコトバ

タ行音系のハヤシコトバもまた、海を越えて、奄美から沖縄まで南西の島々に広く行き渡っている。

はーとーとぅ　とーとぅ
ひゅーぬ　ゆかぬひに
うとぅぬくゎぬ　ゆぬかに
たきにぐる　ゆぬどぅきは
（中略）
あさむ　ばんむ
われーふいぐいべー　あらち
おーぎぬ　さきゅぬぐとぅ
さかちたぼり
はーとーとぅ　とーとぅ(19)

（沖永良部島「石の神拝み」）

たうと
鍛冶神ぬ　しゃふぬ主ぬ　うみゆきんよ　なおり
たうと
うふびらば　もふしゃ　うまらし

たうと
すなずなば　かずかずば　うまらしよ
たうと
たらまずま　みばら島　しゅらてさま　いつくいど　七声ど 神がうぇー[20]（下略）
（多良間島「神送りの日のニリ」）

前者は、奄美諸島・沖永良部島のユタが新築祝いの儀式などに唱える石神拝みの詞章。後者は、宮古諸島の多良間島で鍛冶神を祀る祭の神送りの日に歌われる神謡ニリの歌詞である。前者では、五十九章に及ぶ詞章の最初と最後に、「はーとーとぅ　とーとぅ」の音声が繰り返され、後者では、一章の句頭にきまって「たうと」の句が繰り返されている。前者は、ユタの唱える祈禱の呪詞であり、後者は、神送りに際してうたわれる神謡で、繰り返される「たうと」の句も、ハヤシコトバとしての性格に近い。しかし、どちらももとは同じ一つのもの、沖縄本島で、先祖祭の拝詞として唱えられる「ウートートー」や奄美大島における「ハートートー」「アートートー」などとその出自を同じくするものである。

一方、与論島で八月の神祭りに唱えられる祝詞は、次のように始められるという。

とぅつ　とーとぅがなし
ぱちがち　ぱちびぬ　かみがなし
とぅつ　とーとぅがなし
はし　みちき　ぎえーし

ちゅら　あらたまい　しゅーてい(21)

（与論島「八月ドートゥの祝詞」）

「とーとぅがなし」は「尊いお方」の意で、神霊に対する尊称である。もと神拝の辞の最初に発せられた「トートゥ（尊う）の語が名辞化したもので、それが忘れられて上に重ねて拝詞の「とぅつ」が冠せられたのであろう。

この句頭の「とぅつ」の一句は、私たちに、喜界島で採集された昔話の、次のような語り出しの一句を想起させる。

とう（いざ）今度は又三年寝太郎の話ぢゃ(22)。

この「とう」も「とぅつ」も、ウートートなどと同様に、「尊と」の語の転訛によるものであることは言を俟たない。

奄美のユタが、四十九日忌に死者の霊魂（マブリ）を招き降ろすマブリワァーシに際して唱える呪詞にはまた、次のような興味深い音声が繰り返される。

ホーととん
そうわるさや　むちんそんな
はらわるさや　むちんそんな
そうくらさ　はらわるさ
ひゃんざおやのろ

かみがしらば　あとて
あやぞみちに　くみとてさるん　ととん
あやぞみちに　きどまわさるん　ととん
わぎり　たぎり
ゆぅなべも　しかけ　ととん
うしんわやくも　とられん　ととん
うしこ　うしんほね
いちばしも　かけられ　ととん
おれがさや
いりきなべも　しかけ　ととん[23]（下略）
（奄美・名護、ユタ〈ホゾン〉に用いられるゴソナガレ）

これはクチと呼ばれる呪詞の一首で、歌謡とはいえないが、「ホーととん」「ととん」の音声があたかもハヤシコトバのごとき効果をもって繰り返されていよう。奄美のユタが唱える風邪グチや祓いグチなどの呪詞には、ほかにもホートウトウカナシ、ホートトンガナシなどの語が見える。一方、与論の「神拝（かみふがん）の詞」ではヒットウトウの音声が繰り返される[24]。これらのH音とT音の結び付いた音声が、かの椎葉の「宿借」の「ほっと」の音声ときわめて近いことに留意しておこう。

もう一つ興味深い例を掲げよう。奄美大島の知名に伝わる「みだぶち（弥蛇仏）と呼ばれる念仏歌である。

みだぶち　みだぶち　みだぶち

ヒヤルガヨイサ　トーヨイサ　トートウ

さくらぬだんじや　はなござる

ヒヤルガヨイサ　トーヨイサ　トートウ

くるぶき　あんまに　してらりて

ヒヤルガヨイサ　トーヨイサ　トートウ

ぬぬぶき　やかたに　うくらりて

ヒヤルガヨイサ　トーヨイサ　トートウ(25)（下略）

この念仏歌は、仏教の念仏和讃などの影響が濃厚に見て取れるものである。しかし、だからといって、ここで一句ごとに繰り返される「ヒヤルガヨイサ　トーヨイサ　トートウ」のハヤシコトバをこれまで見てきた南島の多様なトートウの呪詞の系譜と切り離す理由は何もない。

この末尾に繰り返される「トートウ」の音声は、かつて善光寺の妻戸時衆によって行ぜられたという不断念仏の「とうとう念仏」を彷彿とさせる。早く廃絶してその実態が伝わらない「とうとう念仏」は、「十念仏」を繰り重ねて百万遍に至る「十十念仏」の謂だともいわれるが、岩井貞融の『芋井三宝記』によれば、十二月の七日より十三日まで七日に亘って行ぜられる妻戸の別時念仏修行は、妻戸衆によって、もと「貴（タフト）念仏」と呼ばれたもので、世俗これを訛って「とうとう念仏」とつたえ、次のような唱句が小児の口すさびにまでなって流布したのだという。

善光寺のとを〳〵念仏十申せは必々か《ママ》なほとけになるともなるとも(26)

この「とうとう念仏」も、南無阿弥陀仏の念仏の一句ごとに「とうとう」の語を付けて繰り返したものであったにちがいない。

神拝の詞としての「尊と」が、呪詞や神歌の中にその痕跡を留めている事例は、日本の歌謡の中にもなお見出すことができる。

イヤオイ、うしがきて、ア丶ノ、まねぐる、ヤアンラ、わざの、アラたふとし、
イヤオイ、みほす丶む、ア丶ノたアねおろすウ、ヤンラ、アラたふとし、[27]
（信濃・諏訪神社、田遊の唱歌、『古謡集』）

4　あいづちとはやしことば――交錯する呪的音声

京都府山城町棚倉の湧出の宮の祭礼は、今日でもなお厳重な物忌みを続ける「居籠り」の神事で知られている。二月の祭礼の初日の晩方、祭に奉仕する三座の座衆を神殿の前庭「門（かど）」において饗応する「門の儀」を終えた後、神職は、境内にしつらえられた「のっとの松明」と呼ばれる大松明に火を点じ、祝詞をあげ、火に向かって散米を繰り返しながら、最後に、次のような大声を発する。

えいえいのうとう

この掛け声を合図として群衆は燃え上がる松明を引き倒し、競いあってあちこちへと引き転がし、大いに騒ぎ戯れるのである。[28]

この「えいえいのうとう」の掛け声も、日本の神事の中に見られる、意味不明の不可思議な音声の一つである。

祭りに奉仕する座衆の村人たちは、「のうとう」は、「のっと」、すなわち「祝詞」の義で、松明の前で祝詞を上げるところから来たのだと伝えている。しかし、「祝詞」の語を「えいえい」の掛け声の後に大声で発する理由がわからないし、大松明を「のっと」と称する理由ももう一つ定かでない。この不思議な音声も、やはりこれまで見てきた一連の呪的な音声の系譜の中に置いて見なければなるまい。

柳田国男の『分類祭祀習俗語彙』によれば、岩手県小山田村（現東和町）の新築祝いの祭では、曲尺を手にした、棟梁が「千歳楽万歳楽」と大声でいうと、そばに控えた脇棟梁が、「のうとう」と三度声を発し、次ぎに棟梁が「家内安全、子孫長久えいとう」というと、脇棟梁が再び「のうとう」と応ずるのだという。(29)

湧出の宮の「えいえいのうとう」とこの小山田の「のうとう」「えいとう」の応酬とは、明らかに同根のものであったにちがいない。

同様の音声は、各地の子供たちが様々な行事の中でかつてうたいはやしていた童謡・童詞の中にも広く見てとることができる。

・どんどや左義長、
　餅の欠けないかいな。(30)　（京都）

・よういとうと、よいとうと、
　なに虫を送る、うんから虫を送れよ。(31)　（静岡）

・ヤイトー　ヤイトー　笹もちヤイトー　西の川へ送りっちよ(32)　（静岡）

・雀はちゅうちゅう忠左衛門、
　烏はかあかあ勘左衛門、
　とんびは熊野の鐘たたく、
　やいとうや、ほうほう。[33]　（新潟）

「あとさんなんぼ——」。かって柳田国男は、こうした月のわらべ歌に見える「アトサン」「アドサン」などの月の幼児語に着目し、それらが、かつて月を聖なるものとして敬信し祈願をした習俗の名残であり、その際に唱えた神拝の辞「あな尊と」が転じて名辞化したものだと喝破した。[34] 右のごとき童謡・童詞の存在は、そうした柳田国男の洞察がさらに広い適用範囲を持つことを示すものであろう。

柳田の卓抜な発想をさらに進めて、それを昔話における語り出し、語り納めの言葉、さらには聞き手の相槌の問題にまで展開してみせたのは、三谷栄一である。三谷によれば、昔話の語り出しのトウやトント、語り納めのドンドハライやトントンなどの語はいずれも「尊と」「尊と祓え」といった拝詞の転化したものであり、相槌を意味する古語のアドウツや、「昔語り」を意味すると思われる「あどがたり」（『宇津保物語』藤原の君）、「あとうがたり」（菅江真澄「霞む駒形」）などの古語の用例に見えるアド、アト、アトウなどいずれも、古くは、アットウ、アートントンなどと言葉を返していた古い相槌の形を伝えるものだという。三谷は、そこに、語り手も聞き手もある種の「宗教的厳粛さ」をもって臨まねばならなかった「晴」としての昔話の場の特質を見いだしている。[35]

もはや確信を持って断言してよいだろう。あの椎葉の「宿借神事」における「ほつと」という音声も、南島のホートトンや月の幼児語アトサンなどと同じように、「あな尊と」という神拝の辞に由来するものであったにちがいない。問答の頭において、きまって繰り返されるその音声は、神と人とが界を隔て言葉を交わすために不可欠の呪的な音声であり、それはそのまま、その神事の場を覆っていた「宗教的厳粛さ」の表現でもあったのである。

神と人、死者と生者、あるいは男と女。そうした次元を異にする両者がその隔てを越えて言葉を交わすのは、日常の言語表現の延長上では叶わない。古人にとって言葉とはそういうものではなかったか。「相槌」と呼ばれる音声表現の祖型ともいうべき初源の形は、本来、そうした界を隔てた存在の間で、言葉による交感を可能にするための呪的音声のごときものではなかったろうか。

例えば、出雲の佐陀神社に伝わる佐陀神能の「荒神」の曲において、降臨した天照大神と邪神の鬼とが繰り広げる次のような問答を見てほしい。

鬼詞　ほふ　あれに見へしは　尊もいかなる神やらん
シン詞　ほふ　伊佐名諾伊弉册尊の子天照太神とは我事なり　不思議の風吹とおもひハ　なんぢ来てじやをなす　それをしつめんそのためにみづから是迄あらわれたり
鬼詞　ほふ此鬼と申ハ　三百歳過て土となるへし　夫神明を押落　我末代の社所と定め者なり
シン詞　ほふさためんものならハ　神にハ荒神　人間にハけんろふ地神とあかめさせんもの也[36]

ここでもまた、鬼も神も、あたかもそれが約束事でもあるかのように、その言葉の頭に「ほふ」という同じ音声を冠している。しかし、よく見てほしい。神の登場を受けて鬼が投げ掛けたそもそもの最初の文句の頭に、すでに「ほふ」の音声は冠せられているのである。その音声は、ここでは相手の言葉を受ける「相槌」としての働きを少しもしていない。それは専ら、自分自身の以下に続く言葉を導くための冠辞的な働きをしているだけなのである。

「宿借神事」の「ほつと」も、佐陀神能の「ほふ」も、共に音声表現としての相槌が本来持っていた呪的な威力を生きて伝えるものである。ゲニサリゲニサリ、ゲニモサアリヤヨガリモサフヨノ、サヨウソウソウ。日本の伝承歌謡には、こういった相槌の言葉が、そのままハヤシコトバに転化した事例が少なからず見られる。この事実こそ、そうした相槌表現の呪力が、歌におけるハヤシコトバの威力とその根底において通底しあっていることを物語るものであろう。

黒川春村の「陸奥国田歌解」に記された次の歌謡は、古い相槌の言葉がその本来の口吻をそのまま残しながらハヤシコトバ化した興味深い事例である。

やかいたにてもや　みつかうへにてもよな
　やまろすきあはゞ　ねぬべかりけりよな
やげにとつとうや　みつかうへにてもよな
　やまろすきあはゞ　ねぬべかりけりよな
やおもはぬなりや　とこそみえだ《ママ》れよな
　やとふべきをりや　とはぬおとこはよな
やげにとつとうや　とこそみえたれよな
　やとふべきをりや　とはぬおとこはよな[37]（下略）

前四句を受けた形で繰り返される「やげにとつとうや」の一句は、明らかに「尊と」の音韻を受け継いだ古い相槌の形をそのまま残している。おそらくは、掛合いで唱和された形式がこのような独特のはやしことばを生み出したものであろう。右の田歌が生きてうたわれていた時代には、「げにとつとうや」の相槌の語も、場をはやし立て対者をはやし立てる音の威力をなお保持していたにちがいない。だから、中世初頭には、次のような相槌の言葉ばかりを並べて一首に仕立て上げた奇妙な歌が、聖徳太子御製作の御呪文、善光寺一光三尊如来の善巧方便の根源の秘咒としてもてはやされることにもなるのである。

現尓也娑婆東土仁三尊哉覚足那
げにやさばとんどにさぞやおぼえたるな(38)

注

（1）『椎葉神楽調査報告書第二集』昭和五十八年、椎葉村教育委員会。嶽之枝尾神楽の「宿借」神事の実際については、平成十七年十二月二日に実施された同神楽の実地の見聞による。
（2）牛尾三千夫「島の伝承者と採集者」季刊『山陰民俗』第十五号、昭和三十二年十一月。
（3）『南島歌謡大成Ⅴ奄美篇』昭和五十四年、角川書店。以下のタハブェ等の説明も同書の解説によった。
（4）前掲「南島歌謡大成Ⅴ奄美篇』、『多良間村史第六巻資料編5』平成七年二月、多良間村、『南島歌謡大成Ⅲ宮古篇」昭和五十三年、角川書店。
（5）日本古典文学大系『古代歌謡集』昭和三十二年、岩波書店。
（6）陽明叢書『古楽古歌謡集』昭和五十三年、思文閣出版。
（7）栗田寛「古謡集」「国文論纂』明治三十六年、大日本図書。

（8）高崎正秀「神楽と神楽歌序脱」『六歌仙前後』昭和十九年五月、青磁社。
（9）土橋寛『古代歌謡全注釈古事記編』昭和四十七年、角川書店。
（10）前掲日本古典文学大系『古代歌謡集』。
（11）新日本古典文学大系『梁塵秘抄閑吟集狂言歌謡』平成四年、岩波書店。
（12）『註解謡曲全集』巻一、昭和五十九年、中央公論社。
（13）春敬記念書道文庫蔵「田歌切」小野恭靖『中世歌謡の文学的研究』の翻刻による。
（14）徳江元正「五節淵酔小歌考」『室町芸能史論攷』昭和五十九年、三弥井書店。なお、これらの歌を「場をはやす即興的祝言歌謡」と位置づけたのは、真鍋昌弘である（「物言舞・室町小歌・白秋小唄」『日本歌謡の研究——『閑吟集』以後——』平成四年、桜楓社）。
（15）ヤレコトットウ系歌謡の流布、展開については徳江元正「やれことうとう考」（前掲『室町芸能史論攷』）に詳しい。
（16）『題目立』昭和四十九年、題目立保存会。なお、原文片仮名表記をすべて平仮名に改めた。
（17）能勢朝次『能楽源流考』昭和十三年、岩波書店。
（18）後藤淑「翁のとうとうたらり」『演劇研究』第六号、昭和四十八年四月、高山茂「猿楽の正段—翁のとうとうたらりについての一考察」『日本演劇学会紀要』昭和五十九年三月。
（19）先田光演『沖永良部島のユタ』平成元年、海風社。
（20）前掲『多良間村史第六巻資料編5』。
（21）前掲『南島歌謡大成V奄美編』。
（22）岩倉市郎「喜界島昔話三」『昔話研究』一巻六号、昭和十年十月。

（23）（24）（25）前掲『南島歌謡大成Ⅴ奄美編』。
（26）岩井貞融「芋井三宝記」『信濃史料叢書中』昭和四十四年、歴史図書社。
（27）前掲「古謡集」。
（28）以下、居籠祭の記述は、平成八年二月十五日に取り行われた神事の著者自身の体験と聞書による。
（29）柳田国男『分類祭祀習俗語彙』昭和三十八年、角川書店。
（30）（31）北原白秋『日本伝承童謡集成』第六巻、昭和二十五年、国民図書刊行会。
（32）永井豪「ヤイトー」『常州常民文化』創刊号、平成四年。
（33）前掲『日本伝承童謡集成』第六巻
（34）柳田国男「小さき者の声」『信濃教育』四九三号、昭和二年十一月、但し、『定本柳田国男集』第二十巻（昭和四十五年一月、筑摩書房）による。
（35）三谷栄一『物語文学史論』昭和二十七年、有精堂出版。
（36）「佐陀神能和田本」『日本庶民文化史料集成』第一巻、昭和四十九年、三一書房。
（37）前掲、小野『中世歌謡の文学的研究』の翻刻による。
（38）「撰要両曲巻」外付久江、外村南都子校注『早歌全詞集』平成五年、三弥井書店。なお、この「現尓也娑婆」は、鎌倉時代に明空によって大成された郢曲「早歌」の秘曲として伝えられるものである。その歌謡としての特殊な性格や担い手については、永池「現尓也娑婆——早歌・撰謡一体三名の秘咒と善光寺聖——」（『国文学　解釈と教材の研究』平成十五年五月）を参照されたい。

三　あいづち——呪的音声表現の一形態

人の話を聞きながら、ほとんど無意識の中に頭を上下する。この「あいづち」というもの、外国人の眼には、実に奇妙なものに映るようで、日本語を学ぶ留学生にとっても、とりわけ厄介なものであるらしい。近年では、日本語学習者のためにあいづちの打ち方を習得させる専門の学習教材も開発されているという。身体表現としてのあいづちの研究は、それ自体として日本文化研究のきわめて興味深い課題の一つである。しかし、そうしたしぐさとしてのあいづちの問題は、とりあえず本論の課題の外である。

ふん。へえ。ほう。はあ。ここでとりあげたいのは、こうした一見何の意味もないようなあいづちの音声が提起する諸々の問題についてである。音声表現、あるいは言語表現としてのあいづちの研究は、どのような広がりと奥行きとを持っているか。言葉を換えて言えば、口承文芸の一ジャンルとしてのあいづちの研究は、どのような意義と課題を担っているか。

古いあいづちの言葉ばかりを集めて作った奇妙な歌が伝えられている。鎌倉時代後期に沙弥明空によって大成され、室町時代に至るまで武家の公宴における式楽的歌謡として盛行した早歌の秘曲として伝えられた「現尓也娑婆」の曲である。

現尓也娑婆東土仁　三尊哉覚足那[1]

げにやさばとんどにさぞやおぼえたるな、と読む。いかにも意味ありげな、しかつめらしい漢字が並べられているが、仮名書きの音声が示すように、げに、さば、とんど、さぞ、等々、いずれもかつて会話の中でさかんに使われたあいづちの言葉ばかりを集めて一首の歌に仕立てあげたものである。なるほど、そういうことでしたら、まったくその通りでございますなあ。あえて、歌意を訳したら、こういうふうになろう。文字はいかにももっともらしいが、その内実は全体として具体的な意味を何も含まない空疎な言葉ばかりをあえて連ねた、一種の言葉遊びの歌である。

この「現尓也娑婆」は、明空によって、聖徳太子が「国土の人民病悩の事ありしをたすけんために」天下にひろめさせ給うたという、太子御製作の呪文と伝えられ、善光寺一光三尊如来の善巧方便の根源たる秘咒として位置づけられてきた[2]。早歌とは、先行する様々な古典の詩歌の名文句を綴れ織りのように合わせて織りあげた独特の詞章をもつ長編の歌謡である。主として、武家の公式の饗宴の席で晴の場の謡いものとして享受され、決して舞や踊を伴う事のないところにその特徴があった。ところが、南北朝頃の叡山僧光宗によって書かれた『渓嵐拾葉集』によれば、熊野那智の常行堂の引声念仏において、堂内を旋回行道する念仏衆たちは、後戸に至るたびに秩序を乱して跳ね踊り、この「現尓也娑婆」などを謡い、これを故実に「天狗怖」と申し習わしていたという[3]。熊野の常行衆が、堂の後戸に至って算なく踊躍乱舞するのは、そこに堂行堂守護神たる摩多羅神が祀られていたからであろう。念仏の守護神でもあり同時に逆らえば往生の妨げをなす障碍神でもあった摩多羅神の威力を踊躍乱舞によって喚起鎮撫する、その呪的なハヤシ歌に現尓也娑婆の歌がうたわれたのである。

もう一つ興味深い例を掲げよう。宮崎県椎葉村竹の枝尾地区に伝わる嶽の枝尾夜神楽には、「宿借」と呼ばれる古い演目が伝承されている。蓑笠に杖という出で立ちで山から下りてきた旅人が、宿に擬せられた御神屋の敷居を挟んで「おんやど申候」と一夜の宿を請う。以下、旅人と宿主である神主との問答は、次のような奇妙な音声の繰り返しによって進められていくのである。

主人　ほつと承り候。おんやどなるまじき候。はや〳〵おん通り候。
旅人　ほつと承り候。おんやどなるまじくとは承り候へ共なほにもおんやど申し候。
主人　ほつと承り候。前から見ればおさえたるが如くして、うしろから見ればふりくるいたるが如くして、赤ひげにさるまなこのおんやどとのたのもしさ、おんやどなるまじき候。[4]

「ほっと承り候」——山の神に擬せられた旅人と宿の主とが、聖域の結界を挟んで繰り広げる問答の応酬には、この不思議な音声が決まって繰り返される。この「ほっと」は、どうやらあいづちの音声らしく聞こえる。相手の言葉を受けて発せられるその形も、あいづち特有のものである。しかし、その相貌は、私たちの知る常のあいづちとはどこか違っている。その音声にも馴染みが薄い。

そこでこんどは、もう一つ別の例を見てほしい。こちらは、宮城県仙台市の奥座敷として知られる秋保温泉に伝わる田植踊の一場面である。秋保の田植踊には、弥十郎と呼ばれる道化的な狂言回しの役を務める少年が二人登場する。たとえば馬場地区では田植踊の開始に先だって登場した弥十郎がまず口上を述べ立てるが、それは次のような音声をもって語りだされるのである。

ほほうほつとよし〳〵、一は、萬物のはしめとかや、二には二世安楽の世の習ひ、三で三極を戴き、四海の波も穏やかに、(5)……

こちらはあいづちではあるまい。相手の言葉を受けたものではないから、少なくとも私たちの知るあいづちとは、いかにも別物である。しかし、その音声の、椎葉の「宿借」問答の文句と奇妙なほどの類似は如何だろう。この二つの音声の類似が決して偶然のものでないことは、それぞれの祭りの場で発せられる生の音声を実際に耳にしてみると実感として理解できよう。「ほっと」「ほほうほっと」という音声は、言葉を発する際の決まり文句として、あたかも呪文であるかのように不思議な力を持って聞く者の耳に響いてくるのである。

私見によれば、この二つの事例は、ともにあいづちの古い形を今に伝えている貴重な生きた資料である。この両者を重ね合わせた向こう側には、昔話や歌謡のハヤシコトバに繋がるあいづちの表現から、さらには様々な掛け声やトナエゴト、擬声語にまで広がるような、音と言葉の中間にあって不可思議な力を発揮してきた様々な音声表現が横たわっている。

本節ではそうした観点から、音声表現としてのあいづちをめぐる諸問題を、文献と民俗の事例の両面から歴史を遡って具体的に追究する。そうした作業を通じて、トナエゴトやハヤシコトバ、祭事や共同労働の場において発せられる意味不明な掛け声や合の手、あるいは様々な擬声語、擬態語にまで広がるような、音とも言葉ともつかない中間領域にあって独自な力を発揮し続けてきた境界的な音声表現の提起する課題の広がりと奥行きとが、明確な形をとって見えてくるはずである。

1　「あいづち」以前のあいづち

聞手が話の切れ目ごとに差しはさむしぐさと言葉による合の手を「あいづち」と呼ぶようになったのは、それほど古い事ではないらしい。刀匠が刀を鍛造する際に、弟子が師の主槌に調子を合わせて打つ補助的な槌を相槌と呼ぶ用例は、十三世紀半ば頃成立の古辞書『塵袋』に見えるから[6]、すでに古代後期から中世初頭にかけて刀鍛冶の技術と職掌の発達普及と共に流布した言葉であったことがうかがえる。しかし、このあいづちの語が、私たちの会話の中の合の手を指す言葉として登場してくるのは、もう少し時代が下る。管見の限りでは、十七世紀半ば成立の『毛詩抄』に「女與の讒言する時にあいつちを打れたかりしか」[7]と見えるのなどが、最も早い例のようである。それより少し先行する『日葡辞書』には「アイヅチ（相槌）建築などで使う大きな木槌」とのみあって、「あいづちをうつ」の語例は見当たらず、かわりに古来からの「あど」の項に「アド　語られていることや話されていることに対して、適当な返事をすること」[8]などと見えている。能の翁の三番叟に対して、相手役を務める面箱持ちを「アドの太夫」、狂言のシテに対する脇役を「アド」と呼ぶことからも、中世室町においては、なお古来の「アド」「アドウッ」の用例が優勢であった様がうかがえよう。

このあいづち以前のアドとはどのようなものであったのか。鎌倉初期の天台座主慈円の歌集『拾玉集』所載の「百首述懐」の中に次のような興味深い歌が見える。

さぞといはばまことにさぞとあどうちてなやうやといふ人だにもがな[9]

こちらが「さぞ」と問い掛ければ「まことにさぞ」と「あど」をうち、率直に「なや」とも「うや」とも答えてくれる、そんな心の通いあった人がほしいものだなあ、というのである。サゾ、マコトニサゾといったあいづちの言葉を応酬しながら、話に興ずる様が彷彿としてくる。世を捨てた出家の身でも、心の通い合った友と過ごすひと時は、また格別のものであったのだろう。慈円のこの一首は、『徒然草』第十二段の「同じ心ならん人と」

に始まるあの有名な一節を想起させる。兼好の文章は、「まめやかの心の友」を得ることの難しさを述べたものであるが、そこには、期せずして、「げに」「さやは思ふ」「さるから、さぞ」など、様々にアドを打ちながら応酬する当時の会話の様子が活写されている。[10] 慈円の述懐歌も、兼好のこの一節も、共に、「同じ心ならん人」とのしめやかな物語にとって、アドをウツという行為がいかに欠くべからざる重要な要素であったかを伝えるものである。

同様の事例は、また『宇津保物語』の「藤原の君」の巻にも見えている。宰相の恋の仲立ちを引き受けた女が、かねて知る大将殿の太郎忠純の乳母「中殿」の下へ出かけて語り合う場面。長雨の居籠もりの徒然に持参の麦の粉を進めながら、仲立ちの女は中殿と次のような会話をとり交わす。

女　さて物語らひも打ち聞こえんか。知れるどちこそあどがたりもすなれ。
中殿　さ。よくの給へり。この比は願はしき物なり。殿には人いと多かれども、我らが友達にすべき人もなし。[11]

さあ「物語らひ」でもいたしましょう、と語りかける女に対して、中殿は「さ。よくの給へり」と応じている。この「さ」は、指示語の「サ」で、いかにも簡略だが、「その通り」とでもいう趣の、相手の言葉に強く同意する意を込めたあいづちの句であろう。ここでは、心の通いあった友達同士があいづちを打ちながらしみじみと取り交わす「物語らひ」を「あどがたり」と称しているのである。

この「あどがたり」は、また「あとうがたり」という形で、『後撰和歌集』巻第十八にも見えている。

人のむこの、今まうでこむといひてまかりにけるが、ふみおこする人ありときゝてひさしうまうでござりければ、あとうがたりの心をとりてかくなん申すめるといひつかはしける　女のはは

今こむといひしばかりをいのちにてまつにけぬべしさくさめのとじ[12]

（『後撰和歌集』一二五九番）

すぐにまた来るといいながら、久しく訪れのない男に対して、女の母が代わって男に贈ったという歌である。「さくさめの刀自」の名は審らかにしないが、何か、帰り来ぬ男を待って命を落とした女を主人公とした古物語の人物の名でもあろうか。「あとうがたり」の語は、ここでは一転して、そうした古物語の類を指しているように思われる。

紫野雲林院の菩提講において、こよなき老翁二人が、若侍を相手に「昔物語」を繰り広げる。こんな趣向で書き留められた『大鏡』のような歴史物語の類も、口承の語りにおいては、やはり「あどがたり」とよばれていたのではなかろうか。末尾近くに見える世継の「あどをよくうたせたまふにはやされたてまつりて[13]」といった言葉から、その語る昔物語も、始終、聞手の打つ「あど」によって支えられ、はやされていたことが窺えるからである。

物語の展開において、「あど」の存在が大きな働きをしている例は、『大鏡』に限らない。いま試みに、王朝時代の物語を繙いてみると、『宇津保物語』も『源氏物語』も『狭衣物語』や『栄花物語』なども、いずれも「あど」の豊富な実例で満ちている。その事例は枚挙に暇がないが、いま、その中から二、三を掲示してみよう。

「その、人近からんなむ、嬉しかるべき。女遠き旅寝は、物恐ろしき心地すべきを。たゞ、その几帳の後に」との給えば、「げに、よろしき御座所にも」とて、人走らせやる。[14]

（『源氏物語』帚木）

「何に為むとするぞ」といふに「親のわづらひて、物も食はねば、たばむずるぞ」といふに「さは、親には、これを食はするぞ」[15]……

（『宇津保物語』俊蔭）

「今はたゞいかで尼になりなん」と宣はするを、殿ばらも、暫しはさるまじき事にのみおぼし申し給へど、さらに銀と見えさせ給へば、さば、とてもかくてもおはしまさんのみこそ」とて、ならせ給ぬ。[16]

（『栄花物語』みはてぬゆめ）

「かくてみだり心地いたく悪しく候へば、この程のまつりごとは内大臣行ふべき宣旨下させ給へ」と奏せさせ給へば、「げにさば、かう苦しうし給はん程は、などかは」とおぼしめして、[17]……

（同）

王朝の貴族たちにとっても、人と対面して繰り広げる会話には「あいづち」が不可欠だったこと、さらに、彼らが、その事実に――「あいづち」――の重要性とその威力に今日の私たち以上に自覚的であったことを、右の事例の数々は、如実に物語っていよう。

2　昔話から歌謡へ――あいづち的音声の展開

昔話の語り手にとって、話の切れ目ごとに聞き手が入れる「あいづち」の言葉は、聞き手がちゃんと話を聞いているかという確認以上に、語り手と聞き手が一つになってともに世界を創りあげていくうえで、なくてはならぬものであったらしい。この事実に早く注意を促したのは、柳田国男であるが[18]、その後、有名な『紫波郡昔話集』の「口にえほしはあ」の一句[19]や、鈴木棠三、丸山久子によって報告された佐渡の「サソ」「サース」といったあいづちの句の事例など[20]、昔話の語りの場におけるその威力を示す具体的事例が数多く報告されている。

しかし、口承文芸の中で、こうしたあいづちの威力を伝えているのは、けっして昔話だけではない。古来から歌い継がれてきた歌謡のハヤシコトバの中にも、このあいづちの句は様々な形で取り込まれ、歌の力をいや増す重要な要素となって働いているのである。

春くれば山田の水げニャワア。げニャみゆかけて。苗代水を。わがとり苗は。四ツ茶にこそ。豊山谷に茶広のあし。いはいには。田こそ植（う）れげにャワア。げにやみ植（ゑ）来て。一本植（ゑ）て。ヤアホヲハイヤア。[21]

（『中古雑唱集』所載　越前国敦賀郡沓見村四月六日田植神事歌）

傘をさすなる春日山、是も神の誓ひとて　人が笠をさすならば　我も笠をささふよ、実もさあり　やよがりもさふよの〳〵[22]

（狂言歌謡・末広がり）

三河なる今子の橋を　いざやとゞろ〳〵とうちわたり　思ふ人渡れよ〳〵サアサゲニモサウヨ[23]

（「三河国吉田領風俗問状答」所載ササ躍の歌）

鶴は千年亀は万年鶴亀踏みならしたる莫蓙なれば悪魔は寄せじ平廻らする〳〵さようそう〳〵[24]

（隠岐神楽歌集・氏子初詣神楽）

「げにもさあり、やよがりもさふよの」は、狂言歌謡に特徴的なものだが、後半部は、謡曲「藤栄」所載の小歌などにも見られ、もとは、室町小歌に特有のハヤシコトバであったと思われる。今でも全国各地の神楽、民俗芸能の歌謡に広く伝承されており、三河吉田のササ躍りもその一つである。また右の事例からは、ソヨ、ソヨノ、ソウヨノ、ソウソウといった、今日の民謡にまで数多く見られるハヤシコトバの多くが、もとはあいづちの句から来たものであることもうかがえよう。

もう一つだけ興味深い例をあげよう。あいづちの言葉が掛合い形式の歌に取り込まれてハヤシコトバ化したことが明らかなもので、管見の限りでは、その最も古い例の一つである。

やかいたにてもや　みつかうへにてもよな
やまろすきあはゞ　ねぬべかりけりよな
やゝげにとつとうや　みつかうへにてもよな
やまろすきあはゞ　ねぬべかりけりよな
やおもはぬなりや　とこそみえだれよな
やとふべきをりや　とはぬおとこはよな
やゝげにとつとうや　とこそみえたれよな
やとふべきをりや　とはぬおとこはよな(25)

（黒川春村「陸奥国田歌解」）

寂蓮筆と伝えられる各種の「田歌切」の中、黒川春村によって伝写された「陸奥国田歌」の一節である。この田歌は、八句一連の組み合わせからなり、その歌詞の内容、形式から前半の四句と後半の四句は、別の歌い手によって掛合いで歌われたことが推定される。その五句目、前半の歌を受けた後半の初句に「やげにとつとうや」のハヤシコトバが繰り返されている。この「げにとつとうや」は、明らかに「ゲニ」の語に、「尊と」の句を添えて成立したあいづちの句で、それが、あいづちの口吻を残したまま、掛合いの対唱の形式の中にはめ込まれてハヤシコトバ化したものである。

このゲニトツトウヤの一句は、ハヤシコトバとしては、「総角やとうとう　尋ばかりやとうとう」（催馬楽・総角）や「日は照るとも絶へでとふたへ　やれことうとう」（今様・滝の水）など、古来から日本の歌謡に圧倒的で、今日も各地の民謡から南島歌謡にまで大きな分布を持つトンド・トウトウ系のハヤシコトバの系譜の中に位置づけられるべきものである。そして、それはまた、同類のT音系の音声表現として、トウ、トン、トントン、トンド、あるいはドントハライといった昔話の語り始めの句、語り結びの句に特有の音声と関連付けて、統一的に把握されねばなるまい。

そうした昔話の決まり文句が、もと「あな尊と」や「尊と祓え」といった神への拝辞や呪詞の転化したものであることは、すでに前節において、三谷栄一の先駆的指摘を踏まえ、トンド・トウトウ系のハヤシコトバとの関連で詳述したから繰り返さない。[26] ここで改めて注意を促したいのは、各地で採集された昔話のあいづちの句の中にも、これらと同類のT音系の音声を持つものが少なからず見られることである。

ハート　（岩手県西磐井郡）
ヘント　（岐阜県吉城郡上宝村）
ホットホット　（富山県礪波地方）
オット[27]　（山形県北村山郡西郷村）

このように並べて見ると、各地で個別に採集されたあいづちの句の音声が、奇妙によく似ていることが見てとれよう。これに月の異名のアトさんや感謝の辞のアット、あいづちの古名アドなどを加えてみると、その類似はいっそう際立つ。ちなみに『日本方言大辞典』によると、岩手県気仙郡でハットあるいはハットーデァ、鹿児島県肝属郡などでオートオートといえば、共に、神仏を拝む時に唱える拝辞、山形県最上市などでヘーット、青森県上北郡でヘットといえば、物買いにお店に入る時の挨拶や人に物を渡す時の言葉であるという。[28] これらの同類の音声表現もまた、昔話の形式句のトントやトンドと同様に、「あな尊と」に由来するT音系の呪詞の系譜の中に置き直してみねばなるまい。

3　「おっと」という不思議な音声

ここでは、「ほっと」の音にきわめて近い「おっと」という音声表現に注目してみよう。鹿児島県種子島の各地には、古い御船歌の系譜をひく、「船祝い歌」が、今日でも伝承されうたわれている。下野敏見の調査によると、種子島に伝承されている船祝い歌は、正月二日の「船祝い」に際してうたわれる儀礼歌で、その最初にうたわれる「綱ざらえ」歌の中では、船頭と舵取りによって次のような文句の応酬が行われるという。(29)

（船頭）とーりかじ　（舵取り）おっとー
（船頭）おーもかじ　（舵取り）おっとー
（船頭）今のかーじ　（舵取り）取って候

「綱ざらえ」歌は、新年の海上の仕事始めにあたって錨綱や艫綱を点検、整備して初航海の準備とする船祝いの儀礼歌で、右の部分は、歌曲ではなく、掛合いによる儀礼的な言葉の応酬であるという。とすれば、船頭の呼び掛けに対して舵取りが応える「おっとー」の音声は、あいづちの言葉に近いものといえよう。下野によれば、これと同様の「船祝い歌」は、高知県の室戸や山口県などでも採集されており、かつては西日本一帯に広く同様の構成をもった御船歌系の船祝い歌が分布していたと推測されるという。ここではもう一例、宮本常一によって採集された山口県の事例をあげよう。

おもて衆「ともに申しともに申し」
船頭　「おっとようござる」
おもて衆「明けますれば万吉日、天気日柄そうもくもよし、空を見れば風のすわりよさそうにござる。見れば諸国しょりゅう、せんだつもみな巻くそうにござる。〇〇丸も支度にかかろうではないか」
船頭　「おっとようござる[30]」

ここでは、船のオモテとトモに人が立って、掛合いで祝いの言葉を応酬する。オモテ衆の呼び掛けに対してトモの船頭が答える決まり文句オットは、あいづち的性格がいっそう露わであろう。

もう一つ、同類の音声表現を掲げよう。こちらは、岩手県胆沢郡南都田村都鳥（現胆沢町）においてかつては旧正月十五日に行われた田植踊の事例。踊の一行の長たる「杁摺（太夫）」は、最初の演目「代打」において、次のような口上を述べるという

オットト　畏れながら御長者様、御免なされませ、浮世は天下泰平国家安全、先づ以て千秋な目出度うござる[31]。

こちらの「オットト」は、「杁摺」が単独で発する口上の頭に冠せられている。しかし、両者が、音声表現として同類、同質であることは、もはや、疑いあるまい。

これらのオット、オットトという奇妙な音声は、そもそも何に由来しているのか。それに関して興味深い事

例を提供してくれるのは、全国各地のオトウという名を持つ神や祭りの存在だろう。たとえば、信州で「オトウ（御頭）の木」といえば、勧請された各地の諏訪神社に祀られている御神木の古木のことである。北安曇郡北城村切久保の諏訪明神の「オトの木」は、樅の木で、その空洞に祠を安置し、「オト神様」と唱えて祀る。本社の奥殿に納めてある鎌の形をした鉄製品を七年に一度の祭典の際に取り出してこの木の空洞の祠に納めることを、人びとは「オト神様が下る」といっているのだという。[32] ここでは「オト」「オトウ」とは、神様の寄りつく神樹の名であると同時に、降臨する神そのものの名でもあるのである。

祭礼の「オトウ（御頭）」といえば、一般には、その年々の祭りの役に当たって神に奉仕する祭主役を務める家やその主、いわゆる「一年神主」の謂とされ、そこから「転じて頭屋慣習を伴う祭礼をもオトウという」ものと理解されている。[33] しかし、柳田国男が注意を促しているように、他の多くの土地で「頭」といえば、「祭礼が毎年人を替えて営まる、こと」を意味しているのに対して、諏訪信仰圏では、右のごとく「恒例の常設祭の標識をオトウ（御頭）の木」と呼んでいるのである。[34]

一年の決まった時期に行われる祭礼行事をトウあるいはオトウと呼ぶ例は、全国に広く分布している。例えば、滋賀県伊香郡余呉町八戸三ツ頭の薬師で行われるオコナイは、「オトウ（御塔）神事」と呼ばれ、「薬師のト」「薬師のトウ」とも呼ばれているという。[35] 岩手県二戸郡荒沢村石神（現安代町）では、氏神の八幡社の祭礼を「八幡トウ」と称し、その祭礼の当座役はトウコと呼ばれている。むかしは、ほかに、二十三夜トウ、金毘羅トウなどもあり、「祭のことをトウといったのではないか」という。兵庫県有馬郡藍村大川瀬の住吉神社の頭屋祭は、オトーと呼ばれ、一年に五度行われる神事は、それぞれ、春頭、コートー、秋頭、キョーノトーなどと呼ばれている。そのほか、島根県簸川郡北浜村（現平田市）の十六善神の祭にお寺に籠るオトウゴモリ、愛知県北設楽郡の正月二日のフツカドウ、滋賀県栗田郡金勝村御園（現栗東町）の六月のゲノト（夏の塔）、同高島郡、坂田郡地方のハナノトウ、兵庫県淡路島灘のシモツキトウ（霜月頭）など、いずれも、その土地の祭礼神事や年中行事をトウの名で呼んだものである。[36]

これら、神の降臨する神樹や祀られる神自身、あるいはその祭礼行事の名をいうトウ、オトウの多様な事例のすべてを一年交代の「頭屋」の義からの転化として説明できるものかどうか。そもそも一年毎に交代する祭主役を、なぜトウやオトウと称するようになったのか、改めてその拠ってきたる所以から再検討する必要があろう。「とぅっ　とーとぅがなし」[37]。南西諸島の与論島で八月の神祭「八月ドートウ」で唱えられる祝詞は、こんな一句をもって始められる。「とーとぅがなし」は「尊いお方」の意で、その神に対する呼び掛けの言葉の上に重ねて拝詞のトウが冠せられたものである。この句頭の「とぅっ」の一句は、喜界島で岩倉市郎によって採集された昔話の、あの語り出しの一句「とう」を想起させよう。[38]

神を拝する時最初に発する神拝の辞「トウ」の音声は、本州の各地にも様々な形で伝存している。たとえば、宮城県本吉郡大島では、神を拝する時に、昔の人は必ず最初にトウを付したという。たとえば崎のエビス神に対して「トウエビス」というように。一方、「ノートウ」「エートウ」といえば、岩手県小山田村（現東和町）で、新築祝いに大工の棟梁と脇棟梁とが掛合いで発する祝言の辞に付せられた掛け声である。[39]宮本常一によれば、山口県周防大島の漁祭りのオーダマオコシでは、白木の烏帽子のような形をしたオーダマサマをお祭りして、「ヤットオーダマ大明神」と唱えるのだという。[40]

もう一つ興味深い例を掲げよう。米崎祥恵の聞き書によると、兵庫県赤穂郡上郡町梨ヶ原には、土地の人びとから「いっとんとん山」と呼ばれて恐れられている山があるという。梨ヶ原から隣村へと抜ける境界の山道にあたり、かつて疫霊を慰め鎮め他所へ祓いやるための、疫神祓いの行事が行われた所で、子供たちが列をなしてこの山に登り、「いっとん、いっとん、いっとんとん、そこらにおるもんお茶もてこい」と大声でわめきうたいながらオゼを越えてテッペンへ至り、そこで火を焚いて、疫病を祓ったのだという。[41] このイットントンのトントンも、先のトゥッやノートウ、エートウ、ヤットなどと同類で、やはり「尊と」の音韻が転訛したものであろう。その同類の音声が、ここでは、疫霊や魔を祓う、呪的な音声——呪詞——として働いているのである。

4　あいづちの初源——ヘダテを越える呪的音声

柳田国男が、古い神拝の言葉と推定した「あな尊と」の文言は、沖縄の本島では、ウートートやアートートに転訛し、奄美大島や沖永良部島などでは、ハートート、与論島の神拝の詞では、ヒットートなどと発声されている。さらにまた、奄美のユタが四十九日忌に死者の霊魂を招き降ろすマブリワーシの儀礼における呪詞（クチ）では、また次のような音声に転化している。

ホーととん　　そうわるさや　むちんそんな
はらわるさや　むちんそんな　（中略）
あやぞみちに　くみとてさるん　ととん
あやぞみちに　きどまわさるん　ととん
わぎり　たぎり　ゆぅなべも　しかけ　ととん
うしんわやくも　とられん　ととん　（中略）
うがまれみしょれ　ホーととん[42]

この奄美の呪詞では、まず句頭にホートトトンの拝辞を冠し、以下句中の切れ目ごとにトトン、トトンの音声をハヤシコトバのように幾度も繰り返し、最後にまた、ホートトンの、拝辞で結んでいる。「尊と」系の拝辞が歌謡の中でトンド、トウトウといったハヤシコバにどのように転化して行ったか、あたかもその道筋を示す生きた実例を見るかのようである。一方、その形式と働きは、あの昔話の「トントムカシ」から始まり、あいづちの言葉を句ごとに挟みながら、結びにトントムカシやトンドハラエなどの句で終わる昔話の形式をも彷彿とさせよう。

再び最初の疑問に戻ろう。巻頭に掲げた椎葉・嶽の枝尾神楽の「宿借神事」の問答における「ホット承り候」の音声も、仙台市秋保の田植踊りにおける弥十郎の口上の「ホホウホット」も、どちらもやはり、こうしたハートート系の拝辞の系譜の中に位置づけられるべきものである。しかし、宿借神事におけるホットの音声が、あいづちさながらに掛合問答の中で応酬されるのに対して、秋保の田植踊りのそれは、弥十郎が単独で口唱する口上の句頭において発せられた。種子島や山口の船祝い歌のオットーと岩手県南都田村の田植踊りの杁摺の口上のオットトの場合も、事情は同様であった。

そこで次の用例を見てほしい。出雲・佐陀神社に伝わる佐陀神能「荒神」の曲である。天照大神が登場して名のりをあげ、鬼との間に次のような問答が繰り返される。

鬼詞　　ほ、ふ、　あれに見へしは　尊もいかなる神やらん
シン詞　ほ、ふ、　伊佐名諾伊弉册尊の子天照大神とは我事なり　不思議の風吹とおもひハ　なんぢ来てじやをなす　それをしつめんそのためにみづから是迄あらわれたり
鬼詞　　ほ、ふ、　此鬼と申ハ　三百歳過て土となるへし　夫明神を押落　我末代の社所と定め者なり(43)（下略）

鬼も神もその詞の句頭に、きまって「ほふ」の一句を掲げる。決まり文句の如く繰り返されるその形は、椎葉神楽の「宿借」問答のホットの繰り返しと瓜二つである。しかし、その問答をよく見てほしい。その最初の鬼の言葉の句頭のホフは、以下に「あれに見えしは……」と続くように、少しもその前の神の口上を受けてはいないのである。その後に交互に繰り返される神の詞も、鬼の詞も、必ずしも相手の詞を受けて発せられたあいづちの言葉のようには見えない。きまって文言の句頭に置かれたその形は、むしろ、以下の自分の詞を導くための導入句のごとき働きをしているように見てとれるのである。

これは決して特殊な事例ではない。たとえば、隠岐島・島前神楽の「湯立能」では、顕現した王子神と熊野の神子とが問答を繰り広げるが、まず最初に神子が王子神にその名を尋ねるその文言の句頭にすでに「おお」の音声が冠せられ、以下王子と神子の問答の句頭に同じ「おお」が繰り返される。同じ島前神楽の「先払い能」や「天の岩戸」では、猿田彦大神や手力男の神が単独で登場して名告りをあげるが、その文言の句頭にも、やはり「オオ」の音声が冠せられているのである。(44)

右のごとき事例は、中世的な古態を残した神事芸能の中に多く見てとることができるものである。そこで私は、大胆に推測する。問答における応答ではなく、まず最初に発せられる文言の句頭に特定の音声が冠せられる。この形こそ、あいづちともあどとも呼ばれてきた呪的音声の古い形を伝えているのではないか。相手の話に調子を合わせ、しぐさと音声とで耳を傾けているというシグナルを送り、会話を円滑にする。今日の私たちは、あいづちとは、こういうものだと了解している。「相槌」という言葉の成り立ちも、そうした理解を助けるものであろう。しかし、これまで見てきた数々の事例は、あいづちの本源的な形が、そうした理解に納まりきれないことを物語っていた。アドというあいづちの古語が、三谷栄一が喝破したように、月の異名アトさんと同様に、「あな尊と」の転訛したものであり、ホットやオットの音声もやはり同類の転訛によるものだとすれば、その音声は、まず、神仏に呪禱や祈願を献げる時の拝辞と同類の、ある種の霊力を担った聖なる音声としてあったにちがいない。

山から下りてきた山人と宿主。来臨した神と人。あるいは神と鬼。神楽において発せられる異形の音声の多くは、このように界を隔てて対峙する両者の間において、まずその言葉の句頭に冠して発せられていた。この事実こそ、これら異形の音声の拠ってきたる所以が、界を隔てて対峙する両者の大きな懸隔を乗り越えるためにあったことを物語っていよう。

しかし、かつては、人と人の間で言葉を交わすという言語行為そのものが、そういうものではなかったろうか。かつて私たちの祖先たちが見知らぬ他者と言葉を交わすことに、いかに大きな心理的抑圧を感じていたか。今日、日常のおしゃべりになれた私たちは、人と言葉を交わすことがごく当たり前の自然なことのように考えがちであるが、かつて人と人とが言葉を交わすためには、両者の間にある目に見えない深淵——大きな障壁——が乗り越えられねばならなかった。あいづちの原型ともいうべき呪的な音声の威力は、まず、そうした他者との懸隔を乗り越えて言葉を交わすことを可能にするためにこそ必要とされたのではなかったろうか。

だから、もと、その音声は、相手の言葉を受けて発せられるのではなく、こちらから言葉を掛けるその最初の言葉の劈頭において発せられるべきものであったにちがいない。諸国の神楽の中に登場する神と鬼、あるいは神と人との間で交わす問答において、そうした劈頭の呪的音声の古い形をとどめているのは、それらの問答が、神事儀礼の形式の中で界を隔てた古い対話の構造をなお伝え残していたからであろう。秋保の弥十郎の口上も、椎葉の宿借神事の音声も、そうした古い呪的音声の系譜の中で、その呪的な力を確かに伝えている。そうした音声の呪力は、人びとの会話生活が日常化する過程の中でしだいにその呪的性格を失い、単なる受け答えのあいづちの句へと転化していった。しかし、その音声が本来担っていた呪的な性格は、なお様々な形で継承されて、たとえば昔話の中のあいづちの句や、歌謡の合の手やハヤシコトバの中で、語り手や歌い手を鼓舞する不思議な力を発揮し続けてきたのである。

注
(1) 外村南都子校注『早歌全詞集』平成六年、三弥井書店。
(2) 明空『撰要両曲巻』前掲『早歌全詞集』所載。
(3) 光宗『渓嵐拾葉集』巻六十七「怖魔事」『大正新修大蔵経』七十六巻、昭和六年、大正新修大蔵経刊行会。なお、「現尓也娑婆」の秘咒としての性格やその歴史的意義については、拙稿「現尓也娑婆―早歌・撰謡一体三名の秘咒と善光寺聖」(『国文学　解釈と教材の研究』四八―六、平成十五年五月)を参照されたい。
(4) 『椎葉神楽調査報告書第二集』昭和五十八年、椎葉村教育委員会。
(5) 本田安次『本田安次著作集　日本の伝統芸能第八巻田楽Ⅰ』昭和七年、錦正社。この秋保の田植踊りの事例については、居駒永幸氏より教示を受けた。
(6) 日本古典全集『塵袋下』昭和十一年、日本古典全集刊行会。
(7) 『毛詩抄』平成八年、岩波書店。
(8) 土井忠生ほか編『邦訳日葡辞書』昭和五十五年、岩波書店。
(9) 『新編国歌大観第三巻　私家集編Ⅰ』上巻、昭和六十年、角川書店。
(10) 安良岡康作『徒然草全注釈』上巻、昭和四十二年、角川書店。
(11) 日本古典文学大系『宇津保物語一』昭和三十四年、岩波書店。
(12) 『新編国歌大観第一巻　勅撰集編』昭和五十八年、角川書店。
(13) 日本古典文学大系『大鏡』昭和三十五年、岩波書店。

(14) 日本古典文学大系『源氏物語一』昭和三十三年、岩波書店。
(15) 前掲注(11)『宇津保物語一』。
(16) 日本古典文学大系『栄花物語上』昭和三十九年、岩波書店。
(17) 同前。
(18) 柳田国男「昔話の発端と結び」『昔話覚書』(『定本　柳田国男集』第六巻、昭和四十三年、筑摩書房)。
(19) 柳田国男編『全国昔話記録　紫波郡昔話集』昭和十七年、三省堂。
(20) 鈴木棠三「佐渡採訪記」『昔話研究』二―三、昭和十一年、丸山久子『昔話研究資料叢書3　佐渡国仲の昔話』昭和四十七年、三弥井書店。
(21) 日本古典全書『新訂　中世歌謡集』昭和二十六年、朝日新聞社。
(22) 新日本古典文学大系『梁塵秘抄閑吟集狂言歌謡』平成五年、岩波書店。
(23) 『日本庶民生活史料集成　九　風俗』昭和四十四年、三一書房。
(24) 『日本庶民生活史料集成　一　神楽・舞楽』昭和四十九年、三一書房。
(25) 『近世文芸叢書第十二』大正元年、国書刊行会。
(26) 三谷栄一『物語文学史論』昭和二十七年、有精堂出版。
(27) 日本放送協会編『日本昔話名彙』昭和二十三年、日本放送出版協会。但し、富山県のホットホットは、伊藤曙覧『昔話研究資料叢書6　越中射水の昔話』昭和四十六年、三弥井書店による。
(28) 『日本方言大辞典』平成元年、小学館。
(29) 下野敏見『種子島の民俗Ⅱ』平成二年、法政大学出版局。なお、種子島及び山口の船祝い歌の事例については、日本歌謡学会平成十四年度秋季大会(於鹿児島市)における下野敏見の講演「南日本の船祝いとお船祝いの歌について」から教示を受けた。
(30) 宮本常一『宮本常一著作集　第一六巻屋久島民俗誌』昭和四十九年、未来社。
(31) 前掲『本田安次著作集　日本の伝統芸能第八巻田楽Ⅰ』
(32) 柳田国男「御頭の木」『信州随筆』(『定本柳田国男集』第二十三巻、昭和四十五年)。
(33) 柳田国男『分類祭祀習俗語彙』昭和三十八年、角川書店。
(34) 前掲注(32)「御頭の木」。
(35) 別冊太陽『陰陽道』平成十二年、平凡社。
(36) 柳田　前掲注(33)『分類祭祀習俗語彙』。
(37)『南島歌謡大成Ⅴ奄美編』昭和五十年、角川書店。
(38) 岩倉市郎「喜界島昔話三」『昔話研究』一―六、昭和十年十月。
(39) 柳田　前掲注(33)『分類祭祀習俗語彙』。
(40) 宮本常一『宮本常一著作集　第三八巻』平成六年、未来社。
(41) 米崎祥恵氏からの直接の教示による。
(42) 前掲注(37)『南島歌謡大成Ⅴ奄美編』。
(43)「佐陀神能和田本」(前掲注(24)『日本庶民生活史料集成　一　神楽・舞楽』)。
(44) 前掲注(24)「隠岐神楽歌集」同前。

終章　歌謡の境域――ウタとトナエゴトの間

ウタ（歌謡）は、集団的モノローグの一形態である――かつて寺山修司は、ウタという表現形式の特質をこう規定してみせた[1]。ダイアローグを基本とするドラマに対して、ウタは、対話者同士が言葉の遣り取りを通じて自己変革を遂げていくようなダイアローグ的性格をその本質において欠落させた、自己完結的、自己充足的な言語表現だというのである。この寺山の刺激的な指摘を今日の歌謡研究の立場から言葉を換えて捉え返すとすれば、それは、「聞き手の不在」――歌とは聞き手の存在を前提としない言語表現である、ということになろう。ウタと名付けられた言語表現の特殊な形を、他の様ざまな言語表現の諸形式、ヨム、カタル、イウ、ハナス、トナエルなどと決定的に分かつ分岐点がこの一点にあることを、これまでの各章の考察を踏まえ、ウタの表出の具体的事例の考察を通して明らかにするのが終章の課題である。

寺山によるこの先駆的な指摘は、国文学研究の専門誌において成されたにもかかわらず、残念ながらその後の日本歌謡の研究において、顧みられることのないまま、打ち捨てられてきた。その理由の一端は、おそらく、近年のウタの初源や発生に関わる諸研究が、主として古代の領域において優勢なカタリ（叙事）との関わりを中心として展開されてきたところにあろう。近年における南島歌謡研究の隆盛がそれに拍車をかけた。その結果、ウタの初源に関わる諸問題の考察は大きな成果をあげたけれども、一方でそれは、叙事歌謡のみが歌謡の本質的、本来的な形であって、他は、二次的、派生的なものとするような、ある偏りを古代の歌謡研究にもたらしたように思われる。すでに柳田国男が早く指摘しているように、経験の普遍化・共同化を主たる目途としたカタルという言語行為と、ウタウという行為とは、本質的に、異質な言語表現として区別されるべきものである(2)。

本章では、そうした反省の上に立って、ウタという言語表現の境域を、隣接するトナエゴトとの関わりを通して考察する。キーワードは、「境界」である。ウタとトナエゴトとは、共に、「境界」という特殊な場に深く捉えられた「境界」の言語表現であった。この両者の境界的性格の共通性を具体的に明らかにした上で、その差異をやはり具体例を通して考察する。そこには、カタリを中心とした古代歌謡偏重の発生論からは等閑視されてきた、ウタのもう一つの形が見えてくるはずである。

1　お通し（一）――トナエゴトと境界

ウタとトナエゴトを分かつものは何か。フシの有無が二者を区別する最も大きな外形的特質であることはいうまでもないが、むろん私たちが知りたいのは、一にフシが不可欠であり、一には必ずしも必要としないその理由である。言語表現の一形式としてのウタとトナエゴトの間が、私たちが予想するよりもはるかに近く、その境目も不分明であることは、子どもたちの遊戯の世界において、うたわれる童謡とトナエゴトである童詞との間の境が混沌としていて、線引きすら難しいという一事を見るだけでも明らかであろう。

ここではウタとトナエゴトの間の距離を正確に測定するために、まず、トナエゴトの表現としての特質を確認しておこう。

泉鏡花の名作「高野聖」の中にこんな興味深い場面が登場する。

難儀さも、蛇も、毛虫も、鳥の卵も、草いきれも、記してある筈はないのぢやから、薩張と畳んで懐に入れて、うむと此の乳の下へ念仏を唱へ込んで立直つたは可いが、息も引かぬ内に情無い長虫が路を切つた。其処でもう所詮叶はぬと思つたなり、これは此の山の霊であらうと考へて、杖を棄てて膝を曲げ、じり〳〵する地に両手をついて、（誠に済みませぬがお通しなすつて下さりまし、成たけお午睡の邪魔になりませぬやうに密と通行いたしまする。御覧の通り杖も棄てました。）と我折れ染々と頼んで額を上げるとざつといふ凄まじい音で。(3)

絵図面一葉を頼りに山中に分け入った旅僧の前に、突然、山の霊と見紛うばかりの大蛇が姿を現し、道を切る。「道切り」は、いわば、怪異による「通せんぼ」である。その一瞬、山中の独行に心おののいていた旅僧の畏れは極点に達し、彼は、眼前に忽然として立ち現れた異界に直面する。そこは、いわばこの世と異世界との境界であり、許しなくしては越えることのできない異界の結界にほかならない。

そこで旅僧が思わず発した言葉は、むろん、トナエゴトである。あまりにも日常ふだんの言い回しで一見少しもそれらしく見えないけれども、表現の形においても、その働きにおいても、トナエゴトとしての要件を備えている。第一に異類である蛇に向かって直接語りかけている点において。第二に、妖異の主にたいする敬意を態度だけでなく、言葉でもって重ねて顕し立てている点において。その結果、その言葉は期待通りの力を発揮して、旅僧は何事もなくそこを通過することができるのである。

柳田国男は、かつて、トナエゴトを、カタリやウタやコトワザなどと区別して、「主たる聴き手を仲間以外の者に予期した」ものと定義してみせた。(4)この場合、「仲間以外の者」とは、柳田によれば、「鳥虫草木神霊妖魔敵人」即ち私たちにとって人ならぬもの、この世ならぬもののすべて、人であっても戦で対峙しているような敵人までをも含むものである。柳田はまた、別のところで「諺が人と人との交通である」のに対して、トナエゴトは、「神または霊を相手としたコトワザ」であったと指摘している。(5) こちらは、前者と比べると規定の厳密さと普遍性においてやや後退しているが、トナエゴトと呼ばれる言語表現の本質を、異質なもの、ヘダテあるものに対して、そのヘダテを越えて発せられるという表出の形に求めていることにおいて共通している。トナエゴトの発話者とその対象との間にはつねに明確なヘダテ＝境界があり、言葉はそのヘダテを越えてその向こうに向かって発せられる。「境界」という言葉こそ使っていないが、柳田の定義は、トナエゴトの境界的性格を的確に踏まえた上で成されているのである。

こうしたトナエゴトの持つ境界的性格は、今日の私たちの生活の中にも生きている。例えば、旧暦正月十五日の小正月に催される鳥追いや狐狩り、あるいは初夏の虫送りなどの行事は、多くは子供たちの組織によって担われ、多様なトナエゴトを伝承していることで知られるが、その場合、子供たちによって発せられるトナエゴトはきまって、場の境界的性格と深く結び付いている。小田和弘の詳細な調査から一例をあげよう。

トンドの前日の夜、「カミノヤド」と称する宿に男の子達が集まり、夜明け前になると宿から一斉に走って上の村境に行く。そこに御幣を立ててから、村の外に向かって「ほーどりやとーんどー、柿も栗ものーなったー、狐狩り、ほー」と叫ぶ。そして次は下の村境に行き、同じように唱える。この声がトンド場に聞こえると、宿の家主が「疫病神を追いやったぞー」と言ってトンドに点火する。(6)

（兵庫県宍粟郡一宮町関賀）

関賀の子どもたちが、村の上下の境において「狐狩り、ホー」と叫ぶのは、むろんそこが村の内と外とを分かつ境界であるからである。右の例に限らず、京都府丹後半島を中心に日本海沿岸に分布している狐狩りの行事では、村はずれの橋や山などへの行列とその場で子供たちの発する大声の唱え言によって特徴づけられている。言葉は、子供たちによって村の境界の外に向かって発せられ、その力によって狐を追いはらうのである。

同じように境界という場の性格に深く根ざした言語表現の事例は、すでに早く、『古事記』の中に数多く登場する。たとえば、東征の帰途、倭建命が亡き妻を偲んで思わず「アヅマハヤ」ともらしたというその地は、大和朝廷の威の及ぶ西国と、その外の東の国との境界である足柄坂の上であったし、「水穂国」を治めるべく降臨した天忍穂耳命が「いたくさやぎてありなり」と言挙げしたのは、天と地の境に懸かる天の浮橋の上であった。黄泉から逃げ帰った伊邪那岐命が、千引の岩を中に引き塞えて伊邪那岐命と対峙し、互いに「事戸」を渡したのも、須世理姫と共に根の国を脱出した大穴牟遅神に対して、追ってきた須佐之男命が「おれ大国主神と為り云々」と言い渡して祝福したのも、同じこの世とあの世との境、黄泉比良坂においてであった(7)。

これらの事例において発せられた言葉は、今日の口承文芸の分類に従えば、いずれも、「トナエゴト」ということになろう。共にその場の境界的性格によって根拠付けられているからである。その言葉は、境界の場において、境界を超えてその向こう側にむかって発せられる。まさにそのことによって、日常の言葉にはない、特殊な力を獲得しているのである。

2　お通し（二）——ウタもまた境界に響きわたる

境界。二つの異世界が互いに境を接する場所。そこは、眼に見えない力が働き、人びとが心のざわめきを感じることなしには通過することのできない場所であった。山の登り口、峠の尾上、谷の瀬、道の辻、村はずれの橋。かつて、私たちの回りには、そうした不可思議な力の働く場所が、至る所にあった。そこを行き過ぎる時、人びとは、あるいは石や草花を手向け、あるいは着物の片袖をもいで供え、祈りを捧げて通らねばならなかった。

そうした境界参入、通過の際の儀礼的手続きを、ここでは「お通し」と呼んでおきたい。「お通し」という言葉は、南西の島々では、一般に、海の彼方の聖地などに対する遥拝の行為とされているが、その本義は、このように聖域の結界において、「言葉」によってその地の神霊に意を通し、その加護や許しを請う境界参入の手続きにあったと考えるからである。(8)

先に掲げた「高野聖」の事例は、境界乗り越えのための「お通し」にとって、「言葉」がいかに大きな役割を担っているかを、端的に示すものである。古来、お通しの最も有力な作法は、言葉によるものであった。そして、その言葉は、しばしば「歌」となって表出されたのである。たとえば、よく知られた紀貫之の蟻通明神にまつわる逸話は、かつては「お通し」が何より「歌」の形でもあったことを物語っている。紀の国から京への帰途、にわかに馬が思い動けなくなる。それはその土地にいますがる神の仕業であり、貫之が手を洗いひざまずいて次のような歌を詠んだところ、馬の心地は治まったという。

かきくもりあやめもしらぬおほ空にありとほしをば思ふべしやは(9)

この貫之の逸話の眼目が、土地の神――道の神――による道妨げと歌の「お通し」によるその乗り越えにあることは、奥州名取郡の笠島の道祖神の祟りにあって横死したという藤原実方の逸話を重ね合わせてみるとよくわかる。礼拝して歌を詠んだ貫之に対して、里人の忠言を聞き入れず、馬乗のままで押し通ろうとした実方は、いわば「お通し」を怠ったために、神の霊威にうたれて横死したのである。(10) 一方、貫之の詠んだ歌が、神の意に適い、お通しとしてその力を発揮したのは、そこに「ありとほし」という神の名が巧みに詠み顕されていたからであろう。歌の中に神の名（それは土地の名でもある）を隠し詠み、ヨムことによってその名を外に顕す。それによって神の魂にふれ、その力の加護に与ったのである。

右の例は、古来、日本の旅の歌に地名を詠み込んだ歌が数多い理由を暗示している。古への旅人たちは、山の口、峰の尾、谷の瀬など境界の場所を通るたびに、歌を詠んでその土地の神霊たちの加護を願わなければならなかった。[11] 謀反の罪で捉えられ紀の牟婁の湯まで引き立てられて行く有間皇子が「磐代の浜松が枝を引き結び」[12]とうたったのも、海浜の険しい尾上に立つ浜松の下であった。やはり、その歌頭に「磐代」の地名を詠み込んでいるのは、それが境を越えて旅する者の「お通し」の作法であったからにほかならない。

貫之も有間皇子も、境界乗り越えのお通しに際して歌を詠んだ。「お通し」とは、言葉によって、隠れている神霊の力を顕し、喚起する行為であるから、彼らは、共に、その歌を声に出して詠みあげたにちがいない。そして、その背後には、境界の場において、実際にウタをうたって「お通し」をした幾多の実例が、積み重なっていたはずである。

東征の帰途、病み疲れた身で尾津の崎の一つ松の下に至った倭建命は、忘れ置いた御刀の残れるをみて、「尾張に直に向へる　尾津の崎なる　一つ松　あせを　一つ松」云々とうたう。これも「お通し」であることは、地名を冠した句頭の一句からでもわかる。尾津の崎とは、尾張湾に向かって突き出した山の尾上であり、そこに立つ一つ松が、境界の標し木であることはすでに第二章において指摘した。[13] そうした一つ松の下で、松にうたいかけた右の歌は、木讃めの表現によって、その地の精霊の力を喚起する「お通し」たり得ているのである。

3　お通し（三）——通りゃんせと攔路歌

土地の神、道の神による道妨げ——通せんぼ——とお通しによるその乗り越え。その乗り越えに際して行われるべきお通しの作法の中でも、最も効果的なものの一つがウタであった事実は、至る所にその痕跡を残している。

その最も身近な生きた事例が、子どもたちの「通りゃんせ」の遊びである。この遊戯については、猿神退治伝説における人身御供を反映したものだとか、近世における関所往来の難儀を模したものだとかいう説があるが、いずれも、子どもの遊びに対する理解を欠いた付会の説である。

私見によれば、通りゃんせの遊びは、聖域の結界における通せんぼとその乗り越えを構造的に遊戯化した遊びである。「ここはどこの細道じゃ」。お宮参りらしい親子連れのいかにも不自然な問い掛けで始まる歌の応酬。第一章で詳述したように、「ここはどこ〜」という道尋ねの表現は、道行表現に頻出する常套句であり、境界における地名喚起の表現である。[14] 一方、手を繋いで通せんぼをする二人の鬼は、境界において道妨げをする道祖神のごとき——ちょうど貫之説話の蟻通明神や実方伝説の笠島の道祖神のような——役割を担っている。

今は絶えて見ることができなくなってしまったが、かつて日本全国の著名な社寺や霊験所の近くには、参詣帰りの道者や善男善女の前を子どもたちが手をつないだり、縄を張ったりして通せんぼをし、幾ばくかの賽銭——宮笥——をねだる悪戯とも信仰行事ともつかぬ遊びがあった。山口県在住の民俗誌家小川五郎の報告によると、同県佐波郡華城村近くの子どもたちは、その時、こんな歌をうたって通せんぼしたという。

此処は近江のとうせん寺　土産をくれんにやとうせん寺[15]

一方、信州を中心に甲州から相模地方にかけて広く分布する小正月の道祖神祭に際して、子どもたちが通せんぼをする習俗がかつては各地に残っていた。二百年ほど前、松本近辺でこれを目撃した菅江真澄はその様子を「わらはあつまりて、どろなはをひきて往来の人をやらじとゞむるを、ぜに一ツ二ツとらせて行ける」と書き残している。[16] 真澄によれば、子どもたちは賽銭を集めて紙にかえ、祭に献げる幣の料にしたというから、この通せんぼは、単なる悪戯ではなく、神によって許された、神のための勧進の行為であったのである。

通りゃんせの遊びが、こうした道祖神の通せんぼや社寺参詣の道者たちに対する子どもたちの悪戯と同質の空間意識に根ざしたものであることは明らかであろう。『伊豆諸島のわらべ歌』の著者、野口啓吉は、神津島の子どもたちの伝える「通りゃんせ」の遊びについて、次のように注記している。

神津島の二十一ヵ所に道祖神がある。この唄は、そうした道祖神と子供達の会話からできている。方法、道祖神になった子供、二人が両手で関所となるアーチを作る。唄に合わせその下を他の子供達がくぐって行く。(17)

通りゃんせの遊戯の場が、多く神社の参詣道の鳥居の傍らや、道の辻の道祖神の前であったという、幼時の記憶を想起してほしい。手を繋いで通せんぼする鬼役を「道祖神」に見立てる神津島の子どもたちの発想が、少しもとっぴでなく、遊戯の空間的特質を十分に会得した至って自然な連想の結果であることは改めて指摘するまでもないだろう。

通りゃんせの遊びは、聖域の結界における道妨げと「お通し」によるその乗り越えを構造的に遊戯化したものである。その際、通せんぼをする鬼＝道祖神の言葉も、お通しをする宮参りの親子役の言葉も、歌をもって発せられる。両者の言葉は、共に歌となって境界を越えて響き渡るのである。

通せんぼとお通し。境界を挟んだ歌の応酬が、けっして子どもたちの遊戯の世界のみに特有の現象ではないことを示すために、もう一つ例をあげよう。中国の南西部、主として貴州省近辺に居住する侗（トン）族の村々では、村に客を迎える時、村の入り口まで出迎えて、道を遮り、歓迎の作法として主客が「攔路歌」（道塞ぎの歌）

と呼ばれる次のような歌の応酬をするという。

女…私は村の忌みをしている（忌みの期間中である）
　今雛を孵化しているから忌みをする
　村の門の忌みだから入らせてはならぬ
　外の者が門に入ったら鶏の子や家鴨の子が病気になる
男…家で雛を孵化するのに従来村の忌みなんかしない
　あなたは忌みを口実にわざと門を遮っているのだ
　嘘を止めて通らせてくれ
　僕らが村に入ってこそ鶏や家鴨が群がるよ(18)

『貴州民間歌謡』に付せられた付記によれば、この「攔路歌」は主に「月也」（yue ye）と呼ばれる村同士の公的な訪問社交活動などに際して行われる。その際、主村側では、村の入り口に鶏籠や家鴨籠、糸車などの障害物を並べ立て、一本の長い竹の竿で道を横に塞ぎ、その竿にも様々な雑物を吊す。竿の内側には長方のテーブルを置いて、主村側と客側では、こうした障害物をへだてて向かい合い歌の掛合をする。うたいながら路上の障害物を取り除いて行き、全部取り除くまで続くという(19)。

同じような道塞ぎの歌の例は、侗族だけでなく、畲（シェ）族や苗（ミャオ）族、仫佬（ムーラオ）族、土家（トウチャ）族といった多くの少数民族の間で広く伝承されていたことが報告されている(20)。これらの事例では道塞ぎの歌の応酬がなされるのは、多くの場合、婚礼における嫁迎えの儀礼においてである。

たとえば、浙江省景寧県大均郷叶坑村に居住する畲族の人びとは、婚礼の嫁迎えに際して、女方では事前に新嫁の家の門外の必ず通らねばならない大路の路上に杉の技を積み重ねて道を塞ぐ。男方の嫁迎えの一行がそこに至った時、障害物をはさんで、女方の歌手「赤娘」と、新郎に代わって嫁迎えをする「赤郎」との間で「攔路歌」がうたい交わされるという[21]。一方、仏佬族で「攔門礼」と呼ばれる境界儀礼は、トン族の月也の攔路歌と同じように、村のはずれで村の入り口の門をさえぎって行われる。まず、女方の女性歌手が男方にうたい掛けて詰問し、男方の男性歌手がそれに歌で答えて行く。この女方の歌を「攔門歌」（門を遮る歌）、それに対して男方の男性歌手が歌い返す歌を「拆門歌」（門を開け放つ歌）と呼び、男方の「拆門歌」が情理に適っていれば、門はすぐ開け放たれるが、間違ったり、答えに窮したりすると、村に入る時間がずるずると伸びてしまうという[22]。

これらの攔門礼、攔路歌の事例に共通しているのは、歌掛けに際して、村のはずれ、家の門の外、あるいは村の大路の路上などの境界的な場所において、杉の木の技や竹竿、横綱、赤い糸などによって、あえて眼に立つような仰々しい障害物が設置され、歌は、その境界をはさんで、掛け合わされるという事実であろう。主側と客側。新嫁方と新郎方。いずれのばあいにも、両者は意図的に設けられた境界をへだてて対峙し、歌は、その両側から、境界を越えてその向こう側に向かって発せられる。この場合、仏佬族の「攔門歌」と「拆門歌」という呼称が端的に示しているように、内側からうたい掛ける歌は「通せんぼ」の歌、それに対して外側から答える歌は「お通し」の歌である。私たちの「通りゃんせ」の遊びとの構造的類似は明らかであろう。いずれの場合にも歌は境界をへだてて向こう側に向かって発せられる。その歌の応酬は、その境界――へだて――を両者が乗り越えるための不可避の手続きであり、その歌の力によって両者はへだてを越えて結びつくことができるのである。

4　ウタとトナエゴトの間

ウタとトナエゴトは、少なくとも二つの点において、その言語表現としての特質を共有している。第一に、どちらもヘダテあるもの、異質なものに向かって、そのヘダテを越えて発せられる言葉であること。発語の主体とその対象との間には、容易に越える事のできない大きなヘダテ——境界——の存在が強く意識されており、そのヘダテの意識こそが主体に発語を促す誘因力となっているのである。第二に、どちらも、眼に見えないもの、隠れているものに働きかけ、言葉によってその力を表に顕し、喚起する表現であること。その力は、言葉の持つ本源的な力に関わるものであろう。ウタもトナエゴトも眼に見えない隠れた存在に働きかけ、言葉の力によってそれを顕在化させるのである。

では、ウタとトナエゴトの表現を、その本質において分け隔てているものは何か。

それを端的に示してくれる興味深い事例がある。映画にもなったなかにし礼の小説『長崎ぶらぶら節』の一節、長崎の古歌謡の採集に情熱を傾ける市井の篤学古賀重二郎と芸者愛八、古賀の甥、雅生の三人が、隠れキリシタンの人びとが信仰と共に伝える祈禱歌オラショを聞くために、はじめて外海地方らしいキリシタンの村を訪れた場面である。

長い沈黙が教会をつつんだ。村人たちの息遣いさえ聞こえてこない。その時、低くか細く歌う女の声が聞こえた。

ござはみかん　まくらはくるす

「そうです、そういう歌ば聞かせてください」古賀は拳をにぎりしめて叫んだ。愛八はあわてて三味線を箱から取り出し、三つに折った棹をつなぎ絃を張った。

莫蓙は御棺《みかん》　枕は十字架《くるす》
その身は死骸　着物は蓋にして
霊魂《あにま》は天主《でうす》にささげ奉る

なんという悲しい歌だろう。西洋の匂いのする節だった。安らぎにみちてはいるが涙の海に沈んでいくようだ。安らぎと悲しみとはどうしてこんなにも似ているのだろう。
呆然と聞き惚れている古賀と雅生、愛八の耳元で長老の声がした。
「これは、むかしの切支丹が、夜、床につく前に歌うた歌です(23)」。

三人の前で、村の女がひそやかに歌い出した「ござはみかん」の歌は、『全長崎県歌謡集』に「祈禱歌」として採録されている三首の歌の一つで、「夜、床に就く時に唄ったもの」と注されている(24)。もちろん歌は現存せず、譜も伝えられていない。ただ詞のみが残っている歌に生命を吹き込み蘇らせたのは、さすがに歌の生態を熟知した作詞家なかにしの手練であるが、今、私たちにとって興味深いのは、今日も各地に残っている次のような就寝時の唱え言を想起させるからである。

寝るぞござ、頼むぞ枕、早う起こせ、梁と合掌、アビラウンケンソワカ(25)

こちらは、宮崎県椎葉村の尾前において伝えられている唱え言である。年の晩（大晦日の夜）、寝る時に三べん唱えるのだという。両者ともに、一日の境、一年の境において発せられる境界の言語表現である。その一方がトナエゴトであり、一方がウタであるのは、ウタとトナエゴト両者の近親性をこそ伝えるものであろう。

その表現の上では少しも似るところのないように見える両者の文句に、共にゴザと枕がうたわれているのは、けっして偶然ではない。ゴザや枕に直接呼び掛けるのは、就寝時のトナエゴトによく見られる常套的表現であり、キリシタンの歌の場合も明らかにその特質を受けついでいる。おそらくこの歌は、当該地方に伝わる就寝のトナエゴトが、長い「隠れ」の時代に信仰の力によって熟成され換骨奪胎されてウタとなって再生したものであろう。

ウタとトナエゴトは、どこで分かれてくるのか。一方はうたわれ、一方は唱えられるこの二種の就寝時の言葉は、その表現において、二種の言語表現の差異をもはっきりと映し出している。椎葉のトナエゴトでは、「寝るぞござ」「頼むぞ枕」と、ござ、枕に対して直接語りかけ、「早う起こせ」と命令形で訴えかける。この例に限らず、対象を明確に措定し、その対象に対して命令形や願望の形で直接語りかけるのが、トナエゴトの表現に見られる最も一般的な特徴である。『高野聖』の旅僧が放った道切りの言葉も、その特質を律儀に踏襲している。トナエゴトとは、ヘダテの向こう側に伏在する眼に見えないもの、隠れているものを、言葉によって顕在化し、その力によって所期の目的、効果を得ようとするものである。そのため、言葉は願うべき対象に向かって一筋に放たれる。その結果、その表現は、しばしば、直接対象に語りかけ訴える形式となって結晶するのである。

一方、隠れキリシタンの祈禱歌では、「ござは御棺、枕はクルス」と事実を客観的に叙するかのようにうたいだし、「アニマは天主にささげ奉る」と自己完結的にうたい納める。対象への指向を露わに示す椎葉のトナエゴトとは違って、その表現は、「ござ」へも「枕」へも「天主」にさえも向かわず、あたかも誰もいない中空に向かってささやかれた独白ででもあるかのように、歌い手自身の下に帰ってくるのである。

これがトナエゴトと区別されるウタの表現の最も大きな特質である。トナエゴトの表現が対象への直接的で強力な指向性に特徴付けられるのに対して、ウタの表現は、けっして、対象へと一筋には向かわない。特定の対象を明確に措定し、その対象への指向を露わに示すことは少ない。特定の対象に対して祈願や訴えがある場合でも、その心は裏面に隠されて表現の表には表れず、言葉は、あたかも主体の動作や状態を客観的に叙するかのように表現される。倭建命の「一つ松」の歌や有間皇子の「浜松が枝」の歌のように、トナエゴトなら松や峠の神に向かって「無事に旅をさせてくれ」と訴えるべき所を、「衣着せましを」とうたい、「真幸くあらばまたかへりみん」とうたうのである。

こうしたウタの表現の特質は、人と人とが対話しているかのように見える掛合歌の場合にも生きて働いている。その一例を『常陸国風土記』の筑波山の歌垣の歌に見てみよう。

筑波峰に　逢はむと　言ひし子は　誰が言聞けばか　み寝逢はずけむ

筑波峰に　盧りて　夫《つま》なしに　我が寝む夜ろは　早も明けぬかも(26)

男は女に向かって日常の言葉でなら、「あなたはどうして約束通り、私と共寝をしなかったのですか」というべきところを、「あの娘は誰の誘いにのって私と逢わなかったのだろう」とうたう。それに対して女は、「あなたこそ約束の場所にこなかったじゃない。誰と逢っていたの」というべきところを「夫の訪れもない独り寝の夜は早く明けてほしい」とうたうのである。もちろん、ここにうたわれた二人の関係は、まだ何物でもない。男の歌は、それをあたかもあったかのように仮構してうたう誘い歌であり、女の歌は、その仮構の上に乗りながら巧みに切り返したはねつけ歌なのである。

特定の対象にその力の顕現を願うトナエゴトの表現は、一筋に対象へと向かう。その言葉の力は、対象以外のものには働くことはないし、また働いては困るのである。だから、トナエゴトはしばしば、微声をもってささやくように語られる。一方、ウタの表現が対象に対して直接向かうことがないのは、ウタという言語表現の形式が、特定の対象に対して特定のメッセージを伝えるための形式ではないからである。ウタの表現は、形あるものには向かわない。それが働きかけるのは、隠れていて眼に見えないもの、形あるものの背後にあってそれをかくあらしめている眼に見えない力に対してであった。古代の日本人たちはそれを「タマ」と呼んだ。タマは、生きとし生けるもの、無情の草や木や石や風にも籠もる。ウタは、その場に臨むすべての存在の背後に伏在する眼に見えないものに向かって、働きかけ、それを振るわせ、共鳴させ、ヘダテを越えて同調同化を促す。だからこそウタは、その場にいる人びとに対して誰にでもへだてなく等しくその力を発揮する。人だけでなく草や木や動物たち、その場の森羅万象に働きかけ、その心を動かすことができると古人は考えたのである。(27)

5 聞き手の不在

不思議なことに、記紀に描き出された古代の歌の風景の中には、歌の「聞き手」は登場しない。少なくとも、「聞き手」が歌の場を構成する主体的役割を担って登場することはない。多くの記事では、単に「歌曰（歌ひたまひしく）」として歌を掲げるのみで、歌の後は、そのまま次の記述に移る。まれに「聞き手」が登場する時、それは、きまって、偶然にか何かの都合でその場に居合わせて、その歌を耳にした者たちである。天皇が黒日売を思慕してうたった「御歌」を大后磐之媛が聞かしていたく「忿りまし」たという仁徳記の例や、「天皇の臨でまししを知らずして」衣通郎姫が独り天皇を偲んでうたった歌を密かに隠れ居て「聞かした」天皇がさらに「感でたまふ情おはしまして」と伝える允恭紀の記述(28)などを想起してほしい。彼らは、歌い手にとって当初から「聞き手」として想定されていたわけではない。聞き手が当初から予定されたものとして現れるのは、わずかに掛合歌の場合のみなのである。

先に私は、聞き手を想定しない歌のかたち、聞き手も、共に歌う相手も、伴奏者も存在せず、ただ独り口ずさむ歌のかたちを「独歌《ひとりうた》」と名付け、それが歌謡の初源にも関わる重要な歌のかたちの一つであることを指摘した。[29]いま、ここでは、それをさらに一歩進めて、「聞き手の不在」という「独歌」的な契機こそ、すべての歌謡に内在する普遍的な特質であると、改めて指摘しておきたい。それは、多数の人びとが一つの歌を声を揃えて唱和する合唱の場合でも、二方に別れて対峙し交互に歌を掛け合う掛合歌の場合も、本質において変わらない。

例えば、卒業式の場でうたう校歌や「蛍の光」の歌声ははたして誰に向かって発せられたものか。むろん、それは、壇上に居る教師たちや参列した多数の父母たちではありえない。ちょうど古代の天皇が山の尾上に立ってうたう国見歌が、その場に従う供人に対してではなく、誰もいない中空に向かって放たれたように、そこには、具体的な聞き手は存在しない。あえて言えば、歌は、その式典に参列するすべての人が共有している場の共同性に向かって放たれる。結果、その歌声はその場の共同性を共有している歌い手たち一人ひとりの胸に帰ってくるのである。

寺山修司の歌謡＝モノローグ論は、こうした歌謡に内在する本質的契機を鋭く摘出したものである。寺山がドラマをダイアローグ的であるのに対して、ウタがモノローグ的であるというとき、それは、けっして外形的な表現形式が対話的であるか、独白的であるかということを意味してはいない。寺山にとって問題なのは、表現の外的形式ではなく、言葉がその表出された状況――場――において他者と取り結ぶ関係の特殊な位相に関わるものである。だから、対談相手の松田修が、古代の神婚歌から現代の奄美の島歌まで歌謡の歴史の中に圧倒的な掛合形式の存在を例に掲げて反論したのに対して、寺山は、古代歌謡の中の掛合や、田植歌、大漁歌のような集団のウタの中にも、「つまりことばとことばの出会いとか、Aという人の唱和にBという人が唱和し応えることによってAが変わるという劇的な因果律がなく」、結局それは「共有しているイマジネーションの世界の中でお互いが浄化作用を惹き起しているだけ」だとして、ウタを「集団的モノローグの一形態」と規定して見せたのである。(30)

人と人とが対峙し、互いに言葉を投げ掛け合っているように見える掛合歌の場合ですら、ウタの表現は、直接対象には向かわない。たとえ掛合歌の場合であっても、投げ掛けられるウタの言葉が互いにぶつかりあい、そこに深刻な葛藤や展開を生み出すことはない。言葉は、想定された両者の関係の中で、反発したり、同調したり、揶揄したりしながら、予定された融和へと向かって行くのである。

記紀の記述に描き出された古代の歌の風景の中に「聞き手」が具体的な姿を現すことがないのは、こうしたウタの表現に内在する非ダイアローグ的、モノローグ的性格をそのまま映し出しているものであろう。記紀の記述に限らずウタという言語表現にとって、本来、「聞き手」の存在は、本質的なものでも不可欠なものでもない。歌い手と共にウタの場を構成する要素として必ずしも必要とはされていない。こうしたウタという表現に内在するモノローグ的性格を、ここでは「聞き手の不在」と呼んでおく。その歴史を遡れば遡るほどウタの持つそうした性格は強く露わになる。今日の私たちから見て、もしウタが聞き手の存在を前提としたものであるかのように見えるとすれば、それは、長い歌謡の歴史の中で、ウタがその姿を変えたのである。

それでは、歌謡の歴史の中で「聞き手」はどのようにして登場するか。それは、次著における課題である。

注（1）寺山修司・松田修、対談「歌謡・迷宮世界の可能性」『国文学解釈と教材の研究』第二十巻十号、昭和五十年八月。

（2）柳田国男「木思石語一」（『旅と伝説』八号、昭和三年八月）但し、『定本　柳田国男集』第五巻（昭和四十三年、筑摩書房）による。

（3）『泉鏡花全集』第五巻、昭和十五年、岩波書店。
（4）柳田国男「民謡覚書一」（『文学』三巻四号、昭和十年四月）但し、『定本』第十七巻（昭和四十四年）による。
（5）前掲「木思石語一」
（6）小田和弘「唱言研究―唱言の発想・表現」平成八年、私家版。
（7）日本古典文学大系『古事記祝詞』昭和三十三年、岩波書店。以下、『古事記』の参照、引用はすべて同書による。
（8）たとえば沖縄久高島には島の信仰の中心たるクボー嶽のほか幾つかの嶽があるが、その中の一つ「中の嶽」は、クボー嶽の聖域へ入る際に「お通し」をする場所であると伝えられている（古典と民俗学の会編『沖縄県久高島資料』昭和五十四年、白帝社）。
（9）「貫之集」『新編国歌大観』第三巻、昭和六十年、角川書店。
（10）『源平盛衰記』巻第七「笠島道祖神事」（『源平盛衰記（一）』平成三年、三弥井書店）。
（11）境界における地名の詠みあげ、うたいあげの意義についてはヘルベルト・E・プルチョウ「聖なる場の構造」『すばる』二十二号、昭和五十年十二月、同『旅する日本人』（武蔵野書院、昭和五十八年）、及び本章第一章三「地名をうたう―境界に響く歌ごえ」等参照。
（12）日本古典文学大系『万葉集二』昭和三十二年、岩波書店。
（13）本書第二章一「尾上という場所―一つ松考序説（一）」参照。
（14）本章第一章三「地名をうたう―境界に響く歌ごえ」参照。
（15）小川五郎「近江のとうせん寺」（『ドルメン』一巻四号、昭和七年七月。同類の通せんぼの習俗は、宮本常一「とうせん寺」（『ドルメン』一巻九号）、乾健治「大和のとうせん寺」（同二巻一号）、石川緑泥「甲府飯富村の童謡、童戯」（『旅と伝説』昭和九年二月号）、土橋里木『わらべ唄研究ノート』（昭和六十二年、星雲社）等にも報告されている。

(16) 菅江真澄「いほのはるあき」（『菅江真澄全集』第十巻、昭和四十九年、未来社）松本市近辺の通せんぼの習俗については、胡桃沢友男「道祖神の通せんぼ」（『長野県民俗の会会報』十四、平成三年十月）に詳しい。

(17) 野口啓吉『伊豆諸島のわらべ唄』昭和五十九年、第一書房。

(18)(19) 庀五成・王継英編『貴州民間歌謡』平成九年、貴州人民出版社。同書所載の侗族の攔路歌の存在は、牛承彪氏より御教示を得た。歌詞及び付記の日本語訳も同氏の手になるものである。

(20) たとえば王慧琴「ミャオ（苗）族」（厳汝嫻主編、江守五夫監訳『中国少数民族の婚姻と家族中巻』平成八年、第一書房）、蘭周根「シェー（畲族）」、王昭武、英俊卿「ムーラオ（仫佬）族」、彭官章「トゥチャ（土家）族」、范宏貴「キン（京）族」（同『中国の少数民族の婚姻と家族上巻』同前）など。

(21) 中国民間文学集成浙江編編輯委員会『中国歌謡集成』浙江巻（平成七年、中国ISBN中心出版）及び前掲「シェー（畲）族」参照。星野紘「中国シェー族の歌と踊り」（『季刊自然と文化』四十五号、平成六年六月）にも触れている。

(22) 前掲「ムーラオ（仫佬）族」。婚姻儀礼における同類の掛合歌の習俗は、かってはわが国にも見られたようである。たとえば、九州・佐賀地方には、婚姻に際して花嫁方から嫁入り道具を運び届ける時に歌う「たんす長持歌」が広く伝承されているが、福岡博氏によれば、長持歌は、「嫁入道具を受け渡すとき掛合いでうたうのが本当」だという（『佐賀の民謡』佐賀新聞社、昭和六十二年）。昭和四十四年に行われた筆者の実兄夫婦の婚姻では、長持の担ぎ手が婿方の家の玄関の敷居を跨いだところで、片足をあげたまま、嫁方の宰領人と婿方の歌い手とで掛合が行われたという。

(23) なかにし礼『長崎ぶらぶら節』平成十一年、文藝春秋。
(24) 真鍋昌弘氏の御教示による。圓田陽一編『全長崎県歌謡集』昭和六年、交蘭社。
(25) 徳田宗賢ほか『椎葉のことばと文化』平成六年、宮崎日日新聞社。
(26) 風土記歌の訓は、第一歌の原文「阿須波気牟」を「アハズケム」とする土橋寛氏の訓(日本古典文学大系『古代歌謡集』昭和三十二年、岩波書店)に従ったが、第一歌の男歌に対して第二歌を女歌とし、「妻」の字を「夫」とするなど私見により一部を改めた。
(27) 本書序章「『うた』のある風景」参照。
(28) 日本古典文学大系『日本書紀上』昭和四十二年、岩波書店。
(29) 本書第四章一「独歌《ひとりうた》—ウソとハナウタの初源をめぐる考察」参照。
(30) 前掲対談「歌謡・迷宮世界の可能性」。

あとがき

見知らぬ土地に出かけ、見知らぬ人びとの、見知らぬウタ（歌謡）を聞く。それがどんなになじみのない意味不明の言葉であっても、それがウタであることは、立ちどころにわかる。ウタに託された思いすら胸に響いてくる。それがウタの持つ不思議な力だ。

ウタのかたちは多様で、その娯しみかたも土地によってさまざまだが、おそらく、太古から、どんな土地にも、どんな人びとの間にも、ウタはあった。

本書は、こうしたウタの持つ不思議な魅力に取り憑かれた著者が、古典文学研究の立場から歌謡研究に取り組んできた研究の最新の成果をまとめたものである。古典文学としての歌謡研究は、当然のことながら、その歌詞の表現を主たる研究の対象とする。一つひとつの言葉とその連なりの生み出す表現の特質を、時代の多様な用例の中に置き直して、その表現の射程を正確に読み取り、測定する作業が不可欠である。しかし、歌謡の研究は、けっしてそれに留まらない。歌謡の表現は、日常の言語表現とは、まったく異なるものだからである。

歌謡は、一人の個人の私的な感情を盛る器では、けっしてない。ウタが呼吸するのは、つねに、人びとが集い共にある場の、共同の空気であり、時代の心であった。どんなに謡い手の私的な想いをうたっているように見えても、歌謡の表現はつねに、場の共同性に向かって放たれる。それは、誰も聞く人とてないハナウタのような独り歌の場合でも変わらない。

ウタをうたうという言語表現の特殊なかたちを、他のさまざまな言語表現の諸形式、ヨムやカタル、ハナス、トナエル、ノル、イノル、ツゲルなどと明確に区別して、その特質を十全に把握するためには、ウタが発唱される具体的な〈場〉の種々相を可能なかぎり追い求め、事例を積み重ねて、ウタの表現の位相をその場の具体的な構造や共同性の中で一つひとつ明らかにしていくという努力が不可欠であろう。「『うた』のある風景」と題してウタのかたちの種々相を総括的に展望しようと試みた序章を始めとして、本書の全編を貫いている基本的態度は、そうした歌の場と表現の実例を具体的に追い求め積み重ねて行くことにあった。

そうした具体的事例の考察を通して明らかになった歌謡表現の特質の第一は、その表現が、二つの異世界が交錯するような〈境界〉に関わるものであり、歌声は、その境界――ヘダテ――を越えて、その向こう側に向かって発せられるという事実であろう。だから、歌謡の表現は、私たちの心を日常の現実的な世界の束縛から解き放ち、その外側へと誘い出すような、逸脱的性格をその本質において担っている。本書を『逸脱の唱声　歌謡の精神史』と名付けた所以である。

本書に収録した研究成果の元になった初出の論考の原題と発表誌、発表年月は、以下のとおりである。本書に収めるに当たっては、全編を通じて必要に応じて、増補、訂正を加えた。

序章　「『うた』のある風景――歌の場・歌の時・歌のかたち」『文学』第十巻第二号、岩波書店、平成十一年四月。

第一章

一　「〈王城〉の内と外――今様・霊験所歌に見る空間意識」『日本歌謡研究』第二十七号、日本歌謡学会、昭和六十三年七月。
二「熊野参詣の歌謡――結界と道行」『芸能史研究』一〇七号、芸能史研究会、平成元年十月。
三「地名と歌謡――道尋ねの表現をめぐって」講座日本の伝承文学第二巻『韻文文学〈歌〉の世界』平成七年、三弥井書店。
四「道祖神と通りゃんせ」『奈良市民間説話調査報告書』奈良教育大学、平成十六年三月。

第二章
一「『尾上』という場所――一つ松考序説」『大谷女子大国文』第二十三号　大谷女子大国文学会、平成五年三月。
二「木に衣を掛ける――続・一つ松考序説」『民俗文化』第七号　近畿大学民俗学研究所、平成七年三月。
三「立待考――歌謡研究からのアプローチ」『国文研究と教育』第二十八号、奈良教育大学国文学会、平成十七年。

第三章
一「室町小歌の世界」『週刊世界の文学』一二五七号『能 狂言 風姿花伝…』、平成十二年、朝日新聞社。
二「〈逸脱〉の唱声――中世隠者文学における音楽と歌謡」『日本の音楽・アジアの音楽』第六巻『表象としての音楽』昭和六十三年、岩波書店。
三「酒盛考――宴の中世的形態と室町小歌」『中世伝承文学とその周辺』友久武文先生古希記念論文刊行会編、平成九年、溪水社。

第四章
一「独歌（ひとりうた）考――ウソと鼻歌の始原をめぐる考察」『口承文芸研究』第十八号、口承文芸学会、平成七年三月。

二「音とことばの間――ハヤシコトバの研究・序説」『文学』第七巻第二号、平成十八年四月、岩波書店。

三「あいづち考――境界的言語表現の試み」『説話・伝承文学の脱領域』説話・伝承学会編、平成二十年三月、岩田書院。

終章「ウタとトナエゴト――境界の言語表現」日本歌謡研究大系（上巻）『歌謡とは何か』日本歌謡学会編、平成十五年、和泉書院。

筆者は、かつて大学で経済学を学び、一旦は就職して社会に出た、国文学とは無縁のまったくの門外漢であった。そんな、国文学の何たるかも、古典研究の如何なるものかも知らずにいきなり大学院に飛び込んだ無謀な若者に、古典文学研究の伊呂波を教え、学問研究の道へと導いてくださったのは、青山学院大学の故新間進一教授である。新間先生からは、『梁塵秘抄』、『宴曲集』、『田植草紙』などの講読を通じて、一語をも揺るがせにせず、資料を積み重ねて表現の内実に迫る注釈的研究の大切さを教わると共に、一つの歌謡の背後に、思いがけなく大きく広がる時代の心を把み出す、歌謡研究の醍醐味をも学んだ。世の褒貶や名利とは無縁のところで、自己の信念の赴くままに、ただ一筋に歌謡史や近代短歌史の研究に邁進された先生の、揺るぎのない真っ直ぐな生き方は、今でも、私がはるかに仰ぎ見て憧れ慕う理想の姿である。

三十半ばを過ぎても将来の展望もなく、研究と生活の間で苦しんでいた著者を関西へと誘い、研究者、大学人としての道を拓いて下さったのは、当時、奈良教育大学で教鞭を採られていた真鍋昌弘教授である。真鍋先生からは、関西移住後、改めて古典文学研究、歌謡研究の手ほどきを受け、歌謡の研究において、注釈的研究の厳しさと同時に、民謡研究や民俗学をはじめとする関連諸学の成果と知見を貪欲に吸収活用して、一首の歌の背後にある人びとの生活や精神世界を丸ごと開示していく歌謡研究の奥深さと面白さを身を以て教えていただいた。自分の志すべき学問を歌謡の文学的研究から一歩進めて「歌謡学」と想い定めることができたのも、真鍋先生の御指導によるものである。本書は、このお二人の先生のお導きがなければ形をとることはなかった。改めて、その学恩に心より感謝の意を表したいと思う。

本書は、梟社社主林利幸氏の御厚意と御力添えによって上梓にこぎつけたものである。厳しい出版事情の中にあって前著『柳田国男　物語作者の肖像』に続いて出版を快諾され、刊行へと導いていただいた林氏に改めて御礼を申し述べたい。

なお、本書に公表した成果の中には、独立行政法人日本学術振興会科学研究費補助金（基盤研究(c)）「古代における田歌の源流についての基礎的研究」（平成十九年度―二十年度）、同「呪的音声表現の諸相についての基礎的研究」（平成二十一年度―二十三年度）による研究の成果の一部を含んでいることを補記しておく。

本書は、「独立行政法人日本学術振興会平成二十三年度科学研究費補助金（研究成果促進費・学術図書）」の交付を受けて刊行されたものである。

二〇一一年七月

永池健二

著者略歴

永池健二（ながいけ けんじ）

1948年　佐賀県生まれ。

奈良教育大学教授。日本文学（日本歌謡史・歌謡文芸・
柳田国男研究）専攻。

主要論著　『柳田国男 物語作者の肖像』（梟社）

『柳田国男伝』（共著、三一書房）

『柳田国男・民俗の記述』（共著、岩田書院）

『柳田国男・主題としての「日本」』（共著、梟社）ほか

逸脱《いつだつ》の唱声《しょうせい》 歌謡《うた》の精神史《せいしんし》

2011年9月20日・第1刷発行

定　価＝3000円＋税

著　者＝永池健二

発行者＝林 利幸

発行所＝梟　社

〒113－0033　東京都文京区本郷2－6－12－203

振替00140－1－413348番　電話03(3812)1654　FAX 042(491)6568

発　売＝株式会社 新泉社

〒113－0033　東京都文京区本郷2－5－12

振替00170－4－160936番　電話03(3815)1662　FAX 03(3815)1422

制作／デザイン・久保田 考

印刷／製本・萩原印刷

神樹と巫女と天皇

初期柳田国男を読み解く

山下紘一郎

四六判上製・三四九頁

二六〇〇円＋税

大正四年の晩秋、貴族院書記官長であった柳田国男は、大正の大嘗祭に大礼使事務官として奉仕していた。一方、民俗学者として知見と独創を深めてきた彼は、聖なる樹木の下で御杖を手に託宣する巫女こそが、列島の最初の神聖王ではなかったかと考えていた――。フレーザー、折口信夫を媒介にして、我が国の固有信仰と天皇制発生の現場におりたち、封印された柳田の初期天皇制論を読み解く。

選挙の民俗誌

日本的政治風土の基層

杉本　仁

四六判上製・三一〇頁・写真多数

二二〇〇円＋税

選挙は、四年に一度、待ちに待ったムラ祭りの様相を呈する。たとえば、「カネと中傷が飛び交い、建設業者がフル稼働して票をたたき出すことで知られる甲州選挙」（朝日新聞07・1・29）。その選挙をささえる親分子分慣行、同族や無尽などの民俗組織、義理や贈与の習俗――それらは消えゆく遺制にすぎないのか。選挙に生命を吹き込み、利用されつつも、主張する、したたかで哀切な「民俗」の側に立って、わが政治風土の基層に光を当てる。

柳田国男と学校教育

教科書をめぐる諸問題

杉本　仁

Ａ５判上製・四四五頁
三五〇〇円＋税

戦後日本の出発にあたって、次代をになう子どもたちの教育改革に情熱を燃やした柳田は、教科書編纂にも積極的に関与する。だが、判断力をそなえた公民の育成によって、人と人が支えあう共生社会を理想とした中学校社会科教科書は検定不合格となり、その他の社会科や国語教科書も数年のうちに撤退を余儀なくされる。戦後も高度成長期にさしかかって、教育界は受験重視の系統的な学習効率主義を優先し、柳田教科書は見捨てられていくのである。それから50年。私たちは豊かな経済社会を実現した。しかし、その一方で、冷酷な格差社会を出現させ、自由ではあるが、孤立し分断された無縁社会を生きることを強いられている。それは、共生社会の公民育成をめざした柳田教科書を見かぎった私たちの想定内のことだったのか？　本書は、柳田教科書をつぶさに検証し、柳田の思想と学問を通して、現代の学校教育に鋭く問題提起をするものである。

柳田国男
物語作者の肖像

永池健二

A5判上製・三二二頁
三〇〇〇円＋税

柳田国男の民俗学は、「いま」「ここ」を生きる人びとの生の現場から、その生の具体的な姿を時間的空間的な拡がりにおいて考究していく学問として確立した。近代国家形成期のエリート官僚として、眼前の社会的事実を「国家」という枠組みでとらえる立場にありながら、柳田の眼差しが、現実を生きる人びと一人ひとりの生の現場を離れることはなかった。「国家」や「民族」という枠組みに内在する上からや外からの超越的な視点とも、「大衆」や「民族」といった、人びとの生を数の集合として統括してしまう不遜な視点とも無縁であった。そうした彼の眼差しの不動の強さと柔らかさは、そのまま確立期の彼の民俗学の方法的基底となって、その学問の強靭さと豊かさを支えてきたのである。——日本近代が生んだ異数の思想家、柳田国男の学問と思想の、初期から確立期へと至る形成過程の秘奥を内在的に追究し、その現代的意義と可能性を探る。